ANNE'S BOOKS
3
에밀리 여자의 행복
루시 모드 몽고메리/김유경 옮김

동서문화사

에밀리 여자의 행복
차례

뮤즈의 목소리 / 11
오래된 존의 집에서 / 33
피는 물보다 진하다 / 45
나를 사랑해 주세요, 내 개를 사랑해 주세요 / 60
열린 문 / 75
환상의 골짜기 / 84
사랑의 계절 / 98
무지개를 쫓는 아이 / 114
미스 로열의 예언 / 125
어떤 임종 / 136
밤산책 / 146
시인이 꿈꾸는 사랑 / 156
가장 예술적인 퇴장 / 162
회복기 / 178
머리 & 프리스트 / 184
'실망의 집' / 196
리라자리의 베가를 보다 / 212

당신을 용서해요 / 222
봄날의 기적 / 231
휘파람을 불면 / 238
세상에 늘 새벽만이 있기를 / 249
머리식 자존심 / 258
너는 날 잊을 수 없어 / 262
구애소동 / 267
미소 짓는 소녀 / 280
에밀리 버드 스타의 숲 / 293
두 통의 편지 / 303
그녀의 영혼은 별처럼 멀리 있다 / 309
장미의 교훈 / 323
탠시패치의 작은 집 / 330
오, 그 편지를 받아볼 수 있었더라면! / 339
변치 않는 건 고양이뿐 / 356
잊혀진 사람들 / 373
'내일의 길' 위에서 / 382

에밀리, 길 끝에서 길을 찾다 / 387

뮤즈의 목소리

4월 3일

때때로 불행을 예고하는 별이나 운수 없는 날이 있다는 것을 믿고 싶어질 때가 있다. 그렇지 않고서야 아무런 나쁜 뜻도 없는 사람에게 어떻게 이런 일이 일어난단 말인가? 루스 이모는 이제야 겨우 페리가 나에게 키스하려 했던 사건을 잊기 시작했는데, 나는 또다른 문제에 말려들고 말았다.

정직해지기로 하자. 그 일이 있었던 것은 내가 우산을 떨어뜨렸기 때문도 아니고, 지난 주 토요일에 뉴문의 부엌에 있는 거울을 떨어뜨려 금이 가게 했기 때문도 아니다.

슈루즈베리의 성 요한 장로교회에서는 신년 초에 담임목사님이 교회를 비우게 되어 신학생들이 설교를 맡게 되었다. 나는 〈타임스〉의 타워즈 씨로부터 신학생들의 설교에 대한 기사를 써달라는 의뢰를 받았다. 첫 번째 설교는 훌륭했고, 나는 기쁜 마음으로 기사를 썼다. 두 번째 설교는 보통의 설교였고, 나도 편한 마음으로 기사를 쓸 수 있었다. 그러나 지난 주일에 들은 세 번째 설교는 웃기는 것이었다. 나는 예배를 보고 돌아오는 길에 루스 이모에게 그렇게 말했다. 그러자 이모는 이렇게 물었다.
"너는 네게 설교를 비판할 능력이 있다고 생각하니?"
물론 내게는 그런 능력이 있다!
그때의 설교는 도저히 무슨 말인지 알아들을 수 없는 내용이었다. 위컴 씨는 여섯 번이나 자기 모순에 빠졌고, 비유를 혼동하였으며, 셰익스피어의 말을 사도 바울의 말로 착각하였다. 그는 생각할 수 있는 모든 문학상의 오류를 범했고, 그의 설교는 무척이나 지루했다. 그러나 설교에 대한 기사를 쓰는 것이 내 일이었기에, 나는 글을 썼다. 나는 그 설교 내용을 내 마음속에서 완전히 떨어내고 싶은 마음이 있었고, 그래서 순전히 나 자신을 만족시키기 위하여 설교 내용을 분석했다. 잘못인 줄 알면서도 그것은 정말 재미있었다. 나는 모순된 부분, 인용구가 틀린 곳, 논리가 약하고 말이 안 되는 부분을 모두 적어보았다. 나는 실로 즐기면서 그 글을 썼고, 최대한 날카롭고 풍자적으로, 악마적으로 썼다. 아! 그 글은 매우 신랄했다.
그런 뒤 나는 실수로 그 글을 〈타임스〉에 보내버렸다! 타워즈 씨는 그것을 읽어보지도 않고 인쇄에 넘겼다. 내 글을 신뢰하고 있었기 때문이다. 그러나 앞으로 더 이상 그런 일은 없으리라. 다음날 그 글이 지면에 공개되었다.
자고 일어나보니 유명해져 있더라는 말의 의미를 알 것 같다.
나는 타워즈 씨가 불같이 화를 낼 것이라고 생각했는데, 그는 약간 곤란해 하는 정도였고 게다가 마음속으로 재미있어 하는 것 같았다. 물론 위컴 씨가 이곳에서 목회를 하게 될 것 같지는 않다. 아무도 위컴 씨와 그의 설교를 좋아하지 않는다. 그리고 타워즈 씨는 장로교인이므로 성 요한 교회 사람들이 그로부터 모욕을 당했다고 생각하지는 않을 것이다. 모든 비난은 가련한 에밀리 B.의 차지가 되었다. 대부분의 사람들은 내가 '똑똑한 척 하느라' 그 기사를 썼다고 생각하는 듯하다. 루스 이모는 어떻게 할 수 없을 만큼 화를 냈고, 엘리자베스 이모는 분개했으며, 로라 이모는 슬퍼했고, 지미는 어이없어했다. 설교를 비판한다는 것은 그만큼 충격적인 일이었다.

머리 가문에서 목사님의 설교는, 그것도 장로교 목사님의 설교는 신성불가침이다. 엘리자베스 이모는 나의 오만과 허영이 나를 망칠 것이라고 차갑게 말했다. 즐거워 보이는 사람은 카펜터 선생님밖에 없다. (딘은 뉴욕에 있는데, 그 역시 이 사실을 알면 즐거워할 것이다) 카펜터 선생님은 만나는 사람마다 "에밀리의 기사는 지금까지 읽은 그 누구 것보다도 훌륭했다"고 말했다. 그렇지만 카펜터 선생님은 이단이라는 의심을 받고 있기 때문에 선생님의 칭찬은 나에게 아무런 도움이 안 된다.

나는 이 일로 매우 비참한 기분에 빠져 있다. 때때로 내 죄보다도 내 실수가 더 내 마음을 괴롭힌다. 그런데도 내 안에는 어떤 불경스러운 존재가 있어서 이 일을 바라보며 웃고 있다. 내가 쓴 기사는 한 마디 한 마디가 모두 다 진실이다. 아니 진실 이상이다. 나는 비유를 혼동하지는 않는다.

자, 마음을 굳게 먹고 견뎌내자!

4월 20일

"일어나라! 너 북풍이여, 남쪽으로 내려가라. 내 정원에 향기로운 냄새를 뿌려라."

오늘 해질 무렵, 나는 '똑바른 나라'를 지나면서 이 노래를 불렀다. 다만 '정원'이라는 말 대신에 '숲'이라는 말을 썼다. 봄은 벌써요 앞 모퉁이까지 와 있어 나는 다른 모든 것을 잊고 즐거워할 수 있었다.

새벽에는 잿빛 하늘에 비가 뿌렸지만, 오후가 되자 볕이 났다.

그리고 밤에는 4월의 서리가 내려 땅을 굳게 했다. 이런 밤에는 쓸쓸한 장소에서 먼 옛날의 신을 만날 것 같은 느낌이 들었다. 그렇지만 신들은 보이지 않고 전나무 사이로 무언가 얼핏 지나갔을 뿐이다. 그림자가 아니면 고블린(도깨비)일 것이다.

고블린이라는 말은 매력 있는 말이지만, 그와 아주 비슷한 '고블링'(막 먹어대다)이라는 말은 왜 거슬리는지 모르겠다. 그리고 어스름이라는 말은 아름답다는 생각이 드는 데 반해, '어둠이 끼었다'는 말은 왜 그리 거슬릴까?

나는 실로 많은 요정의 말을 들었다. 그리고 그 하나 하나가 언덕을 올라가는 동안 나에게 묘한 즐거움을 안겨 주었다. 언덕을 오르는 것은 내가 가장 좋아하는 일이다. 언덕 꼭대기에 이르자 나는 가만히 서서 일몰의 아름다움이 음악처럼 몸 속으로 흘러드는 것을 느꼈다. 바람 아주머니는 내 주위의 자작나무 가지를 울렸다. 바람 아주머니는 하늘에 닿을 듯이 높은 가지 끝에서 노래하고 있다.

1년에 열세 번 뜨는 초승달 가운데 하나가 항구 위에 걸려 있다. 나는 거기에 서서 여러 가지 형형색색의 아름다운 것들을 생각했다. 별빛 빛나는 4월의 들을 자유로이 흐르는 개천, 회색 양탄자 같은 바다의 잔물결, 달빛에 빛나는 우아한 느릅나무, 생명의 설렘에 뒤척이는 땅 속 식물의 뿌리, 어둠 속에서 웃고 있는 올빼미, 긴 모래톱 위의 물거품, 어두운 언덕에 걸려 있는 초승달, 바닷가의 잿빛 폭풍 등을.

나는 이 세계 속에서 75센트밖에 가지고 있지 않다. 하지만 천국은 돈으로 사고팔지 않는다.

나는 묵은 나무의 그루터기에 앉아 그 멋진 몇 분간의 행복을 시로 표현하려고 했다. 처음에는 잘 되었다고 생각했으나, 다시 보니 영혼이 빠져나가고 없었다. 내 손길은 거기에 미치지 못한다.

 아래로 내려 왔을 때에는 아주 어두워져 있었다. 나의 '똑바른 나라'가 완전히 다르게 보였다. 어쩐지 기분이 나쁘고 불길한 공기가 주위를 감쌌다. 뛸 수만 있었다면 뛰어 달아났을 것이다. 나의 오랜 친구들인 나무들도 낯설게 느껴졌다. 숲속에서 들려오는 소리는 낮처럼 즐겁고 친근하지도 않았고 일몰 때처럼 신비롭지도 않았다. 그것은 스멀스멀 기는 것 같은 기분 나쁜 소리로, 마치 온 숲의 생명체가 돌연 나를 적대시하는 듯한 느낌이었다. 기이하고 비밀스러우며 익숙지 않은 소리. 나는 사방에서 나를 향해 살금살금 다가드는 발소리를 상상할 수 있었다. 나뭇가지 사이로 무서운 눈들이 나를 노려보고 있는 것 같았다.
 넓은 곳으로 나와 거기서 루스 이모네 집 뒷마당 울타리를 뛰어넘어 집으로 들어왔을 때, 나는 매력적이기는 하지만 정결하지 못한 장소로부터 도망쳐 나온 것 같은 기분이었다. 이교도의 신에게 기도하는 곳에서 미친 듯이 마법의 춤을 춘 것 같은 느낌이었다. 어둠에 잠긴 숲은 사뭇 이교도적인 데가 있다. 태양 아래에서는 감히 자태를 드러낼 수 없고 어둠이 내려야만 힘을 얻을 수 있는 생명체들이 어두운 숲 속에 숨어있을 것만 같다.
 "그렇게 기침이 나오면 습한 곳에는 다니지 말아야지."
 루스 이모가 타일렀다.
 그렇지만 내 건강을 해치는 것은 습기가 아니라 그 빨아들이는 듯한 불순한 속삭임이었다. 무서워하면서도 나는 그것을 사랑했다. 그것에 비하면 내가 사랑한 언덕 위의 아름다움은 아무것도 아니었다. 나는 내 방에 앉아 또 한 편의 시를 썼다. 그것을 다 썼을 때, 나는 내 영혼 속의 무언가를 토해낸 것 같은 느낌이 들었다. 그리고 '거울 속의 에밀리'도 더 이상은 낯설게 느껴지지 않았다.

5월 25일

지난 주 금요일에 딘이 뉴욕에서 돌아왔다. 그날 밤, 우리는 뉴문의 정원에서 비 온 뒤의 황혼 속을 걸으며 이야기했다.

나는 연한 색깔의 옷을 입고 있었다. 딘은 길을 따라 걸으며 말했다.

"너를 처음 보았을 때 저기 저 하얀 벚나무인 줄 알았어."

그는 '키다리 존의 숲'에서 우리에게 손짓하는 벚나무 한 그루를 가리켰다. 그 벚나무는 정말 아름다워서 멀리서라도 그것과 견주어진다는 것은 매우 유쾌한 일이었다. 또한 딘이 다시 돌아와 준 것도 정말 즐거운 일이었다. 우리는 지미의 팬지 꽃을 따서 큰 꽃다발을 만들기도 하고, 회색 비구름이 보라색 덩어리가 되어 동쪽 하늘로 모여들고 구름 한 점 없는 서쪽 하늘에 별이 가득 뿌려져 있는 것을 바라보기도 하며 즐거운 시간을 보냈다.

딘이 말했다.

"너와 함께 있으면 말이야, 별은 한층 빛나고, 팬지는 한층 더 화사한 보라색으로 보인단 말이야. 무슨 이유에서일까?"

얼마나 근사한 남자인가! 어째서 그가 나를 생각하는 것과 루스 이모가 나를 생각하는 게 그토록 정반대일까?

딘은 납작하게 싼 작은 것을 가지고 있었는데 돌아갈 때 그것을 나에게 건네주며 말했다.

"바이런 경의 초상화와 대조를 이룰 만한 그림을 가지고 왔어."

그것은 로렌조 토르나부오니 기를란조의 아내 지오반나 데글리 알빗지의 초상화였다. 나는 그것을 슈루즈베리로 가지고 와서 내 방에 걸어두었다. 나는 젊은 지오반나 부인의 늘씬하고 아름다운 모습을 보는 것이 참 좋았다. 매끄럽게 말려올라간 그녀의 엷은 금발과 우아하고 기품 있는 옆모습(화가가 그녀에게 아부라도 한 것일까?), 그리고 그녀의 하얀 목과 그늘진 곳 없는 환한 이마는 어떤 성스럽고 초월적인, 그리고 운명적인(그녀는 요절했다) 분위기를 띠고 있었다. 그리고 자수가 들어간 비로드 소재의 부풀린 소매는 매우 아름다웠고 그녀의 팔에 썩 잘 어울렸다. 분명 지오반나 부인에게는 훌륭한 재단사가 있었을 것이며, 그녀의 성스러운 자태에도 불구하고 그녀 또한 이 사실을 인정하고 있었다는 것을 느낄 수 있었다. 그녀가 고개를 돌려 얼굴 전체를 보여주면 얼마나 좋을까.

루스 이모는 이 그림 속의 인물이 이상하게 생겼다고 생각한다. 그리고 이 초상화를 보석으로 치장한 알렉산드라 여왕의 석판화와 한 방에 걸어두어도 좋은지 미심쩍어 하고 있다.

나 역시 미심쩍다.

6월 10일

요즘 나는 '똑바른 나라'의 연못 곁에서 그 멋지고 잘 자란, 키가 큰 나무들에 둘러싸여 공부를 하고 있다. 나는 숲의 여사제이다. 나는 수목을 사랑할 뿐만 아니라 숭배한다.

그리고 또 수목은 사람들과는 달리 알면 알수록 마음에 든다. 처음에는 그리 친하지 않더라도 오래 사귈수록 더 정이 든다. 그리고 오래 알고 지내며 사계의 변화를 통하여 그 아름다움을 알았을 때 가장 깊이 사랑하게 된다. 2년 전 처음 슈루즈베리에 왔을 때와 비교하면, 나는 지금 이 '똑바른 나라'의 나무들에 대하여 100여 가지가 넘는 작고 아름다운 사연들을 알고 있다.

수목도 사람과 마찬가지로 개성이 있다. 두 그루의 삼나무라도 서로 같지 않다. 혹이나 휘어진 각도가 한 그루의 나무를 다른 나무들로부터 구별해주는 것이다. 어떤 나무들은 사교적이어서 가지를 엇갈리며 함께 자라기를 좋아한다. 일저와 나처럼 어깨동무를 하고 끊임없이 비밀을 속삭이는 것이다. 그런가 하면 다른 나무들로부터 좀 떨어진 곳에 4, 5그루가 한곳에 뭉쳐 자라는 것도 있다. 마치 머리 집안을 보는 듯하다. 또한 수도자처럼 혼자 무리에서 떨어져 곧고 굳게 자라 하늘의 바람하고만 이야기하고 있는 나무도 있는데, 이런 나무야말로 가장 알고 지낼 가치가 있다. 이런 나무의 신뢰를 얻는 일이야말로 다른 여러 나무와 친하기보다 훨씬 승리감을 느낄 수 있다.

오늘 밤, 나는 마당 동쪽 구석에 혼자 외롭게 서 있는 큰 전나무 근처에 큰 별이 하나 떠 있는 것을 보았다. 그때 나는 두 개의 위대한 것이 서로 만나고 있는 듯하다는 느낌을 받았다. 그 인상은 앞으로 며칠 동안 내 머릿속에 남아 일상 생활의 모든 것, 즉 학교 생활, 설거지, 루스 이모의 토요 대청소조차 매력적으로 보이게 해줄 것이다.

6월 25일

오늘 역사 시험을 치렀다. 범위는 튜더 시대(영국의 튜더 왕조 1485~1603)였다. 나는 이 시대를 공부하는 것이 아주 재미있었지만, 그것은 역사 기록보다 기록에 남아 있지 않은 부분 때문이다. 제인 시모어는 어둠 속에서 눈을 떴을 때 무엇을 생각했을까? 살해된 앤을 생각했을까, 버림받은 캐서린을 생각했을까, 아니면 새옷의 주름 장식을 생각했을까? 그녀는 왕비가 되기 위해 너무 비싼 대가를 치렀다고 생각했을까, 아니면 거래에 만족했을까? 그녀는 아들이 태어난 뒤 몇 시간은 행복했을까, 아니면 그녀에게 손짓하는 유령의 행렬을 보았을까? (헨리 8세는 여섯 번 결혼했는데 캐서린은 최초의 왕비, 앤 브린은 두 번째, 제인 시모어는 세 번째 왕비였음) 제인 그레이 공주(헨리 7세의 증손녀 캐서린의 딸인 메리 1세에 의해 처형됨)는 친구들로부터 '제이니'라고 불렸을까? 그녀는 화를 낸 적이 있을까? 셰익스피어의 부인은 남편에 대해 어떻게 생각했을까? 엘리자베스 여왕을 진실로 사랑한 남성이 과연 있었을까? 역사 교과서 안에 '튜더 시대'로 분류되어 있는 왕과 여왕, 천재와 광대 등을 바라보면서 나는 언제나 이런 질문을 해보곤 한다.

7월 7일

2학년이 끝났다. 내 성적에 루스 이모도 기분이 좋아서 에밀리는 하려고 들면 잘 할 수 있는 아이라고 말했다. 한 마디로 말해서 나는 반에서 수석을 차지한 것이다. 기쁘다. 그렇지만 나는 진실한 교육은 우리 스스로의 힘으로 인생에서 캐내는 것이라고 말한 딘의 말뜻을 이해할 수 있었다. 결국 지난 2년간 내게 가장 많은 것을 가르쳐준 것은 '똑바른 나라'의 산책이나, 건초더미 위에서 밤을 보낸 것, 레이디 지오반나, 임금님을 벌한 여자, 그리고 사실 외에는 쓰지 않으려고 노력하는 일 등이었다. 반송되어 오는 원고들과 에벌린 블레이크에 대한 미움에서조차 나는 무언가를 배웠다. 에벌린은 시험에 떨어져서 1년 유급하지 않을 수 없게 되었다. 진심으로 유감스럽게 생각한다.

이렇게 말하니까 마치 내가 대단히 관대한 사람이나 되는 것 같다. 정직해지자. 나는 에벌린이 시험에 통과했다면 내년에 학교에서 보지 않아도 되는데, 그렇지 못하니까 유감스러운 것이다.

7월 20일

일저와 나는 매일 해수욕을 하러 간다. 로라 이모는 늘 내가 수영복을 챙겼는지 확인한다. 혹시 우리가 달빛 아래서 페티코트만 입고 물에 들어갔다는 애기를 들은 것일까?

우리는 오후에만 물 속에 들어갔다 나온다. 그 뒤에는 햇볕에 데워진 금빛 모래 위에서 일광욕을 한다. 우리 뒤에는 항구까지 이어진 산들이 빛나고 있고, 우리 앞에 펼쳐진 푸른 바다에는 태양 빛의 마술로 은빛이 된 돛이 나아가고 있다. 아! 인생은 즐겁고도 즐겁고 즐겁다. 가령 오늘 3개의 원고가 반송되어 왔다고 해도 역시 인생은 멋진 것이다. 내 원고를 반송한 그 편집자는 언젠가는 나에게 작품을 의뢰해 올 것이다!

로라 이모는 30년도 더 전에 버지니아의 친구로부터 전수받은, 초콜릿 케이크를 만드는 복잡한 비법을 나에게 가르치려 하고 있다. 블레어워터에 이 방법을 알고 있는 사람은 한 사람도 없다. 로라 이모는 나에게 비밀을 지키겠다는 다짐을 엄숙하게 받아냈다.

그 케이크의 진짜 이름은 '악마의 음식'이라고 하는데, 엘리자베스 이모는 그런 이름을 사용하는 것을 용서하지 않을 것이다.

8월 2일

오늘 밤, 카펜터 선생님을 찾아뵈었다. 선생님은 류머티즘 때문에 자리에 누워 계신데, 확실히 연세가 많이 드신 것이다. 선생님은 작년 내내 학생들에게 무척 괴팍하게 굴어서 반감을 사기도 한 모양인데 그것은 전부 해결되었다. 블레어워터 사람들 대부분은 카펜터 선생님이 괴팍하기는 하지만 천 명에 한 명 있을까말까 한 명교사라는 것을 잘 알고 있었다.

그의 지나친 엄격함에 대하여 불평의 소리가 있다고 교육위원회에서 지적하면, "어느 누구든 바보를 듣기 좋은 말로 다룰 수 있느냐"고 그는 소리질렀다. 내가 가지고 간 시를 그렇게 무참하게 다룬 것도 어쩌면 류머티즘 탓인지도 모른다. 내가 그 4월의 어스름 동산에 올라 지은 시를 보이자, 선생님은 그것을 나에게 도로 던져버렸다. 그리고 이렇게 말했다.

"흥, 예쁜 레이스 천 같군!"

나는 그 시가 그날 어스름의 마력을 어느 정도는 나타내고 있다고 생각하고 있었는데, 이 얼마나 뼈아픈 실패인가!

나는 그날 밤 집에 와서 지은 시를 그 다음날 다시 보여드렸다. 그는 두 번 읽고서 천천히 그것을 조각내 찢어버렸다.

나는 몹시 기분이 상해서 여쭤보았다.

"대체 왜 그러시죠? 이 시에 특별히 잘못된 부분은 없을 텐데요,

선생님?"

"어구 자체만 보면 그렇지. 한 줄 한 줄 따로 본다면 주일학교에서 읽을 만해. 그러나 문제는 정신이야. 대체 그 시를 쓸 때 어떤 기분이었지?"

"황금시대를 생각하는 마음이었어요."

"아니, 훨씬 이전 시대겠지. 너 자신은 깨닫지 못했겠지만, 이 시는 순전한 이교주의로 가득 차 있어. 문학적 관점에서 보면 분명 이교주의는 네가 수천 개의 아름다운 시를 지을 만하다. 그러나 거기에는 위험이 따르지. 너는 네 시대에 집중하는 것이 나을 거야. 너는 네 시대의 일부이며, 시대에 휩쓸리지 않고 시대를 소유할 수 있는 사람이야. 에밀리, 이 시에는 악마적인 데가 있어. 나로서는 시란 영감을 받아 쓰여진다는 것, 시인이 자기 바깥의 어떤 영혼에 사로잡힌다는 것을 믿는 것으로 족하다. 이 시를 쓸 때 무엇엔가 사로잡혀 있다는 느낌이 없었니?"

"그래요! 말씀하신 대로예요." 당시를 회상하고 나는 대답했다. 카펜터 선생님이 그것을 찢어버려서 차라리 잘되었다. 내 손으로는 결코 그럴 수 없었을 것이다. 나는 지금까지 나중에 다시 읽어보았을 때 시시하게 여겨지는 많은 시를 없애버렸지만, 이 시는 다시 읽어도 나쁘지 않았으며 늘 그날 저녁의 야릇한 매력과 두려움을 환기시켜 주었었다. 그렇지만 카펜터 선생님은 옳았다. 나는 그것을 느낀다.

선생님은 내가 헤먼즈 부인(19세기 영국 여류 시인)의 시집을 읽고 있는 것에 대해서도 충고해 주었다. 헤먼즈 부인의 시집은 로라 이모의 비장의 책으로 빛바랜 청색과 금장으로 제본되어 있으며, 그 책을 선사한 남자의 서명이 있었다.

로라 이모가 젊었을 때에는 연인의 생일에 시집을 선물하는 습관이 있었다. 카펜터 선생님이 헤먼즈 부인에 대해 말한 내용은 젊은 아가씨의 일기장에 써 넣기는 부적합한 것이므로 생략하기로 한다. 선생님 말씀은 대체로 옳은 말이지만 그 부인의 시에는 내 맘에 드는 것들이 있다. 군데군데 마음을 사로잡는 행이나 연이 있어서, 나는 며칠씩이나 그것을 생각하며 즐거워하곤 한다.

"대군의 행렬이 지나갔다"가 그 한 예이다. 그 구절이 왜 맘에 드는지는 나도 잘 모른다. 사람은 좋아하는 것에 대하여 그 이유를 말할 수 없는 법이다. 아래 구절은 또 다른 예다.

　　바다의 울림과 밤의 울림이
　　클로틸데 주위를 에워싸고 있었다
　　전지전능한 신이 있는
　　프로방스 해안의 예배당에서
　　그녀는 기도하기 위해 무릎을 꿇었다

위대한 시라고는 할 수 없지만 이 시에는 설명할 수 없는 어떤 마력이 있다. 시의 끝부분에 이르면, 나는 마치 클로틸데라도 된 양 무릎 꿇고 있는 듯한 착각에 빠진다. 옛모습 그대로인 프로방스 바닷가 언덕에서 잊혀진 전쟁의 깃발이 내 머리 위에서 휘날리는 듯하다.

카펜터 선생님은 감상적인 것을 좋아하는 내 취향을 비웃으며 하이틴로맨스나 읽는 편이 좋을 것이라고 말씀하셨다. 그러나 내가 감상에서 빠져나오자 선생님은 처음으로 내게 개인적인 칭찬을 해주셨다.

"네가 입고 있는 그 푸른색 드레스가 마음에 드는구나. 게다가 너는 옷 입는 법을 알고 있어. 그것은 좋은 일이다. 옷 입는 법을 모르는 부인들을 보면 나는 참을 수 없어. 그것은 나를 고통스럽게 해. 전능하신 신조차 고통스러워할 거야. 어쨌든 네가 옷 입는 법을 안다면, 헤먼즈 부인의 시를 좋아해도 무방하겠지."

돌아오는 길에 켈리 할아버지를 만났다. 그는 나를 불러세우더니 캔디 한 봉지를 주었다.

8월 15일

올해는 매발톱꽃이 지천으로 피었다. '옛날 과수원'에도 매발톱꽃이 가득하다. 아름다운 흰빛과 보라, 요정처럼 푸른 빛, 꿈 같은 핑크빛의 매발톱꽃은 반은 야생이라 정원의 꽃에서 볼 수 없는 매력이 느껴진다. 이름 또한 얼마나 아름다운가. 매발톱꽃이라는 이름은 시 그 자체이다. 꽃집의 카탈로그에 나오는 어려운 라틴어 이름보다 평범한 이름이 훨씬 더 아름다운 것 같다. 마음의 평안, 신부의 부케, 왕자의 깃털, 금어초, 꽃 여신의 그림붓, 더스티 밀러, 총각 단추, 아기 한숨, 안개 속 사랑……. 나는 이름이 모두 맘에 든다.

9월 1일

오늘 두 가지 일이 있었다. 하나는 낸시 고모할머니가 엘리자베스 이모에게 편지를 보낸 것이었다. 낸시 고모할머니는 내가 4년 전 프리스트폰드를 방문한 이래 내 존재 같은 것은 잊고 있는 듯했다. 그러나 그녀는 아직 살아 있고, 94세로 매우 정정하다. 그녀는 나와 엘리자베스 이모에 대해 빈정대는 투로 몇 가지를 적고 있었지만, 내년의 내 학비와 루스 이모 댁에서의 경비를 모두 부담하겠다는 말로 끝을 맺고 있었다.

나는 매우 기뻤다. 그 비웃는 듯한 말투에도 불구하고 나는 낸시 고모할머니에게 은혜를 입는 것은 싫지 않다. 낸시 고모할머니는 잔소리를 늘어놓거나 선심 쓰는 체하는 일이 없고, 그렇다고 '의무감'에서 무언가를 베풀지도 않는다. 그녀는 편지에서 이렇게 쓰고 있었다.

"의무감 따위와는 아무 상관 없어. 나는 몇몇 프리스트 집안 사람들을 괴롭힐 작정으로, 그리고 월리스가 '에밀리의 교육을 거들고 있다'며 너무 목에 힘을 주고 있는 것이 마음에 안 들어 그러는 것뿐이야. 너 역시 좋은 일을 하고 있다고 생각하고 있을 것이 분명해. 에밀리에게 전해줘. 슈루즈베리에 가서 많이 배우되 겸손함을 잃지 말라고. 그리고 발목을 내놓고 다니라고."

엘리자베스 이모는 마지막 말에 놀라고 어이가 없어서 나에게 편지를 보여주지 않았다. 그러나 지미가 편지 내용을 모두 나에게 귀띔해 주었다.

오늘 있었던 두 번째 일은 엘리자베스 이모가 나에게 더이상 소설 쓰기를 금하지 않겠다고 말한 것이다. 이모는 낸시 고모할머니가 내 학비를 모두 대주시는 이상, 이제는 자기와의 약속으로 나를 구속해서는 안 된다고 생각했다. 그리하여 자신은 비록 내가 소설 쓰는 것에 찬성하지 않지만, 그 문제에 대해서 내 생각대로 하라고 말하며 조용히 덧붙였다.

"그렇지만 적어도 공부를 소홀히 해서는 안 된다!"

"이모! 결코 공부를 소홀히 하는 일은 없을 거예요. 하지만 마치 해방된 죄수 같은 기분이에요. 내 손은 펜을 쥐고 싶어서 근질거리고, 머릿속은 여러 가지 줄거리로 가득 차 있어요. 나에게는 쓰고 싶어서 견딜 수 없는 꿈속의 인물이 스무 사람이나 있는걸요. 아, 보는 것과 그것을 종이에 옮겨쓰는 것 사이에 그렇게 큰 간극이 없다면 얼마나 좋을까요."

"올 겨울, 네가 소설 원고료를 받은 뒤부터 엘리자베스는 너에게 소설 쓰기를 금지한 것을 풀어줄까 하고 생각해 왔던 거야." 지미가 나에게 알려 주었다.

"그렇지만 낸시 고모할머니에게서 편지가 오기까지 자신이 금지한 것을 풀어줄 구실이 없었던 거야. 돈은 완고한 머리 집안 사람도 움직인단다, 에밀리. 미국 우표가 더 필요하니?"

캔트 부인은 테디에게 1년 더 학교를 다녀도 좋다고 말했다. 그 다음은 어떻게 될지 모른다. 하지만 우리들은 모두 학교로 돌아가게 되었다. 나는 기쁘다. 너무 기뻐서 방점을 찍고 싶을 정도이다.

9월 10일
나는 금년에 3학년 회장으로 뽑혔다. 그러자 〈두개골과 올빼미〉에서는 내가 자동적으로 그 모임의 회원으로 편입되었다고 통보해 왔다.
에벌린 블레이크는 편도선으로 누워 있다.
나는 회장직을 맡았다. 그렇지만 〈두개골과 올빼미〉에 대한 입회 허가는 정중한 편지로 거절했다.
작년에 그런 변을 겪게 하고서 이제 와서 허가 운운하다니, 세상에!

10월 7일
오늘 있었던 하디 선생님의 발표가 학교를 떠들썩하게 했다.
맥길 대학의 교수로 계시는 캐슬린 다시의 큰아버지가 학교를 방문해서 슈루즈베리 고등학교의 학생이 창작한 시 가운데 가장 뛰어난 작품에 상을 주겠다고 했다는 것이다. 상품은 파크먼(19세기 미국 역사가)의 책 한 질이라고 했다.
마감은 11월 1일이고, 분량은 20행에서 60행 사이이다. 아마 녹음을 염두에 둔 길이인 것 같다. 나는 정신 없이 '지미 북'을 뒤져 〈산포도〉를 내기로 정했다. 그것은 내 시 가운데 두 번째로 잘된 것이었다. 〈6펜스의 노래〉가 가장 잘된 작품이지만 그 시는 15행이고, 몇 줄을 늘리면 작품을 망치게 될 것이다. 내 생각에 〈산포도〉를 좀더 다듬으면 훌륭한 작품이 될 것 같다. 나는 늘 〈산포도〉에 나오는 몇 개의 단어가 불만스러웠다. 내가 말하고자 하는 바를 정확하게 표현해내지 못하기 때문인데, 아무리 해도 달리 적절한 단어가 생각나지 않는다.

오래전에 내가 아버지에게 편지를 쓸 때 그랬던 것처럼 단어를 마음대로 조합하거나 만들어 쓸 수 있다면 얼마나 좋을까. 하지만 그렇게하면 아버지는 내가 만들어낸 말을 이해해도 심사위원들은 이해하지 못할 것이다.

틀림없이 수상작은 〈산포도〉가 될 것이다. 이것은 자만도 아니고, 허영도 아니고, 주제넘은 생각도 아니다. 나는 그 사실을 안다. 만약 수학 콩쿠르였다면 캐슬린 다시가 상을 탔을 것이고, 미인대회였다면 헤이즐 엘리스가 뽑혔을 것이다. 전 과목 우수자라면 페리 밀러, 웅변이라면 일저, 그림이라면 테디이다. 그렇지만 시는 E.B. 스타인 것이다.

3학년 문학 시간에 우리는 테니슨과 키츠를 공부하고 있다. 나는 테니슨을 좋아하지만, 그의 시를 읽고 있노라면 때때로 화가 난다. 그의 시는 아름답지만 지나치게 아름답지는 않다. 그 점에서 완벽한 예술가인 키츠와 구별된다. 그러나 테니슨은 우리로 하여금 끊임없이 시인의 존재를 기억하게 한다. 그의 시를 읽으면서 우리는 늘 시인을 의식하는 것이다. 그는 결코 감정의 격랑에 휩쓸리지 않는다. 그는 말끔하게 정비된 제방과 잘 가꾸어진 정원 사이를 고요히 흐를 뿐이다. 그러나 아무리 정원을 사랑하는 사람이라 할지라도 늘 정원에만 있고 싶어하는 것은 아니지 않은가. 때로는 황야를 걷고 싶기도 한 것이다. 적어도 에밀리 버드 스타는 그렇다. 그녀의 친척들에게는 슬픈 일일 테지만 말이다.

키츠의 시에는 과도한 아름다움이 흐른다. 그의 시를 읽고 있으면 장미향에 숨이 막혀서 차가운 공기를 호흡하고 싶어지거나 험준한 산꼭대기가 그리워진다. 다음 구절은 정말 마음에 든다.

마법의 상자가 쓸쓸한 환상의 나라
무서운 바다의 거품 위에 열려 있다

이 구절을 읽을 때면 일종의 절망감이 나를 엄습한다. 이미 누군가에 의해 쓰여진 것을 다시 쓰려고 애쓸 필요가 있을까?
다음과 같은 구절도 나에게 영감을 준다. 나는 그것을 새 '지미북' 첫 페이지에 적어 두었다.

뮤즈의 목소리가 인도하는 대로
따라가기를 두려워하지 않는 자에게는
불멸의 왕관이 주어지지 않는다

맞는 말이다. 우리들은 각자의 머리 위에서 들려오는 그 목소리에 따라야 한다. 어디인지는 모르지만 약속한 곳에 이르기까지 모든 실망과 의심과 불안을 뚫고 그 소리를 따라가야 하는 것이다.
오늘 우편물 가운데 원고를 거절하는 편지가 4통이나 있었다. 그것들은 귀에 거슬리는 소리로 나를 향하여 실패자라고 소리치고 있다. 이런 소리를 듣게 되면 뮤즈의 소리는 아주 작아져 버린다. 하지만 반드시 또 들려올 것이다. 그리고 나는 따라갈 것이다. 나는 낙담하지 않는다.
몇 해 전에 나는 다짐을 해두었다. 나는 그것을 최근 책장 구석에서 발견했다. 그것은 알프스의 산길을 올라 명예의 두루마리에 내 이름을 쓰고 온다는 다짐이었다.
나는 계속 올라갈 것이다!

10월 20일
며칠 전 밤에 나는 〈오래된 정원의 기록〉을 다시 읽었다. 엘리자베스 이모의 금지령이 풀렸으므로 그것을 대폭 수정할 수 있을 것이다. 나는 카펜터 선생님이 읽어주기를 바랐지만 선생님은 거절하셨다.

"농담하지 마라, 나는 도저히 읽어낼 수 없어. 눈이 침침해서 말이야. 뭐? 책을 썼다고? 네가 책을 쓰는 것은 10년 뒤의 일이야."

"연습이 필요하니까요."

나는 분개해서 말했다.

"오오, 연습, 연습이라고 했나? 그렇지만 나에게로 가지고 오지 말아다오. 나는 벌써 나이를 많이 먹었어. 정말 그래. 가끔 단편소설을 읽는 것은 괜찮지만 장편이라면 읽고 싶지 않아."

물론 딘에게 의견을 구할 수도 있다. 그렇지만 딘은 최근에 내 야심을 비웃고 있다. 조심스럽고 친절한 태도이긴 하지만 역시 비웃고 있는 것이다. 그리고 테디는 내가 쓰는 것이라면 무엇이나 완벽하다고 생각한다. 그러니까 비평가로서는 소용이 없다. 어딘가 내 〈오래된 정원의 기록〉을 책으로 내줄 출판사가 있지 않을까? 그것보다 못한 작품도 수두룩한데 말이다.

11월 11일

오늘 밤, 나는 타워즈 씨 대신에 소설을 짧게 줄이는 일을 하면서 보냈다. 타워즈 씨가 8월에 휴가를 얻어 여행하고 있는 사이 편집차장인 그레이디 씨가, 〈타임스〉에 〈피흘리는 심장〉이라는 연재를 싣기로 했다. 타워즈 씨처럼 A.P.A에서 이야기를 가져오는 대신 그레이디 씨는 숍통신에서 감각적이고 감상적인 재간본을 사들여 지면에 실었다.

그 소설은 매우 길었으며 여태까지 겨우 절반이 실렸을 뿐이다. 타워즈 씨는 이러다가는 겨울 내내 갈 것이라고 나에게 불필요한 부분을 모두 잘라버리라고 부탁했다. 나는 명령에 충실하게 따라 키스의 대부분과 포옹과 구애 장면의 3분의 2와 묘사부분을 잘라내고 4분의 1정도로 줄여버렸다. 내가 할 수 있는 말은 '그 긴 소설을 이렇게 짧게 줄인 형태로 식자해야 하는 조판공의 영혼을 신께서 가엾게 여겨주시기를 바란다'는 말뿐이다.

여름도 가고 가을도 갔다. 이전보다 빨리 사계절이 가는 것 같은 생각이 든다. '똑바른 나라' 구석의 기린초는 하얗게 되었고, 매일 아침 지면에는 서리가 은빛 스카프처럼 펼쳐진다. '골짜기를 휩쓰는' 저녁바람은 마음속 깊이 파고들며 사랑했던 것과 잃어버린 것을 찾아 헛되이 요정들을 부른다. 요정들이 전부 다 남쪽으로 간 것이 아니라면 전나무 속이나 양치식물 뿌리 사이에 숨어 있는 요정이 있을 것이기 때문이다.

매일밤 검붉은 빛의 석양이 항구 위에 안개 낀 듯한 하늘을 물들이고 있고, 별 하나가 구제 받은 영혼처럼 연민 어린 눈으로, 죄 많은 영혼들이 지상의 여행에서 생긴 오점을 털어내는, 고통스런 과정을 바라보고 있다.

이런 글귀를 카펜터 선생님에게 보여도 될까? 그럴 수 없다. 이렇게 생각하는 것을 보면 이 문장에는 어딘가 매우 잘못된 곳이 있는 모양이다.

냉정한 마음으로 쓰다보면 어디가 잘못되었는지를 확실하게 알게 된다. 위 문장은 너무 '장식적'이다. 그러나 그럼에도 불구하고 이 구절에는 오늘 밤, 내가 '똑바른 나라' 저쪽 동산 위에 서서 항구를 바라보았을 때 느낀 것이 그대로 들어있다. 어쨌든 이 일기장에 뭐라고 쓰여있든 누가 상관하랴?

12월 2일

시의 심사결과가 오늘 발표되었다. 당선작은 에벌린 블레이크의 〈아베게이트의 전설〉이다.

뭐라 할 말이 없다.
게다가 루스 이모가 이미 다 말해버렸다!

12월 15일
에벌린의 당선작이 그녀의 사진과 약력과 함께 이번 주 〈타임스〉에 실렸다. 상품으로 주는 파크먼 전집은 책방의 진열장에 진열되어 있다.
〈아베게이트의 전설〉은 상당히 좋은 시다. 발라드의 형식으로 씌어 있고 리듬도 운도 좋다. 이것은 에벌린의 다른 시에서는 일찍이 볼 수 없었던 것이다.
에벌린 블레이크는 활자화된 내 시를 볼 때마다 틀림없이 내가 어딘가에서 베껴 쓴 것이라고 말해왔다.
나는 그녀의 흉내를 내고 싶지는 않지만 그 시는 그녀가 쓴 것이 아니라는 것을 알고 있다. 그 시에는 그녀의 개성이 전혀 나타나 있지 않다. 그것은 마치 그녀가 하디 선생님의 필체를 흉내내어 자기 글씨라고 말하는 것과 같다. 동판 글씨처럼 멋을 부린 그녀의 글씨체가 하디 선생님의 힘찬 필체와 다른 것처럼, 그 시도 그녀의 작품 경향과는 다르다.
그리고 〈아베게이트의 전설〉이 꽤 좋은 시임에는 틀림없지만 〈산포도〉에는 미치지 못한다.
나는 이 일을 일기에만 쓰고, 아무에게도 말하지 않겠다. 이것은 진실이기 때문이다.

12월 20일
나는 〈아베게이트의 전설〉과 〈산포도〉를 카펜터 선생님에게 보여드렸다. 선생님은 두 가지를 다 읽고 "심사위원이 누구냐?"라고 물었다.

나는 심사위원의 이름을 말했다.
"그 사람들에게 안부 전해주고, 그들 모두 바보라고 말해주렴."
그 말은 내게 위안이 되었다. 나는 심사위원이나 그 누구에게라도 바보라고 말하지는 않을 것이다. 하지만 그들이 바보라는 것을 아는 것만으로도 마음이 개운해졌다.
이상한 일은 엘리자베스 이모가 〈산포도〉를 보고 싶다고 한 것이다. 이모는 다 읽고 난 뒤에 "물론 나는 시에 대해서는 잘 모르지만, 네 것이 더 낫다고 생각되는구나"라고 말했다.

1월 4일
나는 크리스마스 주간을 올리버 삼촌 댁에서 보냈다. 재미없고 시끄럽기만 했다. 몇 해 전 같았으면 재미있었겠지만, 그때는 나를 초대해 주지 않았었다. 배고프지도 않은데 먹어야 하고, 게임을 하고 싶지도 않은데 게임을 하며 놀아야 하고, 조용히 있고 싶은데 말을 해야 했다. 거기에 있는 동안 나는 1분도 혼자 있지 못했다. 그뿐이 아니다. 앤드루는 몹시 성가셨고, 애디 숙모는 너무 친절해서 어머니 같았다. 나는 앉기 싫은 무릎 위에 꼭 안겨서 쓰다듬겨지고 있는 고양이 같은 생각이 들었다.
내 또래의 사촌 젠과 한방을 쓰게 됐다. 젠은 내가 앤드루의 상대로는 전혀 어울리지 않는다고 생각하지만 하느님의 은혜로 나와 사이좋게 지내기를 바라고 있다. 젠은 착하고 분별 있는 아이이며, 우리는 우애적인 관계이다. 이 '우애적(friendish)'이라는 말은 내가 만든 신조어이다. 젠과 나는 그냥 아는 사이와는 다르다. 그렇지만 진실한 친구 사이도 아니다. 우리는 늘 우애적인 관계를 유지하되 결코 그 이상은 되지 않을 것이다. 우리는 공통의 언어를 사용하지 않는다.
그리운 우리 집, 뉴문으로 돌아오자 나는 내 방으로 올라가 문을 닫고 고독을 즐겼다.

어제 새 학기가 시작되었다. 나는 오늘 책방에서 속으로 웃었다. 로드니 부인과 엘더 부인이 책을 고르고 있었는데, 로드니 부인이 이렇게 말한 것이다.

"〈타임스〉에 연재되었던 〈피흘리는 심장〉은 정말 이상한 소설이에요. 몇 주일간이나 질질 끌다가 갑자기 8장에서 싹 끝나버리지 않았겠어요? 도무지 이해가 안 돼요."

나는 부인을 위하여 수수께끼를 풀어줄 수 있었지만 그냥 참기로 했다.

오래된 존의 집에서

〈임금님을 벌 준 여자〉가 뉴욕의 꽤 이름 있는 잡지에 실리자 블레어워터와 슈루즈베리에는 흥분된 분위기가 감돌았다. 특히 에밀리가 40달러의 원고료를 받았다는 의외의 뉴스가 입에서 입으로 전해지면서 흥분의 도는 점점 더해갔다. 친척들도 에밀리의 창작열을 처음으로 진지하게 보게 되어 루스 이모도 더는 시간 낭비라고 말하지 않게 되었다.

원고가 채택되었다는 통지는 에밀리의 자신감이 서서히 무너져가고 있을 때 도착했다. 지난 가을과 겨울 내내 여기저기서 원고가 반송되어 왔던 것이다. 원고를 받아준 잡지사가 딱 두 곳 있었는데, 그곳의 편집자들은 문학을 발표한다는 것 자체가 글쓰는 사람들의 보상이라고 생각하여 원고료를 지급하는 문제에는 관심이 없는 듯했다.

처음에는 그녀가 공들여 쓴 작품이 차디찬 거절의 뜻이 담긴 쪽지와 함께, 또는 희미한 칭찬 뒤에 '그러나……'라는 문구가 들어간 편지——이것을 에밀리는 인쇄된 쪽지보다 더 싫어했다——와 함께 돌아오는 것이 끔찍하게만 여겨졌었다. 그러나 시간이 지나면서 거절당하는 것에도 익숙해져서 쪽지에 흘깃 머리식 눈길을 한 번 던지고는 "나는 성공할 거야"라고 말하게 되었다. 그리고 한시도 이 말을 진심으로 의심해본 적은 없었다. 마음속 깊은 곳에 있는 무언가가 그녀의 때가 올 거라고 말하고 있었다. 그러므로 거절 당했을 때 일시적으로 채찍에 맞은 듯 움츠러들기는 했지만, 그녀는 책상에 앉아서 또다른 작품을 쓰곤 했다.

그러나 실망이 자주 반복되다 보니 그녀의 내부에서 들려오는 목소리는 점차 약해져서 거의 들리지 않게 되었다. 바로 그런 때에 〈임금님을 벌 준 여자〉가 잡지에 게재되어 아주 희미해진 마음속의 소리를 확신에 찬 기쁨의 노래로 바꾸어 놓은 것이다. 수표는 상당한 의미가 있었다. 그렇지만 그 잡지에 게재된 일은 훨씬 더 큰 의미가 있었다. 그녀는 이제 기초가 마련되었다고 느꼈다. 카펜터 선생님은 매우 기뻐하여 그녀에게 "그 이야기는 절대적으로 좋았어!"라고 말했다.

"이 이야기의 가장 좋은 부분은 맥킨타이어 부인의 것이지요. 제가 쓴 것이라고 말할 수는 없어요"

에밀리는 겸손하게 말했다.

"그렇지만 바탕은 네 창작이야. 그리고 네가 첨가한 부분은 소설의 뼈대와 완벽하게 조화를 이루고 있어. 게다가 너는 맥킨타이어 부인의 이야기를 지나치게 채색하지도 않았지. 바로 그 점이 예술가다운 점이야. 이야기를 아름답게 꾸미고 싶은 유혹을 느낀 적은 없었니?"

"있었어요. 더 낫게 고칠 수도 있겠다고 생각한 데가 여러 군데 있었어요."

"그렇지만 너는 그렇게 하지 않았지. 그 때문에 그 소설이 네 작품이 된 거야."

카펜터 선생님은 거기까지 말하고 에밀리 자신이 그 의미를 이해하도록 남겨 두었다.

에밀리는 원고료로 받은 40달러 가운데서 35달러를 매우 현명하게 써서 루스 이모도 흠을 잡을 수가 없었다. 하지만 나머지 5달러로 그녀는 파크먼 전집을 한 질 샀다. 그것은 이전에 상품으로 준 것보다 훨씬 화려했다――상품으로 준 것은 기증자가 통신판매의 목록에서 고른 것이었다――그리고 에밀리는 그것을 상품으로 받았다 할지라도 지금처럼 기쁘지는 않았을 거라고 생각했다. 결국 자신이 일해서 얻은 것이 가장 귀한 것이니까. 에밀리는 지금까지도 그 파크먼 전집을 가지고 있다. 지금은 색이 바래 헌 책이 되었지만, 그녀에게는 서재의 다른 어떤 책보다도 사랑스러운 책이다. 수주일 동안 그녀는 상쾌한 기분으로 행복하게 지냈다.

머리 집안에서는 그녀를 자랑스럽게 생각했고, 하디 교장 선생님은 그녀에게 축하인사를 보내왔다. 상당히 유명한 그 지방의 낭독가가 샬럿타운의 콘서트에서 그녀가 쓴 소설을 낭송했다. 가장 신나는 일은 멀리 멕시코에 있는 애독자가 편지를 보내서, 그가 얼마나 〈임금님을 벌 준 여자〉를 재미있게 읽었는지 알려 온 것이다. 에밀리는 그 편지를 몇 번이나 되풀이해 읽고 외워버렸다. 그리고 그녀는 그 편지를 베개 밑에 두고 잤다. 어떤 연인의 편지도 이보다 더 귀중하게 다루어진 적은 없었다.

그런 가운데 '오래된 존의 집' 사건이 성난 폭풍처럼 몰려와 그녀의 맑고 푸른 하늘은 일순 아주 캄캄해져 버렸다.

어느 금요일 날 밤, 데리폰드에서 음악회와 친목회가 있어서 일저는 암송을 부탁 받았다. 닥터 번리는 5인승 썰매에 일저와 에밀리와 페리와 테디를 태우고 출발했다. 고운 눈을 맞으며 그들은 신나게 이야기하면서 8마일의 즐거운 여행을 시작했다. 음악회가 절반쯤 진행되었을 때, 닥터 번리가 밖으로 불려나갔다. 데리폰드의 어느 집에 급한 환자가 생긴 것이다. 그는 테디에게 일행을 집으로 데려다 주도록 이른 뒤 진찰을 나갔다. 그는 조금도 거리낌없이 소년에게 보호자 역할을 맡겼다. 슈루즈베리나 샬럿타운에서는 보호자에 대한 어리석은 규칙이 있었지만 블레어워터나 데리폰드에서는 그런 것이 없었다. 테디와 페리는 점잖은 소년들이고, 에밀리는 머리 집안 사람이고, 일저는 바보가 아니다. 그는 간단히 그렇게 생각하고 있었다.

음악회가 끝나자 그들은 집으로 향했다. 벌써 이때는 눈이 많이 내렸고 바람도 강해져 있었으나, 처음 3마일은 숲의 나무 그늘 쪽으로 갔기 때문에 별 어려움이 없었다. 폭풍을 일으키는 구름 뒤에 흐릿하게 빛나는 달빛 속에서 눈을 맞고 있는 나무들의 대열에는 신비한 아름다움이 있었다. 썰매의 방울 소리는 머리 위의 바람 소리를 비웃었다.

테디는 별 어려움 없이 말을 몰았다. 한두 번 에밀리는 테디가 말을 몰 때 한쪽 팔만 쓰는게 아닐까 하는 의문을 품었다. 그녀는 그 날 처음으로 머리를 위로 올리고 그 위에 붉은 모자를 썼는데, 테디가 그것을 알아차렸는지 궁금했다. 에밀리는 또한 폭풍에는 무엇인가 매우 유쾌한 것이 있다고 느꼈다.

하지만 숲을 나오자 사정은 달라졌다. 폭풍은 전력으로 그들을 향해 불어왔다. 겨울 길은 들판 가운데를 관통하여 몇 개의 모퉁이와 삼나무 숲 안팎으로 굽어 돌고 있었다. 그것은 페리의 말대로 '뱀의 등도 부러뜨릴' 것 같은 길이었다.

길은 바람에 날려 쌓이는 눈 때문에 어디가 어딘지 알 수 없게 되었고, 말은 무릎까지 눈에 빠지는 참이었다. 1마일도 더 못가서 페리가 방법을 찾지 못해 휘파람을 불기 시작했다. 그는 말했다.

"오늘 밤 안으로는 블레어워터에 닿지 못할 것 같다, 테디."

테디가 소리질렀다.

"어딘가에 들어가지 않으면 안 돼. 여기서 야영할 수는 없어. 쇼의 언덕을 지나 여름 길로 돌아갈 때까지 집은 한 채도 없어. 여자아이들은 옷을 단단히 여미고 있어. 에밀리, 너는 일저 옆으로 가고 페리가 이쪽으로 오면 좋겠다."

자리를 옮겼다. 에밀리는 더이상 폭풍을 재미있다고 생각하지 않았다. 페리와 테디는 진짜로 놀랐다. 말은 더 이상 눈속을 헤쳐 나가지 못할 것 같았다. 쇼의 언덕 저쪽은 눈이 날려 쌓여서 통행이 불가능할 것이다. 그리고 데리폰드와 블레어워터 사이에 있는 저 높은 언덕 위는 무섭게 춥고 쓸쓸한 곳이다.

"어떻게 해서든 말콤 쇼네까지 갈 수만 있으면 되는데."

페리가 중얼거렸다.

"도저히 안 돼. 쇼의 언덕에는 벌써 울타리 위까지 눈이 쌓여 있을 거야. 여기 '오래된 존의 집'이 있어. 여기 들어가도 될까?"

"그곳은 광이나 마찬가지로 추워. 여자아이들은 꽁꽁 얼거야. 말콤네 집까지 갈 연구를 해야 해." 페리가 말했다.

눈 속을 돌진해서 말이 여름 길에 도달했을 때, 소년들은 한눈에 쇼의 언덕에는 갈 수 없음을 알았다. 울타리 위까지 쌓인 눈은 길이 어딘지 분간도 못하게 만들었고, 전신주가 길에 넘어져 누워 있으며 거기서 들판으로 길이 갈라져 있는 곳은 무지하게 큰 나무가 넘어져서 길을 가로막고 있었다.

"'오래된 존의 집'으로 돌아갈 수밖에 없겠다. 이 폭풍 속을 말콤네 집으로 가는 길을 찾아 들판을 헤매고 있을 수는 없지. 우리 모두 얼어죽고 말 거야!" 페리가 말했다.

테디는 말을 돌렸다. 눈은 점점 더 많이 내리고 바람은 휘몰아쳤다. 만일 '오래된 존의 집'이 멀었다면 그들은 절대로 그 집을 발견할 수 없었을 것이다. 그러나 다행히 그곳은 가까웠다.

끊임없이 눈이 쏟아져서 결국에 소년들은 썰매에서 내려 걸어야

했다. 그들 일행은 비교적 조용한 삼나무 숲속에 있는 '오래된 존의 집'을 발견하고 그 안으로 들어가는 데 성공했다.

'오래된 존의 집'은 40년 전에 존 쇼가 젊은 신부를 데리고 들어 왔을 때 이미 낡은 집이었다. 도로에서 한참 들어간 곳에 있고 삼나무 숲으로 둘러싸여 있는 그곳은 예나 지금이나 쓸쓸한 곳이었다.

존 쇼는 거기서 5년을 살고 아내가 죽자 동생인 말콤에게 농장을 팔고 서부로 가버렸다. 말콤은 밭을 갈고 광을 깨끗이 치워 두었다. 그러나 그 집에는 아무도 살지 않았고 다만 겨울 동안에 2~3주일씩 말콤의 아들들이 나무를 하러 와서 며칠씩 묵어갈 뿐이었다. 그 집은 문도 잠겨 있지 않았다. 데리폰드에는 부랑자도 도둑도 없었다. 우리의 여행자인 소년, 소녀들은 현관을 통하여 당당하게 들어가 바람 소리와 눈보라를 피해 안도의 숨을 내쉬었다.

페리가 말했다.

"여하간 이것으로 얼어 죽을 위험은 면했다. 나와 테디는 나가서 말을 광에 들여놓고 올게. 돌아와서 이곳을 편안한 휴식처로 만들어줄게. 성냥이 있으니까 문제없어. 나는 이 정도로 지치지는 않아."

페리가 성냥불을 켜자 주석 촛대에 꽂혀 있는, 반쯤 타다 남은 양초 토막 두 개와 녹슬기는 했지만 아직은 쓸 수 있는 오래된 난로 하나, 의자 세 개, 그리고 벤치와 소파와 탁자가 보였다.

"이건 어때?" 페리가 말했다.

"집에서는 모두 우리들 걱정을 하고 있겠지?"

에밀리는 눈을 털면서 말했다.

"하룻밤 걱정한다고 죽지는 않아. 내일 아침에는 어떻게든 돌아갈 수 있을 거야."

페리가 자신 있게 말했다.

에밀리는 웃으며 말했다.

"여하튼 이것은 모험이야. 우리 되도록 재미있게 지내자."

일저는 아무 말도 없었다. 그것은 이상한 일이었다. 에밀리는 일저의 얼굴이 매우 창백한 것을 발견했다. 생각해보니 음악회가 끝난 뒤부터 계속 조용했던 것 같다.

"너 어디 안 좋은 것 아냐?"

에밀리가 걱정스럽게 물었다.

일저는 약하게 웃으며 대답했다.

"그래, 나 몹시 기분이 나빠. 나, 병이 났나 봐."

"오! 일저!"

그러자 일저는 신경질을 냈다.

"걱정할 것 없어! 폐렴이나 맹장에 걸린 것도 아닌데 뭐. 단지 속이 메슥거릴 뿐이야. 음악회장에서 먹은 파이가 체한 것 같아. 아, 괴로워."

"소파에 누우면 조금 나아질지 몰라. 누워."

일저는 덜덜 떨면서 소파에 누웠다. 속이 메슥거리는 것은 낭만적인 병도 아니고 죽을 병은 더욱 아니다. 그렇지만 그때만은 온몸의 힘이 다 빠져 버린 것이다.

소년들은 난로 뒤에서 장작이 가득 들어 있는 상자를 발견했다. 곧 불길이 활활 일어났다. 페리는 촛불 하나를 가지고 작은 집안을 탐험했다. 부엌 옆의 작은 방에 침대가 놓여 있고 짚으로 된 매트리스가 깔려 있었다. 또 하나의 방은 옛날에는 알미라 쇼의 응접실이었는데 이 방에는 귀리 짚이 가득했다. 2층은 먼지투성이로 텅텅 비어 있었다. 페리는 저장실에서 필요한 것을 얼마간 찾아냈다.

페리는 소리질렀다.

"돼지고기와 콩 통조림이 있어. 그리고 양철통에 크래커가 반쯤 남아 있고. 이만하면 우리들 내일 아침식사는 해결된 셈이야. 쇼의 아들들이 두고 간 것 같아. 어디, 이건 또 뭐야?"

페리는 작은 병을 꺼내서 마개를 따고 엄숙한 표정으로 냄새를 맡아보았다.
"분명히 위스키다. 많지는 않지만 충분해. 자, 일저, 여기 네 약이 있어. 더운 물로 희석해 마시면 곧 좋아질 거야."
"나는 위스키 맛이 아주 싫은데. 아버지는 절대로 마시지 않아. 좋지 않은 줄 아니까."
일저는 신음하면서 말했다.
"톰 고모가 좋다고 했어."
페리가 자신있게 말했다.
"하지만 물이 없잖아." 일저가 말했다.
"그냥 한 번에 마셔. 병 속에 남아있는 건 큰 숟가락으로 두 숟갈 정도밖에 안 돼, 마셔 둬. 낫지 않더라도 죽지는 않아."
가엾은 일저는 도움이 된다면 독약만 빼놓고 무엇이든지 마실 정도로 괴로워하고 있었다. 그녀는 소파에서 기어 나와 난로 앞의 의자에 앉아 그것을 마셨다.
독하고 맛있는 위스키였다. 말콤 쇼라면 그렇게 말했을 것이다. 페리는 이후에도 늘 큰 숟가락으로 두 숟갈 정도의 분량이었다고 주장했지만, 그때 병 속에는 그 이상의 술이 들어 있었다. 일저는 그것을 다 마시고 나서 몇 분간 의자에 앉아 있었으나, 곧 일어나 에밀리의 어깨에 힘없이 머리를 기댔다.
에밀리는 걱정이 되어 물었다.
"아까보다 더 기분이 안 좋아?"
일저는 아주 작은 목소리로 말했다.
"나, 나는 취했어. 부탁이니까 소파에 눕혀줘. 발이 말을 듣지 않아. 스코틀랜드의 누구였더라? 자신은 결코 취하지 않지만 위스키가 무릎께까지 고여버렸다고 말한 사람이 있었지. 나는 무릎뿐 아니라 머릿속에도 가득 차 버렸어. 머리가 빙빙 돌고 있으니까 말이야."

페리와 테디도 거들어 세 사람이 함께 비틀거리는 일저를 다시 소파에 눕혀 안정을 취하게 했다.

"아! 어떻게 하지! 그만 너무 마셔 버렸어." 일저가 소리쳤다. 그러고는 눈을 꼭 감고 무슨 말에도 대답하려 하지 않았다. 에밀리는 그녀를 그대로 두는 것이 가장 좋은 방법이라고 생각했다.

페리는 걱정 없다는 듯이 말했다.

"걱정 마라! 일저는 잠자는 사이에 술이 깰 거야. 속도 좋아질 거고."

에밀리는 모든 일을 그렇게 철학적으로 받아들일 수는 없었다. 그녀는 30분 후에 일저의 숨소리로 잠든 것을 알 수 있을 때까지 '모험'의 기분을 느끼지 못했다.

바람은 오래된 집을 뒤흔들고 와장창 창문 흔들리는 소리를 내게 하며 마치 그들이 안전한 곳에 피신한 것을 성내고 있는 듯했다. 난롯가에 앉아서 패배를 한탄하는 듯한 바람의 노래 소리를 듣는 것은 즐거웠다. 이 집이 사랑과 웃음에 차 있던 옛날 일을 상상하는 것도 즐거웠다. 희미한 촛불 빛 아래서 페리, 테디와 양배추나 임금님에 대하여 이야기하는 것도 즐거웠다. 말 없이 앉아서 난롯불을 응시하는 것도 즐거웠다. 난로 불빛은 에밀리의 우윳빛 이마와 꿈꾸는 듯한 검은 눈을 더욱 매혹적으로 비춰주었다.

한번은 에밀리가 눈을 들고 보니 테디가 이상한 표정으로 그녀를 바라보고 있었다. 1초간 두 사람의 시선이 부딪혔다. 그리고 잠시 못박은 듯이 되었다. 단 1초간이었다. 그렇지만 에밀리는 두 번 다시 그녀 자신의 것만은 아니게 되었다. 그녀는 당황하여 무슨 일이 일어났는지를 생각해 보았다. 그녀의 몸과 마음을 에워싼, 상상을 초월한 이 행복감은 어디서 생긴 것일까?

그녀는 몸을 떨었다. 그리고 겁이 났다. 아찔한 변화의 가능성이 열리는 듯했다. 그녀의 혼란스런 머릿속에 단 한 가지 분명한 것은 평생을 매일 밤 테디와 이런 난롯불 앞에 함께 앉아있고 싶다는 생각이었다. 그렇다면 폭풍우도 환영이다. 그녀는 다시 테디를 바라볼 수 없었다. 그렇지만 그가 가까이 있다는 느낌의 달콤한 감각은 그녀를 전율하게 했다.

그녀는 테디의 크고 여윈 체격, 윤기 흐르는 검은 머리칼, 빛나는 짙푸른 눈동자를 아플 만큼 또렷하게 의식했다. 그녀는 자신이 아는 남자들 중에 테디를 가장 좋아했다. 이것은 이미 그녀도 알고 있었다.

그러나 지금의 이 감정은 단순히 좋아한다는 것과는 다른 느낌이었다. 서로의 눈을 응시하던 그 순간, 자신이 그에게 속해 있다는 느낌을 받은 것이다. 그녀는 갑자기 자기가 어째서 지금까지 그녀와 특별한 친구가 되고 싶어한 다른 남학생들을 상대하지 않았는가를 깨달았다.

갑작스럽게 찾아온 기쁨의 마력이 너무도 커서 에밀리는 그것을 깨뜨리지 않으면 안 되었다.

그녀는 일어서서 창가로 갔다. 성에가 낀 유리창에 낮은 소리로 부딪쳐오는 눈은 당황스러워하는 그녀를 조소하는 듯했다. 광 구석에 흐릿하게 보이는 세 개의 건초더미는 어깨를 흔들며 곤경에 처한 그녀를 비웃고 있는 것 같았다. 유리창에 반사된 난롯불은 삼나무 밑에 사는 난쟁이들의 모닥불처럼 보였다. 숲 저편으로 눈보라가 끝 간 데 없이 이어지고 있었다.

그 순간 에밀리는 자신도 바깥의 저 넓은 공간에 있고 싶다고 생각했다. 저곳에서는 설명할 수 없는 이 갑작스런 즐거움의 덫에서 해방될 수 있을지도 모를 일이었다. 그녀는 구속을 싫어했다.

'내가 테디를 사랑하고 있는 것일까? 아니야, 그럴 리가 없어.' 그녀는 생각했다.

잠깐 사이에 테디와 에밀리에게 일어난 그 모든 일을 알리 없는 페리가 하품을 하고 기지개를 켜며 말했다.
"이제 잘 시간이야. 초도 거의 타들어가고 없어. 저기 있는 보리 짚이 아주 폭신하고 부드러운 침대가 되어줄 거야. 저것을 필요한 만큼 날라다 여자아이들 잠자리를 만들어 주어야지. 털가죽을 하나 덮으면 그만일 거야. 오늘 밤에는 좋은 꿈을 꾸겠는걸. 특히 일저는 말이야. 일저가 술이 깼는지 모르겠다."
갑자기 테디가 명랑한 어조로 말했다.
"내 주머니에 꿈이 가득한데, 누구 살 사람 없어? 필요한 게 뭔지 말만 해. 성공의 꿈, 모험의 꿈, 바다의 꿈, 숲의 꿈, 그리고 특이한 악몽도 한두 개 있어. 모두 적당한 가격에 살 수 있지. 무엇으로 내 꿈을 살래?"
에밀리는 뒤돌아서 잠시 그를 바라보았다. 그러자 스릴도, 마법도, 그 밖의 모든 것도 사라져버리고 오직 '지미 북'을 그리워하는 강렬한 소망만 남았다. '무엇으로 내 꿈을 살래?'라는 말이 잠긴 방문을 여는 마법의 주문과도 같이 그녀의 머릿속에 새 소설에 대한 눈부신 아이디어를 쏟아냈다. 〈꿈을 파는 사람〉이라는 제목까지 갖추어진, 완벽한 구상이었다. 그날 밤 에밀리는 다른 것을 생각할 수 없었다.
소년들은 짚을 깐 침대로 갔다. 에밀리는 일저가 편하게 소파에서 자고 있기 때문에 그대로 두고, 자신은 작은 방 쪽으로 갔는데 잠잘 기분이 아니었다. 자고 싶지 않았던 것이다. 테디와 사랑에 빠진 것도 잊어버렸다. 아주 멋진 소설의 구상 이외의 다른 일은 모조리 잊어버렸다. 어둠 속에서 그녀 앞에 소설의 각 장과 페이지가 저절로 펼쳐졌다. 등장인물들이 살아서 웃고, 말하고, 행동하고, 즐거워하고, 그리고 괴로워했다. 눈보라 속에서 그녀는 그들을 보았다. 그녀의 뺨은 불타오르는 듯했고, 심장은 고동쳤다. 머리에서 발끝까지 강렬한 창작의 기쁨이 그녀를 사로잡았다. 그것은 모든 지상의 것들로부터 자유로운, 존재의 근원에서부터 샘솟는 기쁨이었다. 일저는 말콤 쇼의 잊혀진 스카치 위스키에 취했으나 에밀리는 불멸의 술에 도취되었다.

피는 물보다 진하다

에밀리는 새벽녘까지 잠을 이루지 못했다. 폭풍이 그치고 '오래된 존의 집' 주위의 경치가 스러져가는 달빛을 받아 잔잔히 빛날 때 겨우 일을 마친 기쁨 속에서 에밀리는 잠이 들었다. 세부적인 내용까지 모두 완성되어서 이제 남은 일은 그 내용을 '지미 북'에 써넣는 것뿐이었다. 글로 쓰기 전에는 에밀리는 마음이 놓이지 않을 것이다. 그러나 몇 년 동안은 그 이야기를 소설로 쓰지 않을 것이다. 그녀의 생각을 제대로 표현할 수 있을 만큼 시간이 지나고 경험이 쌓일 때까지 기다릴 것이다. 황홀감에 잠겨 밤새 머릿속으로 이야기를 풀어내는 것과, 그 이야기를 글로 옮겨 원래의 매력과 의미를 10분의 1이라도 재현하는 것은 다르기 때문이다.

일저가 에밀리를 깨웠다. 일저는 에밀리의 침대 끝에 앉아 있었는데 얼굴빛은 아직 좀 창백했지만 눈에는 숨길 수 없는 웃음이 가득했다.

"나, 아주 푹 잤어. 속도 괜찮아졌어. 말콤의 위스키가 효험이 있었던 것 같아. 병보다 더 고약한 치료약이었지만 말이야. 어젯밤에 내가 왜 한 마디도 하지 않았는지 모르지?"
"나는 네가 취해서 말을 못하는 거라고 생각했어."
에밀리는 솔직하게 말했다.
일저는 킥킥 웃었다.
"나는 입을 열지 않고는 못 견딜 정도로 취해 있었어. 그 소파에 누웠을 때는 이미 어지럼증은 사라지고 말이 하고 싶었어. 너무나 말이 하고 싶었지. 몹시도 어리석은 이야기를 하고 싶었고, 내가 알고 생각하는 모든 것을 말하고 싶었어. 그렇지만 그런 것을 입 밖에 내서 말해버리면 그날로 한평생 바보 취급을 받을 것만은 알고 있었어. 그리고 한번 말하기 시작하면 코르크 마개가 빠진 병처럼 끝도 없이 나올 테니까. 그래서 입에 단추를 채우고 한 마디도 말하지 않은 거야. 내가 말했을지도 모르는 일들을——그것도 페리 앞에서——생각하면 소름이 끼쳐. 이제 두 번 다시 술 취하는 일은 없을 거야. 오늘 이후로 새로운 사람이 되기로 했단다."
"아주 소금 마셨을 뿐인데 그렇게까지 취하다니, 이해가 안 돼."
"우리 어머니가 미첼 집안 사람이잖아. 미첼 집안 사람들은 찻숟갈 하나 정도의 술에도 비틀거린다고 소문이 났지. 집안 내력이야. 그건 그렇고, 그만 일어나. 아름다운 분이여. 일어나시옵소서. 사내아이들이 불을 피우고 있어. 페리 말로는 돼지고기와 콩과 크래커로 맛있는 아침식사를 할 수 있을 거래. 나는 통조림 캔까지 먹어치울 수 있을 만큼 배가 고파."

에밀리는 저장실에서 소금을 찾다가 놀라운 일대 발견을 했다.

선반 맨 위에 먼지를 뒤집어 쓴 헌책들이 쌓여 있었다. 존과 알미라 쇼의 시대까지 거슬러 올라갈 만한 묵은 책이었다. 곰팡이가 슨 일기장과 달력, 가계부도 있었다. 에밀리는 책더미를 쏟아놓고 차례로 살펴보다가 낡은 스크랩북을 하나 발견했다. 그 속에서 종이가 하나 떨어져 그것을 집어들다가 에밀리는 흠칫 숨을 들이마셨다. 에벌린이 상을 받은 시 〈아베게이트의 전설〉이 거기 있었던 것이다! 20년의 세월이 흘러 누렇게 변색한 스크랩북에 단어 하나까지 똑같은 시가 쓰여 있었다. 다만 에벌린의 시는 규정된 길이에 맞추기 위해 거기서 두 줄을 뺀 것이었다. 그것도 가장 잘 된 두 줄을! 에밀리는 속으로 비웃었다. '에벌린다운 짓이지. 문학적 감수성이라곤 처음부터 가지고 있지 않았으니까.'

에밀리는 책을 본래 있던 선반에 도로 올려놓았지만, 이 시가 적힌 종이만은 살짝 주머니에 집어넣고, 무슨 맛인지도 모르고 아침을 먹었다.

이때쯤에는 인부들이 와서 눈을 치우고 길을 내고 있었다. 페리와 테디는 광에서 삽을 찾아내 도로에 나갈 수 있도록 눈을 치웠다. 그들은 천천히 썰매를 몰아 무사히 집에 돌아왔다. 걱정하고 있던 뉴문 사람들은 '오래된 존의 집'에서 밤을 보낸 이야기를 듣고 모두 깜짝 놀랐다.

"감기라도 들면 어쩌려고 그랬니?"

엘리자베스 이모가 엄하게 말했다.

"그렇지만 어쩔 도리가 없었어요. 그렇게 하지 않았으면 눈보라 속에서 얼어죽을 뻔했으니까요."

에밀리가 말했다. 그렇다. 모두 무사히 돌아오고 아무도 감기에 걸리지 않았으니 더 이상 할 말이 무엇이 있겠는가? 이것이 이 사건을 바라보는 뉴문식 사고방식이었다.

그러나 즉각적인 반응을 보이지는 않았지만 이 사건을 바라보는 슈루즈베리 사람들의 눈길은 달랐다. 월요일 밤까지는 이 이야기가 전 슈루즈베리에 알려졌다. 일저가 학교에서 말한 것이다. 일저는 쾌활하고 활기차게 자기가 취한 이야기를 해 급우들을 즐겁게 했다. 그날 밤 에밀리는 처음으로 에벌린을 방문했는데, 에벌린은 무슨 일 때문인지 매우 기분이 좋아 보였다.

"너, 일저에게 그 이야기 좀 그만하라고 말해 주지 않을래?"
"무슨 이야기?"
"지난 주 금요일 밤, 술에 취한 이야기 말이야. 너와 일저와 테디 켄트와 페리 밀러가 함께 데리폰드의 오래된 집에서 밤을 새운 이야기 말이야."
에밀리는 갑자기 얼굴이 빨개졌다. 에벌린의 어조에는 무언가가 있었다. 아무렇지도 않은 일에 갑자기 나쁜 의미를 부여하는 무언가가. 이건 좀 뻔뻔한 것 아닌가? 에밀리는 차갑게 말했다.
"왜 말하지 말라는 거지? 재미있으라고 하는 말일 뿐인데."
에벌린이 부드럽게 말했다. "그렇지만 사람들이 어떻게 생각하겠니? 물론 너희들이 눈보라 때문에 어쩔 수 없이 거기 갇혀있었다는 건 나도 알아. 그러나 일저는 일을 어렵게 만들어. 네가 그 애를 어떻게 해볼 수는 없는 거니, 에밀리?"
"나는 그런 일을 의논하러 온 게 아니야."
에밀리는 사정을 두지 않고 말했다.
"나는 너에게 '오래된 존의 집'에서 발견한 것을 보여 주려고 왔어."
에밀리는 가지고 온 스크랩북의 한 장을 꺼내 보였다. 에벌린은 멍하니 그것을 바라보았다. 다음 순간 그녀의 얼굴에 기묘한 보라색 반점이 떠올랐다. 그녀는 자기도 모르게 그 종이를 잡아 뺏으려 했으나 에밀리는 재빨리 그것을 치웠다. 두 사람의 눈이 마주쳤다. 에밀리는 이제야 둘 사이의 계산이 같아진 것을 느꼈다. 그녀는 에벌린의 말을 기다렸다. 한참 지나서 에벌린은 할 수 없다는 듯이 입을 열었다.
"그래서 너는 이제 어떻게 할 참이니?"
"아직 안 정했어." 에밀리가 대답했다. 에벌린의 가느다란 갈색 눈은 적의에 차서 에밀리의 얼굴을 보았다.

"그것을 하디 선생님께 가지고 가서 전교생 앞에서 나를 창피줄 생각이겠지?"
"당연한 일 아니니?" 에밀리는 차갑게 대답했다.
"나는 어떻게 해서든 상을 타고 싶었어. 만일 상을 타게 되면 아버지가 내년 여름에 밴쿠버에 데려다 준다고 약속했거든. 나는 거기 가고 싶은 마음에서 그랬던 거야. 오, 에밀리, 말하지 말아줘. 아버지는 심하게 화낼 거야. 내 무엇이든지 다 줄게. 파크먼 전집도 줄게. 무슨 일이든 다 할게. 말하지 말아줘. 제발!"
에벌린은 울음을 터뜨렸다. 에밀리는 그것이 보기 싫었다.
에밀리는 거침없이 말했다.
"그런 것은 원치 않아! 그렇지만 네가 해야 할 일이 한 가지 있어. 그때 그 영어시험 날, 내 얼굴에 수염을 그린 것이 일저가 아니라 너라는 것을 루스 이모에게 고백하는 거야."
에벌린은 눈물을 닦고 꿀꺽하고 무엇인가를 삼키는 듯했다.
"그건 그냥 장난이었을 뿐이야." 그녀는 다시 울부짖었다.
"그 일에 대하여 거짓말을 한 것은 장난이 아니야."
에밀리는 엄하게 말했다.
"너는 정말이지 인정머리 없구나."
에벌린은 눈물로 젖은 손수건 가운데서 마른 곳을 골라 눈물을 닦았다.
"모든 것이 장난이었어. 내가 책방에서 돌아와 장난을 친 거야. 나는 네가 일어나서 거울을 볼 것이라고 생각했어. 그 모습 그대로 교실에 나타나리라고는 상상도 못한 거야. 그리고 이모가 그것을 그렇게 심각하게 받아들일 줄은 정말 몰랐어. 물론 네가 시키는 대로 할게. 너희 이모에게 고백할게. 만약……."
"글로 써서 서명해줘."
에밀리는 단호하게 말했다.

에벌린은 사과문을 쓰고 서명한 뒤 손을 내밀었다.
"자, 이제 그것을 나에게 줘."
"아, 아니, 이것은 내가 가지고 있겠어."
에밀리는 단호하게 말했다.
"그러면 네가 말하지 않으리라는 것을 어떻게 믿지?" 에벌린이 코웃음을 쳤다.
"걱정 마. 나는 스타 집안 사람이야. 약속한 것은 지켜."
에밀리는 오만하게 말했다. 그리고 웃는 얼굴로 돌아섰다. 드디어 오랜 싸움에서 승리를 얻은 것이다. 그녀의 손안에는 루스 이모에게 일저의 혐의를 벗겨줄 증거가 있었다.

루스 이모는 에벌린의 사과문을 앞뒤로 자세히 보며 어떻게 이것을 손에 넣었는지 집요하게 물었으나 에밀리에게서 그 대답을 들을 수는 없었다. 그렇지만 일저의 출입을 금한 이후로 앨런 번리가 자기에게 화를 내고 있는 것을 잘 아는 루스 이모는, 그것을 취소할 이유가 생겨 내심 기뻐했다.

"나는 너에게 일저가 그런 장난을 치지 않았다는 것을 증명해 보이면 일저가 다시 여기 와도 좋다고 말한 적이 있어. 너는 그것을 증명했으니까 나도 약속을 지키겠다. 나는 공정한 사람이야."

그 순간 가장 불공정한 사람이었으면서도 루스 이모는 이렇게 말을 맺었다.

거기까지는 좋았다. 그러나 만약 에벌린이 복수를 하고자 했다면 다음 3주 동안 그녀는 손가락 하나 까딱하지 않고, 혀도 움직이지 않고 마음껏 보복의 즐거움을 누릴 수 있었을 것이다. 온 슈루즈베리가 눈보라 치던 그 밤에 대한 소문――암시, 왜곡, 날조――으로 떠들썩했으니까. 재닛 톰슨의 오후 차 모임에 참석한 에밀리는 불쾌한 대접을 받고 하얗게 질려 집으로 돌아왔다. 일저는 불같이 화를 냈다.

"내가 술에 취해서 유쾌하게 떠들어대기라도 했다면 또 몰라." 그녀는 발을 굴렀다. "하지만 나는 그 정도로 취하지는 않았어. 그저 어리석게 굴 정도로만 취해 있었지. 나는 말이야 에밀리, 가끔 내가 고양이고 슈루즈베리 사람들이 쥐라면 멋진 시간을 보낼 수 있을 거라고 생각해. 여하튼 우리는 얼굴에 웃음을 핀으로 꽂고 다니자구. 이런 소문은 곧 사라질 거야. 우리들은 싸워야 해."

"하지만 근거 없는 상상과는 싸울 수 없어."

에밀리는 씁쓸하게 말했다.

일저는 아무것도 개의치 않았다. 그러나 에밀리는 몹시 마음이 쓰였다. 머리 집안의 자긍심은 형편없이 짓밟혔다. 그리고 시간이 갈수록 더욱 손상되었다. 눈보라 치던 밤의 일이 본토 쪽에서 인쇄되고 있는 3류 신문에 났다. '각지 단신'으로 캐나다, 연해주, 곳곳의 일들이 모아져 실리는 난이다.

아무도 그 기사를 읽었다고 말하지는 않지만 거의 모든 사람들이 그 안에 씌어 있는 사건을 알고 있었다. 모르고 있는 것은 남의 험담이 실린 신문을 읽지 않는 루스 이모뿐이었다. 이름이 언급된 것은 아니지만, 누구를 지칭하고 있는지는 누구나 다 알 수 있었다. 누가 봐도 악의적인 기사였다. 에밀리는 부끄러워 죽을 지경이었다. 무엇보다 고통스러운 것은 그 기사가 웃음과 계시와 환희 넘치는 창작의 밤, '오래된 존의 집'에서의 그 아름다운 밤을 상스럽고 추하게 만들었다는 점이다. 에밀리는 늘 그때의 기억을 가장 아름다운 추억의 하나로 생각해왔는데 이런 상황이 벌어진 것이다.

테디와 페리는 누군가를 죽여버리고 싶은 심정이었다. 그렇지만 대체 누구를 죽일 수 있단 말인가? 에밀리가 말한 대로 어떠한 말이나 행동도 사태를 더 악화시킬 뿐인 것을. 신문의 한두 줄이 실로 사태를 나쁘게 만들었던 것이다.

겨울 사교계의 큰 행사인 플로렌스 블랙의 무도회에도 에밀리는 초대되지 않았다. 하티 데눈의 스케이팅 파티에서도 에밀리는 외면 당했다. 슈루즈베리의 부인들 가운데 몇 사람은 거리에서 에밀리를 만나도 모르는 척하고 지나쳤다. 다른 사람들은 그녀를 얼음처럼 조심스럽게 대하고 천 마일이나 떨어져 있는 듯 쌀쌀하게 대했다. 그런가 하면 반대로 마을의 일부 청년들은 고의로 친밀한 태도를 보였다. 그 가운데 한 사람은 에밀리가 전혀 모르는 사람인데 우체국에서 갑자기 말을 걸었다. 에밀리는 뒤돌아서 그를 노려보았다. 주위 사람들로부터 손가락질을 당하기는 했어도 에밀리는 역시 아치벌드 머리의 손녀이다. 할말을 잃은 청년은 에밀리로부터 도망쳐 우체국에서 3블럭을 가서야 제정신이 들었다. 지금까지도 그는 에밀리 버드 스타 양이 화났을 때의 눈을 잊지 못한다.

그러나 머리 집안의 눈은 무례한 사람에게 대항할 수는 있어도 바람처럼 달려오는 나쁜 소문에는 어떻게 대항할 수가 없었다. 에밀리는 비참한 마음으로 모든 사람들이 소문을 믿고 있을 것이라 생각했다.

도서관의 미스 퍼시는 에밀리의 웃는 얼굴이 언제나 마음에 거슬렸다고 말했다. 도발적이고 남을 유혹하는 웃음이라는 것이다. 에밀리는 자신이 저 불운한 영국왕 헨리처럼 결코 두 번 다시 웃지 않을 것이라고 생각했다. 사람들은 70년 전의 낸시 프리스트가 손댈 길이 없는 말괄량이였다는 것과 더튼 부인이 소녀시절에 스캔들에 연루되었었다는 것을 떠올렸다. '피는 못 속여요. 에밀리의 어머니라는 사람이 사랑의 도피행각을 하지 않았어요? 그리고 일저의 모친 말인데, 물론 그 사람은 리의 우물에 빠져 죽었지만, 만일 그렇게 되지 않았다면 무슨 일을 했을지 알게 뭐예요? 그리고, 그 왜, 블레어워터의 모래밭에서 물놀이를 한 이야기가 있었지요. 그리고 에밀리의 발목 좀 보세요.' 이런 식으로 소문은 꼬리에 꼬리를 이었다.

아무런 도움도 되지 않고 해도 되지 않는 앤드루마저도 금요일 밤의 방문을 중단했다. 이 일을 겪으며 에밀리는 고통을 느꼈다. 에밀리는 언제나 앤드루를 지루한 상대라고 생각하여 금요일 밤을 겁내고 있었고, 늘 기회를 보아 앤드루를 집으로 돌려보낼 궁리를 하고 있었는데 앤드루 자신이 서둘러 후퇴해 버렸으니, 정세가 완전히 달라진 것이다. 에밀리는 이 일을 생각하며 맞잡은 두 손을 비틀었다.

하디 교장선생님이 에밀리가 3학년 학생회장을 그만두어야 할 거라고 말했다는 소리가 에밀리의 귀에 들려왔다. 에밀리는 고개를 치켜올렸다. 그만두다니? 패배를 고백하고 죄를 인정하란 말인가? 그런 일은 결단코 없을 것이다.

일저는 말했다. "그런 사람은 걷어차주고 싶어! 에밀리 스타, 걱정 안 해도 돼. 어정어정하고 있는 당나귀가 무엇을 생각하든 상관없잖아. 한 달도 지나기 전에 무엇인가 다른 일로 머리가 가득 차버려 이 일은 잊어버릴 거야."

에밀리는 격한 감정으로 말했다.

"나는 결코 잊지 않을 거야. 죽을 때가지 오늘의 수치를 기억할 거야. 그것은 그렇고, 일저, 톨리버 부인이 나에게 편지를 보내 성 요한 교회의 바자회에서 판매대를 포기하라고 했어."

"에밀리 스타, 설마 그럴 리가!"

"맞아. 물론 구실은 있어. 뉴욕에서 놀러온 사촌에게 판매대를 하나 맡기려고 한다나. 그렇지만 나는 알아. 몇 주 전까지만 해도 '가장 사랑하는 에밀리'라는 말로 시작되었던 편지가 이번에는 '친애하는 스타 양'으로 되어 있거든. 성 요한 교회 사람들은 왜 내가 빠지는지 알게 될 게야. 게다가 루스 이모에게 와서 두 손을 잡고 모쪼록 나를 바자회 일에 참여하게 해달라고 사정하러 왔던 바로 뒤의 일이야. 이모는 내가 그 일을 맡는 것을 별로 좋아하지 않았어."

"이모는 이번 일에 대해 무엇이라고 하시니?"
"바로 그게 문제야, 일저. 이모는 발이 아파서 누워 있었기 때문에 아무 소문도 듣지 못하고 있었는데, 이번에는 알게 될 것 같아. 나는 알려지면 어떻게 하나 하고 벌벌 떨고 있는 중이야. 이제는 영 틀렸어. 겁이 나. 이모가 알게 되면 어떻게 나올지 무서워. 나는 이모 앞에 서서 해명 같은 거 할 자신이 없거든. 아! 마치 아주 악몽을 꾸고 있는 것 같아."
"그 사람들은 정말 치사해. 그리고 지역이 너무 좁아. 이 마을 사람들은 마치 짐승 같은 악당의 마음을 가지고 있다고."
일저는 단숨에 여기까지 말하니까 좀 기분이 누그러지는 것 같았다. 하지만 에밀리는 일저처럼 형용사를 마음껏 나열하는 것으로 괴로운 마음을 위로받을 수 없었다. 그렇다고 글로 씀으로써 불쾌한 일들을 잊어버린다는 것도 생각할 수 없었다. '지미 북'에 무언가를 쓸 수도 없었고, 일기나 새로운 이야기나 시를 쓸 수도 없었다.
'번뜩임'은 찾아오지 않았다. 아마 이제 다시는 오지 않을 것이다. 혼자만의 영감과 창작의 내밀한 기쁨을 다시는 누릴 수 없을 것이다. 어떤 것도 아름답지 않았다. 주말에 돌아간 뉴문의 황금빛과 흰빛에 감싸인 3월의 고독 속에도 아름다움은 보이지 않았다.
그녀는 아무도 자신을 나쁘게 생각하지 않는 집으로 돌아가고 싶었다. 뉴문에서는 아직 슈루즈베리에서의 소문을 듣지 못하고 있었다. 그렇지만 그 일이 또 에밀리를 괴롭혔다. 머지않아 그들도 알게 될 것이다. 아무리 결백하다 해도 머리 집안 사람이 스캔들에 휩싸였다는 것만으로도 그들은 다시 괴로움을 당하고 상처 입게 될 것이다. 게다가 일저가 말콤의 스카치 위스키를 마신 것을 과연 그들이 어떻게 받아들일 것인가? 에밀리는 슈루즈베리에 돌아가는 것을 오히려 다행으로 여겼다.
하디 선생님의 말에는 모두 가시가 있는 것처럼 생각되었고 급우들의 말이나 눈초리에도 모욕이 숨겨져 있는 것으로 보였다. 다만 에벌린 블레이크만이 친구와 동지를 가장하고 있었는데, 이것이야말로 가장 고약한 반격이었다. 에벌린의 마음속에 놀라움이 있는지, 악의가 있는지 에밀리는 알지 못했다. 다만 확실하게 알고 있는 것은, 에벌린이 보여주는 우정과 충실함과, 많은 증거에도 동요하지 않는 믿음은, 모든 가십 기사 이상으로 그녀를 괴롭힌다는 사실이었다. 에벌린은 여기저기 돌아다니며 '가엾은 에밀리'에 대한 욕은 한 마디도 믿지 않는다고 말하고 다녔다. 하지만 바로 그 가엾은 에밀리는 에벌린이 물에 빠져 죽는 것까지도 기분좋게 바라볼 수 있었을 것이다. 또는 그럴 수 있을 거라고 생각했다.

한편 루스 이모는 좌골신경통 때문에 몇 주일 동안 외출도 못하고 기분이 언짢아 있었기 때문에 친구든 적이든 그녀에게 조카딸에 대한 소문에 대해서는 입도 뻥긋하지 못했다. 그러나 좌골신경통이 다 나아서 다른 일에 주의를 기울일 수 있게 되면서 그녀도 점차 눈치채게 되었다. '생각해 보니 에밀리가 요 며칠 동안 기운이 통 없고 식욕도 없는 것 같다. 그리고 더 생각해 보니 잘 자지도 못하는 것 같다.' 이런 의문이 생기자마자 루스 이모는 곧 활동을 시작했다. 괴로움을 비밀로 한다는 것은 그녀의 집에서는 허용되지 않는 것이다.

"에밀리, 너 어떻게 된 일이야? 나에게 모두 얘기해 보거라!"

어느 토요일 날, 창백한 얼굴에 눈 아래 검은 기미가 생긴 에밀리를 이모는 심하게 다그쳤다. 에밀리는 점심도 겨우 먹는 흉내만 냈을 뿐이었다.

에밀리의 얼굴이 아주 조금 붉어졌다. 두려워하던 시간이 드디어 닥친 것이다. 루스 이모는 모든 것을 알고자 할 것이다. 에밀리는 말하고 난 뒤의 결과를 감당할 용기도, 루스 이모의 세세한 질문에 답변을 거부할 기운도 없었다. 그녀는 루스 이모가 어떤 반응을 보일지 너무나 잘 알고 있었다. '오래된 존의 집'에서 있었던 일을 듣고 경악할 것이고(마치 피할 수 있었던 일이라는 듯이), 구설수에 오르내린 것에 화를 낼 것이며(마치 에밀리의 책임이라는 듯이), 이런 일이 생길 줄 알았다고 큰소리칠 것이고, 그러고는 몇 주 간 끊임없는 잔소리가 이어질 것이다. 이 모든 것을 생각하자 에밀리는 암담해져서 잠시 동안 아무 말도 할 수가 없었다.
"뭐 하고 있는 거냐?"
루스 이모가 추궁했다. 에밀리는 이를 꽉 물었다. 견디기 힘든 일이지만 견뎌야 한다. 자초지종을 모두 이야기해야 한다. 가능한 한 빨리 털어놓는 수밖에 없다.
"루스 이모, 저는 잘못된 행동은 아무 것도 하지 않았어요. 다만 오해받을 일을 했을 뿐이에요."
루스 이모는 코끝으로 '흥' 하고 비웃었다. 그렇지만 아무 말도 하지 않고 에밀리의 이야기를 끝까지 들었다. 에밀리는 되도록 간결하게 말했다. 마치 자신은 증인석에 선 죄인 같고, 루스 이모는 재판관과 배심원과 검사의 역할을 맡은 것 같은 기분이 들었다. 말을 마친 에밀리는 무언가 루스 이모 특유의 비평이 나올 것을 기다리며 조용히 앉아 있었다.
"그래 사람들은 무엇을 그렇게 떠들고 있는 거니?"
루스 이모가 말했다. 순간 에밀리는 무슨 말을 해야 할지 몰라 이모를 바라보았다.
에밀리는 더듬거리며 말했다. "그러니까…… 그러니까…… 모두들 잘못된 것을 상상하여 그것을 소문내고 있는 거에요. 슈루즈베리에서는 그날 밤, 눈보라가 얼마나 심했는지 모르고 있어요. 그리고 이야기가 전해지면서 조금씩 살이 붙었어요. 그래서 온 슈루즈베리에 다 퍼졌을 때는 우리들이 모두 취해 있었다고 되어 있었어요."
"내가 어이없어 하는 것은 네가 왜 슈루즈베리에서 그 일을 여러 사람 앞에서 이야기했느냐는 점이야. 왜 모두 비밀로 해 두지 않았니?"

"하지만 그렇게 하면 너무 응큼하잖아요." 에밀리는 돌연 장난기가 발동했다. 이모에게 다 말해버리고 나자 기분이 가벼워진 것이다.

"응큼하다니! 그런 것이 아니야, 상식이지. 하지만 물론 일저는 가만히 있지 못했을 거야. 에밀리, 내가 늘 말하지 않니? 바보 같은 친구는 적보다 10배나 더 위험하다고. 그것은 그렇다 치고 에밀리, 너는 왜 그렇게 근심하고 있는 거니? 네 양심에 거리낄 만한 일은 없잖아? 이런 가십거리는 이제 곧 사라져 버릴 거야."

"하디 선생님이 나에게 학생회장을 사임하는 것이 좋을 것이라고 말씀하셨요."

"짐 하디가 말이냐! 그 사람의 부친이 우리 할아버지 머슴이었어. 그는 내 질녀가 잘못을 저질렀다고 생각한다는 것이냐?"

루스 이모의 목소리에는 이루 말할 수 없는 경멸이 담겨 있었다.

에밀리는 뭐가 뭔지 모르게 되었다. 꿈을 꾸고 있는 것이라고 생각했다. 이 사람이 정말 루스 이모인가? 아냐, 그럴 리 없어. 에밀리는 바로 눈 앞에서 인간의 모순을 보았다. 에밀리는 자신이 친척들과 싸우고, 의견이 어긋나고, 심지어 그들을 미워하기까지 해도 친척들과의 사이에는 어떤 유대가 존재하고 있음을 알게 되었다. 나와 친척들의 신경과 근육은 어디쯤에서 서로 뒤엉켜 있는 것이다. 피는 항상 물보다 진하다. 외부인의 공격을 받으면 이것을 알 수 있다. 루스 이모에게는 적어도 한 가지 머리 집안의 미덕이 있었다. 혈족에 대한 충성심이 그것이다.

"짐 하디의 일은 걱정 안 해도 된다. 내가 수습해 주마. 머리 가문의 사람을 이러쿵저러쿵 말하는 것이 아니라고 사람들에게 가르쳐 줄 테다."

"그렇지만 톨리버 부인이 바자회에서 내 판매대를 그분 사촌에게 넘겨 달래요. 무슨 뜻인지 아시죠?"

"내가 알고 있는 것은 폴리 톨리버는 벼락부자이고 바보라는 사실이야. 내트 톨리버가 비서하고 결혼한 이래, 성 요한 교회는 전 같지 않아. 10년 전에 그 아이는 샬럿타운의 뒷골목을 맨발로 뛰어 돌아다니던 여자아이였고, 고양이조차도 그 아이 곁에는 가지 않으려 했단다. 지금에 와서는 여왕처럼 잘난 체하고 교회를 제 생각대로 하려고 하고 있지만, 내가 그녀의 발톱을 깎아 주지. 최근까지도 머리 가문 사람이 판매대를 맡아 준다고 그렇게 좋아했는데. 폴리 톨리버가 그런 짓을 하다니 도대체 세상이 어디로 가려고 그러는 것일까?"

루스 이모는 멍하니 보고 있는 에밀리를 남겨두고 2층에 올라갔다. 이내 루스 이모는 출정길에 나설 채비를 마치고 내려왔다. 가장 좋은 검은색 실크드레스에 제일 좋은 모자를 쓰고 새로운 바다표범 가죽 외투를 입고 있었다. 이런 차림으로 루스 이모는 언덕 위 톨리버 댁으로 가서 30분쯤 톨리버 부인과 밀담을 나누었다.

키가 작고 통통한 루스 이모는 새 모자와 바다표범 가죽의 외투를 입고 있어도 몹시 촌스럽고 유행에 뒤져 보였다. 여기 비하여 파리에서 맞춘 가운에 코걸이 안경, 웨이브를 한 머리모양 등으로 내트 부인은 호화로운 최신 유행의 화신 같았다. 마르셀식 웨이브라는 헤어 스타일은 그 당시 막 유행하기 시작한 머리모양으로, 슈루즈베리에서는 내트 부인이 가장 먼저 시도했다.

그렇지만 승리의 여신은 톨리버 부인 편이 아니었다. 그 기념할 만한 회견에서 무슨 이야기가 오갔는지 아무도 몰랐다. 톨리버 부인이 말했을 리도 없다. 그렇지만 루스 이모가 그 큰 저택에서 돌아간 뒤 톨리버 부인은 파리 맞춤의 가운과 마르셀식 웨이브가 망가지는 것도 신경쓰지 않고 쿠션 사이에 몸을 비벼대며 분노와 수치의 눈물을 흘렸다고 한다. 그리고 루스 이모는 머플러 속에 '사랑하는 에밀리에게'로 시작되는 톨리버 부인의 편지를 가지고 왔다. 그 안에는 그녀의 사촌은 바자회에 나가지 않으니까 처음에 정한 대로 '사랑하는 에밀리'가 꼭 판매대를 맡아 달라고 씌어 있었다. 다음 회견은 하디 박사 차례였다. 루스 이모는 갔고, 만났고, 이겼다. 하디 박사 댁 하녀가 그 회견 때에 들은 말이라며 보고한 것이 있지만, 안경을 쓴 그 훌륭한 하디 박사에게 루스 이모가 정말로 그런 말을 했다고는 아무도 믿지 않았다. 하녀의 말에 의하면 루스 이모는 이렇게 말했다고 한다.

"당신이 바보라는 것은 알고 있었지만, 짐 하디, 5분간만 그렇지 않은 사람이 되어 봐요."

물론 사실이 아닐 것이다. 틀림없이 하녀가 만들어 낸 말일 것이다. 루스 이모는 집에 돌아와서 이렇게 말했다.

"이제 걱정할 일은 없어, 에밀리. 폴리나 짐이나 모두 충분히 깨달았을 게다. 바자회에 오는 손님들은 바람이 어디로 불고 있는지를 곧 알아차리고 그에 따라 돛을 조정할 거야. 기회가 오면 다른 사람들에게도 몇 가지를 얘기해 줘야겠어. 여하튼 반듯한 젊은 남녀가 얼어죽지 않으려고 어딘가에 피신했다고 해서 그런 얼토당토않은 소문을 퍼뜨리는 일은 없을 게다. 이제 이런 일은 두 번 다시 생각할 필요가 없어, 에밀리. 네 뒤에는 가족이 있다는 것을 기억해라."

루스 이모가 아래층으로 내려간 뒤 에밀리는 거울 앞에 섰다. 그리고 바른 각도로 거울을 고쳐 놓고 '거울 속의 에밀리'에게 웃어 주었다. 천천히, 유인하는 것처럼, 매혹적으로.

에밀리는 생각했다.

'내 '지미 북'을 어디다 두었을까, 루스 이모에 대한 묘사를 조금 수정해야 하는데.'

나를 사랑해 주세요, 내 개를 사랑해 주세요

더튼 부인이 조카딸의 뒤를 봐주고 있다는 것이 알려지자 슈루즈베리에 불고 있던 소문의 바람은 믿을 수 없는 속도로 잠들고 말았다. 더튼 부인은 성 요한 교회의 여러 가지 행사에 누구보다도 많이 기부하고 있었다. 자신이 다니는 교회를 적당히 돕는 것이 머리 가문의 전통이었기 때문이다. 또한 부인은 이곳 실업가들 중 절반에게 돈을 빌려주고 있었고, 내트 톨리버도 그중 한 사람이었다. 그가 빌려쓰고 있는 금액은 상당해서 그것을 생각하면 그는 밤에도 잠을 잘 수가 없는 것이다. 더튼 부인은 모든 가족의 속사정을 잘 알고 있었고, 그것을 떠벌이지 않을 만큼 섬세한 사람은 아니었다. 그러므로 더튼 부인의 기분이 나빠지지 않도록 언제나 잘 다독거려 두어야 하는 것이다. 만일 그녀가 조카딸에게 엄격하다고 해서 그 조카딸에게 무슨 일을 해도 그녀가 상관하지 않을 거라고 생각하는 사람이 있다면 그것은 큰 잘못으로, 그런 잘못은 빨리 고치는 것이 모두를 위해 좋은 것이다.

바자회 날 에밀리는 톨리버 부인의 가게에서 아기 윗도리와 담요

와 장화와 여자 모자를 팔았다. 지금은 유명해진 그녀의 미소는 나이 지긋한 신사들로 하여금 물건을 사게 했다. 모두 그녀에게 친절하게 대해주었고, 그녀 자신도 씁쓸한 상처는 남아 있었지만 역시 행복했다.

슈루즈베리에서는 몇 년이 지난 다음에도 이런 말이 전해지고 있었다. 에밀리 스타는 그들이 그런 소문을 퍼뜨린 일에 대하여 결코 진심으로 용서하지 않았다고. 무엇보다 머리 집안 사람들은 용서를 모르는 사람들이라고. 그러나 이 일에는 용서가 끼어들 기회가 없었다. 에밀리는 너무도 괴로웠기 때문에 그 괴로움과 관계 있는 사람과는 만나고 싶지 않았다. 일주일 뒤 톨리버 부인이 에밀리에게 사촌을 위한 리셉션에서 차 따르는 일을 맡아주지 않겠느냐고 부탁하자, 에밀리는 아무 구실도 붙이지 않고 다만 정중하게 거절했다.

에밀리의 턱의 각도나 한결같은 시선 속에서 톨리버 여사는, 뉴문의 머리 집안 사람들이 자신을 아직도 리오르단 골목의 폴리 리오르단으로 보고 있으며, 그 외의 다른 사람이 될 수 없다고 생각한다는 것을 뼈저리게 느꼈다.

하지만 앤드루가 그 다음 금요일 밤에 약간 어색한 태도로 방문했을 때, 그는 따스한 환대를 받았다. 그는 친척이긴 하지만, 어떻게 맞이해 줄 것인가에 대하여 약간 의문을 가지고 있었던 모양이다. 그러나 에밀리는 매우 친절했다. 거기에는 그녀 나름의 이유가 있었을 것이다. 여기서 나는 또 다시 내가 에밀리의 전기작가이지 그녀의 변호인이 아니라는 사실을 미리 말해둔다. 만일 그녀가 앤드루에게 보복을 하기 위하여 내 맘에 들지 않는 방법을 취했다고 해도 나로서 그 사실을 알리는 외에 무엇을 할 수 있겠는가? 그러나 나는 앤드루가 상사로부터 칭찬받은 이야기를 할 때 에밀리가 앤드루를 멋지다고 말한 것은 좀 지나쳤다고 생각한다. 그리고 그 말을 할 때의 그녀의 어조가 비꼬는 투였다고 변명해주고 싶지도 않다. 그녀는 부드러운 눈길로 말할 수 없이 귀엽게 말하고 곧 눈길을 내렸다. 그것은 규칙적으로 뛰던 앤드루의 심장 박동을 일순 멎게 할 정도였다. 오! 에밀리, 에밀리!

그해 봄은 에밀리를 위해 모든 일이 순조롭게 풀렸다. 원고도 몇 개 채택되어 수표가 들어왔다. 그녀는 차츰 자신을 문학 여성으로 간주하게 되었다. 친척들도 그녀의 글쓰기 습관을 진지한 것으로 인정하기 시작했다. 수표에는 역시 무시할 수 없는 힘이 있었다.

"에밀리는 그믐날 이후 글을 써서 50달러나 벌었어요. 저 아이는 쉬운 방법으로 생활비를 벌 수 있게 되었어요."

루스 이모는 드루리 부인에게 말했다.

쉬운 방법이라고요? 에밀리는 복도를 지나다가 이 말을 듣고는 웃었다. 그리고 한숨을 쉬었다. 루스 이모가, 그녀뿐만 아니라 그 누구라도 알프스의 좁은 길을 오르는 사람들의 좌절이나 실패에 대하여 무엇을 알 것인가? 보기만 하고 도달하지 못하는 자의 고통과 슬픔에 대해 그녀가 무엇을 알 것인가? 멋진 소설을 구상했지만 결과적으로 단조롭고 무미건조한 원고가 됐을 때의 씁쓸한 느낌에 대하여 그녀가 무엇을 알 것인가? 차갑게 닫혀진 문과 절대로 열리지 않을 것 같은 편집실에 대하여 그녀가 무엇을 알 것인가? 잔인한 거절의 쪽지와 형식적인 칭찬에 대하여 그녀가 무엇을 알 것인가? 유예된 희망과 사라져가는 자신감과 불안에 대하여 그녀가 무엇을 알 수 있을까?

루스 이모는 이런 것에 대해서는 아무것도 모르면서도 에밀리의 원고가 반송될 때마다 화를 내며 말했다.

"뻔뻔스럽구나. 그 편집자에게는 다시 원고를 보내지 말아라. 너는 머리 집안 사람이라는 것을 기억해야 해."

에밀리는 진지한 표정으로 말했다.

"아마 그는 그런 사실을 모를 거예요."

이모는 말했다.
"그렇다면 그것을 말해주지 그러니?"
5월에 재닛 로열이 멋진 옷을 입고 화려한 명성과 함께 애견을 데리고 뉴욕에서 돌아왔을 때 슈루즈베리에는 작은 소요가 일었다. 재닛은 슈루즈베리 출신이었지만, 20년 전에 '미국으로 가서' 거기서 출세하면서 한 번도 고향에 돌아오지 않았었다. 그녀는 큰 여성잡지의 문예부 기자이고 어느 출판사의 소설 원고 선정위원을 맡고 있었다. 에밀리는 미스 로열의 도착 소식을 듣고 숨을 들이켰다. 아! 그녀와 만날 수 있다면, 이야기를 할 수 있고 궁금했던 수많은 것들을 물어볼 수 있다면!

이때 〈타임스〉의 타워즈 씨로부터 미스 로열의 인터뷰 기사를 쓰지 않겠느냐는 제안이 들어왔다.

에밀리는 두려움과 기쁨으로 떨었다. 드디어 미스 로열을 만날 구실이 생긴 것이다. 하지만 잘 해낼 수 있을까? 미스 로열이 그녀를 참을 수 없을 만큼 건방지다고 여기지 않을까? 과연 미스 로열에게 그녀의 경력이나 미국의 외교정책이나 호혜주의에 대하여 질문할 수 있을까? 에밀리는 자신에게 그런 용기가 없을 것 같았다.

'우리는 같은 제단에서 예배를 드리고 있다. 하지만 그녀는 대제사장이고 나는 시녀 중에서도 가장 낮은 시녀에 불과하다'라고 에밀리는 일기에 썼다.

그런 뒤 그녀는 미스 로열에게 숭배의 마음이 가득한 편지를 써서 12번이나 다시 고친 끝에 인터뷰를 요청했다. 그 편지를 보낸 날 밤은 한숨도 못 잤다. 편지를 보낸 뒤에야 '에밀리 스타 드림'이라고 써야 할 것을 그만 '진실한 벗'이라고 써버렸음을 알았기 때문이다. '진실한 벗'이라고 쓰는 경우는 서로 잘 알고 있는 사이에 쓰는 말로 미스 로열과 자신은 일면식도 없는 처지였다. 미스 로열은 에밀리가 주제넘다고 생각할 것임이 틀림 없었다.

그러나 미스 로열은 매력적인 답장을 보내왔다. 에밀리는 지금도 그 편지를 보관하고 있다.

친애하는 스타 양!
물론 와도 되고말고요. 당신이 지미 타워즈(하느님이 그의 영혼에 평안을 주시기를. 그는 내 첫 번째 남자친구였답니다!)를 위해 알고 싶어하는 모든 것과 당신 자신을 위해 궁금해하는 모든 것에 대답해 드리겠어요. 올봄에 내가 프린스에드워드 섬에 돌아온 이유의 반은 〈임금님을 벌 준 여자〉의 작가를 만나고 싶었기 때문이랍니다. 작년에 〈로시〉지에 실린 것을 읽었는데, 재미있었어요. 와서 당신의 야심에 대해 말해주었으면 해요. 당신에게는 야망이 있겠지요? 나는 당신이 야망을 실현할 수 있는 분이라 믿으며, 될 수만 있다면 나도 당신이 꿈을 이루는 것을 돕고 싶어요. 당신에게는 나에게 없는 것이 있어요. 진정한 창작력 말이에요. 그러나 나에게는 산더미 같은 경험이 있고, 그 경험을 통해 얻은 것을 당신에게 나눠드리고 싶습니다. 나는 당신이 덫이나 함정에 빠지지 않도록 도와 드릴 수가 있으며 어떤 방면에서는 '연줄'이 되어 드릴 수도 있을 것이라고 생각합니다.
다음 금요일 오후 '학교가 끝나면' 애시번으로 와주세요. 우리는 마음을 터놓고 이야기할 수 있을 것입니다.

당신의 친구
재닛 로열 드림

에밀리는 이 편지를 읽고 발톱 끝까지 전율을 느꼈다. "당신의 친구"라니! 어쩌면! 그녀는 창가에 앉아 '똑바른 나라'의 유연한 전나무, 그리고 저편 뜰에서 이슬을 머금고 있는 클로버에 눈길을 던졌다. 언젠가는 그녀도 미스 로열처럼 빛나는 성공을 거머쥘 수 있을까? 그 편지에 의하면 가능할 것 같았다. 모든 꿈이 실현 가능해 보였다. 그리고 금요일에는——앞으로 나흘 남았다——그녀는 그 대제사장을 만나 마음속에 있는 모든 것을 이야기하는 것이다.

그날 저녁 무렵, 루스 이모를 방문한 안젤라 로열 부인은 재닛 로열을 특히 더 고귀한 대제사장으로나, 위대한 존재로 생각하지 않는 것 같았다. 그렇지만 원래 예언자는 고향에서 귀하게 대접받지 못하는 법이므로 도리 없는 일이었다. 안젤라 로열 부인은 재닛을 길렀으니 무리도 아니었다.

"출세하지 않았다고는 생각하지 않아요. 대단한 월급을 받고 있으니까요. 하지만 아무리 훌륭한 월급쟁이기로 독신자여서는 그렇잖아요. 게다가 어떤 점에서는 보통 사람들과 많이 달라요."

둥근 창 아래서 라틴어 공부를 하고 있던 에밀리는 이 말을 듣고 열이 올랐다. 이것이야말로 '중상' 외에 아무것도 아니다.

"아직 예쁘지요?" 루스 이모가 말했다.

"아주 예뻐요. 하지만 저렇게 똑똑해서는 결혼하지 못할 거라고 생각했었는데, 내 생각이 맞았어요. 게다가 말이지요, 그 아이는 외국사상으로 머릿속이 가득 차 있어요. 식사시간에도 언제나 늦고, 개를 귀여워하는 것이 지나쳐서 속이 다 메스꺼울 정도예요. 츄친이라고 하는 그 개는 집안을 마음대로 휘젓고 다닌답니다. 그래도 아무도 무슨 말을 못해요. 가엾게도 내 고양이는 한쪽 구석으로 쫓겨다니지요. 재닛은 개 일이라면 아주 예민해져요. 한번은 내가 응접실 의자 위에서 개를 재우면 안 된다고 말했더니 재닛은 화를 내고 하루종일 말을 안 하는 거 있지요. 재닛의 그런 점은 정말 맘에 안 들어요. 그 애는 화가 나면 매우 오만해지고 걷잡을 수 없게 되는데, 아무도 생각지 못할 일로 화를 내는 때가 종종 있어요. 그리고 어떤 일로 화가 나면 보이는 사람 누구에게나 화를 낸답니다. 에밀리, 금요일날 네가 오기 전에 그 애가 화낼 일

나를 사랑해 주세요, 내 개를 사랑해 주세요

이 생기지 않았으면 좋겠구나. 기분이 언짢아지면 너에게 화를 낼 테니 말이야. 그러나 그 아이는 그렇게 화를 자주 내는 편은 아니고, 비열한 짓을 하거나 앙심을 품는 일 따위는 없답니다. 친구를 대접하기 위해서라면 손가락 뼈마디가 닳을 정도의 수고도 마다하지 않을 테니까요."

구멍가게 소년이 와서 루스 이모가 나가자, 그 사이에 로열 부인은 재빨리 덧붙였다.

"재닛은 말이지, 너에게 매우 흥미를 가지고 있단다, 에밀리. 그 애는 언제나 예쁘고 참신한 젊은 소녀들을 주위에 두고 싶어해. 젊은 사람들과 함께 있으면 자신도 젊어진다는 거지. 너에게는 진정한 재능이 있다고 하더라. 만일 그 애가 너를 마음에 들어 한다면 너를 위해서 잘된 일이야. 그러니까 차우차우 개(중국 원산의 스피츠 계의 개 종류)와도 사이좋게 지내기를 바란다. 만약 츄친을 화나게 하면 네가 세익스피어라고 하더라도 재닛은 돌아보지도 않을 거야."

금요일 아침, 잠을 깬 에밀리는 오늘이 자신의 생애에서 역사적인 날이 될 것이라고 느꼈다. 눈부신 가능성의 날이었다. 그녀는 간밤에 미스 로열 앞에 묶인 듯이 앉아 '츄친'이라는 말 외에는 아무 말도 못하고 미스 로열이 무슨 질문을 해도 '츄친'이라는 대답밖에 하지 못하는 무서운 꿈을 꾸었다.

오전중에는 곤란하게도 비가 심하게 내렸으나 낮부터는 맑게 개어 항구 저쪽의 산들이 푸른 스카프를 두른 것처럼 보였다. 에밀리는 오늘 있을 일의 무게에 압도당한 듯 창백한 얼굴을 하고 학교에서 서둘러 집으로 돌아왔다. 몸치장은 중요한 작업이었다. 그녀는 짙푸른 실크 드레스를 입고 가기로 했다. 그 옷은 길이가 길어서 어른스럽게 보이게 해줄 것이다. 머리모양은 어떻게 하는 것이 좋을까? 이마를 넓게 보이게 하는 것이 지적으로 보이지 않을까? 머리를 올려 빗으면 그녀의 옆얼굴과 잘 어울리고 모자를 쓰고 있으면 더 멋져 보인다.

 그러나 로열 부인의 말로는 미스 로열은 예쁜 소녀들을 좋아한다고 했다. 그러므로 우선 예쁘고 볼 일이다. 에밀리는 숱이 많은 검은 머리칼을 드리우고 새로 산 봄 모자를 썼다. 이것은 엘리자베스 이모의 반대와, 바보와 돈은 곧 헤어진다는 루스 이모의 말에도 아랑곳 없이 최근에 받은 수표로 산 모자이다. 에밀리는 모자를 사두길 잘했다고 생각했다. 미스 로열과의 인터뷰에 낡은 검정 선원모자를 쓰고 갈 수는 없는 일이었다. 이 새 모자는 잘 어울렸다. 모자의 보라색 제비꽃 뭉치가 머릿결 위로 흘러내려 그녀의 흰 목선까지 닿아 있었다.

 그야말로 품위있고 단정한 모습이었다. 필자가 좋아하는 옛날식 말투를 쓰자면 말쑥한 차림이었다. 복도를 걷고 있던 루스 이모는 2층에서 내려오는 에밀리를 보고 깜짝 놀랐다. 그리고 에밀리가 이제 젊은 여성이 다 되었구나 하고 생각하였다.

 루스 이모는 '머리 집안의 여자답다'고 생각했지만 사실 에밀리의 날씬한 몸매와 우아한 아름다움은 스타 집안 쪽에서 온 것이었다. 머리 가문 쪽은 당당하고 위엄이 있으나 뻣뻣한 체격이었다.

 애시번은 한길에서 한참 안쪽으로 들어간, 큰 나무에 둘러싸인 고풍스런 하얀 집이었다. 에밀리는 가장자리에 분수의 그림자가 조금 보이는 자갈길을, 마치 신성한 신전에 예배드리러 가는 기분으로 걸어갔다. 그 자갈길의 절반쯤 되는 곳에 털이 복슬복슬한 커다란 흰 개가 앉아 있었다. 에밀리는 호기심이 깃든 눈으로 그 개를 봤다. 지금까지 차우차우라는 개를 본 적이 없었다. 츄친은 잘생긴 개였으나 별로 깨끗하지는 못했다. 아마 물웅덩이에서 마음껏 놀고 온 모양이었다. 발도 가슴도 젖어 있었다. 에밀리는 모쪼록 츄친이 자신을 마음에 들어 했으면 하고 바랐지만, 한편으로는 개가 너무 가까이 다가오지 말았으면 했다.

츄친은 에밀리가 마음에 든 듯, 복슬복슬한——이라기보다는 젖어서 흙투성이가 되어 있지만 않다면 복슬복슬했을 것이다——꼬리를 흔들며 뒤따라왔다. 그 개는 에밀리가 벨을 누르는 동안 무엇인가 기대하는 것처럼 옆에서 기다리고 있다가 문이 열리자마자 문 안에 서 있는 부인에게 뛰어들어 거의 그녀를 넘어뜨릴 뻔했다.

문을 열어준 사람은 미스 로열이었다. 그녀는 결코 미인은 아니었지만 금갈색머리에서 공단 슬리퍼에 이르기까지 실로 품위 있는 사람임을 에밀리는 곧 알아차렸다. 엷은 자줏빛 비로드로 만든 멋진 옷을 입고, 별갑(자라의 등딱지) 테의 코안경을 끼고 있었는데 이것은 슈루즈베리에서는 유행의 첨단이었다.

츄친은 환희에 넘치는 소리를 내며 주인의 얼굴을 핥고 응접실로 뛰어들었다. 아름다운 비로드 옷은 깃 부근에서부터 개의 큰 발자국으로 더러워졌다. 에밀리는 마음속으로 개에 대한 로열 부인의 의견에 찬성했다. 그리고 만일 자기 개라면 좀더 버릇을 잘 들여 놓았을 것이라고 생각했다. 그렇지만 미스 로열은 개를 나무라지 않았다. 마음속으로 한 에밀리의 비평이 전해진 듯 그녀의 인사는 정중했으나 태도는 매우 차가웠다. 그녀로부터의 편지 사연으로 미루어 에밀리는 좀더 따뜻한 접대를 기대했었다.

"들어와서 앉으세요."

그녀는 에밀리를 안으로 안내해서 폭신한 의자에 앉히고 자신은 딱딱한 의자에 앉았다. 언제나 섬세한 감정을 지닌 에밀리는 이때는 과민해져서 미스 로열의 의자 배치가 기묘하다는 생각을 했다. 왜 미스 로열은 폭신한 비로드 의자에 깊숙이 앉지 않는 것일까. 미스 로열은 다른 의자에 몸을 꼿꼿이 세우고 앉아 화려한 드레스에 놀랄 만큼 큰 흙발자국이 묻어 있는데도 그런 것에는 전혀 개의치 않았다. 이때 이미 츄친은 크고 안락한 소파에 올라가 거기서 두 사람을 내려다 보고 있었다. 마치 사람들이 하는 꼴을 보면서 즐기는 듯했다.

　로열 부인이 걱정했던 대로 분명히 무엇인가가 미스 로열의 마음을 '언짢게' 한 것 같았다. 이렇게 생각하는 순간 에밀리의 마음은 납처럼 무겁게 가라앉았다.

　"날씨가 좋군요." 에밀리가 머뭇머뭇 말했다. 생각할수록 바보스러운 말이었지만 미스 로열이 아무 말도 하지 않았기 때문에 에밀리는 무엇인가 말하지 않을 수 없었다. 침묵은 너무도 무서웠다.

　"그래요, 아주 좋은 날씨네요." 미스 로열은 에밀리는 쳐다보지도 않고, 젖은 꼬리로 미스 로열의 실크와 레이스로 된 쿠션을 이리저리 굴리고 있는 츄친을 보며 말했다. 에밀리는 츄친이 미웠다. 그나마 츄친이 미워서 다행이었다. 아직은 감히 미스 로열을 미워할 수 없었으므로. 그녀는 천 마일 바깥에 떨어져 있고 싶었다. 아! 무릎 위에 있는 이 작은 원고 보따리만 아니라면! 그것은 누구의 눈에도 원고임이 분명했다. 그러나 미스 로열에게 그것을 보일 수는 없을 것 같았다. 이 화가 나 있는 여왕이 그 친절하고 우정이 넘치는 편지를 쓴 주인공일까? 믿을 수 없다. 이것은 악몽임에 틀림없다. 꿈은 깨어지고 보복이 기다리고 있었다. 그녀는 자신이 못나고, 평범하고, 무지하고, 초라하고 어리게 느껴졌다. 아, 정말 너무 심하게 어리다!

　몇 분이 지났다. 몇 분에 불과했지만 에밀리에게는 몇 시간처럼 생각되었다. 입은 바싹 마르고 머리는 바보가 된 것처럼 돌아가지 않았다. 무엇을 말해야 좋을지 전혀 생각나지 않았다. 마음속에 무서운 생각이 스치고 지나갔다. 미스 로열이 그 편지를 쓴 뒤에 어디선가 그 눈보라 치던 밤의 '오래된 존의 집'에 대한 얘기를 듣고 이렇게 태도가 변한 것이 아닌가 하는.

　견딜 수 없이 비참한 심정이 된 에밀리가 의자에서 몸을 뒤척이자 무릎 위에 있던 원고 보따리가 바닥에 떨어졌다. 에밀리는 그것을 주우려고 몸을 굽혔다. 그때 츄친이 재빨리 의자에서 뛰어내려 그 원고를 향하여 돌진했다. 개의 흙투성이 발이 에밀리의 모자에 매달려 있는 제비꽃을 움켜쥐었다. 에밀리는 원고 보자기를 쥐고 있던 손을 놓고 모자를 눌렀다. 츄친은 꽃을 놓고 이번에는 보자기를 향해 달려들었다. 그런 다음 보자기를 입에 물고, 열려 있는 유리문을 통해 정원으로 나가버렸다.

에밀리는 너무도 분하여 머리칼을 막 쥐어뜯고 싶었다.

그 악마 같은 차우차우 개는 에밀리의 가장 잘된 최근작과 특별히 골라 가지고 온 몇 편의 시를 물어가 버렸다. 개가 그것을 어떻게 처리할지는 아무도 알 수 없었다. 에밀리는 그것을 다시 보게 되는 일은 없을 거라고 생각했다. 그러나 최소한 미스 로열에게 보이지 않아도 된다는 점에서는 다행한 일이었다.

에밀리는 이제는 미스 로열의 기분 같은 것은 문제삼지 않았다. 이제는 이 사람을 기쁘게 하거나 잘 보이려는 생각은 없어졌다. 그녀는 초청한 손님에게 이런 무례를 저지른 개를 꾸짖지도 않는 여성인 것이다! 꾸짖지 않을 뿐 아니라 그 장난을 재미있다는 듯이 바라보고 있는 것이 아닌가. 바닥에 흩어진 제비꽃을 보면서 미스 로열의 얼굴에 웃음이 감도는 것을 에밀리는 그냥 보아 넘기지 않았다.

갑자기 에밀리의 기억에 키다리 존의 아버지 이야기가 되살아났다. 그는 언제나 자기 부인에게 이렇게 말했었다.

"당신에게 귀찮게 구는 사람이 있으면, 브리짓, 입을 열어, 입을 여는 거야."

에밀리는 입을 열었다.

"장난이 무척 심한 개로군요." 에밀리는 비꼬아서 말했다.

"정말 그러네요." 미스 로열은 침착하게 대답했다.

"좀더 버릇을 가르쳐야 한다고 생각지 않습니까?"

에밀리는 물었다.

"글쎄요, 나는 그렇게 생각지 않는데요."

미스 로열은 생각에 잠긴 어조로 말했다.

이때 츄친이 돌아왔다. 방 안을 돌아다니다가 작은 유리 화병을 뒤집어 엎고는, 그 조각을 냄새 맡아보고 다시 의자에 올라가 거친 숨을 쉬고 있었다. 그 태도는 마치 '나는 근사한 개지!'라고 말하는 듯했다.

에밀리는 노트와 연필을 꺼냈다.

"타워즈 씨가 당신과의 인터뷰를 위하여 나를 보냈습니다." 에밀리가 말했다.

"그랬지요." 미스 로열은 애견으로부터 눈을 떼지 않으면서 말했다.

에밀리——"두세 가지 묻고 싶은 말이 있는데요."

미스 로열——(과장된 명랑함으로) "좋아요."

(츄친은 잘 쉬었다는 듯이 또 뛰어 나갔다. 반쯤 열린 문을 빠져 나가 식당으로 갔다.)

에밀리는 수첩을 뒤적이며 거기에 씌어 있는 첫째 질문을 던졌다.

에밀리——"이번 가을의 대통령 선거 결과를 어떻게 예측하십니까?"

미스 로열——"생각해 본 적 없는데요."

(에밀리는 입술을 물고 노트에 적었다. '그녀는 그런 문제는 생각한 적이 없다.' 츄친이 나타났다. 구운 닭고기를 입에 물고 응접실을 지나 마당으로 나갔다.)

미스 로열——"내 저녁식사가 사라지는군요!"

에밀리——(첫째 질문에 체크 표시를 한 뒤 물었다.) "미국 의회에서는 최근 캐나다 정부가 제안한 호혜정책을 기쁘게 보는 경향이 있는 것 같습니까?"

미스 로열——"아하! 캐나다 정부가 그런 제안을 했나? 그런 일은 듣지 못했는걸요."

에밀리는 '그녀는 그 일에 대하여 들은 적이 없다'고 썼다.

미스 로열은 코안경을 고쳐 썼다.

에밀리는 속으로 생각했다. '턱과 코가 그렇게 생겼으니 당신은 늙으면 마녀처럼 될 것 같군요.'

에밀리——"당신은 역사소설의 시대가 이미 끝났다고 생각하나요?"

미스 로열——(지겨운 듯이) "나는 휴가 때 그런 공적인 의견은 모두 집에 두고 나옵니다."

에밀리는 '그녀는 휴가 때는 의견을 모두 집에 두고 온다'고 쓴 뒤, 이 인터뷰에 대한 그녀 자신의 생각을 쓸 수 있다면 얼마나 좋을까 하고 생각했다. 그러나 타워즈 씨는 그것을 실어주지 않을 것이다. 그녀는 새 '지미 북'을 떠올리고, 오늘 밤에 이 인터뷰에 대한 회상기를 '지미 북'에 쓸 생각을 하며 심술궂은 즐거움을 맛보았다.

(츄친이 나타났다. 그 짧은 시간에 닭고기를 다 먹어버렸나 하고 에밀리는 놀랐다. 츄친은 디저트가 필요했는지 미스 로열의 레이스 뜨개의 장식을 한 조각 물어뜯어 가지고 피아노 밑으로 물고 가서 그것을 계속 씹고 있었다)

미스 로열——(열렬하게) "저런!"

에밀리——(갑자기 영감이 떠올라) "차우차우 개에 대하여 어떻게 생각하십니까?"

미스 로열——"이 세상에서 가장 사랑스러운 동물입니다."

에밀리——(마음속으로 '자기 의견을 하나는 가지고 있군요' 하고 생각한 뒤 말했다) "나는 별로 좋아하지 않는데요."

미스 로열——(얼음 같은 미소를 띠며) "나와 당신은 개에 대한 취향이 전혀 다르군요.”

에밀리——마음속으로 '일저가 여기 있어서 나 대신 당신에게 욕을 퍼부어주면 좋을 텐데.'

(덩치가 큰 회색 어미 고양이가 현관 계단을 지나갔다. 츄친이 피아노 밑에서 나와 화분 받침대의 다리 사이로 빠져나와 고양이를 뒤쫓았다. 화분 받침대가 소리를 내고 넘어져 로열 부인의 아름다운 베고니아가 흙과 화분 조각 사이에 흩어졌다.)

미스 로열——“가엾은 안젤라 이모! 서운해 하실 텐데.”

에밀리——“그런 일에 상관하지 않는 것 아닙니까?”

미스 로열——(조용하게) “그래, 그래요.”

에밀리——(수첩을 보면서) “슈루즈베리가 많이 변한 것 같습니까?”

미스 로열——“사람들이 많이 변한 것 같아요. 젊은 사람들에게서 그다지 호감을 느낄 수가 없군요.”

(에밀리는 이 말을 받아썼다. 츄친이 돌아왔다. 고양이를 뒤쫓느라 진흙탕 속을 뛰어다닌 듯한 모습이었는데, 다시 피아노 밑에 기어들어가 레이스 조각을 씹기 시작했다.)

에밀리는 수첩을 덮고 일어섰다.

타워즈 씨가 아니라 타워즈 씨 할아버지의 부탁이라 해도 이 인터뷰를 계속하고 싶은 생각은 없어졌다. 에밀리는 귀여운 천사 같은 얼굴을 하고 있었으나 무서운 일을 생각하고 있었다. 그녀는 미스 로열이 미웠다. 정말로 밉다고 생각했다.

“대단히 고맙습니다. 이것으로 충분합니다. 시간을 빼앗아 미안합니다. 그럼 안녕히.”

에밀리는 미스 로열에 지지 않을 정도로 거만하게 말했다.

그녀는 가볍게 머리를 숙이고 복도로 나왔다. 미스 로열은 응접실

문까지 따라 나왔다.
"당신 개를 데리고 가지 않을 건가요?"
미스 로열이 상냥하게 물었다.
문을 닫을 참이던 에밀리는 미스 로열을 보았다.
"무어라고 말씀하셨지요?"
"당신 개를 데리고 가지 않겠느냐고 물었습니다."
"내 개요?"
"그래요. 아직 레이스를 가지고 장난치고 있지만, 그것을 가지고 가면 되겠네요. 안젤라 이모에게는 더 이상 소용이 없을 테니까."
"그것은, 그것은, 내 개가 아닙니다."
에밀리는 어이가 없었다.
"당신 개가 아니라구요? 그럼 누구 개지요?"
미스 로열이 말했다.
"나는, 나는, 그 개가 당신의 개, 당신의 차우차우인줄 알았어요."
에밀리는 말했다.

열린 문

　미스 로열은 잠시 에밀리를 보고 있다가 에밀리의 손목을 쥐고 응접실로 데려가 소파에 앉혔다. 그리고 자신은 흙투성이 의자에 앉았다. 참을 수 없이 터져나오는 웃음이 길게 이어졌다. 몸을 흔들며 웃다가 상체를 기울여 한두 번 에밀리의 무릎을 치고는 다시 몸을 젖히고 웃었다. 에밀리는 희미한 미소를 머금고 앉아 있었다. 그녀는 너무도 감정이 흔들려 미스 로열의 발작적인 웃음에 끌려들 새도 없었다. 하지만 이미 그녀의 마음속에는 '지미 북'에 쓸 미스 로열에 대한 묘사가 스쳐지나가고 있었다. 그러는 동안에 흰 개는 레이스 조각을 다 물어뜯고는 다시 고양이를 쫓아가기 시작했다.
　마침내 미스 로열도 웃음을 그치고 눈물을 닦았다.
　"이것은 비할 데 없이 멋진 경험이에요, 에밀리 버드 스타. 정말 멋져요. 80살이 되어서도 이 일을 회상하면 박장대소를 할 거예요. 누가 쓸까요? 당신, 아니면 나? 그렇지만 저 개는 누구네 개지?"
　"모르겠어요. 한 번도 본 적이 없는 개예요."

에밀리는 정색을 하고 말했다.
"그래요, 그것은 그렇다 치고 저 개가 다시 들어오기 전에 문을 닫자구요. 자, 내 옆에 앉으세요. 이 쿠션 아래는 깨끗해요. 자, 지금부터 진짜 이야기를 하기로 해요. 오, 당신이 질문할 때 나는 너무 심하게 굴었어요. 아니, 심하게 굴려고 노력했어요. 당신은 왜 내게 물건을 집어 던지지 않았지요? 그렇게 무안을 주었는데도."
"그러고 싶었어요. 하지만 지금 생각해보니, 내 것인 줄 아셨던 저 개가 한 장난에 비하면 당신은 날 무척 빨리 용서해주셨군요."
미스 로열은 다시 큰소리로 웃었다.
"저 밉상인 흰 개를 내 귀여운 금빛 차우차우와 견주다니 대단한 실례예요. 당신이 돌아가기 전에 내 방에 안내할 테니 내 개에게 사과해요. 지금 내 침대에서 자고 있어요. 안젤라 이모가 고양이 일로 걱정하기에 안심시키려고 방에 가두었어요. 츄친은 고양이를 어떻게 하지 않아요. 단지 같이 놀고 싶어할 뿐이에요. 고양이가 달아날 때, 개는 당연히 고양이를 뒤쫓기 마련이지요. 키플링이 말한 것처럼 그런 때 뒤쫓지 않는 개는 진정한 개가 아닐 거예요. 저 하얀 개도 고양이를 쫓는 것만으로 끝냈으면 좋았을 텐데."
"로열 부인의 베고니아 꽃을 저 모양으로 만들어 버려서……."
에밀리는 미안해하며 말했다.
"그것은 좀 심했어요. 이모는 상당히 오랫동안 그 꽃을 소중히 가꾸었는데. 하지만 다시 새 것을 사 드리지요. 나는 당신이 그 개와 함께 걸어오는 것을 보고 당신 개인 줄 알았어요. 나는 가장 좋아하는 드레스를 꺼내 입었어요. 이 옷을 입으면 나도 미인으로 보이기 때문이에요. 당신이 나를 좋아해 주기 바랐던 거예요. 그런데 그 개가 내 옷을 흙투성이로 만들었어요. 그런데도 당신은 개를 꾸짖지도 않고 나에게 한 마디 사과도 하지 않으니, 그만 내 평소의 버릇이 나와 화가 났던 거지요. 나는 때때로 그렇게 돼요. 스스로도 어떻게 해볼 도리가 없어요. 내 작은 결점 중 하나지요. 하지만 새로 성낼 다른 일만 없으면 곧 진정된답니다. 그런데 오늘은 어쩐 일인지 계속 화날 일이 생겼어요. 나는 당신이 당신 개를 꾸짖으려 하지 않는다면, 나로서도 당신에게 그것에 대해 아무 말도 하지 않으려고 결심했지요. 그런데 당신은 당신대로 내 개가 당신의 제비꽃을 엉망으로 만들고 원고를 먹어 치우는 것을, 내가 그냥 보고만 있는 거라 생각하고 화를 내고 있었던 거였어요. 그렇지요?"
"네, 그래요."
"원고는 유감스럽게 되었어요. 어쩌면 찾을 수 있을지도 몰라요. 설마 그것을 삼키지는 않았을 테니까. 그렇지만 모두 잘게 씹어 놓았을지도 모르겠군요."
"괜찮아요. 집에 복사본이 또 있어요."
"그리고 질문 말인데요, 에밀리. 당신은 너무 순진해요. 정말로 내 대답을 썼어요?"
"네, 그 한 마디, 한 마디를. 나는 그것을 인쇄할 참이었어요. 타워즈 씨가 질문 목록을 적어주셨어요. 물론 그 대답을 그대로 실을 생각은 아니었어요. 대화 형식으로 잘 배열할 생각이었어요. 로열 부인이 오셨네요."
로열 부인은 웃으며 들어왔지만 베고니아를 보자 안색이 달라졌다. 그러자 미스 로열이 재빨리 말했다.
"이모, 울거나 기절하면 안 돼요. 적어도 이 근처에서 희고, 털 많고, 버릇 없는, 악마 같은 개를 기르는 집이 어딘지 말씀해주시기 전까지는요."
로열 부인은 절망적으로 말했다.
"릴리 베이츠야. 또 그 개를 풀어놓았구나. 네가 오기 전에 나는 그 개 때문에 혼이 난 일이 많았단다. 그 놈은 몸집은 크지만 강아지처럼 버릇이 없어. 견디다 못해 만약 우리 집에서 그 개를 다시 보면 독을 먹여버리겠다고 말해 준 일이 있을 정도야. 그 이후로는 묶어놓고 밖에 내보내지 않는 것 같았는데 또 내놓은 게로구나. 대체 어떻게 하면 좋아, 아아! 내 예쁜 베고니아를 이 지경으로 만들다니……."
"이 개는 말이지요. 에밀리와 함께 왔어요. 그래서 나는 에밀리의 개라고 여겼지 뭐예요. 손님에 대한 예의는 그 사람의 개에게도 마찬가지지요. 이런 일을 더 간결하게 말하는 옛 속담이 있었지요? 하여튼 이 개는 여기 오자마자 나를 끌어안았어요. 내가 가장 좋아하는 이 옷이 증거예요. 이모의 소파도 버려 놓았어요. 에밀리의 제비꽃 장식을 못쓰게 만들어놓고, 고양이를 쫓아다니고, 베고니아를 둘러엎고, 화병을 깨고, 내가 먹으려고 둔 닭고기를 물어가는 등의 일을 순식간에 저질렀어요, 안젤라 이모. 그러나 나는 끝까지 침착하고 정중한 태도를 잃지 않았어요. 항의라곤 단 한 마디도 하지 않았지요. 뉴문 사람들만큼이나 예의바르게 행동했지요. 안 그래요, 에밀리?"
"너무 화가 나서 입을 열 수가 없었던 거겠지."
로열 부인은 원망스러운 듯이 베고니아 화분을 주워 모으면서 말했다.
미스 로열은 에밀리를 잠깐 보았다.
"그래요. 안젤라 이모 있는 데서는 아무 말도 못해요. 나를 너무 잘 알고 계시니까. 분명히 나는 언제나 매력적인 사람은 아니에요. 그렇지만 이모, 제가 새 화병과 새 베고니아 화분을 사 드릴게요. 베고니아를 다시 가꿀 즐거움을 생각해 보세요. 언제나 기대가 현실보다 재미있다는 것은 틀림없으니까요."
"릴리 베이츠와 만나서 이야기를 해야지."

로열 부인은 이렇게 말하면서 쓰레받기를 가지러 나갔다.
"자, 이제 우리 이야기를 합시다."
미스 로열은 이렇게 말하며 에밀리 옆에 앉았다.
이것이 편지를 보낸 미스 로열의 모습이었다. 에밀리는 그녀와 이야기하는 데 아무 두려움도 못 느꼈다. 두 사람은 유쾌한 시간을 보냈다. 이야기가 끝나갈 무렵 미스 로열은 에밀리에게 숨도 못 쉴 만큼 멋진 제안을 했다.
"에밀리, 나는 7월에 뉴욕으로 돌아갈 때 당신이 나와 함께 가주기를 바라고 있어요. 〈여성자신〉의 편집부에 자리가 하나 비어 있거든요. 그 자리만 놓고 보면 대단한 것은 아니에요. 아마 온갖 일을 다 해야할 거예요. 그렇지만 당신에게는 좋은 기회지요. 많은 것을 배울 수 있을 거예요. 당신은 글 쓰는 법을 알아요. 〈임금님을 벌 준 여자〉를 읽은 순간 나는 그 사실을 알았어요. 마침 〈로시〉지의 편집장이 아는 사람이라 곧 당신의 주소와 성명을 알아낼 수 있었지요. 이것이 이번 봄에 내가 여기 오게 된 진짜 이유랍니다.

나는 당신을 붙잡고 싶어요. 당신은 이런 곳에서 인생을 허비해서는 안 돼요. 그것은 죄악이라 할 수 있어요. 물론 뉴문은 친근하고 아취가 있는 아름다운 곳이고, 시와 낭만으로 가득차서 어린 시절을 보내기에는 이상적인 곳이지요. 하지만 당신은 성장하고, 앞으로 나아가고, 당신 자신을 계발할 기회를 가져야 해요. 당신은 훌륭한 사람들과 교제하며, 그들로부터 끊임없는 자극을 받아야 해요. 그리고 당신에게는 대도시만이 줄 수 있는 교육이 필요해요. 나와 함께 갑시다. 그렇게 한다면 에밀리 버드 스타는 10년 안에 미국 잡지사에서 경쟁적으로 만나고 싶어할 이름이 되리라는 것을 약속하지요."
에밀리는 너무도 눈부신 장래를 명확하게 그려보기에는 혼란스러워 당황한 채 그냥 그 자리에 앉아 있었다. 그녀는 이런 것은 꿈꿔 본 적이 없었다. 그것은 마치 미스 로열이 갑자기 그녀의 손에 열쇠를 쥐어 주면서 그것으로 문을 열고 꿈과, 희망과, 상상의 세계로 들어가라는 것과 같았다. 그 문 저쪽에는 그녀가 바라던 모든 성공과 명성이 있었다. 하지만, 하지만 말이다. 소용돌이치고 있는 그녀의 마음 한켠에 희미하지만 기묘한 분노와 같은 것이 작용하고 있는 것은 왜일까? 에밀리가 그녀와 함께 뉴욕에 가지 않으면 평생 세상에 이름을 알리지 못할 것이라는 전제에 상처받은 것일까? 아니면 이미 죽고 없는 머리 집안의 조상들이 그들의 후손 하나가 남의 도움이나 '연줄' 없이는 성공할 수 없으리라는 말을 듣고 무덤에서 돌아눕기라도 한 것일까? 그것도 아니면 미스 로열이 보호자처럼 구는 것이 거북했던 것일까? 그것이 무엇이었든 간에 에밀리의 마음속에는 미스 로열의 제안을 선뜻 받아들일 수 없게 하는 그 무언가가 있었다. 에밀리는 머뭇머뭇 말했다.

"미스 로열, 대단히 멋진 이야기지만…… 그러나 엘리자베스 이모는 허락하지 않으실 겁니다. 아직 너무 어리다고 생각하실 거예요."

"당신 몇 살이지요?"

"17살이에요."

"나는 18살에 뉴욕엘 갔어요. 아는 사람 하나 없었고, 3개월분의 숙식비밖에 없었어요. 그때의 나는 못생기고 삐쩍 마른 소녀였어요. 그래도 나는 성공했어요. 당신은 나와 함께 사는 거예요. 나는 엘리자베스 이모가 하는 것과 똑같이 당신을 돌봐주겠어요. 이모에게 내가 당신을 내 눈동자처럼 지켜주기로 했다고 말하세요. 내 아파트는 쾌적하고 아늑하답니다. 거기서 우리, 귀여운 츄친과 더불어 여왕처럼 행복하게 살아봅시다. 당신은 곧 츄친을 좋아하게 될 거예요, 에밀리."

"나는 고양이 쪽이 더 좋아요." 에밀리는 분명하게 말했다.

"고양이? 아파트에서는 고양이를 못 기르게 해요. 길들이기가 어려워서요. 고양이는 예술의 제단에 제물로 바쳐야 해요. 당신은 나와 생활하는 것을 좋아하게 될 거예요. 나는 보통은 무척 친절하고 상냥하답니다. 화를 내는 일이 별로 없지요. 가끔 냉정해질 때도 있지만 곧 잊고 말아요. 불행한 사람들과도 넓은 마음으로 참고 사귀지요. 그리고 결코 남에게 감기가 들었냐거나 피곤해 보인다는 등의 말을 하지 않아요. 함께 살기에는 괜찮은 사람이랍니다."

"그러네요." 에밀리는 웃으며 말했다.

"나는 지금까지 함께 살고 싶은 생각이 드는 젊은 여성을 만난 적이 없어요. 당신에게서는 빛이 나요, 에밀리. 당신은 어두운 곳에 빛을 던져주고 그늘진 곳을 밝게 할 거라고 믿어요. 자, 나하고 함께 간다고 마음을 정해요."

"결정할 사람은 엘리자베스 이모예요. 만약 이모가 좋다고 말씀하시면 나는……."

에밀리는 거북한 듯이 말을 중단했다.

"가는 거예요." 미스 로열이 기쁘게 말을 맺었다. "엘리자베스 이모는 승낙하실 거예요. 내가 가서 잘 말씀드리지요. 뉴문으로 당신과 함께 다음 금요일 밤에 갑시다. 당신은 기회를 놓쳐서는 안 돼요."

"미스 로열, 어떻게 감사를 드려야 할지 모르겠군요. 그래서 아무 말도 하지 않을래요. 그럼 이만 실례하겠어요. 오늘 이야기는 잘 생각해 볼게요. 지금은 정신이 어지러워 아무 생각도 할 수가 없군요. 이것이 내게 어떤 의미를 가지고 있는지 당신은 모를 겁니다."

미스 로열은 조용히 말했다.

"알 것 같아요. 나또한 옛날 슈루즈베리의 소녀였고 나에게 기회가 없는 것을 서러워하고 또 괴로워했어요."

"그렇지만 당신은 스스로 기회를 만들어 성공하지 않았어요?"
에밀리는 부러운 듯이 말했다.

"그래요. 하지만 그러기 위해서는 이곳을 떠나야했어요. 여기 있어 가지고는 어떻게도 되지 않았을 거예요. 처음에는 무척이나 힘들고 괴로운 오르막길이었어요. 그 길을 오르느라 청춘을 모두 바쳐야 했지요. 나는 당신의 어려움과 좌절을 조금이라도 줄여주고 싶은 거랍니다. 당신은 나보다 훨씬 멀리 나아갈 수가 있어요. 나는 다른 사람이 만든 재료로 건축을 할 뿐이지만, 당신은 창작이 가능하잖아요. 그러나 우리들 건축가들이 할 일도 있어요. 가령, 아무것도 할 수 없을지라도 우리는 신과 여신을 위하여 신전을 지을 수 있지요. 에밀리, 나는 최선을 다해 당신을 돕고 싶어요."

"고맙습니다, 고맙습니다."

이 말이 에밀리가 할 수 있는 말의 전부였다. 미스 로열이 보여준 아낌없는 협조와 배려에 에밀리의 눈에 눈물이 고였다. 그녀는 지금까지 별로 이해와 격려를 받은 일이 없었으므로 이것은 깊이 가슴에 와 닿았다. 그녀는 열쇠를 돌려 마법의 문을 열어야 되겠다고 느끼면서 길을 내려왔다. 그 문을 열면 저쪽에 인생의 모든 아름다움과 매력이 기다리고 있을 것이다. 엘리자베스 이모가 허락해 주기만 한다면……

'만일 엘리자베스 이모가 찬성하지 않으면 나는 가지 못하는 것이다.'

에밀리는 결심했다. 돌아오는 길의 절반쯤 되는 곳에서 에밀리는 발을 멈추고 웃기 시작했다. 결국 미스 로열은 그녀에게 츄친을 보여주는 것을 잊고 말았던 것이다. 그녀는 생각했다.

'그래도 상관없어. 왜냐하면 첫째, 이 모든 일이 있고 난 지금,

챠우챠우 개에 대한 진정한 흥미를 못 느낄 것 같으므로. 둘째, 미스 로열과 함께 뉴욕에 가면 그 개를 실컷 보게 될 테니까.'

환상의 골짜기

에밀리는 미스 로열과 함께 뉴욕에 갈 것인가?
그것은 에밀리가 지금 대답해야 하는 문제였다. 아니, 그보다는 엘리자베스 이모가 결정해야 하는 문제였다. 에밀리는 엘리자베스 이모의 대답 여하에 모든 것이 달려 있다고 느꼈다. 그러나 엘리자베스 이모에게서 허락을 기대할 수는 없는 일이었다. 에밀리는 미스 로열이 그려보인 저 먼 곳의 푸른 목장을 동경의 눈빛으로 바라보겠지만, 정말로 거기서 풀을 뜯게 되는 일은 없을 것이다. 머리 가문의 자부심과 고집은 넘기 힘든 장애물이었다. 에밀리는 이 일에 대해서는 루스 이모에게 아무 말도 하지 않았다. 엘리자베스 이모가 먼저 들어야 하는 문제였다.

에밀리는 다음 주말에 미스 로열이 매우 정중하고 기분 좋게, 그리고 약간은 보호자 같은 태도로 뉴문으로 부탁하러 올 때까지 이 멋진 계획의 비밀을 굳게 지켰다.

엘리자베스 이모는 말 없이 듣고 있었다. 에밀리는 이모가 찬성하지 않는 것이라고 생각했다. 다 듣고 난 뒤 이모는 차갑게 말했다.

"머리 가문의 여자들은 결코 생계를 위해 일하지 않았어요."

미스 로열은 인내심을 가지고 말했다.

"이것은 당신이 말씀하시는 '생계를 위해 일하는' 것과는 크게 다릅니다. 몇천 명이나 되는 부인들이 사무직이나 전문직에 종사하고 있어요."

"결혼하지 않는다면 그것도 무방하지요." 엘리자베스 이모는 남의 일처럼 말했다.

미스 로열은 살짝 얼굴을 붉혔다. 그녀는 블레어워터와 슈루즈베리에서 자신이 올드미스로 간주되어, 뉴욕에서의 그녀의 지위나 수입에 관계 없이 실패자로 받아들여지고 있는 것을 알고 있었다. 그렇지만 그녀는 화를 지그시 누르고 다른 방법을 시도해 보았다.

"에밀리의 글솜씨는 보통이 아니에요. 만일 기회가 주어진다면 정말 훌륭한 일을 할 수 있을 것이라 생각해요. 에밀리에게 기회를 주어야 해요, 미스 머리. 여기서는 기회가 없잖아요."

"에밀리는 최근 1년 동안 글을 써서 많은 돈을 벌었어요."

엘리자베스 이모가 자랑스럽게 말했다.

'오! 하느님, 나에게 인내를 주십시오'

미스 로열은 속으로 이렇게 생각했다.

"그래요! 여기서 10년쯤 노력하면 몇백 달러는 벌겠지요. 그렇지만 저와 함께 뉴욕에 가면 10년 뒤에 수천 달러를 벌 수 있게 될 것입니다."

이모는 부인하진 않았지만 찬성하지도 않았다.

"잘 생각해 볼게요."

에밀리는 이모가 생각해 본다고 말하는 것에 놀랐다. 덮어놓고 거절할 것이라고 생각했던 것이다.

미스 로열은 돌아가는 길에 에밀리에게 말했다.

"걱정하지 말아요! 승낙할 테니까. 나는 옛날의 머리 집안을 알고 있어요. 그분들은 기회를 잡을 줄 아는 사람들이었어요. 이모는 당신을 보내줄 거예요.”
"글쎄요, 어떨는지."
미스 로열이 가고 난 뒤 엘리자베스 이모는 에밀리를 가만히 보았다.
"너 가고 싶니?"
"네! 저는 가고 싶어요, 이모가 승낙해 주신다면."
에밀리는 더듬으며 말했다.
그녀는 매우 창백한 얼굴을 하고 있었다. 애원하지도 않았지만 그렇다고 조르지도 않았다. 그러나 그녀는 조금도 기대하지 않았다. 어떤 일에도 희망을 가질 수 없었다.
엘리자베스 이모는 일주일 동안 이 일에 대해 생각한 끝에 루스와 월리스와 올리버를 불러 의논했다. 루스 이모가 미심쩍어 하며 말했다.
"저 아이를 보내야 한다고 생각해. 좋은 기회니까. 혼자서 가는 것도 아니고, 만약 혼자서 가는 것이라면 절대 찬성하지 않겠지만, 재닛이 돌봐 준다면……."
"그 사람은 너무 젊어……. 너무 젊다구."
올리버 삼촌이 말했다.
"에밀리를 위해서는 좋은 기회라고 생각해. 재닛 로열은 성공했다지 않니?" 월리스 삼촌이 말했다.
엘리자베스 이모는 낸시 고모할머니에게까지 편지를 써서 조언을 구했다. 낸시 고모할머니의 떨리는 필적으로 씌어진 답장이 곧 도착했다.
"에밀리에게 결정하라고 하면 어떨까?"
엘리자베스 이모는 낸시 고모할머니로부터 온 편지를 접어두고 에밀리를 응접실로 불러서 말했다.

"네가 미스 로옐과 함께 가고 싶으면 가도 좋아! 너의 앞길을 막아서는 안 된다고 생각한다. 네가 없으면 쓸쓸하겠지. 아직 3, 4년은 여기 있어주면 좋겠는데……. 나는 뉴욕의 일은 전연 모르지만, 듣기로는 좋지 않은 곳 같아. 그렇지만 너는 신중한 아이야. 나는 네 결단에 따르기로 했다. 로라, 왜 그렇게 우는 거지?"

에밀리도 울고 싶었다. 놀랍게도 그녀는 기쁨도, 즐거움도 아닌 무엇인가를 느꼈다. 금단의 목장에 들어가기를 희망하는 것과 갑자기 문이 열려 마음대로 들어가도 된다는 말을 듣는 것은 다른 일임을 에밀리는 깨달았다.

에밀리는 자기 방으로 뛰어 들어가 샬럿타운의 친구들을 방문 중인 미스 로옐에게 기쁨의 편지를 띄우지는 않았다. 그 대신 에밀리는 정원으로 나가서 열심히 생각했다. 그날 오후와 일요일 내내 생각하고 그리고 슈루즈베리에 와서도 그녀를 지켜보는 루스 이모의 눈길을 의식하며 조용히 생각에 잠겼다. 어떤 이유에서인지 루스 이모는 그 일에 대하여 그녀와 이야기하려 하지 않았다. 어쩌면 이모는 앤드루의 일을 생각하고 있었는지도 모른다. 또는 에밀리의 결정에 아무도 영향력을 행사해서는 안 된다고 머리 집안 사람들 사이에 미리 양해가 되어 있었는지도 모를 일이다.

에밀리는 자신이 왜 곧바로 미스 로옐에게 편지를 쓰지 않는지 이해할 수 없었다. 물론 그녀는 갈 것이다. 안 가다니……. 그것은 너무나 어리석은 짓이다. 이런 기회는 다시 오지 않을 것이다. 이것은 정말 굉장한 기회인 것이다. 모든 것이 이미 준비되어 있다. 알프스의 좁은 길은 편한 언덕길이 되었고, 성공은 확실하고 화려하고 빠를 것이다. 그렇다면 그녀는 왜 이 말을 자신에게 되뇌어야 하는 것일까? 그리고 왜 그다음 주말에 카펜터 선생님의 조언을 구하러 갔던 것일까? 카펜터 선생님은 별 도움이 되지 못했다. 류머티즘이

심해 까다롭게 굴었다.

"고양이들이 또 시끄럽게 군다고 말하러 온 것은 아니겠지."

그는 신음했다.

"그런 일이 아니에요. 오늘은 원고도 안 가지고 왔어요. 다른 일로 선생님의 조언을 들으러 왔어요."

그녀는 결단을 내리지 못하고 있는 일에 대하여 이야기하고, "그것은 아주 좋은 기회라고 생각해요"라는 말로 끝을 맺었다.

"그래, 물론 멋진 기회이지, 가서 양키가 되려면."

카펜터 선생은 소리질렀다.

"저는 양키가 되지는 않을 거예요. 미스 로열은 20년간 뉴욕에 있었지만 양키가 되지는 않았어요."

에밀리는 안타까운 듯이 말했다.

"그래? 내가 양키라고 한 것은 네가 생각하는 그런 의미가 아니란다. 나는 말이지, 미국에 일하러 갔다가 6개월쯤 뒤에 돌아와 이상한 억양으로 지껄여대는 어리석은 여자아이들을 말하는게 아니야.

재닛 로열은 양키다. 외모나, 분위기나, 스타일이나, 모든 것이 미국적이야. 그렇다고 해서 그것을 탓하는 것은 아니야. 그것은 그대로 좋다. 하지만 더 이상 캐나다인이라고 할 수는 없지. 나는 네가 진짜 캐나다인이 되기를 바란다. 진정하고 순수한 캐나다인 말이다. 캐나다인으로서의 본질을 잃지 말고 네 힘이 닿는 한 우리나라 문학을 위하여 진력해주기를 바란다. 물론 아직은 그런 일로 많은 돈을 벌지는 못하겠지만 말이야."

"여기서는 무엇인가를 할 만한 기회가 없어요."

에밀리는 자기 의견을 말했다.

"그래, 하워스 목사관(《제인에어》와 《폭풍의 언덕》이 쓰여진 곳)만큼이나 말이지?" 카펜터 선생님은 조롱조로 말했다.

"저는 샬럿 브론테와는 달라요. 그녀는 천재였어요. 천재는 혼자 힘으로 설 수 있어요. 저는 그냥 약간의 재능을 가지고 있을 뿐인걸요. 그래서 도움이 필요해요. 도움과 지도가 필요해요."

"다시 말하면 '인맥'이지." 카펜터 선생님이 말했다.

"그러니까 선생님은 제가 가서는 안 된다는 말씀이지요?"

에밀리는 걱정스럽게 물었다.

"가고 싶으면 가는 거지. 빨리 유명해지려면 누구나 조금은 머리를 숙여야 하지. 가라, 가거라, 가라고 말하지 않니? 나는 이제 의논할 기력이 없어졌다. 조용히 가거라. 가지 않는 것은 바보다. 다만…… 바보라도 때로는 목적을 달성하지. 틀림없이 무슨 특별한 신의 섭리가 작용하는 것일 거야."

에밀리는 카펜터 선생님 집에서 조금 어두운 얼굴을 하고 돌아왔다. 도중에 켈리 할아버지를 만났는데 그는 빨간 마차를 세우고 그녀를 불렀다.

"옛다, 사탕. 이제 너도 슬슬 시집갈 때가 되었구나." 할아버지는 이렇게 말하면서 윙크를 해 보였다.

"아! 나는 말이지요, 올드미스가 될 거예요." 이렇게 말하고 에밀리는 미소지었다.

켈리 할아버지는 고삐를 당기면서 머리를 흔들었다.

"그런 어리석은 일이 너에게 있을 턱이 없지. 너는 하느님이 사랑하시는 사람 중의 하나야. 다만 프리스트 집안 사람만은 안 된다. 프리스트 집안 사람과의 결혼은 생각도 하지 말어. 알겠지, 이 아가씨야."

"켈리 할아버지, 저는 말이지요, 근사한 제안을 받았어요. 뉴욕의 어느 잡지사 편집부에서 일해보지 않겠느냐는 거예요. 하지만 아무래도 마음을 정할 수 없어요. 어떻게 하면 좋을까요?"

이렇게 말하면서도 에밀리는 머리 집안의 한 사람이 켈리 할아버지의 조언을 구했다는 사실을 엘리자베스 이모가 알게 되면 뭐라고 말할지 걱정이 되었고, 스스로도 자신이 부끄럽게 여겨졌다.
 켈리 할아버지는 또 머리를 흔들었다.
 "이 근방의 사내아이들이 어떻게 생각할까? 그보다도 엘리자베스 이모는 뭐라고 말씀하셨는데?"
 "저 하고 싶은 대로 하라고 말씀하셨어요."
 "그러면 그렇게 하면 되겠구나."
 이렇게 말하고는 켈리 할아버지는 빨리 마차를 몰고 가버렸다. 분명히 켈리 할아버지로부터는 아무 조언도 얻지 못했다. 에밀리는 절망에 차서 생각했다.
 왜 나는 도움이 필요한가? 내 일을 내가 결정하지 못하다니, 대체 나는 무엇을 하고 있는 것일까? 어째서 나는 분명하게 '가겠습니다'라고 말을 못하는 것일까? 지금은 '가고 싶은 것이 아니라 가고 싶어해야 하는' 것처럼 느껴진다.
 그녀는 딘이 돌아와 있었으면 했다. 그러나 딘은 겨울을 지내러 로스앤젤레스에 가서 아직 돌아오지 않았다. 어쩐 일인지 테디와는 이 문제를 상의할 수가 없었다. '오래된 존의 집'에서의 그 멋진 순간 뒤에 얻은 것은 아무것도 없었다. 다만 어떤 긴장만이 남아 그들의 오랜 우정을 서먹하게 만들 뿐이었다. 겉보기에는 이전처럼 사이좋은 친구들로 보이지만, 그들 사이에는 무언가가 사라지고 없었으며 그것을 대신할 것도 없는 듯했다. 그녀는 테디와 상의하기를 두려워하는 자신을 인정하고 싶지 않았을 것이다.
 만일 그가 가리고 한다면? 그것은 견딜 수 없이 큰 상처가 될 것이다. 그녀가 가든지 안 가든지 관심이 없다는 뜻이니까. 하지만 에밀리는 테디와 상의할 생각을 아예 하지 않았다.
 "물론 나는 갈 거야." 에밀리는 큰 소리로 자신에게 말했다. 소리를 내어 말하면 만사가 결정될지도 모르므로. "만일 안 간다면 내년에는 뭘 하지? 엘리자베스 이모는 나 혼자서는 어디에도 보내주지 않을 거야. 일저는 떠나고 없을 것이고, 페리와 테디도 여기 있지 않을 텐데. 테디는 어딘가에 가서 미술 공부를 위한 비용을 벌어야 한다고 말하고 있어. 나는 가야만 해."

그녀는 마치 눈에 보이지 않는 상대의 의견에 반박하듯 소리를 질렀다.

저녁 무렵, 혼자 집에 돌아오자 아무도 없었으므로 그녀는 초조하게 온 집안을 돌아다녔다. 양초라든지 나무로 등받이를 한 의자라거나, 손으로 짠 깔개가 깔린 여러 방들은 어쩌면 이렇게 매력적이고 안정된 중량감과 아름다움에 가득차 있을까! 다이아몬드 무늬의 벽지와 수호천사와 검은색의 불룩한 화병과 재미있는 유리창이 달린 자기 방은 또 얼마나 사랑스럽고 그리운 곳인가!

미스 로열의 아파트는 이곳의 절반만큼이라도 근사할까?

"물론 나는 갈 거야." 에밀리는 거듭 다짐했다. 여기서 '물론'이라는 말만 빼버릴 수 있으면 일은 결정되는 것이라고 느끼면서.

그녀는 이른 봄의 비정한 달빛이 흘러드는 마당에 나가 왔다갔다 했다. 저 먼 세계의 유혹처럼 멀리서 슈루즈베리의 기적소리가 들려왔다. 그것은 흥미와, 매력과, 극적인 일로 가득한 세계로부터의 초청 같았다. 그녀는 이끼 낀 해시계 곁에 서서 그 가장자리에 적혀 있는 격언을 읽었다.

"그리하여 때는 지나가노라."

시간은 용서 없이 지나가고 있다.

근대화로 때묻지 않은 한적한 뉴문에서조차도 시간은 자꾸만 흘러간다. 기회가 주어졌을 때 뛰어들어야 하는 것이 아닐까? 하얀 6월의 백합이 산들바람에 흔들리고 있었다. 그녀의 오래된 친구, 바람 아주머니가 그 꽃 위로 몸을 구부리고 새하얀 볼을 간지르고 있는 것 같았다. 혼잡한 도시의 거리에서도 바람 아주머니를 볼 수 있을까? 그곳에서도 그녀는 키플링의 고양이처럼 될 수 있을까?
 뉴욕에서도 그 번뜩임을 느낄 수 있을까? 에밀리는 근심스럽게 생각했다.
 지미가 가꾼 이 정원은 얼마나 아름다운가! 오래된 뉴문의 농장은 또 얼마나 아름다운가! 뉴문에서만 맛볼 수 있는, 로맨틱한 성격의 독특한 아름다움이다. 이슬에 젖은 벽돌색 길의 매혹적인 곡선과 초연하고 영적인 아름다움을 간직한 세 왕녀, 마법에 걸린 듯한 과수원, 악마가 모의하는 듯 비밀스런 분위기를 띤 전나무 숲, 자신을 보호해주고 사랑해준――집이 어떻게 사랑을 하느냐고는 말하지 말라――이 집과 블레어워터 연못가에 있는 친척들의 묘지, 어린 시절의 꿈이 깃든 들판과 숲을 과연 떠날 수 있을까? 불현듯 에밀리는 이곳을 떠날 수 없음을 알았다. 이곳을 떠나는 것을 진정으로 원한 적이 단 한 번도 없음을 그녀는 깨달았다. 필사적으로 사람들의 의견을 구하러 다녔던 것은 그 때문이었을 것이다. 그녀는 마음속으로 사람들이 가지 말라고 말해주기를 바라고 있었던 것이다. 그렇기 때문에 그토록 딘이 이곳에 있어주었으면 하고 바랐던 것 아닐까. 분명 딘은 그녀에게 가지 말라고 했을 테니까.
 "나는 뉴문에 속해 있다. 나는 나와 같은 사람들 사이에 남아 있어야 한다."
 에밀리는 혼잣말을 했다.
 이 결심에는 의심의 여지가 없었다. 그녀는 누구의 도움도 없이 이렇게 결심한 것이다. 길을 걸어 정든 집으로 돌아갈 때, 그녀의 마음에는 깊은 만족감이 솟아났다. 집은 더 이상 그녀를 질책하는 것처럼 보이지 않았다. 엘리자베스와 로라와 지미는 촛불이 켜져 있는 부엌에 있었다.
 "엘리자베스 이모! 저는 뉴욕에 가지 않겠어요. 저는 이모와 함께 여기서 살겠어요."

로라 이모의 입에서 기쁨의 탄성이 흘러나왔다. 지미는 '만세'를 부르고, 엘리자베스 이모는 양말을 한 바퀴 뜬 뒤 입을 열었다.
"머리 집안의 피를 이어받은 사람이라면 당연히 그럴 거라고 생각했다."
에밀리는 월요일 저녁 무렵 곧장 애시번에 갔다. 미스 로열은 돌아와 있었고 따뜻하게 맞이해 주었다.
"미스 머리가 현명한 결정을 내려 당신이 나와 함께 가는 것을 허락하셨기를 바라고 있었어요, 사랑스런 에밀리."
"이모는 저 스스로 결정하라고 하셨어요."
미스 로열은 손뼉을 치며 좋아했다.
"잘됐네, 잘됐어! 그럼 이제 결정되었군요."
에밀리는 창백한 얼굴을 하고 있었지만 눈은 열의와 격정으로 붉게 타오르고 있었다.
"네! 결정했어요. 저는 가지 않을 거예요. 그러나 저는 마음속 깊이 당신에게 감사하고 있습니다, 미스 로열. 저는 갈 수 없어요."
미스 로열은 그녀를 빤히 쳐다보았다. 곧 그녀는 호소나 반박 같은 것이 아무 소용 없다는 것을 깨달았지만, 그럼에도 불구하고 다시 한 번 에밀리를 설득하려 했다.
"에밀리, 진심이에요? 왜 못 간다는 거지요?"
"저는 뉴문을 떠날 수가 없어요. 저는 뉴문을 너무도 사랑하고 있어요. 뉴문은 내 속에 너무 깊이 들어와 있어요."
"나는 당신이 정말로 오고 싶어 한다고 생각했는데."
미스 로열은 책망하듯 말했다.
"그랬어요. 그리고 지금도 얼마쯤 가고 싶은 생각이 있어요. 하지만 마음속 깊은 곳에서는 가지 말라고 말해요. 미스 로열. 모쪼록 저를 어리석고 은혜를 모른다고 여기지 말아 주세요."

미스 로열은 힘없이 말했다.

"물론 은혜를 모른다고 생각하지 않아요. 하지만 너무도 어리석군요. 당신은 경력을 쌓을 수 있는 좋은 기회를 스스로 내던지고 있다구요. 이곳에서 과연 무엇을 할 수 있겠어요? 당신은 당신 앞에 어떤 어려움이 놓여 있는지 전혀 알지 못해요. 이곳에서는 소재를 구할 수도 없을 거고, 분위기도 만들어낼 수 없을 거예요."

"분위기는 제 스스로 만들 거예요." 에밀리는 조금 고집스럽게 대답했다. 그리고 결국 미스 로열도 앨릭 소여 부인과 크게 다르지 않다고 생각했다. 게다가 미스 로열의 태도에는 어른이 어린애를 다루는 듯한 면이 느껴졌다.

"그리고 소재 말인데요. 이곳에서도 다른 곳과 마찬가지로 사람들은 살아간답니다. 괴로워하고, 즐거워하고, 죄를 짓고, 마음에 소원을 품고요. 그것은 뉴욕이라 한들 다를 바 없을 거예요."

미스 로열은 약간 토라진 듯 말했다.

"당신은 아무것도 몰라요. 이곳에서는 진정 가치있는 글은 아무것도 쓸 수 없을 거예요. 영감은 떠오르지 않고, 여러 면에서 방해만 받을 거예요. 큰 출판사의 편집자들은 겉봉에 프린스에드워드 섬이라고 적힌 주소만 보고도 그 안에 들어 있는 당신 원고를 거들떠 보지도 않을 거예요.

에밀리, 당신은 문학적 자살을 하고 있는 거라구요. 밤을 하얗게 지새운 어느날 새벽 3시에 당신은 그것을 깨닫게 될 거예요. 지금부터 몇 해가 지나면 당신은 주일학교 아이들 대상의 읽을거리나 농업 관계의 신문에 글을 쓰고 있겠지요.

그러나 그것으로 당신이 만족할 수 있을까요? 그렇지 않으리라는 것을 당신도 잘 알 거예요. 그리고 이 좁은 동네에서의 시기, 질투는 어떻고요? 함께 학교에 다닌 동창들이 못하는 일을 당신이 하게 되면 그들 중 몇몇은 결코 당신을 용서하지 않을 거예요. 그리고 이렇게 생각하겠지요. 당신이 쓴 소설의 주인공은 당신 자신일 거라고, 주인공이 아름답고 매력적일수록 더 그렇게 생각할 거예요. 당신이 연애소설이라도 쓰게 되면, 틀림없이 그 이야기를 당신 자신의 이야기로 받아들일 것이고요. 당신은 블레어워터에 싫증이 날 거예요. 블레어워터의 모든 사람들과, 예견되는 그들의 미래 모습까지 전부 알고 있으니까요. 아마 같은 책을 20번이나 읽은 것처럼 잘 알게 될 겁니다. 당신은 깊이 실망할 거예요. 새벽 3시에 당신은 잠들지 못하고 초조해할 거예요. 새벽 3시는 매일같이 찾아온답니다. 그러다가 당신은 마침내 포기하고 말겠지요. 그리고 그 사촌과 결혼할 거예요."
"그런 일은 없어요."
"그 사촌이 아니라면 그와 비슷한 어느 누구하고라도 말이에요. 결혼해서 안주하겠지요."
"아니에요. 나는 '안주' 같은 것은 하지 않아요. 내가 살아 있는 한 말이지요. 그러면 삶이 너무 재미없고 답답할 거예요." 에밀리는 잘라 말했다.
그러나 미스 로열의 가차없는 말은 계속 이어졌다.
"그리고 이 안젤라 이모의 응접실 같은 것을 갖게 되겠지요. 벽난로 위에 빼곡히 사진을 늘어놓고, 8인치 폭으로 확대한 사진 액자와 붉은 비로드 표지의 앨범으로 응접실을 장식하고, 손님용 침실의 침대 위에 화사한 누비이불을 펼쳐놓고, 복도에는 손수 그림을 그린 깃발을 꽂아놓고, 그리고 마지막 마무리로 식당 테이블 중앙에 아스파라거스를 장식해서 우아한 분위기를 연출하고 말이죠." 에밀리는 진지하게 말했다.
"그런 것이 머리 집안의 전통은 아니지요."
"아, 그렇다면 그에 상응하는 정신적인 어떤 것이라고 해두죠. 아! 에밀리, 1마일 앞도 내다볼 수 없는 이런 곳에서 당신이 어떻게 살아갈지가 내 눈에 환히 보여요."

에밀리는 턱을 쑥 치켜올리고 말했다.

"저는 그 이상도 볼 수 있답니다. 저는 별까지 볼 수 있어요."

"나는 비유로 말했는데."

"저도 같아요. 아, 미스 로열. 이곳에서의 생활은 어떤 면에서는 매우 제한적이에요. 그러나 저 하늘은 어디에서나 똑같이 푸르고 드넓습니다. 나는 이곳에서 성공하지 못할지도 모릅니다. 그러나, 그렇다면 뉴욕에서도 마찬가지겠지요. 내가 사랑하는 이 땅을 떠나면 내 영혼의 샘이 말라버릴 거예요. 이곳에서 많은 어려움과 좌절을 겪으리라는 것은 알고 있습니다. 그러나 더 심한 것도 견뎌낸 사람들이 있습니다. 당신이 제게 들려주신 파크먼의 이야기를 기억하시죠? 몇 년 동안 한 번에 5분 이상 쓸 수 없었다는, 그래서 하루에 6줄씩 3년을 써서 책 한 권을 완성했다는. 많은 밤을 하얗게 지샐지라도 그것을 생각하면 힘이 날 거예요."

미스 로열은 손을 쳐들며 이야기했다.

"어쩌면. 나는 그만 단념할게요. 당신은 정말 무서운 잘못을 범하고 있다고 생각해요. 그렇지만 에밀리! 내가 잘못했다는 것을 알게 되면 편지를 써서 그것을 인정할게요. 당신도 당신의 잘못을 깨닫게 되면 편지해줘요. 내가 힘이 되어 줄게요. '내가 뭐랬어요?' 같은 말은 절대 안 하겠어요. 우리 잡지에 알맞은 원고가 완성되면 언제든 부쳐주세요. 그리고 조언이 필요하거든 아무 때고 연락하세요.

나는 내일 뉴욕으로 떠납니다. 7월까지 기다리려고 했던 것은 당신과 함께 떠나기 위해서였어요. 당신이 가지 않겠다고 하니 즉시 출발해야겠군요. 내가 카드의 패를 잘못 집어서 결혼에 성공하지 못했다고 생각하는 사람들이 있는 곳에 더 머물고 싶지 않아요. 여기서는 당신을 제외한 모든 젊은 아가씨들이 나에게 지나치

리만큼 공손하고, 연세 드신 분들은 내가 어머니를 쏙 빼닮았다고
들 말씀하시니까요. 참고로 말하자면 우리 어머니는 그리 미인이
아니었답니다. 이제 서둘러 작별 인사를 해야겠군요."
에밀리는 진심이 깃든 목소리로 말했다.
"미스 로열. 제가 당신의 친절에 대하여 진심으로 감사하고 있다
는 것을 믿어주시겠지요? 당신의 이해와 격려는 제게 있어 당신
이 생각하는 것보다 훨씬 의미 있는 것입니다."
미스 로열은 살짝 손수건을 눈에 대었다 떼고는 진지한 어조로 정
중하게 말했다.
"아가씨! 친절하신 말씀 감사합니다."
그러고 나서 그녀는 빙그레 웃으며 손을 에밀리의 어깨에 얹고 볼
에 키스했다.
"일찍이 생각되어지고, 말해지고, 쓰여진 모든 좋은 기도가 당신
과 함께 하기를! 당신이 뉴문에 대해 생각하는 것처럼, 내게도
그렇게 생각되는 곳이 있으면 좋겠군요."
그날 밤 새벽 3시까지 잠들지 못했지만 만족스런 기분에 잠겨 있
던 에밀리는 결국 또다시 미스 로열의 츄친을 보지 못했음을 기억해
냈다.

사랑의 계절

6월 10일

어제 저녁, 앤드루 올리버 머리는 에밀리 버드 스타에게 청혼을 했지만, 거절당하고 말았다.

아, 그 일이 지나가서 기쁘다. 얼마 전부터 문득문득 그 일이 다가오고 있음을 예감했다. 앤드루는 여기에 올 때마다 화제를 진지한 쪽으로 끌어가려 했지만 나는 그때마다 우스운 이야기로 그 순간을 모면했던 것이다.

어제 저녁 나는 '똑바른 나라'로 마지막 산책을 나섰다. 나는 전나무가 늘어선 작은 길을 올라가 은은한 달빛 속에서 안개에 싸인 들판을 내려다 보았다. 숲 가장자리에 돋아난 양치류와 들풀의 그림자에서 마치 정령들이 춤추는 모습을 보는 것 같았다. 항구 저편의 달빛 아래로 해진 뒤의 보라색과 호박색 하늘이 펼쳐져 있었다. 그러나 내 뒤로는 어둠 속에 전나무 향만 풍겨왔다. 향긋한 방과 같은 그 어둠 속에서 꿈을 꾸고 환상을 볼 수 있을 것만 같았다. '똑바른 나라' 안으로 들어가면 나는 언제나 햇빛과 익숙한 일상을 떠나 그림자와 신비와 마법의 세계로 들어간다. 그 안에서는 어떤 이상한 일도 일어날 수 있고, 그 어떤 불가능한 일도 실현될 수 있다. 거기서는 오래된 신화나 전설, 목양신, 숲의 요정 등 그 어떤 것도 믿을 수 있다. 그곳에서 나는 신기한 체험을 했다. 내가 몸 밖으로 나와 자유롭게 돌아다니고 있다고 느껴졌던 것이다. 그 순간 나는 분명히 신들의 목소리를 들었고, 내가 보고 느낀 것을 표현해줄 새로운 언어를 갈구했다.

그때 앤드루가 단정하고 신사다운 차림을 하고 등장했다. 목양신과 요정의 경이로운 순간들과 신들의 목소리는 순식간에 사라져 버렸다. 새로운 언어는 더이상 필요 없었다.

'구레나룻이 지난 세대와 함께 사라져서 유감이군. 앤드루에게 잘 어울렸을 텐데.' 나는 혼잣말을 했다.

나는 앤드루가 뭔가 특별한 할 말이 있어서 온 것을 알고 있었다. 그렇지 않았으면 루스 이모의 응접실에서 기다리지, '똑바른 나라'까지 나를 만나러 올 이유가 없었을 것이므로. 나는 올 것이 왔음을 깨닫고 빨리 그것과 맞닥뜨려 끝내버리자고 생각했다. 그렇지 않아도 루스 이모와 뉴문 사람들의 무언가 기대하는 듯한 태도가 갈수록 부담스럽게 느껴지던 참이었다. 분명 그들은 내가 뉴욕에 가지 않는 진짜 이유가 앤드루와 헤어져 있기 싫어서라고 생각하는 것 같았다.

그러나 앤드루로 하여금 '똑바른 나라'의 달빛 아래서 청혼하게 할 수는 없었다. 이곳의 분위기에 도취되어 그의 청혼을 받아들일지도 모르는 일이기 때문이다. 그래서 그가 "정말 멋진 곳이구나. 여기 좀 있다 가자. 결국 자연만큼 아름다운 것은 없어"라고 말했을 때, 나는 여기는 너무 습기가 많아 폐병에 걸리기 쉬운 체질에는 좋지 않다고 하며 집으로 데리고 왔던 것이다.

집에 들어와서 나는 앤드루 맞은편에 앉아 카펫 위에 굴러다니는 루스 이모의 레이스 실뭉치를 뚫어지게 바라보았다. 나는 죽을 때까지 그때의 실 색깔을 기억할 것이다. 앤드루는 일반적인 이야기부터 시작해 점차 본론으로 접근했다. 이제 2년만 더 있으면 지배인이 될 것이고, 일찍 결혼하는 것이 좋다고 생각한다는 둥, 그는 안쓰러울 만큼 허둥댔다. 나는 그가 좀더 마음 편하게 이야기하게 해줄 수도 있었지만, '오래된 존의 집'에서의 그 무서운 소문이 나돌고 있을 즈음 그가 발길을 끊은 것을 상기하며 마음의 문을 닫아 걸었다. 마침내 그가 불쑥 말했다.

"에밀리! 우리 결혼하자. 내가…… 내가…… 생활은 책임질 수 있게 되거든, 곧."

그는 좀더 무엇인가 말해야 한다고 생각한 모양이지만 생각이 잘 나지 않아 "곧 생활을 책임질 수 있게 되거든"이라고 되풀이했다. 그러고는 그만 말이 막혀버리고 말았다.

나는 얼굴을 붉히지도 않고 침착하게 물었다.

"왜 우리가 결혼해야 하는 거지?"

앤드루는 놀라서 새파래졌다. 청혼받을 때의 이러한 응답은 분명 머리 집안의 전통에는 없는 것인 듯했다.

"왜? 왜라니? 왜라고 한다면……나는 결혼하고 싶으니까."

그는 더듬으면서 대답했다.

"나는 결혼하고 싶지 않아." 나는 말했다.

앤드루는 거절당했다는 사실을 이해하려고 애쓰며 한동안 나를 바라보고 있었다.

"하지만 왜?"

그의 목소리는 루스 이모의 말투를 그대로 닮아 있었다.

"왜냐하면 너를 사랑하지 않으니까."

앤드루는 얼굴이 빨개졌다. 나를 꽤나 말괄량이로 생각한 것이 분명했다. 그는 다시 말했다.

"나는……나는 생각해……. 우리가 결혼하면 모두들 기뻐할 거라고."
"나는 기쁘지 않아."
나도 다시 말했다. 앤드루가 잘못 듣는 일이 없게 분명하게 말했다.
그는 놀랐다. 너무나 놀라서 실망조차 하지 않는 것 같았다. 어떻게 해야 하며 무슨 말을 해야 하는지도 몰랐다. 머리 집안 사람은 조르지 않는다. 그는 말없이 일어나 방에서 나가버렸다. 나는 그가 문을 쾅 닫았다고 생각했으나 바람 탓이라는 것을 나중에 알았다. 문을 쾅 닫는 편이 차라리 나았을 것이다. 그랬으면 내 자존심이 덜 상했을 텐데. 청혼을 거절했는데, 남자의 반응이 당황스러워하는데 그친다면 별로 기분 좋은 일은 아니다.
다음날 아침 루스 이모는 앤드루의 방문 시간이 너무 짧았던 것을 두고 나에게 무슨 일이 있었느냐고 물었다. 루스 이모에게는 섬세한 면이 없다. 나도 섬세함 따위는 접어두고 있었던 일 그대로를 얘기했다.
"앤드루의 어디가 마음에 안 든다는 거지?"
이모는 차갑게 물었다.
"마음에 안 드는 것은 없어요. 하지만 따분해요. 온갖 장점을 다 갖추고 있지만 한줌의 소금이 빠져 있다고나 할까."
"앞으로 더 나쁜 상대를 만나지만 말아다오."
루스 이모는 불길한 상상이라도 하는 것처럼 말했다. 아마도 스토브파이프타운 소년 일을 염두에 두고 있는 것이리라. 그러나 이 점에 대해서도 역시 내가 그러려고 마음만 먹었다면 얼마든지 루스 이모를 안심시킬 수 있었을 것이다.
지난 주에 페리가 나를 찾아와서 샬럿타운의 아벨 씨 사무소에 가서 법률을 공부하게 되었다고 말했다. 페리를 위해서 매우 잘된 일이다. 아벨 씨는 퀸즈아카데미에서 있었던 학교 간 토론회에서 페리의 연설을 들은 뒤부터 페리를 주목하고 있었다.
　나는 진심으로 축하해주었다. 정말 기쁜 일이었다.
　"아벨 씨 사무실에서 일하면서 하숙비 정도는 벌 수 있겠지. 옷은 다른 데서 해결해야 할 거야. 나는 내 힘으로 해나가야 해. 톰 고모는 도와주지 않을 거야. 그 이유는 너도 알고 있겠지?"
　"딱하게 되었구나." 나는 미소 지으면서 말했다.
　"네가 나 좀 도와주지 않을래, 에밀리? 나는 우리 사이를 확실히 해두고 싶어."
　"이미 확실해." 내가 말했다.
　"네 앞에서 너무 바보짓을 했구나." 페리가 푸념했다.
　"맞았어!" 나는 위로하는 표정으로 말했다. 그러나 여전히 웃음이 나왔다. 어쩐 일인지 나는 페리도 앤드루와 마찬가지로 진지하게 받아들일 수 없었다. 나는 언제나 페리가 나를 사랑하고 있다고 상상하고 있을 뿐이라고 생각해왔다.
　"공연히 서둘러서 나보다 똑똑한 남자를 찾을 생각은 하시 않는 편이 좋아. 나는 대단히 출세할 것이니까."
　페리는 나를 다시 한 번 일깨워 주었다.
　"분명히 그럴 거야. 그리고 그렇게 되면 네 친구인 에밀리는 그 누구보다 더 기뻐해줄 거야."
　나는 따뜻하게 말했다.
　"친구라고? 나는 말이지, 친구로서 너를 원하고 있는 게 아니야. 하지만 언제나 듣는 말이 있지. 머리 가문의 사람들은 설득당하지 않는다고 말이야. 한 가지만 대답해줄래? 나와 상관없는 얘기지만. 너 앤드루 머리와 결혼할 거니?"
　페리는 쓸쓸하게 말했다.
　나는 대답했다.
　"굳이 대답할 필요가 있다고는 생각하지 않지만, 나는 앤드루와는 결혼하지 않아."

페리는 나가면서 말했다.

"좋아! 만일 네 마음이 변하거든 알려줘. 내 쪽은 변하지 않을 거니까 문제 없어."

나는 이 사건의 전말을 있는 그대로 여기에 적었다. 그러나 사실은 이랬어야 하리라고 생각되는 대로 '지미 북'에 또 하나의 이야기를 써두었다. 나는 점차 소설 속 주인공의 사랑의 대화를 묘사하는 일에 어려움을 느끼지 않게 되었다. 상상 속에서 나는 페리와 나의 대화를 정말 아름답게 그려낼 수 있었다. 나의 거절에 페리는 앤드루보다 더 많이 실망하는 듯했고, 그래서 미안한 마음이다. 오랜 친구인 페리를 나는 무척 좋아한다. 그의 마음을 아프게 해서 안됐지만, 그는 곧 괜찮아질 것이다.

내년에 블레어워터에는 나 혼자만 남게 될 것이다. 때때로 몹시 지루하게 느껴질 테지. 아마 새벽 3시에는 미스 로열을 따라 뉴욕에 가지 않은 것을 후회할지도 모른다. 그러나 나는 열심히 작품을 쓸 것이다. 알프스의 좁은 길은 멀고 험난하다.

그러나 나는 내 자신을 믿는다. 그리고 커튼 저편에 늘 나의 세계가 존재한다는 것도.

6월 21일

뉴문에서.

오늘 밤에 집에 돌아오자마자 나는 단호한 비난의 분위기를 느꼈다. 엘리자베스 이모는 앤드루와의 일을 다 알고 있었다. 그녀는 화가 나 있었고 로라 이모는 슬퍼하고 있었으나 두 사람 다 아무 말이 없었다. 해질 무렵에는 정원에서 지미에게 이 문제에 관하여 마음속 생각을 모두 털어놓았다.

앤드루는 놀라움이 진정된 뒤 무척 기분이 상한 듯 식욕을 잃었다고 한다. 그리고 애디 숙모는 앤드루가 싫다니 대체 에밀리는 왕자나 억만장자와 결혼할 참이냐고 화를 냈다고 한다.

지미만은 내 결정이 옳다고 말해 주었다. 지미라면 내가 앤드루를 죽여서 '똑바른 나라'에 묻었다고 해도 그것이 옳다고 했을 것이다. 이런 친구가 한 사람쯤 있다는 것은 좋은 일이다, 너무 많아도 골치 아프겠지만.

6월 22일

자기가 좋아하지 않는 사람으로부터 청혼을 받는 것과, 좋아하는 사람이 없는 것 중 어느 편이 더 나쁠까? 둘 다 별로 유쾌하지는 않다.

'오래된 존의 집'에서의 일은 단지 내 상상에 지나지 않았나 보다. 나의 상상을 제어해야 한다고 했던 루스 이모의 말은 옳았다. 오늘 밤에 나는 뜰을 거닐었다. 6월이었지만 춥고 쓸쓸했다. 나는 실의에 잠겨 있었고, 아무 것에도 흥미를 느낄 수 없었다. 아마 잔뜩 기대하고 있었던 두 편의 원고가 반송되어왔기 때문일 것이다.

그때 갑자기 '옛날 과수원' 쪽에서 테디의 휘파람 신호가 들려왔다. 나는 즉시 그에게로 갔다. 마치 '오, 휘파람을 불어주세요. 그러면 곧 당신에게 갈게요' 하는 식으로. 일기니까 솔직하게 털어놓는 것이다. 사람들 앞에서 이것을 인정하느니 차라리 죽는 편이 나을 것이다. 그의 얼굴을 본 순간 나는 그에게 좋은 소식이 있음을 직감했다.

그는 '프레드릭 켄트 씨' 앞으로 온 편지 한 통을 내밀었다. 나는 프레드릭이라는 이름과 테디를 연결시키는 데 늘 어려움을 겪는다. 그는 나에게는 언제까지나 '테디'이기 때문이다. 테디는 몬트리올의 디자인 스쿨에서 2년간 500달러의 장학금을 받게 되었다. 테디처럼 나도 흥분되었다. 두려움과 희망과 기대가 한데 섞여 어느 것이 주된 감정인지 알 수가 없었다. 나는 약간 떨리는 소리로 말했다.
"멋진 일이야, 테디. 정말 기뻐. 하지만 어머니는, 어머니는 어떻게 생각하고 계시니?"
"보내 주시겠지. 하지만 쓸쓸해 하실 거야. 나는 말이지, 어머니가 함께 가시면 좋겠다고 생각해. 그렇지만 어머니는 집을 절대로 떠나지 않겠다는 거야. 나는 어머니가 여기서 혼자 살아야 한다고 생각하면 견딜 수 없어. 어머니가 에밀리 너에 대하여 지금처럼 생각하시지 않았으면 좋을 텐데. 그러면 네가 큰 위안이 되어 드릴 수 있을 텐데 말이지."
나에게도 약간의 위로가 필요하다는 사실을 테디는 모르는 것 같았다. 잠시 이상한 침묵이 흘렀다.
우리는 '내일의 길'을 걸었다. 그 길은 실로 아름다워서 앞으로 수많은 내일이 와도 이보다 더 아름다워지지는 않을 것이라고 생각되었다. 우리는 연못가의 목장 울타리까지 가서 초록색 전나무 아래 섰다. 갑자기 나는 매우 행복해졌다. 그리고 그 몇 분 동안에 내 생각의 일부분은 정원을 설계하고, 아름다운 벽장을 짜고, 은으로 만든 스푼 세트를 사들이고, 지붕밑 방을 장식하고, 식탁보의 가장자리를 수놓고 있었다. 그리고 내 생각의 나머지 부분은 그냥 기다리고 있었다. 한 번은 내가 아름다운 저녁이라고 말했는데, 사실은 그렇지 않았다. 몇 분 뒤에 나는 비가 올 것 같다고 했지만, 비는 오지 않았다.
그렇지만 무엇이라도 이야기해야만 했다.
"나는 열심히 공부할 테야. 2년 동안 배울 수 있는 것은 모두 배울 거야."
테디는 블레어워터를 보고, 하늘과 모래 언덕을 보고, 넓게 펼쳐진 푸른 목장과, 나를 제외한 모든 것을 보고 나서 이렇게 말했다.
"그리고 2년이 지나면 파리에 갈 생각이야. 외국에 가서 위대한 예술가의 걸작을 보고, 그 분위기 속에서 살고, 천재의 붓이 불멸의 것으로 만든 풍경을 보는 거지. 이것이 내가 지금까지 원했던 것이야. 그리고 돌아오면……."

테디는 말을 끊고 내 쪽을 바라보았다. 그 눈빛에서 나는, 그가 나에게 키스할 것이라고 생각했다. 진짜로 그렇게 생각했다. 나는 눈을 감았다. 달리 어떻게 해야 할지 알지 못했기 때문이다.

"그리고 돌아오면" 하고 되풀이하고는 그는 또 말을 멈췄다.

"돌아오면?" 내가 물었다. 이렇게 묻는 내 목소리에 약간의 기대감이 섞여 있었음을 부정하지는 않겠다.

"나는 프레드릭 켄트라는 이름이 캐나다에서 중요한 의미를 띠는 이름이 되게 하고 싶어." 테디는 말을 맺었다.

나는 눈을 떴다. 테디는 블레어워터 연못의 연한 금빛 표면을 바라보고 얼굴을 찌푸렸다. 나는 다시 한 번 내게는 밤 공기가 좋지 않을 거라고 생각했다. 나는 몸을 떨고는 두세 마디 의례적인 말을 하고 돌아왔다. 테디는 찌푸린 얼굴을 하고 거기에 그냥 서 있었나. 나에게 키스할 결심이 안 섰던 것일까, 아니면 키스하기 싫었던 것일까?

그가 원하기만 한다면 나는 테디 켄트를 얼마든지 사랑해줄 수 있었을 것이다. 그러나 분명히 그는 그것을 원치 않는 모양이다. 성공과, 야망과, 업적 외에는 아무것도 생각하지 않는 모양이다. '오래된 존의 집'에서 서로 시선을 주고받은 일은 잊어버린 모양이다. 3년 전에 조지 호튼의 묘지에서 나에게 세상에서 가장 아름답고 말한 것도 잊어버린 모양이다. 그는 넓은 세계에 나가 수많은 아름다운 여인들을 만나겠지. 나에 대해서는 두 번 다시 생각하지 않을 것이다.

그러나 그것으로 족하다. 나는 상관하지 않는다.

테디가 나를 좋아하지 않는다면 나도 테디를 좋아하지 않을 것이다. 그것이 머리 가문의 전통인 것이다. 그렇지만 나는 절반은 머리 집안 사람이고 절반은 스타 집안 사람이다. 다행히도 나에게는 야망이 있고, 그리고 카펜터 선생님이 말씀하신 대로 질투심 많은 문학의 여신에게도 봉사해야 한다. 이 여신은 둘로 나뉘어진 충성을 좋아하지 않는 모양이다.

나는 내 의식이 세 개의 층위로 나뉘어져 있음을 느낀다.

의식의 표면에는 매우 안정되고 전통적인 것이 자리잡고 있다.

그 아래에는, 그대로 내버려 두면 심하게 아플 어떤 것이 있다.

그리고 또 그 밑에는 내가 아직도 자유롭다는 야릇한 안도감이 있다.

6월 26일

슈루즈베리에서는 일저가 최근에 저지른 장난을 두고 모두 크게 웃고 절반은 미간을 찌푸리고 있다. 대단히 잘난 척하는 어느 상급생이 언제나 목에 힘을 주고 세상에서 자신이 제일 잘난 것처럼 남을 깔보고 있었는데, 이 사람은 일요일마다 성 요한 교회에서 사람들을 안내하는 일을 맡고 있었다. 일저는 이 남자를 매우 싫어했다.

지난 주 일요일, 일저는 함께 하숙하고 있는 애덤슨 부인의 가난한 친척으로부터 할머니 의상을 빌려 입었다. 치맛단에 포도가 수놓인 길고 폭이 넓은 검정색 치마와 포도 무늬가 있는 검은 망토, 미망인의 모자, 그리고 미망인의 베일 등으로 차려 입은 일저는 비틀거리며 교회 앞까지 걸어와 돌층계 위에 앉아 계단을 오르기가 힘들어 난처하다는 듯한 얼굴을 하고 있었다.

젊은 '잘난 척 씨'가 일저를 보았다. 그의 잘난 척하는 이면에는 다른 사람과 같은 동정심이 있다는 것을 보이려고 그는 층계 아래로 급히 뛰어내려갔다. 그는, 장갑을 낀 채 떨고 있는 일저의 손을 잡았다. 그녀의 손은 분명히 떨고 있었다. 일저는 베일 밑에서 웃음이

터지려는 것을 억지로 참고 있었던 것이다. 그는 그녀를 부축하여 돌계단을 올라 예배당 문을 지나 좌석까지 안내했다. 일저는 "동정심이 많은 젊은이에게 하느님께서 모쪼록 축복을 내려주시기를" 하고 입을 오물거리며 기도했다. 예배가 끝나자 그녀는 다시 비틀거리며 집으로 돌아갔다.

그 다음날 이 이야기는 전교에 퍼지고 '잘난 척 씨'는 학생들 사이에 웃음거리가 되었다. 그의 잘난 척하는 태도는 일시적이나마 자취를 감추었다. 아마도 이 사건은 그에게 매우 도움이 되었을 것이다.

물론 나는 일저를 나무랐다. 그녀는 명랑하고 대담한 아이지만 언제 무슨 일을 저지를지 모른다. 생각한 것은 반드시 실행에 옮기는 성미라 그럴 마음만 있으면 일저는 교회에서 공중제비라도 할는지 알 수가 없다.

나는 일저를 사랑한다. 사랑하고 또 사랑한다. 내년에 그녀와 헤어지게 되면 어떻게 할지 나는 모르겠다. 지금 이후로 우리는 늘 따로따로이다. 그리고 이별이다. 가끔 어쩌다 만나면 모르는 사람처럼 될 것이다. 아! 나는 알고 있다. 나는 알고 있는 것이다.

일저는 페리가 나와 결혼할 수 있다고 생각하는 것은 주제넘은 짓이라고 마구 화를 냈다.

"그것은 주제넘은 짓이 아니라 아량을 베푼 거야. 페리는 위대한 귀족, 카라바스 가문의 후손이래." 나는 웃으며 말했다.

"물론 그는 출세할 거야. 하지만 페리는 결코 스토브파이프타운 티를 벗어버릴 수 없을 거야." 일저가 기염을 토했다.

"왜 그렇게 페리에게 늘 심하게 구는 거지?" 나는 항의했다.

"말 많은 바보니까."

"하긴 그래, 지금은 무엇이나 다 알고 있다고 생각하는 그런 나이지." 나는 나 자신이 아주 현명하고 조숙하다고 느끼며 말했다. "좀 지나면 더 무식하고 결국엔 참을 수 없게 될 거야." 나는 경구라도 말하는 기분으로 말을 이었다. "그래도 슈루즈베리에 와서 많이 나아진 셈이지." 나는 점잖게 말을 맺었다.

"너는 그 애가 마치 양배추라도 되는 것처럼 말하고 있는데, 제발 부탁이니 에밀리, 그렇게 잘난 척하지 말아줘."

일저는 화를 냈다.

일저의 말이 약이 될 때가 있다. 확실히 나는 일저가 말하는 그대로이다.

6월 27일

어젯 밤, 나는 뉴문의 옛집에서 여름을 지내는 꿈을 꾸었다. 그런데 없어진 다이아몬드가 마룻바닥 위에서 빛나고 있었다. 나는 기쁜 마음으로 그것을 주웠다. 그것은 1분 동안 내 손안에 있다가 길고 가느다란 빛의 꼬리를 남기고 내 손을 빠져나가 서쪽 하늘의 별이 되었다.

나는 '저것은 내 별이다. 저 별이 지기 전에 저기까지 닿아야 한다'고 생각하고 나섰다. 갑자기 내 옆에 딘이 보였다. 그 또한 별을 좇고 있었다. 나는 딘이 다리를 저니까 천천히 가주어야 할 것이라 생각하였다. 그러는 사이에 별은 계속해서 가라앉고 있었다. 그래도 나는 딘을 두고 갈 수 없다고 생각했다. 그러자 난데없이——꿈에서는 늘 이런 식으로 사건이 일어나는 법이다——기쁘게도 너무나 간단히 테디가 내 옆에 와 있는 것이 아닌가. 그는 전에 딱 두 번 본 적이 있는 그런 눈빛으로 나를 보며 나에게 손을 내밀었다. 나는 그의 손 위에 내 손을 놓았다. 그는 나를 끌어당겼다. 나는 그를 향해 고개를 들었다. 이때 딘이 괴로운 듯 소리를 질렀다. "내 별은 가라앉아 버렸다"라고. 나는 고개를 들어 잠깐 하늘을 바라보았다. 별은 지고 없었다. 잠에서 깨어나보니 추적추적 비가 내리고 있었다. 별은 보이지 않았고, 테디도 키스도 사라져 버렸다.

이 꿈은 무엇을 뜻하는 것일까? 아무 의미도 없을 것이다. 머리 집안의 전통에 미신 같은 것은 존재하지 않는다.

6월 28일
슈루즈베리에서의 마지막 밤이다. 안녕, 자신만만한 세계여, 나는 집으로 돌아간다. 내일이면 지미가 나를 데리러 올 것이다. 나는 마차를 타고 당당하게 뉴문으로 돌아가는 것이다.
슈루즈베리에서 보낸 3년은 처음에는 무척 길게 느껴졌지만, 3년이 지난 지금은 마치 어제 일처럼 생각된다. 나는 이 3년 동안 무언가를 배운 것 같다. 방점을 사용하는 것도 많이 줄었고, 균형감과 자제력도 조금 생겼고, 세상사의 쓴맛을 보며 지혜도 얻었고, 반송되어 오는 원고를 보고 웃을 줄도 알게 되었다. 그것은 가장 배우기 힘든 일이면서도 또한 가장 필요한 일이었다.
지금까지의 3년간을 되돌아보면 다른 일들보다 훨씬 뚜렷하고 의미 있게 기억되는 것들이 몇 가지 있다. 이런 일들은 전에 늘 생각했던 것과 일치한다고 할 수는 없는데, 예를 들어 에벌린의 적의와 생각하기도 창피한 수염 사건 같은 것은 이제 기억에도 흐릿한, 별일 아닌 것이 되어버렸다.
그러나 처음으로 〈정원과 산림〉지에 내 시가 실린 것을 보았을 때, 그것은 잊을 수 없는 순간이 되었다. 연극 공연이 있던 날 밤에 걸어서 뉴문까지 갔다온 일, 카펜터 선생님이 찢어버린 시를 쓸 때의 기억, 9월의 달빛을 받으며 건초더미 위에서 보낸 밤, 임금님을 벌 준 여자와의 만남, 키츠의 시에서 '뮤즈는 목소리'라는 구절을 본 순간, 그리고 '오래된 존의 집'에서 테디가 내 눈을 들여다보던 순간. 아! 이런 일들이야말로 내가 영원의 궁전에서 기억하고 있는 일들이며, 에벌린 블레이크의 빈정거림이나 '오래된 존의 집'을 둘러싼 스캔들이나 루스 이모의 잔소리나 지루한 학과공부와 시험 같은 것은 영원히 잊어버릴 것이다. 카펜터 선생님이 예언한 대로 엘리자베스 이모에게 한 약속은 나에게 도움이 되었다. 일기를 쓸 때는 그렇다고 할 수 없지만——일기에는 쓰고 싶은 것을 거르지 않고 모두 쓴다. 사람에게는 감정의 배출구가 필요하니까——'지미 북'에 소설을 쓰거나 할 때에는 많은 도움이 되었다.

오후에는 졸업식이 있었다. 나는 새 크림색 오건디를 입고 큰 모란꽃 다발을 들었다. 몬트리올에서 돌아오는 딘이 나를 위해 여기 있는 꽃집에 전보로 장미꽃 다발을 주문해 주었다. 17송이의 장미. 졸업장을 받으러 단상으로 나갔을 때 나는 내 나이만큼의 장미를 받았다. 딘의 마음씀씀이가 참으로 고마웠다.

페리는 학급 대표로 훌륭한 연설을 했다. 그리고 학업 우수자에게 주는 메달을 받았다. 윌 모리스와의 치열한 경쟁 끝에 받은 것이다.

학급총회에서 나는 급우들의 미래 모습을 상상해서 쓴 글을 낭독했다. 그것은 재미있어서 모두들 즐겁게 듣는 것 같았다. 집에 있는 '지미 북'에 또 한 편의 더 재미있는 글을 써 두었지만, 그것은 여러 사람 앞에서 읽을 수 없는 것이었다.

오늘 밤, 나는 타워즈 씨를 위하여 마지막 기사를 작성했다. 사람들의 호기심을 자극하는 종류의 글을 쓰는 것은 내가 아주 싫어하는 일이지만 원고료가 들어오는 데다 젊은 야망의 계단을 올라가기 위해서라도 그 발판이 되어줄 일을 소홀히 할 수는 없는 것이다.

그런 뒤에 나는 짐을 쌌다. 루스 이모가 때때로 올라와서는 짐을 싸고 있는 나를 보고 있었는데 이상하게도 아무 말이 없었다. 그러다 이윽고 한숨과 더불어 말했다.

"네가 떠나면 무척 쓸쓸할 거야, 에밀리."

이모가 이렇게 느끼고 있으리라고는 꿈에도 생각하지 못했다. 어쩐지 어색해졌다. '오래된 존의 집' 사건 때에 이모가 보여준 태도로 인해 이모를 다시 보게 되었지만 그래도 나는 이모와 헤어지는 것이 힘들지는 않았다.
 그렇지만 무언가 말하지 않을 수 없었다.
 "지난 3년간 이모가 해 주셨던 일들을 언제나 고맙게 생각할 거예요."
 "나는 의무를 다하려고 했다."
 루스 이모는 덕이 높은 사람처럼 말했다.

 정들지 않은 이 방과 작별하는 것 또한 묘하게 섭섭했다. 그리고 빛을 반사하는 저 긴 언덕, 결국 나는 여기서 멋진 시간을 보냈던 것이다. 가엾게도 다 죽어가는 바이런 경까지도!
 그러나 아무리 생각해도 알렉산드라 여왕의 다색 석판화나 조화를 꽂아놓은 화병에는 미련이 없다. 물론 레이디 지오반나는 가지고 갈 것이다. 그녀는 뉴문의 내 방에 걸려 있던 것인데, 여기 가지고 와서 마치 귀양 온 것처럼 되어버렸다. '똑바른 나라'에서 두 번 다시 밤바람 소리를 듣지 못하게 된다고 생각하니 가슴이 아파온다. 하지만 '키다리 존의 숲'에서 나는 밤에 바람소리를 들을 것이다. 아마도 엘리자베스 이모는 내가 글을 쓰도록 석유 램프를 내줄 것이다. 뉴문의 내 방문은 체대로 닫는다. 그리고 나는 이제 밀크티를 마시지 않아도 된다.
 해질 무렵, 진주처럼 반짝이는 연못에 가보았다. 그 부근에 무슨 마법의 힘이라도 작용하고 있는지, 이상하게도 봄날 저녁에는 연못가에 더 오래 머무르게 된다. 연못 주위에 둘러 있는 나무들 사이로 서쪽의 장미와 사프란 꽃 색깔이 연못 수면에 비치고 있었다. 잔잔한 수면 위에 나뭇잎과 잔가지, 양치식물, 그리고 풀잎도 비쳤다. 나는 몸을 굽혀 물 속을 들여다보았다. 내 얼굴이 보였다. 늘어져 있는 가지의 그림자가 묘하게 굽어져 나는 마치 나뭇잎 관을 쓰고 있는 것처럼 보였다, 월계관 같은.

나는 그것을 좋은 징조로 받아들였다.
아마도 테디는 단지 수줍어서 그랬을 것이다!

무지개를 쫓는 아이

1

고등학교 시절을 뒤로하고 눈앞에 놓인 영원한 미래를 바라보며 슈루즈베리에서 뉴문의 집으로 돌아왔을때, 에밀리는 일기에 '이제 밀크티와는 이별이다'라고 썼다.

어느 의미에서 밀크티는 상징이었다. 엘리자베스 이모가 에밀리에게 진짜 홍차를 마시도록 허락한 것은, 그것도 어쩌다 있는 특별한 선심이 아니라 아무 말없이 자연스레 그렇게 하도록 묵인한 것은 에밀리를 성인으로 인정한다는 뜻이었다. 그러나 다른 사람들은 이미 오래전부터 에밀리가 성인이라는 것을 알고 있었다. 특히 사촌 앤드루 머리와 그의 친구 페리 밀러는 벌써 어엿한 숙녀가 된 에밀리에게 청혼까지 했건만 보기좋게 딱지를 맞은 전력까지 있었다.

이 사실을 알게 된 엘리자베스 이모는, 에밀리에게 언제까지나 밀크티만 마시게 할 일이 아니란 걸 깨달았다.

하지만 그때까지도 에밀리는 설마 실크 스타킹까지 신게 해주실 줄은 꿈에도 몰랐다. 실크 페티코트라면 옷자락 스치는 소리가 조금

야하기는 해도 보이지 않으니까 허락할 수도 있겠지만, 실크 스타킹은 그야말로 부도덕하니까.

에밀리를 알고 있는 사람들은 조금은 신비롭다는 듯이 '저 처녀는 글을 쓴대요'라고 주위사람들에게 속삭였다. 이윽고 에밀리는 뉴문의 '여인' 중 한 사람으로 인정받았다.

뉴문은 7년 전 에밀리가 처음 그곳에 왔을 때 모습 그대로였다. 심지어 이곳에 온 첫날 밤에 들뜬 마음으로 바라보던 선반 위 에티오피아의 조각 장식이 벽에다 기묘한 그림자를 그리고 있는 것까지 하나도 달라지지 않았다. 옛 풍취가 스며있는 오래된 그 집은 매우 조용하고 신비로웠다. 또한 조금은 엄숙하면서도 따스한 분위기를 간직하고 있었다.

블레어워터와 슈루즈베리의 몇몇 사람들은 그 집이 젊은 처녀에게는 따분하고 답답한 장소라 생각했기 때문에 에밀리가 뉴욕에 있는 잡지사의 일자리를 거절한 것은 어리석었다고 말하고 있었다. 유명해질 수 있는 기회를 놓쳤다는 것이다. 그러나 자기의 미래에 대해 꽤 분명한 의식을 갖고 있던 에밀리는 뉴문이 시시하다든지, 그곳에 머무르고 있기 때문에 알프스에 오를 수 있는 기회를 놓쳤다고는 생각지 않았다.

그녀는 신성한 권리를 받고, 고대의 고귀한 '이야기꾼' 계급에 속하게 되었다. 아마 수천 년 전에 태어났더라면, 그녀는 모닥불 주위에 둘러앉은 일족들을 매료시키는 이야기꾼이 되었을지도 모르겠다. 그러나 이 시대에는 인공적인 매체를 통하지 않으면 도저히 이야기를 전할 방법이 없다.

그렇지만 이야기를 엮어내는 소재는 어느 시대 어느 장소를 막론하고 그리 다를 바 없다. 태어나고 죽는 것, 결혼, 스캔들……. 이 세계에서 정말 재미있는 것은 이것들뿐이다. 그래서 그녀는 강한 결의에 불타 힘차게 명예와 행운을 찾아서 일을 시작했다. 그리고 명예와 행운과는 또 다른 어떤 것을 찾고 있었다. 왜냐하면 에밀리 버드 스타에게 있어서 글을 쓴다는 것은 원래 이 세상의 부나 월계관을 의미하는 것만은 아니기 때문이다. 글을 쓰는 것은 그녀가 꼭 하지 않으면 안 될 일이었다. 그 소재가 아름답건 추하건 간에 하나의 사건, 하나의 아이디어는 그것이 '쓰여지기' 전까지는 그녀를 괴롭히고 놓아주지 않았다. 그녀는 천성적으로 유머러스하고 드라마틱했기 때문에 인생의 희극이나 비극에 매료되었으며, 펜으로 그것을 표현하지 않고는 견딜 수 없었다. 현실의 장막 저편에서 잃어버린 세계의 영원한 꿈이 그녀를 향해 손짓하고 있었다. 형태를 부여해 달라고, 그리고 설명해 달라고. 그 부름을 그녀는 감히 거역할 수 없었다.

에밀리는 단지 살아 있는 것만으로도 청춘의 기쁨으로 충만했다. 인생은 영원히 그녀를 앞으로 앞으로 오라고 손짓하며 유혹할 것이다. 에밀리는 자기 앞에 힘든 싸움이 있으리라는 것을 알고 있었다. 에밀리는 자신이 항상 블레어워터의 이웃들을 화나게 하리라는 것도 알고 있었다. 그들은 그녀에게 장례식 추도문을 써달라고 찾아왔다가도 그녀가 어려운 단어를 쓰면 '잘난척 한다'고 헐뜯곤 했으니까.

그녀는 또한 자신의 원고를 거절하는 편지가 산처럼 쌓이리라는 것도 알고 있었다. 자신은 쓸 수 없으며 아무리 노력을 해도 헛된 일이라는 절망에 빠지는 날도 있으리라. 편집자가 즐겨 사용하는 '잘된 곳은 논외로 하고'라는 말이 무섭게 신경을 건드려서, 마리 바시카트셉을 흉내내어, 사람을 바보 취급하듯 째깍째깍 용서 없이 시각을 새기고 있는 거실의 탁상시계를 창문에서 내던지는 날도 있으리라. 자신이 하려는 모든 일이 헛되고 어리석게 생각되는 날도 있으리라. 인생의 산문뿐만 아니라 인생의 시 속에도 진실이 있다는 확신조차 포기하게 될 날이 곧 오리라는 것도 에밀리는 알고 있었다. 그토록 열중하여 귀기울였던 신들의 '그때그때의 목소리'가 인간의 귀나 펜이 도달할 수 없는 완전함과 아름다움으로 자신을 비웃고 멸시하는 날이 오리라는 것도 알고 있었다.

엘리자베스 이모가 그녀의 글쓰기 습관을 눈감아주고 있다고는 하지만 결코 찬성하고 있지 않다는 것도 알고 있었다. 슈루즈베리 고등학교에서의 마지막 2년 동안 에밀리는 시나 문학작품으로 원고료를 벌어 엘리자베스 이모를 놀라게 하기도 했다. 그래서 겨우 허락을 받을 수 있었던 것이다.

그렇지만 머리 집안에 여태까지 그런 일을 한 사람은 없었다. 그리고 엘리자베스 이모는 친구들에게서 멀어지는 것을 매우 싫어했다. 엘리자베스 이모는 에밀리가 뉴문이나 블레어워터와는 다른 세계 속에 들어가 있는 것을 정말로 참을 수 없어 했다. 별이 빛나는 광대한 왕국, 그곳에 에밀리는 자유자재로 들어 갈 수 있었지만 의심 많은 이모는 결코 따라 갈 수 없는 것이다. 만일 에밀리의 눈이 그토록 몽환적이고 아름답고 비밀스런 것을 쫓고 있지만 않았더라면, 엘리자베스 이모도 좀 더 에밀리의 야심에 동정적이었을지도 모른다.

누구나 그렇듯이 그토록 자신에게 만족하고 있는 뉴문의 머리 집안조차도 사람들에게서 소외당하는 것은 싫어했다.

2

뉴문과 슈루즈베리 시절의 에밀리를 알고 있는 독자라면 에밀리가 어떻게 생겼는지 어느 정도는 알고 있으리라고 생각한다 (《에밀리 초원의 빛》과 《에밀리 영혼에 뜨는 별》 참조). 그러나 그녀를 처음 만나는 사람들을 위해 나는 황금빛으로 아름답게 빛나는 가을의 바닷가나 국화꽃이 만발한 정원을 거닐고 있는, 황홀한 17세에 접어드는 그녀의 모습을 그리고 싶다.

뉴문의 뜰은 평화로운 곳이다. 그곳은 감각적인 색채와 경이롭고 신비한 그림자로 가득 찬 황홀한 낙원이다. 그 안에는 소나무와 장미 향기가 있으며, 벌과 바람의 웡웡대는 소리와 푸른 애틀랜틱 항만의 속삭임이 있다. 그리고 북쪽에 있는 '키다리 존의 숲'에 있는 전나무들의 부드러운 노랫소리가 24시간 끊이지 않고 들려온다.

에밀리는 그 뜰 안의 모든 꽃과 그림자와 소리를 사랑했다. 그리고 뜰 안팎의 모든 오래된 고목을 사랑했다. 남쪽 언저리의 야생 벚나무 단지, 세 왕녀, 시냇가 길에 서 있는, 소녀 같은 한 그루의 살구나무, 정원 한복판에 있는 키 큰 삼나무, 그 저편에 서 있는 은색의 단풍나무와 소나무, 또 한쪽 구석에서 끊임없이 불어오는 산들바람에 아양을 떨고 있는 자귀나무, 그리고 '키다리 존의 숲'에 줄지어 서 있는 당당한 흰색 너도밤나무를 특히 좋아했다.

에밀리는 언제나 나무가 많은 곳에 살고 있는 것이 기뻤다. 오래 전에 돌아가신 조상들 손으로 심어지고, 자라서 대대로 이어지고 있는 나무들, 그 그늘에는 그들 생애의 모든 희노애락이 깃들어 있는 것이다.

에밀리는 호리호리하고 수줍은 젊은 아가씨였다. 검은 머리는 비단결 같았고, 눈동자는 자줏빛이 섞인 회색이었다. 엘리자베스 이모가 싫어하는 일, 즉 소설을 쓰거나 소설 구상에 시간을 보낸 후에는 그 잿빛 눈동자 밑의 보랏빛 그림자가 더욱 짙어져 고혹적으로 비쳤다. 새빨간 입술 양쪽 끝에는 머리 집안 특유의 주름이 잡혀 있었다. 입가의 그 주름과 끝이 약간 뾰족한 귀가 아마 어떤 사람들로 하여금 그녀가 조그만 고양이를 닮았다고 느끼게 했을지도 모른다. 턱과 목의 우아한 곡선, 장난기 어린 웃음, 천천히 꽃이 피는가 하는 사이 갑자기 활짝 피는 화사한 미소, 말투가 험한 낸시 프리스트 고모할머니가 칭찬한 적이 있는 발목, 때때로 새빨개지는 둥그스름한 볼의 엷은 장밋빛. 그녀의 빰을 빨갛게 물들이는 일은 그다지 많지 않았다. 바다에서 불어오는 바람, 언덕에 떠오르는 갑작스런 푸른빛, 활활 타오르는 양귀비꽃, 아침 안개 속을 헤치고 출항하는 하얀 돛, 달빛 아래 은빛으로 빛나는 항만의 물, 옛날 과수원의 푸른 덩굴 풀, 혹은 '키다리 존의 숲'에서 들려오는 사람들의 휘파람 소리 정도가 있을 뿐이었다.

이 모든 것을 종합해 볼 때 과연 에밀리는 예쁘다고 할 수 있을까? 나로서는 독자 여러분에게 무어라고 말할 수 없다. 블레어워터의 미인들을 거론할 때 에밀리의 이름은 입에 오르지 않았다.

그렇지만 한 번 그녀의 얼굴을 본 사람은 결코 그 얼굴을 잊지 않았다. 에밀리를 두 번째 만난 사람은 "얼굴은 어디서 본 듯 싶은데, ······ 누구시더라?"라고 말할 필요가 없었다. 그녀의 가계에는 몇 대째에 걸쳐 내려오는 아름다운 여자들이 있었다. 이 조상들이 모두 그녀에게 어떤 영향을 주었다. 그녀에게는 물흐르는 듯한 우아함이 있었다. 눈부신 아름다움과 명쾌함이 있었다. 한 가지 생각이 떠오르면 그것은 강한 바람처럼 그녀를 쥐고 흔들었다. 한 가지 감정은 마치 폭풍우가 장미꽃을 흔들 듯 그녀를 떨게 했다.

그녀는 생기가 넘쳐흘렀다. 임종을 앞둔 사람들 중에 그의 죽음이 좀처럼 믿겨지지 않는 이들이 있는데, 에밀리가 바로 그런 사람 중의 하나다. 현실적이고 평범한 친척들 속에서 그녀는 다이아몬드처럼 빛났다. 많은 사람들이 그녀를 좋아하고 또 많은 사람들이 그녀를 싫어했다. 아무도 그녀에 대해 전혀 무관심할 수는 없었다.

에밀리가 어려서 메이우드의 작은 옛집에서 아버지와 함께 살 때 그녀는 무지개 끝을 찾아 떠난 적이 있었다. 기대와 희망으로 가슴을 두근거리면서 멀고도 먼, 비에 젖은 들길과 언덕을 걸어갔다. 그렇지만 달리고 있는 동안 멋진 무지개의 활 모양은 차츰 엷어지고 희미해지더니 끝내는 사라져 버렸다. 에밀리는 자기 집이 어디에 있는지도 모르고 낯선 골짜기에 혼자 서 있었다. 잠시 그녀의 입술이 떨리고 눈에 눈물이 가득 고이는가 싶더니 곧 그녀는 얼굴을 쳐들고 텅 빈 하늘을 향해 씩씩하게 웃으면서 말했다.
"또 다른 무지개가 뜰 거야."
에밀리는 무지개를 쫓는 아이였다.

3

뉴문의 생활도 변했다. 에밀리는 변화에 적응하지 않으면 안 되었다. 어떤 쓸쓸함도 견디어 나가야만 했다. 즐거웠던 7년 동안의 친구 일저 버리는 몬트리올에 있는 문예창작 학교로 가버렸다. 두 소녀는 눈물 속에 소녀다운 맹세를 나누며 헤어졌다.

이제 같은 장소에서는 다시 만날 수 없을 것이었다. 아무리 사실을 은폐하려 해도, 친구 간에는 친하면 친할수록 그 재회가 어쩐지 서먹서먹하고 어색하기 마련이다. 어느 쪽도 상대방이 예전과 똑같다고 느끼지는 않을 것이다. 이것은 자연스러운 일이고 어떻게 할 수 없는 일이다. 사람의 마음이라는 것은 끊임없이 앞으로 나가든지 뒤로 물러서든지 한다. 절대로 한곳에 멈춰 있지는 않다. 그렇지만 그 까닭을 알고 있더라도 친구 사이가 전과 같지 않다는 것을 느끼게 되었을 때, 왠지 모르는 당혹감을 느끼지 않을 사람이 있을까? 그 변한 모습이 나아졌다 하더라도 역시 얼마간의 쓸쓸함은 피할 수 없을 것이다.

에밀리는 부족한 경험을 메워주는 이상한 '직감'으로 일저가 느끼지 못한 앞으로의 일을 알아차렸다. 그리고 어떤 면에서는 뉴문과 슈루즈베리 시절의 일저에게 영원히 작별을 고했다고 느꼈다.

원래 뉴문의 고용인이었지만 슈루즈베리 고등학교의 모범생이었고, 일저의 분노의 대상이자, 비록 거절은 당했을망정 영 가망이 없지는 않은 에밀리의 구혼자 페리 밀러도 결국 그곳을 떠나고 없었다. 그는 샬럿타운의 한 법률사무소에서 일하고 있고, 장래에 어느 정도 법조계 직책을 얻는 명예도 노리고 있다. 그는 무지개의 끝이라든지 신화에 나오는 금 항아리 같은 것은 바라지 않았다. 그는 자신이 바라는 것은 한 자리에서 그를 기다리고 있다는 것을 알고 있었고, 반드시 그것에 도달하리라 결심하고 있었다. 주위 사람들도 그에게 기대를 걸기 시작했다. 결국 아벨 법률사무소의 서기와 캐나다의 최고 재판소 판사와의 차이는 법률사무소 서기와 항구 근처의 스토브파이프타운 맨발의 심부름꾼 아이와의 차이보다 크지 않았으니까.

무지개를 쫓는 면은 테디 켄트가 더했다. 그도 떠나려 하고 있었다. 몬트리올의 디자인 학원으로 가려는 것이다. 그도 무지개를 쫓는 자의 기쁨과 좌절, 고통을 알고 있었다.

테디가 떠나는 마지막 날 밤이었다. 멋진 북극의 황혼을, 제비꽃 색깔의 하늘 밑 뉴문의 뜰을 한가로이 거닐면서 테디는 에밀리에게 말했다.

"우리가 목표로 하는 것을 찾아내지 못하더라도 그것을 찾고 있는 동안에 더 나은 것을 발견할 수도 있을 거야."

"하지만 우리는 찾아낼 거야." 에밀리는 '세 왕녀' 중의 하나 위에 빛나고 있는 별을 쳐다보며 말했다. 테디의 '우리'라는 말이 그녀에게 짜릿한 행복을 주었다. 에밀리는 언제나 자신에 대해서 정직했다. 그녀는 자신에게 이 세상 어느 누구보다 중요한 사람이 테디 켄트라는 인식에 눈을 감으려고 하지 않았다. 그렇지만 에밀리는 테디에게 있어서 어떤 의미를 갖는 것일까? 그다지 중요하지 않을 수도, 매우 중요할 수도, 전혀 중요하지 않을 수도 있었다.

그녀는 모자를 쓰고 있지 않았다. 그렇지만 머리에 별 같은 노랗고 작은 국화송이를 꽂고 있었다. 그날 에밀리는 한참을 생각한 끝에 이 담황색 옷을 입기로 결정했다. 그녀는 그 옷이 썩 잘 어울린다고 생각했지만, 테디가 그것을 알아주지 못한다면 무슨 소용이란 말인가? 테디가 그녀를 너무 당연시한다고 생각하자 에밀리는 약간 속이 상했다. 딘 프리스트라면 그녀가 달라진 것을 금세 알아 차리고 칭찬의 말을 해줬을 것이다.

"글쎄, 나는 잘 모르겠는데." 테디는 황옥빛 눈을 한 에밀리의 고양이 대프가 숲 속에서 호랑이처럼 뽐내며 걷고 있는 것을 노려보면서 말했다. "모르겠어, 이제 떠날 때가 되니 더욱 무기력한 느낌이야. 어쩌면 나는 가치 있는 일을 전혀 못할지도 몰라. 그림을 조금 그린다고 해서 그것으로 무슨 일을 할 수 있을까? 새벽 3시에 눈을 뜨면 더욱더 그런 생각이 들어."

"응, 나도, 그 느낌 알아. 어젯밤 글을 쓰느라 몇 시간을 고심한 끝에 절망에 빠졌었지. 나는 아무것도 쓸 수 없고, 아무리 해봐도 헛일이라는, 정말로 가치 있는 일 같은 것은 할 수 없다는 결론에 도달하고 말았어. 그런 기분으로 자리에 누워 베개를 눈물로 담뿍 적시고 말았지. 새벽 3시에 잠이 깼을 때는 울 수도 없었어. 눈물은 웃음과——또는 야심과——마찬가지로 바보 같다는 생각이 들었어. 나는 자신감과 희망을 완전히 상실했어. 그리고 나서 어둑어둑한 새벽의 찬 공기 속에 일어나서 새로운 작품을 쓰기 시작했지. 새벽 3시의 느낌으로 영혼을 흐리게 해선 안 돼."

"불행히도 새벽 3시는 매일 있어. 그 음울한 시간에는 너무 많은 것을 바라면 아무것도 얻을 수 없을 것 같은 생각이 들어. 나에게는 두 가지 소망이 있어. 그중 하나는 물론 대화가가 되는 일이지. 나는 나 자신을 비겁하다고 생각한 적은 없지만 지금은 겁이 나. 만약 성공하지 못한다면 세상의 웃음거리가 될 뿐이야. 어머니는 그럴 줄 알았다고 말씀하시겠지. 어머니는 내가 떠나는 것을 원치 않아. 가서 실패하는 것을 말이야. 그러느니 가지 않는 편이 나을 거야."

"그럴 리 없어." 에밀리는 테디가 소망하는 또 한 가지는 무엇일까 생각하며 열정적으로 말했다. "테디. 두려워하면 안 돼, 아빠는 돌아가시던 날 밤 나와 이야기하면서 어떤 일도 두려워 하지 말라고 말씀하셨어. 그리고 에머슨도 '언제나 당신이 하기를 두려워하는 일을 하라'고 말했잖아."

"에머슨은 두려움을 극복한 이후에 그렇게 말한 걸 거야. 족쇄를 벗어버리고 난 후엔 더 용감해지기가 쉽거든."

"내가 너를 믿고 있다는 것 알고 있지?"

에밀리는 정답게 속삭였다.

"응, 알고 있어. 너와 카펜터 선생님만이 진정으로 나를 믿어주는 사람들이지. 일저만 해도 나보다는 페리 쪽이 집에 베이컨을 가지고 돌아 올 확률이 높다고 생각하고 있으니까."

"하지만 너는 금빛 무지개를 쫓고 있는 것이지 베이컨을 쫓고 있는 건 아니잖아."

"그것을 찾지 못할까봐, 그리고 너를 실망시킬까봐……."

"너는 실패하지 않아. 저 별을 봐, 테디. '세 왕녀' 중 제일 어린 나무 위에 비치고 있는 별 말이야. 리라자리의 베가야. 나는 늘 저 별을 좋아했어. 내가 제일 좋아하는 별이야. 몇 년 전 일저와 너와 내가 과수원에 앉아서 짐이 감자를 삶는 것을 보고 있을 때 네가 이야기해준 것 기억나? 그때 너는 저 별에 대한 이야기를 들려주며 네가 전생에 저 별에 살았었다고 했었지. 저 별에는 새벽 3시 같은 것은 없을 거야."

"그때는 정말 마음 편하게 지냈지."

테디는 고생으로 짓눌린 중년 남자가 무책임했던 청춘 시절을 그리워하면서 되돌아보듯 쓸쓸한 목소리로 말했다.

"저 별을 볼 때마다 내가 너를 믿고 있다는 것을 기억하겠다고 약속해 줘."

"너야말로 저 별을 볼 때마다 내 생각을 하겠다고 약속해 주겠니? 아니, 그보다는 저 별을 볼 때마다 서로를 생각하기로 우리 약속하자, 어디에 있건 우리가 살아 있는 한."

"약속할게." 에밀리는 두근거리는 가슴으로 말했다. 그녀는 테디가 그 같은 눈으로 자신을 보는 것이 좋았다.

로맨틱한 약속이었다. 무엇을 뜻하는 것일까? 에밀리는 알지 못했다. 다만 테디가 떠나려 한다는 것, 갑자기 인생이 텅 비고 차갑게 느껴진다는 것, '키다리 존의 숲' 사이로 불어오는 항구의 바람소리가 구슬프다는 것, 여름이 지나고 가을이 왔다는 것만을 알 뿐이었다. 그리고 무지개가 끝나는 곳에 있는 황금 항아리는 아주 먼 산 위에 있다는 것을 알 뿐이다.

에밀리는 왜 별을 보며 그런 말을 했을까? 왜 황혼과 전나무 향기와 가을의 저녁 노을은 사람으로 하여금 바보 같은 말을 하게 하는 것일까?

미스 로열의 예언

1

11월 18일

뉴문에서

어제 내가 쓴 연작시 〈하늘을 나는 양떼〉가 실린 〈마치우드〉 12월호가 도착했다. 내 시가 독립된 페이지에 삽화와 함께 실린 것은 일기에 기록할 가치가 있다고 생각한다. 내 시가 이렇게 귀중하게 다뤄진 것은 처음이기 때문이다. 물론 시 자체는 별것 아닐지 모른다. 카펜터 선생님에게 이 시를 읽어드리자 선생님은 코웃음을 칠 뿐 어떤 논평도 거부하셨다. 카펜터 선생님은 결코 칭찬하는 흉내로 사람을 맥빠지게 하지는 않지만, 그분의 침묵은 그야말로 사람의 기를 죽인다. 그러나 내 시는 대단히 멋져 보이기 때문에 잘 모르는 사람들은 그 속에 무슨 의미가 있을 거라고 생각할 것이다. 삽화를 넣을 생각을 한 편집자에게 축복 있기를. 그는 나에게 상당한 자신감을 북돋아 주었다.

그렇지만 나는 삽화의 수준에 그다지 감탄하지는 않았다. 그 화가는 내 의도를 전혀 이해하지 못했다. 테디라면 훨씬 잘 그랬을 것이다.

테디는 디자인 학원에서 열심히 공부하고 있었다. 그리고 매일 밤 베가는 반짝반짝 빛나고 있다. 그가 별을 볼 때마다 나를 생각할지, 혹은 별을 보기나 하는 건지 궁금하다. 혹시 몬트리올의 전등 빛이 별빛을 가리고 있는지도 모른다.

테디는 일저를 자주 만나는 모양이다. 모르는 사람뿐인 대도시에서 두 사람이 알고 지낸다는 것은 잘된 일이다.

2

11월 26일

오늘은 빛나는 11월의 오후였다. 여름처럼 부드럽고, 가을처럼 아름다웠다. 나는 연못 근처 묘지에 앉아 오랫동안 독서를 했다. 그곳을 매우 기분 나쁜 장소라고 생각하는 엘리자베스 이모는 로라 이모에게 내가 우울해 보인다고 말했다. 내게는 그 장소가 조금도 우울하지 않았는데 말이다.

이곳은 블레어워터 연못 쪽에서 산들바람을 타고 달콤한 야생의 냄새가 실려오는 아름다운 장소다. 오래된 묘지가 나를 둘러싸고 있으며 주위는 조용하고 평화롭다. 작은 양치류 잎으로 싸여 있는 작고 푸른 무덤들이 여기저기 보인다. 그곳에 우리 집안 사람들이 잠들어 있다. 성공한 사람도 있고 실패한 사람도 있지만, 그들의 성공과 실패는 이제 하나다.

나는 그곳에서 기분전환이 되지도 않지만 기분이 가라앉지도 않는다. 아픔도 기쁨도 똑같이 사라진다. 나는 오래된 빨간 묘비를 좋아한다. 특히 '나는 여기에 있겠어요'라는 문구가 새겨진 메리 머리의 묘비를 좋아한다. 이 묘비명에 그녀의 남편은 생전의 그녀에게 감추었던 증오를 전부 쏟아 넣었다. 그의 묘는 아내의 묘 바로 옆에 있다. 두 사람은 오래전에 서로를 용서했을 것이다. 아마 어두운 달밤에 부부는 지상으로 돌아와 비문을 읽고 크게 웃고 있을지도 모른다. 비문 위에 자잘한 이끼가 자라고 있었다. 지미도 이끼를 긁어내는 것을 포기하고 말았다. 언젠가는 이끼가 비석 전체를 덮어 초록과 빨강과 은빛이 뒤섞인 돌로 남을지도 모르겠다.

12월 20일

오늘 멋진 일이 생겼다. 나는 기분 좋은 흥분상태에 빠져 있다. 〈매디슨〉지가 내 작품 〈기소의 오류〉를 받아주었다!!! 그렇다. 확실히 이 일은 몇 개의 느낌표를 찍을 만하다. 카펜터 선생님만 아니라면 나는 문장에 방점이라도 찍을 참이었다. 방점뿐만 아니라 밑줄까지 긋고 싶다. 그 잡지에 실린다는 것은 쉬운 일이 아니다. 그것을 내가 왜 모르겠는가! 그곳에 몇 번이나 투고를 했었지만 애써 노력한 대가로 얻은 것은 "참으로 유감입니다"라는 말뿐이 아니었던가. 마침내 그 문이 내게 열린 것이다. 〈매디슨〉지에 실리게 된다는 것은 알프스 등반로에 진입했다는 확실하고도 틀림없는 증거이다. 편집장은 내 글이 매력적인 작품이라고 호평했다.

참으로 친절한 사람이다!

그는 50달러의 약속어음을 보내주었다. 나는 드디어 루스 이모와 월리스 삼촌에게 슈루즈베리의 학자금을 돌려 줄 수 있게 된 것이다. 엘리자베스 이모는 늘 그렇듯이 그 약속어음을 의심스럽게 보았지만 이번만은 '정말 은행에서 현금으로 바꿀 수 있을까'라는 어리석은 말은 하지 않았다. 로라 이모의 아름다운 파란 눈이 자랑스럽게 빛났다. 로라 이모의 눈은 정말 글자 그대로 빛을 발했다. 로라 이모는 빅토리아 왕조풍의 사람이었다. 에드워드 왕조풍 사람들 눈은 번쩍번쩍 빛나고 상대방을 매혹시키지만 빛을 뿜지는 않는다. 무슨 이유에서인지 나는 유독 빛나는 눈을 좋아한다. 특히 나의 성공을 기뻐하며 빛나는 눈이 좋다.

지미는 〈매디슨〉지가 미국의 다른 모든 잡지를 다 합친 것과 맞먹는 가치가 있다고 말했다.

딘 프리스트가 나의 〈기소의 오류〉를 마음에 들어할지 모르겠다. 그는 내가 근래에 쓴 것은 전혀 칭찬하지 않았다. 꼭 그가 칭찬해주었으면 좋겠다. 카펜터 선생님을 제외하고 나에게는 그의 칭찬만이 유일하게 가치있는 것이다.

딘은 기묘하다. 신기하게도 그는 점점 젊어지고 있는 것 같다. 몇 년 전만 해도 나는 그를 노인이라고 생각했었다. 지금은 중년으로 보인다. 이대로 가다가는 젊은이가 될지도 모르겠다. 실은 내 마음이 성숙해짐에 따라 그의 정신 세계를 따라잡게 된 것이리라. 엘리자베스 이모는 이전보다 더 우리들의 우정에 난색을 표한다. 이모는 프리스트 집안 사람은 모두 싫어한다. 그렇지만 나로서는 딘과의 우정 없이 지내는 것은 생각할 수가 없다. 그것은 인생의 소금 같은 것이다.

1월 15일

폭풍우가 쳤다. 내가 특별히 잘 썼다고 생각하는 원고를 네 개나 거절당한 뒤였기 때문에 어젯밤에는 잠을 이루지 못했다. 나는 이제서야 미스 로열이 예언한 대로, 기회가 왔을 때 그녀를 따라 뉴욕에 가지 않았던 것을 후회했다. 갓난아기가 밤중에 눈을 뜨면 항상 우는데 그 이유를 알 것 같다. 나 역시 종종 그렇게 울고 싶으니까. 그런 때면 모든 것이 내 영혼을 내리눌러서 고생 뒤의 영광 따위는 생각할 수도 없다. 나는 오전 내내 우울해서 기분이 나아지지 않았다. 그래서 오후의 우편물이 도착하기만을 기다렸다. 우편물을 기다리는 데는 늘 기대와 불안이 따라다닌다. 어떤 편지가 올 것인가? 테디로부터의 편지——테디는 대단히 유쾌한 편지를 쓴다——일까, 아니면 수표가 든 봉투일까? 반송되는 원고가 들어 있는 두꺼운 봉투는 아닐까? 아니면 일저의 매력 있는 흘림체 편지일까?

실제로 내가 받은 우편물은 그러나 그중 어느 하나에도 해당되지 않았다. 데리폰드의 육촌 뷸러 그랜트가 화가 나서 써 보낸 편지였다. 〈습관의 노예〉라는 나의 글이 캐나다의 농촌 잡지에 실렸는데, 그녀는 내가 그 이야기 속에 자신의 이야기를 썼다고 했다. 그녀는 "언제나 네가 잘되기를 바라고 있는 옛 친구에게 너무 심한 처사"라며, "신문 같은 데서 웃음거리가 되는 것에는 익숙하지 않으니까, 앞으로는 절대로 나를 이용해 잘난 체 하지 말라"고 가차없는 비난을 줄줄이 써내려가고 있었다. 나는 마음이 상했으며 한편으로는 화가 났다. 그 이야기를 쓸 때 나는 뷸러를 생각도 못했다. 설령 그녀를 생각했다 해도 그녀의 이야기를 쓰는 일 따위는 하지 않았을 것이다. 그녀는 너무나 어리석고 평범해서 내 이야기 속 주인공 케이트 아주머니와는 조금도 닮은 구석이 없다. 케이트 아주머니는 씩씩하고 영리하고 유머러스한 숙녀인 것이다.

뷸러는 성가시게도 엘리자베스 이모한테도 편지를 썼다. 그래서 우리는 가족회의를 열었다. 엘리자베스 이모는 나의 무죄를 믿지 않았다. 케이트 아주머니라는 인물은 뷸러를 꼭 닮았다고 단언하고, 앞으로의 작품에서는 친척들을 희화화하지 말아달라고 내게 정중하게 부탁했다. 이모의 정중한 부탁이란 매우 무서운 것이다. 엘리자베스 이모는 위엄있는 목소리로 말했다.

"친구의 버릇을 글로 써서 돈벌이를 하는 것은 머리 집안 사람으로서 해서는 안 되는 일이야."

이것도 미스 로열이 예언했던 것 가운데 하나다. 정말 그녀의 말은 무엇이나 맞는 말일까? 내가 뉴욕행을 거절한 것은 잘못된 것일지도 모른다.

그렇지만 〈습관의 노예〉를 재미있어 하는 지미의 반응은 나에게 그야말로 직격탄을 날렸다. 그는 속삭였다.

"그 노친네는 신경쓰지 마. 아주 훌륭했어. 한 페이지도 다 읽기 전에 나는 케이트 아주머니가 뷸러라는 것을 알았지, 코 때문에 말이야." 아차! 나는 불행하게도 케이트 아주머니에게 길고 늘어진 코를 갖다붙였던 것이다. 확실히 뷸러의 코는 길게 늘어져 있다. 지금까지 확실한 증거도 없이 교수형에 처해진 사람이 얼마나 많은가. 뷸러의 일을 쓴다는 것은 생각지도 않았다고 아무리 말해 봐야 소용없었다. 지미는 고개를 끄덕이며 껄껄 웃었다.

"그렇고말고, 그저 조용히 있는 편이 좋아. 이런 것은 떠벌리지 않는 편이 좋아."

이번 일로 정말 속이 상한 점은 케이트 아주머니가 정말 뷸러 그랜트와 닮았다면 내가 이야기를 제대로 쓰지 못했다고 보아야 한다는 점이다. 그렇지만 이 일기를 쓰기 시작했을 때보다는 훨씬 기분이 나아졌다. 내 속에 있는 분노와 거부감과 좌절감을 전부 토해냈다. 이것이 일기라는 것의 주된 역할이라고 생각한다.

3

2월 3일

오늘은 멋진 날이었다. 세 개의 원고가 채택됐다. 게다가 한 편집자는 작품을 더 보내달라고 했다. 하지만 나는 편집자가 작품을 보내달라고 하는 것이 싫다. 부탁받지 않은 원고를 보내는 것보다도 싫은 일이다. 보내라고 해서 보냈는데 결국은 반송돼 왔을 때의 비참함은, 천 마일이나 떨어진 출판사의 생면부지의 편집자 책상 위에 원고를 보냈다가 거절당했을 때보다 훨씬 심할 것이다.

나는 주문에 의한 작품은 쓰지 않기로 결심했다. 그것은 무서운 노력을 요하는 일이다. 얼마 전 〈영 피플〉이라는 잡지 편집자가 나에게 어떤 내용에 맞추어 작품을 쓰도록 청탁을 해왔다. 그래서 나는 원고를 썼다. 편집자는 고쳐야 할 부분을 지적하여 되돌려 보냈다. 나는 고쳐썼다. 고쳐 쓰고, 또다시 쓰고, 문장을 삽입하기도 하는 동안 드디어 내 원고는 빨강과 검정과 파랑의 잉크로 뒤범벅이 되어 누더기처럼 돼버리고 말았다. 결국 나는 부엌 난로 뚜껑을 열고 원래 작품과 수정본을 전부 처넣어 버렸다.

'이제부터는 내가 쓰고 싶은 것을 쓴다. 편집자 제군은 마음대로 하라.'

오늘 밤에는 북극성이 빛나고, 희미한 초승달이 나와 있다.

4

2월 16일

오늘 내 글 〈농담의 좋은 점〉이 〈홈 저널〉에 실렸다. 그렇지만 표지의 목차에는 내 이름은 나와 있지 않고 '기타 작가' 속에 포함돼 있었다. 하지만 〈소녀시절〉에는 '유망한 인기작가의 한 사람'으로 소개되었기 때문에 상관없었다.

지미는 이 잡지의 서문을 여섯 번은 읽었을 거다. 나는 그가 일하면서 '유망한 인기작가'라는 말을 되뇌는 것을 들었다.

그는 모퉁이 가게에 가서 새 '지미 북'을 사다 주었다. 내가 알프스 등반로의 새로운 고지를 지날 때마다 그는 새 '지미 북'으로 축하를 해주었다.

나는 내 손으로 노트를 산 적이 없다. 그것이 그의 마음에 상처를 줄 지 모르기 때문이다. 그는 내 책상 위에 쌓여 있는 '지미 북'을 경외의 마음으로 바라보고, 그 속에는 훌륭한 문학이 들어 있다고 굳게 믿는 것이다.

나는 언제나 딘에게 내 작품을 읽어보게 한다. 그가 아무 말 없이, 또는 더욱 나쁜 일이지만 칭찬 비슷한 말과 함께 원고를 돌려주는 일이 계속될지라도 나는 그에게 내가 쓴 것을 보여주지 않을 수

없다. 딘으로 하여금 내가 어떤 가치 있는 것을 쓴다고 인정하게 만
들겠다는 강박관념이 생겼기 때문이다. 딘이 그것을 인정하는 날이
내가 승리하는 날이다. 하지만 그 이전에는 모든 원고가 휴지조각에
불과하다. 왜냐하면 그는 어떤 글이 좋은 글인지를 알기 때문이다.

5

4월 2일

 봄은 이따금 뉴문에 들른 적이 있는 슈루즈베리의 한 청년에게 영향을 미쳤다. 그는 머리 집안에서 환영하는 청혼자는 아니었다. 그리고 더 중요한 것은 E.B. 스타가 좋아하는 사람도 아니었다. 엘리자베스 이모는 내가 그 사람과 함께 음악회에 갔기 때문에 기분이 언짢아서 내가 돌아올 때까지 자지 않고 기다리고 있었다.

 나는 이모에게 말했다.

 "엘리자베스 이모, 난 이모 몰래 도망치지 않아요. 절대로 그런 일은 하지 않는다고 약속할게요. 만약 내가 정말 누군가와 결혼하고 싶어진다면 이모한테 이야기하고, 이모가 찬성하든 안 하든 상관없이 결혼할 거예요."

 엘리자베스 이모가 마음 편히 잠들었는지 어떤지는 모르겠다. 어머니는 사랑의 도피행각을 벌였었다——오! 이런, 이런, 이런!——그리고 엘리자베스 이모는 유전을 믿었다.

6

4월 15일

 오늘 밤 언덕에 올라가서 달빛 속에 떠오르는 '실망의 집' 둘레를 서성거렸다. '실망의 집'은 37년 전 결코 오지 않는 신부를 위해 지어진 집이다.

 그 집은 있어야 했던 일이 일어나지 않은 그때의 죄책감에 시달리

면서 줄곧 미완성 상태로 쓸쓸히 그 자리를 지켜왔다. 나는 그 집을 보면 안타깝다. 아무런 추억도 깃들어 있지 않은 집이기 때문이다. 아주 오래 전 딱 한 번 난롯불의 희미한 빛이 비쳐나온 것을 제외하고는 그 집 창문에는 불빛이 비친 적이 없었다. 뒤에는 숲이 있고 주변에는 가문비나무가 자라고 있는 그 집은 얼마든지 즐거운 가정이 될 수 있었다. 톰 셈플이 모퉁이에 새로 짓고 있는 집과는 전혀 다른 친근하고 따스한 보금자리가 될 수도 있었던 것이다.

톰 셈플의 집은 작은 창문과 날카로운 모서리가 영 마음에 들지 않는다. 사람이 들어가서 살기도 전에 집에 어떤 성격이 형성된다는 것은 이상한 일이다. 예전에 테디와 내가 어렸을 때 우리는 이 '실망의 집' 창문의 널빤지를 뜯어내고 그곳을 통해 안으로 들어가 본 적이 있었다. 우리는 그곳에서 난로에 불을 지피고 앉아 우리의 인생을 설계했었다. 우리는 그 집에서 같이 살 작정이었다. 아마 테디는 그때의 일을 완전히 잊어버렸을 것이다. 그에게서는 자주 편지가 왔다.

그의 편지는 유쾌한 일로 가득 채워져 정말로 테디답다. 그는 내가 알고 싶어했던 그의 일상사의 자질구레한 것까지 모두 얘기해 주었다. 그러나 최근들어 그의 편지에는 개인적인 면이 줄어든 것 같다. 내가 아니라 일저에게 보냈어도 됐을 법한 편지들이다.

가련한 작은 '실망의 집'이여. 아마 너는 영원히 실망하고 있을 테지.

7

5월 1일

또다시 봄이 왔다! 금빛 포플러는 이 세상 것이 아닌 듯싶고 은빛과 라일락빛의 모래언덕 저편 항만에는 멀리까지 잔물결이 일렁인다. 무섭고 캄캄한 새벽 3시와 고독과 낙담 속의 황혼이 있었지만 겨울은 믿어지지 않을 만큼 빨리 지나갔다. 머지않아 플로리다에서 딘이 돌아올 것이다. 그렇지만 일저와 테디는 이번 여름에는 돌아오지 않을 것이다.
 그 때문에 나는 최근 하루이틀 잠을 이루지 못했다. 일저는 그녀에게 별로 신경을 써주지도 않던 이모를 만나러 연안지방으로 갈 예정이었고, 테디는 북쪽으로 스케치 여행을 떠나기로 돼 있다. 뉴욕의 한 회사에 미국 북서부의 기마 경관 이야기가 담긴 그림 몇 점을 그려주기로 했기 때문이다.
 물론 그것은 아주 좋은 기회이기 때문에 그를 위해서는 잘된 일이었고 나로서는 섭섭해 할 이유가 없었다. 블레어워터에 돌아오지 못하게 된 것을 그가 조금 아쉬워하더라도 말이다. 그런데 그는 아쉬워하지 않았다.
 블레어워터와 이전의 생활이 그에게는 이미 지나간 이야기가 된 게 아닌가 싶다.
 나는 내가 일저와 테디가 돌아오기를 얼마나 기다려 왔는지, 그리고 그들을 곧 다시 만나게 되리라는 희망이 어떻게 나로 하여금 이 겨울의 시련을 견뎌내게 해주었는지 새삼 깨달았다.
 올 여름에는 '키다리 존의 숲' 근처에서 테디의 휘파람 신호 따윈 들려오지 않을 것이다. 그리고 우리만 알고 있는 오솔길과 시냇가에서도 만나지 못할 것이고, 많은 사람들 틈에서 우리끼리만 통하는 즐거운 눈짓도 없을 것이다. 그렇게 생각하자 갑자기 인생에서 빛이 사라지고 색바랜 넝마조각만 남은 것 같다.
 어제는 우체국에서 켄트 부인을 만났는데, 여느 때와 달리 내게 말을 걸었다. 나를 미워하고 있는 것은 여전하다.
 "테디가 이번 여름에 돌아오지 않는다는 것은 알고 있겠지?"
 "예." 나는 짧게 대답했다.
 멀어져 가는 켄트 부인의 눈 속에는 슬픔과 승리감이 뒤섞여 있었다. 퀜트 부인에게는 테디가 그녀를 위해 돌아와 주지 않는 것은 슬픈 일이었지만 테디가 에밀리를 보러 돌아오지 않는 것은 큰 기쁨이었을 것이다. 그것으로 테디가 에밀리를 아주 많이 좋아하는 것은 아니라는 것을 알 수 있었으므로.

 어쩌면 그녀의 생각이 옳을지도 모른다. 그러나 지금은 봄이다. 언제까지나 우울하게 있을 수만은 없다.

 앤드루가 약혼을 했다! 애디 숙모가 전적으로 찬성하는 아가씨하고.

 "내가 직접 골라도 앤드루보다는 잘 고르지 못했을 거예요." 애디 숙모는 오늘 오후에 엘리자베스 이모에게 이렇게 말했다. 눈으로는 나를 보면서 말이다. 엘리자베스 이모는 쌀쌀맞은 태도로 축하 인사를 했다. 로라 이모는 눈물을 비쳤다. 로라 이모는 아는 사람이 나고 죽는 것, 결혼이나 약혼을 하는 것, 들어오고 나가는 것, 처음으로 선거를 하는 것 등을 보면 언제나 눈물을 흘린다. 앤드루가 나에게 건실한 남편이 되어줄 수 있을 거라고 생각했기에 로라 이모는 실망스러워하고 있었다. 그렇지만 그의 마음속에는 다이너마이트가 없다.

어떤 임종

1

처음에는 아무도 카펜터 선생님의 병을 그리 심각하게 생각하지 않았다. 선생님은 최근 몇 년간 류머티즘 발작을 일으킨 적이 여러 번 있었다. 그러다가도 조금 나으면 아무 일 없었다는 듯이 일어나서 예전과 다름없이 풍자와 독설로 수업을 했다. 카펜터 선생님의 견해에 따르면 블레어워터 학교도 무척 변했다고 한다. 학생들이 모두 말썽꾸러기에 얼간이에 게으름뱅이뿐이라는 것이다. '2월(February)'과 '수요일(wednesday)'을 정확히 발음할 줄 아는 학생은 아무도 없다고 했다.

"피로하기만 할 뿐 남는 것이 아무것도 없는 고생에 너무 지쳐버렸어. 밑 빠진 독에 물 붓기야."

카펜터 선생님은 무뚝뚝하게 말했다.

학교 안에 활기를 불어넣어 주었던 네 사람, 테디와 일저와 페리와 에밀리는 이제 학교에 없다. 아마 카펜터 선생님은 지쳐버린 것인지도 모른다, 모든 것에. 그는 나이로 말하면 그다지 연로한 편은 아니지만 방종한 청춘 시절에 체력을 완전히 소진해 버리고 말았다. 소심한 성격의 마르고 가냘픈 그의 아내가 지난 해 가을, 조용히 세상을 떠났다. 그는 아내를 대단히 사랑한 것 같지는 않았지만, 장례를 치른 뒤에 그는 눈에 띄게 기운을 잃어갔다. 학생들은 그의 독설과 잦은 분노의 폭발에 벌벌 떨었다. 학교의 이사진들은 고개를 갸웃거리며 학년이 끝나는 대로 새 교사를 초빙해야겠다는 이야기를 하게 되었다.

카펜터 선생님의 병은 언제나처럼 류머티즘의 발작으로부터 시작되었다. 그러고는 심장에 문제가 생겼다. 그는 완고하게 거절했으나 끝끝내 진찰하러 간 닥터 번리는 심각한 얼굴로 '살려는 의지'가 없는 게 문제라고 말했다.

데리폰드의 루이자 드럼몬드 아주머니가 간병을 하러 왔다. 카펜터 선생님은 주위에서 하자는 대로 순순히 따랐다. 그것은 좋지 않은 조짐이었다. 이제 어떻게 되든 상관없다고 생각하는 것 같았으므로.

"그녀가 내 주위에 얼쩡거려야 여러분 마음이 편하다면 그렇게 하도록 해요. 나를 내버려 두기만 한다면 그녀가 무슨 짓을 하든 개의치 않겠소. 나는 먹여 주는 것도 위로해 주는 것도 시트를 갈아 주는 것도 원치 않아요. 하지만 저 머리털은 너무 꼿꼿하게 빛나고 있어 견딜 수 없어. 저것을 어떻게 하라고 말해 줘요. 게다가 저 코 말인데 왜 저렇게 하루 종일 추운 듯한 모습을 하고 있는 거야?"

에밀리는 매일 밤 잠깐씩 간호하러 갔다. 노교사가 만나고 싶어하는 것은 에밀리뿐이었다. 그다지 말은 많이 하지 않았지만 그는 가끔 눈을 뜨고 그녀와 빙긋 웃음을 교환했다. 그 모습은 마치 다른 사람들은 모르는 그들 두 사람만의 농담을 나누고 있는 것 같았다. 루이자 아주머니는 그 웃음의 의미를 전혀 이해할 수가 없었기 때문에 둘이서 주고받는 이 웃음을 싫어했다.

아주머니는 어머니 같은 마음을 간직한 친절한 사람이기는 했지만 죽음을 앞둔 환자의 유쾌하고 장난꾸러기같이 보이는 웃음만큼은 이해할 수 없었다. 그녀는 그보다는 자신의 영혼에 주의를 기울여야 한다고 생각했다. 그녀가 보기에 카펜터 선생은 그리스도교 신자 같지 않았다. 목사님의 방문도 모두 거부하고 있었으니까. 하지만 그는 에밀리 스타라면 언제든지 대환영이었다. 루이자 아주머니는 그 에밀리 스타가 의심스러웠다. 그녀는 소설을 썼고, 자기 친척을 소설의 소재로 삼지 않았던가? 아마 에밀리는 이교도의 죽음의 침상에서 자기 소설의 모델을 구하고 있음이 틀림없다. 그것이야말로 그녀의 관심을 설명해주는 것이리라. 루이자 아주머니는 기묘한 기분으로 이 야박하고 모진 처녀를 바라봤다. '설마 내 일을 소설에 쓰지는 않겠지' 생각하며.

오랫동안 에밀리는 이것이 카펜터 선생님의 최후가 되리라는 것을 믿지 않으려고 했다. 그 정도로 심각한 상태로 보이지 않았던 것이다. 그는 고통스러워하지도 불평을 하지도 않았다. 날씨가 따뜻해지면 건강을 되찾을 수 있을 것만 같았다. 에밀리는 이런 생각을 머릿속에서 수없이 반복하다가 자신도 모르는 사이 그렇게 믿게 되었다. 에밀리는 카펜터 선생님이 안 계시는 블레어워터의 생활은 상상할 수도 없었다.

어느 5월 저녁때 카펜터 선생님의 병세는 뚜렷한 차도를 보였다. 그의 눈에는 옛날과 같은 풍자의 불이 타올랐고, 목소리는 옛날과 같이 똑똑히 울렸다. 그는 루이자 아주머니를 놀리기까지 했다. 불쌍한 아주머니는 선생님의 농담을 알아들을 수는 없었지만 그리스도교 신자다운 인내심으로 참아넘겼다. 환자의 기분을 상하게 하면 안 된다고 생각하고 있었기 때문이다. 선생님은 에밀리에게 우스운 이야기를 들려주어 지붕이 낮은 그 방은 두 사람의 웃음으로 떠나갈 듯했다. 루이자 아주머니는 고개를 가로저었다. 그녀에게는 모르는 일이 많았지만 아마추어 간호사로서의 경험과 약간의 지식은 지니고 있었다. 이 갑작스런 흥분은 결코 좋은 징조가 아니었다. '죽음 직전의 흥분 상태'였다. 경험이 적은 에밀리는 그것을 몰랐다. 그녀는 카펜터 선생님이 회복된 것을 기뻐하며 집으로 돌아갔다. 학교로 돌아가서 학생들에게 야단을 치고, 고전 문학을 읽으며 길을 걷고, 에밀리의 원고에 유머가 섞인 예리한 비판을 가할 것이다. 그렇게 생각하자 에밀리는 몹시 기뻤다. 그녀는 결코 카펜터 선생님을 쉽게 잃을 수 없었다.

2

엘리자베스 이모가 새벽 2시에 에밀리를 깨웠다. 카펜터 선생님이 에밀리를 만나고 싶어한다고 했다.

"선생님이…… 위독하신가요?"

에밀리는 네 개의 기둥에 조각이 되어 있는 높고 검은 침대에서 미끄러져 내려오면서 물었다.

"임종이야." 엘리자베스 이모가 짧게 대답했다. "닥터 번리 선생께서 아침을 넘기지 못할 거라고 말했단다."

에밀리의 얼굴에 떠오른 어떤 것이 엘리자베스 이모의 마음을 움직였다.

"그 편이 낫지 않을까, 에밀리?" 이모는 다른 때와 달리 부드럽게 말했다. "나이가 들어서 피로해 하셨어. 부인도 돌아가셨고, 내년에는 학교도 그만두셔야 할 거야. 남은 생애는 정말 쓸쓸할 거야. 죽음이 최상의 친구라고 할 수 있지."

"저는 저 자신을 생각하고 있어요." 에밀리는 쉰 목소리로 말했다. 어둡고 아름다운 봄밤, 에밀리는 카펜터 선생님의 집으로 발걸음을 재촉했다. 루이자 아주머니는 눈물을 흘렸지만 에밀리는 울지 않았다. 카펜터 선생님은 눈을 뜨고 그녀를 보고 미소를 지었다. 지난날과 다름없는 익살맞은 웃음이었다.

카펜터 선생님은 "눈물은 사양한다"라고 그녀에게 속삭였다. "나는 내 임종시에 사람들이 우는 것을 원치 않아. 루이자 드럼몬드가 부엌에서 우는 것으로 족해. 그것은 그녀가 돈을 버는 한 방법이지. 이제 그녀가 나를 위해 해줄 수 있는 일은 아무것도 없으니까."

"제가 할 일이 뭐가 있을까요?" 에밀리가 물었다.

"내가 떠나기 전까지 내가 볼 수 있는 곳에 앉아 있어줘. 그것뿐이야. 혼자서 죽어가기는 싫거든. 그런 것은 생각해 본 적도 없어. 부엌에서 나의 죽음을 기다리는 할멈들은 몇 사람이나 있지?"

"루이자 아주머니와 엘리자베스 이모 두 분뿐이에요."

에밀리는 웃음을 참으며 대답했다.

"내가 얘기를…… 많이 하지 않아도, 개의치 말렴. 나는 평생 말을 해왔지. 이제 끝났어. 숨이 남아 있지 않아. 내가 바라는 것이 있다면…… 네가 옆에 있어주었으면 할 뿐이야."

카펜터 선생님은 눈을 감고 침묵에 잠겼다. 에밀리는 새벽과 함께 밝아오는 창에 머리를 기대고 아무 말 없이 앉아 있었다. 가끔 유령처럼 불어오는 바람이 머리카락을 흐트러뜨렸다. 열려 있는 창문 밑 침대 주변에서 6월의 백합 향기가 스며들었다. 그것은 오랜 세월 잊혀졌던 향기, 음악보다도 달콤한 그리운 향기였다.

저 멀리 똑같은 높이의 검은 전나무 두 그루가 새벽의 은빛 하늘을 이고 서 있었다. 마치 은빛 안개에 덮인, 언덕에 솟아 있는 고딕풍 예배당의 두 개의 탑 같았다. 그 사이에서 저녁 하늘의 초승달 같이 아름다운 달이 희미하게 비치고 있었다. 달의 아름다움은 밤샘을 하고 있는 에밀리에게 위안이 되고 자극이 되기도 했다. 무엇이 지나가건 무엇이 오건 이 같은 아름다움은 영원할 것이다.

가끔 루이자 아주머니가 노인을 보러 들어왔다. 카펜터 선생님은 아주머니가 있는 동안은 눈을 감고 있었다. 그러고는 나가는 것을 기다렸다가 다시 눈을 뜨고 에밀리를 향해 윙크를 했다. 에밀리는 자기도 무심코 윙크를 하면서도 스스로에 대해 놀랐다. 빈사 상태의 병상에서 윙크하는 것에 아연실색하는 머리 집안의 피가 그녀에게도 흐르고 있었던 것이다. 엘리자베스 이모가 이것을 알면 무슨 말을 할 것인가?

"조금 유쾌하군." 카펜터 선생님은 두 번째 윙크를 주고받은 뒤에 말했다. "네가 여기 있어서 기쁘다."

새벽 3시에 그는 약간 평정을 잃었다. 루이자 아주머니가 다시 들어왔다.

"썰물 때까지는 돌아가시지 않아."

루이자 아주머니는 에밀리에게 엄숙한 목소리로 속삭였다.

"그런 쓸데없는 미신 같은 헛소리는 그만둬. 조수가 밀려오고 밀려가는 것에 상관없이 내가 준비가 되면 그때 죽을 거야."

완전히 겁에 질린 루이자 아주머니는 지금 선생님은 의식이 흐릿하다고 말하며 서둘러 밖으로 나가버렸다.

"괜한 말을 한 것을 용서해다오. 저 여자를 쫓아내고 싶었어. 저 늙은이에게 내가 죽는 것을 보고 있게 하고 싶지 않았어. 저 여자에게…… 이제부터 앞으로 일생…… 기다리는 것은…… 무서운 일이다. 그래도…… 그녀는 좋은 사람이다…… 너무…… 착해서…… 싫증이 나. 그녀는 악이라는 것을 갖고 있지 않아. 어째서일까…… 인간에게는…… 얼마간의…… 악이…… 필요해. 그것은…… 맛을 내는…… 소금과도…… 같은 것이지." 카펜터 선생님은 말했다.

또다시 침묵이 흘렀다. 그리고 나서 그는 무거운 어조로 덧붙였다. "곤란한 것은…… 요리사가…… 소금을 조금 쳐야 할 곳에…… 한 주먹의 소금을 치는 거야, 경험이 없는 요리사가…… 나중에는 현명하게 되지만…… 몇 대가 흘러간 영원의 뒤에나."

에밀리는 이번에야말로 그의 의식이 '흐릿해졌다'고 생각했다. 그렇지만 그는 에밀리에게 빙긋 웃음을 보였다.

"여기 있어 줘서 기뻤어, 작은 친구. 여기 있는 것이 싫지는 않겠지?"

"그렇지 않아요."

"머리 집안 사람이 '그렇지 않다'고 말했을 때는 그건 정말 그렇지 않은 거지."

또 잠시 침묵이 이어지다가 카펜터 선생님은 말을 계속했다. 이번에는 자신에게 혼잣말을 하는 것 같았다.

"떠나가는 거야…… 새벽 저편으로. 새벽녘의 샛별을 지나서. 그것은 두려운 일이라고 생각하고 있었지. 두렵지는 않아. 이상한 일이군. 이제부터 몇 분 동안…… 내가 많은 것을 배운다고 생각해 봐, 에밀리. 살아 있는 누구보다도 현명해지는 거야. 언제나 알고 싶었어…… 알고 싶었단 말이야. 상상만 하고 있기는 싫었단 말야. 호기심은 이제 끝났어…… 인생에 대한 호기심은…… 죽음에 대해서만 궁금할 뿐. 나는 진실을 알게 될 거야…… 에밀리. 이제 몇 분 사이에 나는…… 진실을…… 알게 될 거야. 이제 상상이 아니야. 만약 내가…… 다시 한 번 젊어진다면, 그것이 어떤 의미인지 너는…… 모르겠지. 젊은 너는…… 모른다…… 다시 한 번 젊어진다는 것이…… 어떤 의미인지…… 지금 젊은 너는 짐작도 못할 거야."

목소리는 침착성이 없는 속삭임으로 가라앉다가 다시금 또렷해졌다.

"에밀리, 약속해다오. 너는 너 자신을…… 기쁘게 하는 일 외에는…… 누구를 기쁘게 해주기 위해 글을 쓰지 않겠다고 약속해다오."

에밀리는 잠깐 동안 주저했다. 이런 약속은 무엇을 의미하는 것일까?

"약속해다오." 카펜터 선생님은 조급히 속삭였다.

에밀리는 약속했다.

카펜터 선생님은 안도의 숨을 쉬었다. "좋아, 그 약속을 지켜라…… 그러면 너는…… 염려 없다. 모든 사람을 기쁘게 하려고 할 필요는 없다. 비평가를…… 기쁘게 해 주려고 해도 안 된다. 자기 모자가 가장 어울린다. 자기 모자를 쓰고 사는 것이다. 리얼리즘의 소동 속에…… 동요해서는…… 안 된다. 기억해 두어라…… 소나무 숲은…… 돼지우리와 같이…… 진실하다…… 는 것을, 그리고 소나무 숲 쪽이 살기에는 퍽 즐겁다는 것을. 너는 반드시 도착한다…… 목적지에, 언젠가는 반드시 닿는다. 너는 대작가가 될 뿌리를…… 지니고 있다. 그리고 세상에다…… 모든 것을…… 말할 필요는 없다. 그것이…… 우리 문학의…… 문제이다. 신비와…… 침묵의…… 매력을…… 잃어버린 것이다. 또 하나 너에게 말하고 싶은 것이 있었는데…… 무엇인지 분명히 있었는데…… 생각이 안 나는구나."

"생각해 내려고 하지 마세요. 피곤해져요." 에밀리는 상냥하게 말했다.

"피곤하지 않아, 이미…… 피곤하다는 따위는…… 완전히…… 끝났어. 나는 죽어가고 있다…… 내 생애는…… 실패였다…… 쥐같이 불쌍한 신세야. 하지만 에밀리, 결국…… 재미있는 일생이었어."

카펜터 선생님은 눈을 감았다. 그 얼굴이 너무나 죽은 사람의 얼굴 같았기 때문에 에밀리는 놀라서 자기도 모르게 몸을 움직였다. 그는 여위어 쇠약해진 손을 들어올렸다.

"아니, 저 여자를 부르지 말아다오. 저 울고 있는 여자를 부르지 말아다오. 뉴문의 작은 에밀리하고만 같이 있고 싶구나. 영리한 소녀 에밀리야. 내가 그 아이에게 말하고 싶었던 것은…… 뭐였더라?"

1, 2초 뒤에 그는 눈을 뜨고 큰 소리로 분명하게 말했다.

"문을 열어…… 문을 열어다오. '죽음'을 기다리게 해서는 안 돼."

에밀리는 작은 문 쪽으로 달려가 활짝 열었다. 회색빛 바다에서 강한 바람이 불어왔다. 루이자가 부엌에서 달려왔다.

"조수가 빠지고 있어…… 그의 목숨이 빠져나가는 거야…… 벌써 빠져나갔어."

그러나 아직은 아니었다. 에밀리가 그에게 얼굴을 수그리자 카펜터 선생님은 마지막으로 그의 텁수룩한 눈썹 밑의 눈을 떴다. 그는 다시 한 번 윙크를 하려고 했지만 할 수 없었다. 그는 속삭였다.

"생각났다…… 방점을…… 주의하라…… 는 것이었어."

그의 말끝에 과연 장난기 어린 웃음이 묻어 있었던가? 루이자 아주머니는 언제나 분명하게 그렇다고 단언했다. 심술궂은 카펜터 선생님은 이상한 말을 남기고 웃으며 죽어갔다는 것이다. 물론 그는 착란 상태였을 테지만, 그러나 어떻든 본이 될 만한 임종은 아니었다고 루이자 아주머니는 생각했다. 그녀는 그런 임종을 많이 접하지 않은 것에 감사했다.

3

에밀리는 정신 없이 집으로 돌아가서, 자기 방에서 옛친구를 위해 넋을 놓고 울었다. 그곳이 어둠 속인지 환한 햇빛 속인지 알지 못하지만, 웃음과 농담으로 세상을 등진다는 것은 얼마나 용기 있는 영혼일까? 어떤 결점이 있더라도 카펜터 선생님은 비겁한 사람은 아니었다. 에밀리는 그가 사라진 이 세상이 보다 비정하게 느껴지리라는 것을 알고 있었다. 그녀는 예전에 어둠 속에서 뉴문을 떠났던 것이 옛날 일처럼 느껴졌다. 그녀는 속으로 자신의 생애에서 한 갈림길에 도달했다고 느꼈다. 카펜터 선생님의 죽음은 겉으로는 그녀에게 아무런 변화를 가져다 주지 않았지만, 그것은 어떤 분기점 같은 것으로서, 몇 해가 지난 뒤에 그녀는 그때를 되돌아보고는 '그때 이후로 모든 것이 변했다'라고 말할 수 있을 것이다.

그녀는 지금까지 그때그때의 기분에 따라 살아온 것 같았다. 그렇게 몇 달이고 몇 년이고 조용히 변화 없이 살아온 뒤 갑자기 '낮은 천장'의 과거와 헤어지고, 과거 어느 때에도 없었던 높고 넓은 세상의 '새로운 신전'으로 들어온 것이다. 물론 처음에는 언제나 변화에 대한 두려움과 상실감이 따르는 법이지만.

밤산책

1

카펜터 선생님이 돌아가신 해는 조용히 저물었다. 지나치게 단조로운 기분이 없지 않았지만 조용히 혹은 즐겁게 지나갔다. 일저도 없었고, 테디도 없었으며, 카펜터 선생님은 이미 다른 세계 사람이었다. 가끔씩 페리가 들여다볼 뿐이었다. 그러나 물론 여름에는 딘 프리스트가 있다. 딘 프리스트와 친구로 지내는 한 소녀도 외롭지 않을 것이다. 오래전 딘이 멜번 만의 바위 둑에서 떨어진 에밀리를 구해 준 이래 그들은 친구가 됐다. (《에밀리 초원의 빛》 참조) 딘이 조금 절름거리고 어깨가 굽어 있고, 초록빛 눈빛이 이따금 어쩐지 언짢은 느낌을 주기는 하지만, 그런 것은 아무렇지 않았다. 그녀가 딘만큼 좋아하는 사람도 없었다. 이런 생각을 하면서 에밀리는 언제나 '좋아하는'이라는 말에 방점을 붙였다. 카펜터 선생님이 모르는 일도 몇 가지 있었던 것이다.

엘리자베스 이모는 왠지 딘을 그다지 환영하지 않았다. 어쨌든 엘리자베스 이모는 프리스트 집안 사람이라면 누구를 막론하고 별로 호의적이지 않았다. 머리 집안과 프리스트 집안 사이에는 기질적인 차이가 있어서, 그것은 가끔씩 있는 두 집안 사이의 결혼으로도 극복되지 않았다.

"과연 프리스트 집안 사람다워!"

여위고 곱지 않은 머리 집안의 손을 저으며 엘리자베스 이모는 프리스트 집안의 뿌리에서 가지까지 전부를 헐뜯었다.

"프리스트 집안 사람답고말고."

어느 날 딘이 절망하는 체하며, 왜 에밀리의 이모들이 자기를 싫어하느냐고 물었을 때, 에밀리는 "머리는 머리, 프리스트는 프리스트, 두 집안이 서로 만나는 일은 절대로 없다"라고 장난스럽게 키플링의 말을 인용했다.

딘은 장난꾸러기 같은 웃음을 빙긋 띠며 말했다. "프리스트폰드에 있는 네 낸시 고모할머니는 나를 몹시 싫어해. 그리고 로라 이모와 엘리자베스 이모는 머리 집안의 적을 대할 때의 냉정한 예절로 나를 대하지. 그 이유를 알 것 같아."

에밀리는 얼굴을 붉혔다. 에밀리도 왜 로라 이모와 엘리자베스 이모가 딘 프리스트에 대해 이전보다 더 냉정한 예의를 갖추게 되었는지 알 것 같았던 것이다. 그것은 결코 반갑지 않은 생각으로, 그런 생각이 들면 에밀리는 언제나 그 생각을 내쫓고, 마음의 문에 빗장을 질렀다. 그렇지만 그 생각은 마음의 문턱에서 속삭이고 있어서 어떤 방법으로도 쫓아낼 수가 없었다. 모든 일, 모든 사람과 같이 딘도 하룻밤 사이에 변한 것같이 보였다. 이 변화는 무엇을 의미하는 것일까? 에밀리는 그것에 대답하기를 거부했다. 그 질문의 답은 너무나 어처구니 없는 것이었다. 에밀리는 그런 답을 원치 않았다.

딘 프리스트가 친구에서 연인으로 변하고 있는 것일까? 말도 안 된다. 당치도 않은 일이다. 상상조차 하기 싫은 일이다. 그녀는 딘을 연인으로서 원했던 것이 아니다. 소중한 친구가 되어주기를 원했다. 그의 우정을 잃고 싶지 않다. 그의 우정은 진실로 귀하고 유쾌하고 자극적이고 불가사의한 것이다. 그런데 어째서 이런 일이 시작된 것일까? 생각이 여기에 미치면 에밀리는 언제나 생각하는 것을 멈추었다. 그 일이 이미 일어났거나 현재 일어나고 있는 중이라는 것을 인정하기가 두려워 뒷걸음질 치는 것이다.

11월 어느 날 저녁때 딘이 불쑥 "슬슬 여행을 떠날 때가 된 것 같아"라고 말하자 에밀리는 차라리 마음이 놓였다.

"올겨울에는 어디로 가세요?"

"일본에. 아직 한 번도 가본 적이 없으니까. 특별히 지금 가고 싶은 것은 아니지만, 여기 있어도 별 수 없잖아. 겨우내 이모들이 엿듣고 있는 거실에서 이야기하고 싶지는 않겠지?"

"그건 그래요." 에밀리는 몸을 약간 떨면서 웃었다.

에밀리는 어느 가을 밤 심한 폭풍우로 뜰에 나갈 수 없게 되어, 엘리자베스 이모가 뜨개질을 하고 로라 이모가 레이스를 뜨고 있던 테이블 옆에 앉아서 딘과 대화를 해야 했던 일을 생각했다. 그때 기분은 정말 끔찍했다. 도대체 왜 그랬을까? 왜 뜰에 있을 때와 같이 자유롭고 친근하게 이야기하지 못했을까? 이것은 적어도 이성 간의 일로 대답할 수 있는 문제는 아니다. 그들이 엘리자베스 이모가 이해할 수 없고 따라서 동의하지 않을 일을 너무 많이 이야기했기 때문일까? 그랬을지도 모른다. 그러나 어쨌든 마음이 통하는 대화를 위해서는 딘이 세계의 반대편에 있어 주는 편이 좋다.

"그러니까 나는 가는 편이 좋을 거야." 딘은 그렇게 말하고 이 섬세하고 키가 크고 살빛이 흰 처녀가 그가 없으면 쓸쓸할 거라고 말해주기를 기다렸다. 그녀는 매년 가을 그가 여행을 떠날 때마다 그렇게 말했다. 그렇지만 이번에는 그렇게 말하지 않았다. 말할 수가 없었던 것이다.

그것은 왜일까?

딘은 마음먹기에 따라서 온화함과 슬픔과 정열을 내보일 수 있는 눈으로 그녀를 바라보았다. 지금은 이 세 가지 감정이 한데 섞여 있었다. 그는 에밀리에게서 그가 없으면 쓸쓸할 거라는 말을 꼭 듣고 싶었다. 그가 금년 겨울에 여행을 떠나는 진짜 이유는 그녀로 하여금 그가 없는 세계가 얼마나 쓸쓸한지 깨닫게 하기 위해서였던 것이다.

"에밀리, 내가 없으면 쓸쓸할까?"

"어머나, 물론이죠." 에밀리는 가볍게, 지나치게 가볍게 대답했다. 전에는 더 정직하게 본심을 말했었다. 딘은 이 변화를 섭섭하게만 생각하지 않았다. 그렇지만 그렇게 말한 그녀의 마음에 대해서는 아무것도 상상할 수 없었다. 그녀는 틀림없이 뭔가를 눈치챈 것이다. 그가 몇 년간이나 감추려고 무던히도 애를 썼던 어떤 것을 말이다. 그래서 어떤가? 대답할 때의 저 가벼운 어조는 그 대답에 무게를 주지 않기 위해서였을까? 아니면 몹시 부담스러운 것에 대한 여자들의 본능적인 방어기제였을까?

"당신도 테디도 일저도 없는 겨울이 얼마나 끔찍할까요? 생각하고 싶지도 않아요. 작년 겨울도 나빴지만 금년 겨울은 더 나쁠 것 같군요. 하지만 일이 있으니까 어떻게든 지낼 수 있겠지요."

"그래 그래, 너의 일이 있지"라고 대답하는 딘의 어조에는 에밀리가 자신의 글을 '일'이라고 부르는 것을 재미있어 하는 투가 있었다. 마치 귀여운 아이는 비위를 맞추어 주지 않으면 안 된다고 하는 것 같은. 비록 그렇게 말하지는 않았지만 그 어조에 담겨 있는 의미는 충분히 에밀리의 섬세한 마음에 채찍을 휘두르고도 남았다. 때문에 그녀에게는 갑자기 자신의 일과 야심이 적어도 그 순간만은 딘이 생각하고 있듯 어린애 같고 하찮은 것으로 느껴졌다. 딘은 알고 있을 것이다. 그는 대단히 똑똑하고 학식이 깊은 사람이다. 그는 알고 있을 것이다. 바로 그렇기 때문에 그녀에게 괴로움이 존재하는 것이다. 딘의 의견은 무시할 수 없었다. 그녀는 마음속 깊은 곳에서 딘 프리스트가 인정해 주지 않는 한 절대로 스스로를 믿을 수 없다는 것을 알고 있었다.

"나는 어디를 가든지 네 사진을 갖고 갈 거야, 스타." 딘이 말했다.

'스타'라는 것은 딘이 에밀리를 부를 때 즐겨 사용한 이름이지만, 그것은 그녀의 성(Star)과 음이 같아서가 아니라 그녀를 생각하면 언제나 별이 떠오르기 때문이라고 했다.

"나는 이 사진을 보며 네가 저 오래된 창가에 앉아서 아름다운 레이스 천 같은 시를 짓고 있거나 오래된 정원 안을 이리저리 산책하거나 '어제의 길'을 걷고 있거나 바다를 바라보고 있는 것 등을 생각할 거야. 내가 블레어워터의 아름다움을 생각할 때는 반드시 그 안에 네가 있을 거야. 세상의 모든 아름다움은 결국 아름다운 여인의 배경으로서만 존재하는 것이지."

"레이스 천 같은 시!" 아아, 그것이었다. 에밀리가 들은 것은 그것뿐이었다. 딘이 그녀를 미인으로 생각하고 있다는 말조차 귀에 들어오지 않았다. 그녀는 띄엄띄엄 물었다.

"내가 쓰고 있는 것이 레이스 천밖에 안 된다고 생각해요, 딘?"

"스타, 그러면 달리 뭐라고 말하지? 너는 네 글에 대해 어떻게 생각해? 나는 네가 글쓰기로 즐거운 시간을 보낼 수 있다는 것이 기뻐. 그런 종류의 취미를 갖는 것은 좋은 일이야. 그것으로 얼마쯤 번다면 이런 세상에서는 더욱 좋은 일이겠지. 그러나 나는 네가 브론테나 오스틴을 꿈꾸다가 꿈에서 깨어났을 때 청춘을 헛되이 보냈음을 깨닫게 되는 것을 바라지 않아."

"나는 브론테나 오스틴처럼 되고 싶은 생각은 없어요. 하지만 전에는 그런 말을 하지 않았잖아요. 당신은 내가 언젠가는 무언가를 할 수 있을 거라고 생각하지 않았어요?"

"우리는 어린아이의 예쁜 꿈을 함부로 망가뜨리지는 않아. 하지만 말이야, 어린아이의 꿈을 어른이 될 때까지 계속 간직하는 것은 어리석은 일이야. 사실을 똑바로 바라보는 것이 좋아. 꿈같이 아름다운 것을 써, 에밀리. 그리고 그것으로 만족하는 거야. 도달하지 못할 봉우리를 동경하거나 잡히지 않는 것을 잡기 위해 노력하느라 인생의 황금기를 낭비하지는 말았으면 해."

2

딘은 에밀리를 보고 있지 않았다. 낡은 해시계를 바라보고 얼굴을 찡그리며, 말하고 싶지는 않지만 그것이 자신의 의무라고 생각하며 이야기하는 사람 같았다.

에밀리는 화가 나서 말했다.

"나는 그저 아름다운 이야기만을 쓰는 것은 아니에요."

딘은 에밀리의 얼굴을 바라보았다. 그녀는 그와 같은 키였다. 아니, 딘은 인정하기 싫겠지만 그보다 조금 더 컸다.

"너는 너 이외의 다른 사람이 될 필요가 없어." 그는 낮게 울리는 목소리로 말했다. "이 뉴문에서 이전에 본 적이 없는 너 같은 여성은 그 눈으로, 그 웃는 눈으로 글을 쓰는 것보다 훨씬 큰 일을 할 수가 있을 텐데."

"마치 낸시 고모할머니 같군요."

에밀리는 심술궂고 경멸적인 어조로 말했다.

하지만 딘 역시 에밀리에게 심술궂고 경멸적이지 않았던가? 그날 새벽 3시에 에밀리는 눈을 크게 뜨고 괴로운 마음을 꾹 참고 있었다. 그녀는 두 가지 고통스러운 선고(宣告)를 마주 하고 몇 시간 동안 잠을 이루지 못하고 있었다. 하나는 자신이 어떤 가치 있는 글을 쓸 수 없으리라는 것이고, 또 하나는 딘의 우정을 잃게 되리라는 것이었다. 그녀로서는 딘에게 우정 이외의 아무것도 줄 수 없는 데

반해, 딘은 결코 우정만으로 만족할 수는 없을 것이기 때문이다. 에밀리는 그에게 상처를 주지 않을 수 없다. 그러나 오오, 인생이 그토록 참혹한 시련을 주었던 그에게 어떻게 더 이상의 상처를 입힐 수 있을까? 그녀는 앤드루 머리에게 "아니"라고 말하고, 페리 밀러의 청혼을 주저없이 웃으면서 거절했다. 그렇지만 이번에는 사정이 다르다.

에밀리는 캄캄한 어둠 속에서 침대 위에 일어나 앉아 절망 속에 신음했다. 30년쯤 흐른 뒤에는 어째서 그때 그런 신음을 했었을까 이상하게 여길지도 모르겠지만 지금의 이 신음은 정말 괴로운 것이었다.

"이 세상에 연인이나 연애라는 것이 왜 있는 것일까? 그런 것이 없다면 얼마나 좋을까?" 그녀는 속상한 마음으로 중얼거리며 진정 그렇게 생각했다.

3

누구에게나 마찬가지이겠지만 에밀리에게도 낮의 햇빛 속에서는 밤의 어둠 속에서만큼 상황이 비극적이고 고통스럽게 여겨지는 않았다. 두툼한 수표와 함께 보내온 감사의 편지가 그녀의 자존심과 야심을 상당히 회복시켰다. 그리고 딘에 대해서도, 그가 의도하지 않았던 것을 그녀 혼자 상상한 것이었는지도 모른다고 생각했다. 그녀와 이야기하고 싶어하는 모든 이성이, 또한 희미한 달밤에 뜰에서 그녀에게 찬사를 던지는 남자들이라고 해서 모두 그녀를 사랑하고 있을 거라고 생각하는 바보 같은 처녀가 되고 싶지는 않았다. 딘은 그녀의 아버지 뻘이 될 만큼 나이가 많았다.

딘의 감상적이지 않은 상쾌한 출발이 에밀리의 이 생각을 강하게 자극해서 그녀는 그가 바랐던대로 그가 없는 것을 쓸쓸하게 여기고 있었다. 그가 없는 것은 정말 쓸쓸했다. 무섭게 쓸쓸했다. 그해 가을 들판에 퍼붓는 비는 무척 슬프게 느껴졌다. 항만에서 살그머니 다가오는 안개 역시 슬펐다. 겨울의 눈과 함께 활기가 되돌아오자 에밀리는 기뻤다. 그녀는 밤이 이슥할 때까지 글을 썼다.

드디어 로라 이모가 그녀의 건강을 근심하고 엘리자베스 이모가 전기요금을 걱정할 정도가 되었다. 에밀리는 전기료를 따로 지불하고 있었기 때문에 이모의 이야기는 그녀에게 아무런 영향을 미치지 못했다.

에밀리는 월리스 삼촌과 루스 이모에게 고등학교 때의 학자금을 변제하려고 열심히 글을 썼다. 엘리자베스 이모는 이것을 기특하게 생각했다. 머리 집안 사람들은 독립심이 강해서 대홍수 때도 방주가 아니라 자신들의 전용 보트를 갖고 살아남았다는 말이 있을 정도였다.

물론 반송돼 오는 원고도 많았다. 우체국에서 반송된 우편물을 가져올 때면 지미는 화가 나 아무 말도 하지 않았다. 그러나 이전과 달리 채택된 원고가 점점 늘고 있었다. 새 잡지에 게재되는 이야기 하나하나가 알프스 등반로에서의 일보 전진을 의미했다.

그녀는 자신이 착실히 실력을 다져가고 있음을 알았다. 이전에는 무척 곤란하게 여겨졌던 연인 사이의 대화도 지금은 쉽게 쓸 수 있다. 테디 켄트의 눈이 무언가를 가르쳐 준 것일까? 돌이켜 보면 상당히 쓸쓸한 생활이었다. 힘든 때도 있었다. 몬트리올의 일저로부터 그녀의 활기찬 생활이나 학교에서의 성공이나 새로 맞춘 드레스 같은 것에 대한 편지가 왔을 때 특히 더 그랬다.

황혼녘 허름한 농가의 창밖으로 보이는 눈 덮인 들판이 얼마나 하얗고 차갑고 쓸쓸해 보이는지, 그리고 '세 왕녀'는 얼마나 멀고 비극적으로 보이는지, 상념에 젖어있는 동안 그녀는 자신의 미래에 대한 자신감이 완전히 상실돼버리는 것을 느끼곤 했다.

그녀는 여름을 기다렸다. 데이지가 피어 있는 들을, 달빛 속에 아스라히 빛나거나 저녁 햇빛에 보라색으로 물드는 바다를, 친구들을, 그리고 테디를 생각했다. 이런 순간에는 늘 테디 생각이 난다는 것을 에밀리는 알고 있었다.

테디는 아주 먼 곳에 있는 사람처럼 여겨졌다. 두 사람은 계속 편지를 주고받고 있었지만 편지 내용은 전과 같지 않았다. 가을이 되면서 갑자기 테디의 편지는 얼마쯤 냉정하고 정중해졌다. 이에 따라 에밀리의 정열도 점차 식어갔다.

4

그러나 에밀리에게는 그녀의 과거와 미래에 영광의 빛을 던져주는 환희와 통찰의 시간도 있었다. 그녀 안에서 용솟음치는 창작열이 결코 사그라들지 않는 불꽃처럼 타오를 때도 있었다. 드물지만 완벽하게 행복하고 모든 욕망에서 벗어나 스스로가 신적인 존재처럼 느껴지는 지고의 순간도 있었다. 그리고 단조로움과 외로움을 피해 언제라도 들어가 쉴 수 있는 그녀만의 세계가 있었다. 그곳에서는 어두운 그림자에 의해 방해받지 않는 신기한 행복을 맛볼 수 있었다. 가끔은 공상 속에서 어린 시절로 돌아가 어른의 세계에서라면 말하기 부끄러웠을 어린아이 같은 모험을 하기도 했다.

에밀리는 혼자서 헤매고 돌아다니는 것을 좋아했다. 특히 황혼이나 달빛 아래에서 별과 나무를 벗삼아 걷는 것을 사랑했다.

"달빛이 비치는 밤에는 집 안에 있을 수 없어요. 일어나 걸어야 해요."

그녀는 밤산책을 인정하지 않는 엘리자베스 이모에게 이렇게 말했다. 엘리자베스 이모는 에밀리의 어머니가 애인과 도망쳤다는 기억에서 결코 자유로울 수 없었다. 어떻든 밤중에 혼자 돌아다니는 것은 이상한 일이었다. 블레어워터의 다른 소녀들은 아무도 그런 짓을 하지 않았으므로.

에밀리는 땅거미 지는 언덕을 산책했다. 별이 보이기 시작했다. 신화와 전설의 위대한 성좌가 하나둘 떠오르고 있었다. 서리처럼 차가운 달은 마음이 아프리만큼 아름다웠다. 황혼을 배경으로 서 있는 뾰족뾰족한 전나무 가지들, 신비에 쌓인 삼나무들, '내일의 길' 위의 산책, 모두가 아름다웠다. 에밀리가 걷고 있는 '내일의 길'은 꽃무리와 연둣빛 어린 잎으로 장식된 6월의 길도 아니고, 타는 듯한 붉은색과 황금빛으로 빛나는 10월의 길도 아니었다. 눈오는 겨울 해질 무렵의 온통 하얗고 신비롭고 고요한, 마법으로 가득찬 길이었다. 에밀리는 다른 어떤 장소보다 특히 이 길을 좋아했다. 이곳에서는 고독하게 꿈을 좇는 자의 정신적인 기쁨을 느낄 수 있었고, 그 아득한 매력은 아무리 여러 번 마주해도 결코 물리지 않았다.

다만 이야기를 주고받을 친구가 한 사람이라도 있다면! 어느 날 밤 그녀는 울다가 잠이 깼다. 깊은 밤 서리 낀 유리창 밖으로 푸른 달이 차갑게 비치고 있었다. 테디가 '키다리 존의 숲' 속에서 휘파람을 불고 있는 꿈을 꾼 것이다. 어린시절의 정겨운 휘파람 신호에 그녀는 꿈속에서 정신없이 뜰을 지나 숲으로 달려갔지만, 테디는 보이지 않았다.

"에밀리 버드 스타, 네가 꿈 때문에 울고 있는 모습 따윈 두 번 다시 보고 싶지 않아!"

에밀리는 속이 상해서 스스로를 나무랐다.

시인이 꿈꾸는 사랑

1

그해 일어난 일 중 에밀리의 조용한 인생 행로에 변화를 가져온 일이 세 가지 있었다. 로라 이모가 빅토리아 왕조풍의 말로 표현한 것에 의하면, 그 가을 에밀리에게는 '연애사건'이 있었다.

데리폰드의 새 목사로 부임한 온화하고 예의 바른 제임스 윌리스 씨가 블레어워터의 목사관을 자주 찾으면서 자연스럽게 뉴문으로 발길을 이었다. 곧 사람들은 에밀리 스타에게 목사 애인이 생긴 것을 알게 되었다. 소문은 빠르게 퍼져나갔다. 사람들은 에밀리가 그와 결혼하리라는 것을 믿어 의심치 않았다. 무엇보다 그는 목사가 아닌가. 그러나 이 대목에서 사람들은 고개를 갸웃거렸다. 에밀리가 과연 목사의 아내로 적합한가? 결코 그렇지 않았다. 하지만 세상일이 언제나 이치대로만 되는 것은 아니다. 목사가 자신에게 가장 어울리지 않는 처녀를 골라 결혼할 수도 있는 것이다.

뉴문에서는 의견이 분분했다. 로라 이모는 펠 박사에게 윌리스 씨에 대한 자신의 느낌을 털어놓고, 에밀리가 그를 '선택하지 않기'를 희망했다. 엘리자베스 이모도 윌리스 목사가 전적으로 맘에 든 것은 아니지만 무엇보다도 '목사'라는 지위가 그녀의 마음을 사로잡았다. 목사라면 안전할 것이다. 애인과 몰래 도망치는 일 따위는 하지 않을 것이다. 그녀는 에밀리가 그와 결혼하게 되면 그것은 에밀리에게 더할 나위 없는 행운이라고 생각했다.

슬프게도 윌리스 목사가 더 이상 뉴문을 방문하지 않게 되자, 엘리자베스 이모가 에밀리에게 그 이유를 물었다. 그러자 놀랍게도 에밀리는 그의 청혼을 거절했다고 대답했다.

"도대체 이유가 뭐지?"

실망한 이모는 얼음같이 차갑게 물었다.

"그 사람의 귀 때문이에요, 엘리자베스 이모. 제 아이에게 그런 귀를 물려주기는 싫어요."

에밀리는 귀찮은 듯이 대답했다.

이 같은 직설적인 대답은 엘리자베스 이모를 놀라게 했다. 에밀리가 그렇게 대답한 것도 아마 그 때문이었을 것이다. 그녀는 이모가 이 문제에 대해 두 번 다시 묻지 않을 것을 알고 있었다.

제임스 윌리스 목사는 다음 해 봄에 서부로 가는 것이 자신의 '의무'라고 생각했다. 이로써 연애사건은 일단락지어졌다.

2

샬럿타운의 한 신문에 슈루즈베리의 지방극단에 대한 악의에 찬 글이 실렸다. 슈루즈베리의 사람들은 에밀리 버드 스타에게 비난의 화살을 돌렸다. 에밀리 말고 그렇게 악마적인 기지와 풍자로 글을 쓸 사람이 누가 있겠느냐는 것이었다. 슈루즈베리 사람들은 모두 '오래된 존의 집' 사건에 대한 이야기를 그들이 그대로 믿은 것 때문에 에밀리가 아직 자신들을 용서하지 않고 있음을 잘 알고 있었다. 이것은 그녀식의 복수였던 것이다. 적당한 보복의 기회가 올 때까지 원한을 마음에 담아 놓고 있는 것이 머리 집안답지 않은가? 에밀리는 결백을 주장했지만 소용없었다. 누가 그것을 썼는지는 결코 밝혀지지 않았고, 에밀리가 살아 있는 한 그것은 에밀리의 책임이 될 것이다.

그렇지만 한편으로는 그것이 그녀에게 유리하게 작용하기도 했다. 그 사건 이후 그녀는 모든 슈루즈베리의 사교 모임에 초대됐다. 사람들은 그녀를 초대하지 않으면 그녀가 자신들에 대한 이야기를 쓰지 않을까 두려워했다. 에밀리는 모든 초대에 다 응할 수는 없었다. 슈루즈베리는 블레어워터에서 11킬로미터쯤이나 떨어져 있었기 때문이다. 하지만 그녀는 톰 니켈스 부인의 만찬 무도회에 참석했다. 그리고 6주 동안 그 파티가 자신의 전생애를 변화시켰다고 생각했다.

그날 밤 거울 속의 에밀리는 대단히 아름다웠다. 드디어 몇 해 동안이나 원하던 드레스를 입을 수 있게 된 것이다. 에밀리는 작품 한 편의 고료 전부를 그 드레스를 사는 데 털어넣어 이모들을 놀라게 했다. 그 실크 드레스는 빛이 비치는 것에 따라 파란색으로 보이기도 하고 은색으로 보이기도 하며 안개 같은 레이스가 붙어 있었다. 에밀리는 그 옷을 입은 그녀를 주인공으로 '얼음공주'를 그리겠다던 테디의 말을 기억했다.

에밀리의 오른쪽 옆에 앉은 남자는 식사 도중에 '우스운 이야기'를 한다면서 계속 떠들고 있었다. 에밀리는 도대체 무엇 때문에 하느님은 이런 인간을 만들었을까 의아해했다.

왼쪽 옆에 앉은 사람은 말 없이 주위를 둘러보고 있었다. 에밀리는 입술보다도 눈으로 이야기하는 그 남자 쪽이 더 마음에 들었다.

거기다 그는 에밀리에게 그녀의 옷이 마치 '푸른 여름밤의 달빛' 같다고 말했다. 이 말은 결정적이었다. 마치 동요 속에 나오는 불행한 오리처럼 에밀리는 마음을 사로잡히고 말았다. 그녀는 시의적절하게 구사되는 단어의 매력에 저항할 수 없었다. 그 밤이 다가기 전에 에밀리는 생전 처음으로 미친 듯한, 로맨틱하면서도 정열적인 사랑에 빠져들었다. '시인이 꿈꾸는 사랑'이라고 일기에 적을 정도였다. 청년도——그의 아름답고 로맨틱한 이름은 '에일머 빈센트'라고 한다——그녀만큼이나 열광적인 사랑에 빠져들었다.

그는 글자 그대로 뉴문을 번번히 들렀다. 그는 아름답게 구애했다. 그의 '사랑스런 레이디'라는 말은 에밀리를 매혹시켰다. 그가 찬탄의 시선으로 그녀의 손을 바라보며 '아름다운 손은 아름다운 여인의 매력의 하나'라고 말한 날 밤, 에밀리는 자기 방에 돌아가서 그의 눈이 사랑했던 그 손에 키스를 했다.

그가 환희에 넘쳐 그녀를 '안개와 불꽃으로 만들어진 존재'라고 불렀을 때 에밀리는 정말 안개가 되고 불꽃이 되어 어둑어둑한 뉴문 주위를 맴돌며 타오르다가 지미에게 도넛을 만들어주라는 엘리자베스 이모의 말에 퍼뜩 정신을 차렸다. 그가 그녀에게 '겉은 우윳빛이고 안은 심홍색으로 타오르는 오팔을 닮았다'고 말했을 때 그녀는 인생이 언제까지나 이렇게 지속될 수 있는 것일까 생각했다.

'한때 내가 테디 켄트를 좋아한다고 생각했었지' 하고 생각하자 그녀는 스스로에게 놀라지 않을 수 없었다.

그녀는 작품 쓰기도 게을리하고 엘리자베스 이모에게 다락에 있는 오래된 파란 상자를 혼수함으로 가져도 좋겠느냐고 물었다. 이모는 쾌히 승낙했다. 새 청혼자에 대해 알아보았는데, 모든 것이 흠잡을 데 없었다. 집안 좋고, 사회적 위치도 훌륭하고, 사업도 유망했다. 모든 조짐이 좋았다.

3

그러고 나서 정말 끔찍한 일이 일어났다. 에밀리는 사랑에 빠져들 때처럼 갑작스럽게 사랑에서 빠져나온 것이었다. 어느 날 갑자기 사랑에 빠졌다가 다음날 더 이상 사랑하지 않게 된 것이다. 그뿐이었다.

그녀도 어안이 벙벙했다. 믿을 수가 없었다. 그녀는 이전의 매혹 상태가 아직도 지속되고 있는 것처럼 믿으려 했다. 가슴 두근거리고 꿈을 꾸고 얼굴을 붉히는 상태가 계속되고 있는 것처럼 생각하려 했다. 그러나 사실은 생각과 달랐다. 검은 눈동자를 한——전에는 왜 그의 눈이 소의 눈을 닮았다는 것을 깨닫지 못했을까——그녀의 연인은 그녀를 지루하게 했다. 정말 지루했다. 어느 날 저녁 그가 언제나처럼 그 달콤한 말을 한창 늘어놓고 있을 때 에밀리는 하품을 했다. 아무것도 새로운 내용이 없었기 때문이었다.

그녀는 자신의 연애 이야기를 부끄럽게 생각하고 거의 병이 날 정도로 창피함을 느꼈다. 블레어워터 사람들은 그녀가 버림을 받았다고 생각하고 동정했다. 사정을 더 잘 알고 있던 이모들은 실망했다.

"변덕, 변덕이야, 스타 집안의 천성이야." 엘리자베스 이모가 말했다. 에밀리는 아무 변명도 할 수 없었다. 어쩌면 정말 변덕일지도 몰랐다. 그토록 영광에 가득찬 불꽃이 타오르자마자 꺼져서 재가 되어 버린다는 것은 변덕이라는 말 외에 달리 설명할 수 없었다. 불씨조차 남아 있지 않았다. 에밀리는 일기 속에 '시인이 꿈꾸는 사랑'이라고 써넣은 곳을 심술궂게 지워버렸다.

그녀는 이 사건으로 오랫동안 대단히 불유쾌했다. 그녀에게는 깊이라는 것이 없었던 것일까? 성서에 나오는 메마른 땅에 떨어진 씨앗처럼, 그만큼 천박한 인간이어서 연애조차도 그 정도로 가볍게 끝내 버리는 것일까? 그녀는 다른 처녀들이 이처럼 어리석고 폭풍우같이 왔다가 사라지는 덧없는 연애를 하는 것을 알고 있었지만 자신에게도 그런 일이 생기리라고는, 아니 그런 일이 가능하리라고는 꿈에도 생각지 못했었다. 아름다운 얼굴과 매끄러운 목소리와 커다란 검은 눈동자와 훌륭한 말재간에 홀려서 그처럼 눈이 멀 줄이야! 한 마디로 말해서 에밀리는 자신을 더할 수 없는 바보로 만들어 버렸다고 느꼈다. 그리고 머리 집안의 자긍심은 그것을 견딜 수 없어했다.

게다가 그 청년은 6개월 뒤에 슈루즈베리의 어떤 처녀와 결혼했다. 그가 누구와 결혼했는지 얼마나 빨리 결혼했는지는 중요하지 않았다. 다만 그것은 그의 로맨틱한 열정이 단지 피상적인 것이었음을 의미하기에 이 바보 같은 사건에 대한 그녀의 수치심을 더욱 깊게 만들었다. 앤드루도 체념이 빨랐다. 페리 밀러는 절망 속에 시간을 낭비하지는 않았다. 테디는 그녀를 잊고 있다.

과연 그녀는 남성의 가슴에 깊고도 영속적인 정열을 불러일으킬 수 없는 것일까? 물론 딘이 있다. 하지만 딘조차도 겨울에는 여행을 떠나 다른 사람의 구애에 그녀를 맡겨두고 있지 않은가.

"나는 기본적으로 피상적인 인간인가?"

가련한 에밀리는 격렬한 자책감에 시달렸다.

그녀는 남모르는 기쁨으로 다시 펜을 들었지만 한동안 그녀의 작품 속 연애 장면은 냉소적이고 인간에 대한 불신으로 가득차 있었다.

가장 예술적인 퇴장

1

테디 켄트와 일저 번리는 짧은 여름방학을 고향에서 보내기로 했다. 테디는 2년 동안 장학금을 받고 파리에서 공부하기로 되어서, 2주 후에는 유럽으로 떠날 예정이었다.

테디는 편지로 이 소식을 담담하게 전해왔고, 에밀리는 그것에 대해 친구로서 축하하는 답장을 써보냈다. 어느 쪽에도 무지개나 황금 항아리, 리라자리의 베가에 대한 언급은 없었다. 그렇지만 에밀리는 반은 부끄럽고 반은 그리운 마음으로 테디를 기다렸다. 둘이 자주 다니던 숲이나 늘 만나던 장소에서 얼굴을 마주하게 되면 이 설명하기 어려운 두 사람 사이의 서먹함도 바다 위에 해가 솟아오를 때 안개가 개이듯 사라질지도 몰랐다.

테디 역시 그녀처럼 연애에 빠졌었을지도 모른다. 그렇지만 그가 돌아 와서 그들이 다시 한 번 서로의 눈을 마주보면, 또는 '키다리 존의 숲' 속에서 그가 휘파람으로 신호하는 것을 듣게 되면 상황은 달라질 수 있다.

그러나 그녀는 그 소리를 들을 수 없었다. 그가 오기로 한 날 저녁때 그녀는 푸른빛이 도는 새 시폰 드레스를 입고 이끼 낀 뜰을 걸으며 그의 휘파람 소리를 기다렸다. 그녀의 볼은 상기되었고 가슴은 고동쳤다. 그때 저녁 어둠 속에 로라 이모가 이슬을 밟고 나타났다.
"테디와 일저가 왔어."
당당하고 위엄 있는 뉴문의 응접실 안에 들어선 에밀리는 창백한 얼굴에 여왕같이 초연한 모습이었다. 일저는 옛날처럼 강한 애정을 담아 에밀리에게 몸을 던졌으나, 테디는 에밀리와 같은 정도의 거리감으로 의례적인 악수를 할 뿐이었다. 이 사람이 정말 테디일까? 아니다. 미래의 로열 아카데미 회원 프레데릭 켄트다. 이 이지적인 분위기의 늘씬하고 우아한 청년에게서 테디의 옛 모습을 찾아볼 수 있을까? 그는 개성이라고는 찾아볼 수 없는 냉정한 눈으로 어리석은 옛 꿈과 어릴 때 같이 놀던 시골 소녀 따위는 다 잊었다고 말하는 듯했다. 그에게서는 모든 어린애 같은 일과는 영원히 작별을 고했다는 인상이 풍겼다.
에밀리의 이런 생각은 매우 부당한 것이었다. 하지만 그녀는 사람들을 공정하게 대할 수 있는 기분이 아니었다. 스스로 어리석은 짓을 행한 사람이라면 누구라도 그러리라. 에밀리는 또다시 바보짓을 했다고 느꼈다. 그녀는 낭만적인 기분에 젖어 황혼 무렵의 뜰을 걷고 푸른빛 도는 드레스를 입고 연인의 신호를 기다리고 있었던 것이다. 연인은 그녀를 완전히 잊었거나 옛 친구로 기억할 뿐인데. 그는 친구로서의 우정과 예의로 방문한 것뿐이었다.
다행히도 테디는 이런 것을 모르고 있었다. 에밀리는 그가 이를 눈치채지 못하도록 애썼다. 뉴문의 머리 집안 사람만큼이나 친근한 태도로 거리를 유지할 수 있는 사람이 또 누가 있을까? 에밀리의 태도는 그녀가 생각하기에도 아주 훌륭했다. 그녀는 처음 만나는 손님을 대하듯이 침착하고 정중했다. 거듭 테디의 성공을 축하하면서도 진실된 흥미는 보이지 않았다. 그녀는 그의 그림에 대해, 그는 그녀의 작품에 대해, 조심스럽게 고른 말로 예의 바르게 물었다. 그녀는 잡지에서 그의 그림을 보았고, 그는 그녀가 쓴 단편 몇 가지를 읽었다. 이런 식의 대화로는 두 사람 사이의 간격은 점점 벌어질 뿐이었다. 에밀리는 이토록 테디와 멀리 있다고 느껴 본 적이 없었다. 그녀는 2년 사이에 테디가 이토록 변했다고 생각하니 거의 공포에 가까운 두려움이 밀려왔다.

일저가 없었다면 괴로운 만남이 될 뻔했다. 일저는 변함없이 명랑하고 경쾌하게 여러가지 질문을 퍼부어대며 2주간의 휴가를 즐겁게 보낼 계획을 세웠다. 그녀는 예전처럼 농담을 하고 웃음보를 터뜨렸다. 옷차림도 파격적이었다. 초록이 섞인 노란색 드레스에 허리와 어깨에는 커다란 핑크빛 모란꽃을 하나씩 달고 있었으며, 핑크빛 꽃장식이 있는 밝은 초록색 모자를 쓰고 있었다. 그녀의 귀에는 커다란 귀고리가 늘어져 있었다. 일저가 아니라면 누구도 소화해낼 수 없는 옷차림이었다. 일저는 열대지방의 천 개의 샘이 합쳐진 것처럼 이국적이고 도발적으로 아름다웠다. 정말 아름다웠다. 친구의 아름다움을 깨닫자 에밀리는 부러움에 앞서 창피한 느낌이 들었다. 일저의 빛나는 금발과 호박빛 눈과 장밋빛 뺨의 아름다움에 비하면 그녀는 핼쑥하고 어둡고 초라하게 보일 것이다.

당연히 테디는 일저를 사랑하고 있을 것 같았다. 그는 일저를 먼저 만나러 가지 않았던가. 에밀리가 뜰에서 그를 기다리고 있을 때 그는 일저와 같이 있었던 것이다. 그러나 그런 것은 아무래도 좋다. 그녀는 지금까지 그래왔던 것처럼 앞으로도 그들과 친하게 지낼 것이다. 그것은 복수를 품은 친절이었다. 하지만 테디와 일저가 함께 웃으며 장난을 치며 '내일의 길'을 지나 사라진 뒤에, 에밀리는 자기 방으로 올라가서 문을 잠갔다. 그리고 다음 날 아침까지 아무도 만나지 않았다.

2

일저가 계획한 화려한 2주가 이어졌다. 피크닉과 댄스파티와 떠들썩한 연회가 열렸다. 슈루즈베리의 사교계는 젊은 예술가에게 합당한 대우를 해주었다. 즐거움의 소용돌이 속에서 에밀리도 다른 사람과 함께 즐거워했다. 춤출 때의 가벼운 발놀림, 농담에 빠르게 응수하는 목소리로는 에밀리를 따라올 사람이 없었다. 그러면서도 에밀리는 가슴에 심장 대신 숯덩어리가 타들어가고 있는 듯했다. 그러는 한편 테디의 모습이 가까이에 보일 때마다 얕은 자존심과 깊이 감추어진 고통 저 밑으로 충만감이 밀려왔다. 그러나 그녀는 테디와 단둘이 있게 되는 일이 없도록 주의했고, 테디 역시 그녀와 둘만의 기회를 만들려고 하지 않았다. 그의 이름은 종종 일저의 이름과 함께 불리어졌다. 그들은 사람들이 그들을 서로 연결하여 놀려대는 것을 매우 편안하게 받아들였기 때문에 "두 사람 사이에 깊은 이해가 이루어지고 있다"는 인상을 주었다. 에밀리는 만약 그것이 사실이라면 일저가 자기에게 이야기해 주었을 것이라고 생각했다.

그러나 일저는 많은 연애담을 이야기하면서도 테디의 이름은 입에 올리지 않았다. 에밀리에게는 그 점이 오히려 중요한 의미를 지닌 것 같이 생각됐다. 일저는 페리 밀러가 어떻게 지내고 있는지, 이전과 다름없이 어리석은지 물었다. 에밀리가 분개하여 페리를 감싸자 일저는 비웃듯 말했다.

"물론 페리는 언젠가는 수상이 되겠지. 페리는 말이야, 악마처럼 공부하고 원하는 것은 무엇이든 손에 넣으려 할 거야. 하지만 아직도 스토브파이프타운의 비릿한 청어 냄새가 나지 않든?"

페리는 일저를 만나러 와서 자신의 일에 대해 조금 지나치게 자랑을 해서 일저에게 심하게 놀림을 받고 바보 취급을 당했다. 그 이후로 페리는 다시 오지 않았다. 이일 저일로 에밀리에게 지난 2주간은 악몽 같았다. 테디가 떠날 날이 되자 에밀리는 차라리 감사하는 마음이었다.
　테디는 어느 잡지사에 바다 그림을 그려주기로 했기 때문에 핼리팩스로 가는 범선을 탈 예정이었다. 밀물이 되기 한 시간 전, 미러리호가 스토브파이프타운의 선착장에 닻을 내리고 있는 동안 그가 인사를 하러 왔다. 일저와 같이 오지 않았다. 일저가 샬럿타운에 갔기 때문일 거라고 에밀리는 생각했다. 그렇지만 딘 프리스트가 있었기 때문에 테디와 둘만 있게 될 염려는 없었다.
　딘은 2주간의 떠들썩한 소동에는 참가하지 않았지만——그는 댄스파티나 친목회에는 참석하려 들지 않았다——항상 그 주변에 서성이고 있는 것이 그들에게 느껴졌다. 에밀리와 함께 정원에 서 있는 그에게서 승리자의 분위기가 풍겨나오는 것을 테디도 느낄 수 있었다. 즐거움과 행복을 결코 혼동하지 않는 딘은 지난 2주간 블레어워터에서 벌어진 작은 드라마를 다른 사람들보다 더 깊이 꿰뚫어 보았고, 드라마의 막이 내린 후 비로소 만족할 수 있었다. 탠시패치의 테디 켄트와 뉴문의 에밀리 사이의 어린아이 같고 겉으로 드러나지 않은 해묵은 애정이 결국 끝난 것이다. 그것이 어떤 중요한 의미를 갖든 그렇지 않든 딘은 더 이상 테디를 경쟁상대로 여기지 않았다.
　에밀리와 테디는 따뜻한 악수를 나누고 서로의 행복을 빌며 헤어졌지만, 그것은 어디까지나 옛 동급생 간의 인사로, 상대의 행운을 빌면서도 진정한 관심은 결여된 작별이었다.
　머리 집안의 조상이라면 이렇게 말했을 것이다.
　"번창하라, 그리고 목을 매라."
　테디가 떠나가는 모습은 아름다웠다. 그에게는 예술적인 퇴장을 가능하게 하는 재능이 있었다. 그렇지만 떠날 때는 뒤돌아보지 않았다. 테디가 가고 난 뒤 에밀리는 다시 딘과의 토론을 계속했다. 그녀의 속눈썹이 그녀의 눈을 완전히 내리덮고 있었다. 딘은 신기할 정도로 그녀의 마음을 잘 읽지만, 섣불리 추측할 수는 없다고 생각했다. 무엇을 추측한다는 말인가? 도대체 추측할 무엇이 있기라도 한 것일까? 그런 것은 없다. 아무것도 없다. 그렇지만 에밀리는 여전히 속눈썹을 아래로 향하고 있었다.

그날 저녁 다른 약속이 있던 딘이 30분 후에 뉴문을 떠나자 에밀리는 잠시 뜰을 산책했다. 그녀는 자유로운 처녀의 명상을 나타내는 듯한 황금빛 앵초 사이를 조용히 오갔다.

"작품 구상중이구나. 어떻게 소설을 쓸 수 있는지 정말 신기하단 말이야." 부엌 창문에서 그녀의 모습을 흘깃 보고 지미가 감탄한 듯 말했다.

3

어쩌면 작품 구상을 하고 있던 것인지도 몰랐다. 그렇지만 저녁 어둠이 짙어지자 에밀리는 꿈같이 평화로운 콜럼바인 과수원을 지나 '어제의 길'을 따라 초록빛 목장으로 나아갔다. 그곳에서 다시 블레어워터 연못을 지나 그 저편 언덕을 넘어 '실망의 집'을 뒤로 하고 울창한 전나무 숲으로 나왔다. 거기서 은빛 자작나무 사이로 라일락빛과 장밋빛으로 불타는 항구의 전경을 바라볼 수 있었다. 에밀리는 숨을 헐떡였다. 마지막에는 달리다시피 하여 이곳에 도착한 것이다. 늦었으면 어쩌나?

미러리호는 해질 무렵의 붉은빛 속에서 꿈의 배처럼 보였다. 배는 보랏빛 곶을 떠나 안개에 싸인 아득한 해안선을 따라 떠나려 하고 있었다. 에밀리는 그 자리에 서서 배가 가는 것을 바라보았다. 배는 선착장을 가로질러 바다 저편으로 미끄러지듯이 흘러갔다. 그녀는 어둠의 장막에 가리워 배가 시야에서 사라질 때까지 그 자리에 서 있었다. 테디를 한 번만 더 보았으면 하는 생각뿐이었다. 제대로 작별인사를 하고 싶었다.

하지만 테디는 가고 없었다. 다른 세계로 떠나버린 것이다. 무지개는 보이지 않았다. 리라자리의 베가 또한 아득히 먼 곳에 불타오르는 태양의 소용돌이에 불과한 것이 아닐까?

그녀는 풀밭에 누워 다정한 별들의 자리를 대신한 차가운 달빛 보며 흐느꼈다.

그녀의 고통 속에 믿을 수 없다는 느낌이 섞여들었다. 이런 일이 있어도 되는 것일까? 그 차갑고 예의 바른 인사만으로 테디가 떠나는 것은 생각할 수 없는 일이다. 다른 것은 그만두고라도 그들의 오랜 우정만을 보더라도 그럴 수는 없는 것이다. 아아, 오늘 밤 새벽 3시를 어떻게 넘길 수 있을까?

에밀리는 거칠게 속삭였다. "나는 어찌할 수 없는 바보다. 테디는 나를 잊어버린 거야. 나는 그에게 아무것도 아닌 거야. 나도 몇 주 동안 에일머 빈센트를 사랑한다고 생각하면서 테디를 잊고 있었으니 이런 일을 당해도 싸지. 물론 누군가 테디에게 그 얘기를 했을 수도 있겠지. 나는 어처구니 없는 일 때문에 참된 행복을 잃어버린 거야. 내 자존심은 어디로 간 거지? 나를 잊은 남자 때문에 울고 있다니! 하지만…… 하지만…… 2주 동안 억지로 웃고 난 뒤라 우는 것도 나쁘진 않군."

4

에밀리는 테디가 떠난 이후로 글쓰기에 매달렸다. 눈 밑에 보랏빛 그림자가 짙어지고 뺨에 장밋빛이 사라질 때까지 긴긴 여름날 밤낮 없이 글을 썼다. 에밀리의 건강을 염려한 엘리자베스 이모는 처음으로 자백 프리스트의 방문을 내심 반겼다. 그가 오면 적어도 에밀리가 책상머리에서 일어나 신선한 공기를 마시며 산책과 대화를 할 수 있었기 때문이다. 그해 여름 에밀리는 월리스 삼촌과 루스 이모에게 마지막 빚을 갚았다.

그리고 빚을 갚는 일 이외에 다른 일도 있었다. 새벽 3시에 고독감에 몸을 떨며 누워 있을 때 에밀리는 어느 겨울날 일저, 페리, 테디와 함께 데리폰드 거리의 '오래된 존의 집'에 들어갔던 것과, 그 일로 인해 구설수에 오르고 고통을 겪어야 했던 것을 떠올렸다. 또한 테디의 유쾌하고도 의미심장한 말에서 힌트를 얻어 소설을 '구상'했던 그 즐거운 밤을 떠올렸다. 적어도 그때는 그것이 의미심장하게 생각되었었다. 그때의 이야기가 어딘가에 있지 않을까? 그녀는 다음날 그 매혹적인 이야기의 줄거리를 '지미 북'에 써두었었다.

에밀리는 벌떡 일어나 침대에서 나와 고요한 여름밤의 달빛 속으로 내려섰다. 그녀는 뉴문의 유서 깊은 양촛대에 불을 켜놓고, 낡은 '지미 북'을 뒤적였다. 있었다, 〈꿈을 파는 사람〉이.

에밀리는 웅크리고 앉아서 그것을 읽었다. 재미있었다. 그것은 또다시 그녀의 상상력을 자극하고 창작욕을 불러일으켰다. 이것을 쓰자. 지금 곧 시작하자. 만에서 불어오는 세찬 바람에 대비해 에밀리는 덧옷을 입고 열린 창가에 앉아 글을 쓰기 시작했다. 에밀리는 창작의 기쁨에, 적어도 그때만큼은 다른 모든 것을 잊었다. 테디는 희미한 추억에 불과했고 사랑은 불꺼진 촛대였다. 지금 쓰고 있는 글 이외에 달리 중요한 것은 아무것도 없었다. 그녀의 손에서 소설 속의 인물들이 태어나 그녀의 의식 속으로 생생하게 다가들었다. 펜 끝에서 위트와 눈물과 웃음이 흘러나왔다. 그녀는 현실 세계와는 다른 세계에서 살고 숨쉬었다. 마침내 동틀 무렵 그녀가 현실 세계의 뉴문으로 돌아왔을 때에는 램프의 불이 다 타버리고 책상 위는 원고지로 어지러웠다. 책의 첫 네 장(章)이었다. 그렇다, 책이었다. 책을 쓰게 되었다고 생각하니 신기함과 기쁨과 놀라움의 감정이 그녀를 압도했다.

몇 주 동안 에밀리가 살아 있다는 느낌을 받을 때는 오직 작품을 쓰고 있을 때뿐이었다.

딘은 그녀가 이상한 기쁨에 잠겨 있거나 아득히 먼 곳에 있는 것처럼 느껴졌다. 그녀가 하는 말도 에밀리의 말 치고는 지루했다. 그의 옆에서 걷거나 앉아 있는 동안 그녀의 영혼은 어디를 배회하고 있는 것일까? 그가 따라갈 수 있는 곳은 아니었다. 그는 그곳이 어디인지 알 수 없었다.

5

에밀리는 6주만에 책을 완성했다. 어느 날 새벽 끝마친 것이다. 에밀리는 펜을 내던지고, 창가로 가서 피로에 지쳐 핼쑥하지만 승리감에 넘치는 얼굴로 아침 하늘을 바라보았다.

'키다리 존의 숲'에서 음악이 흘러나오는 것 같았다. 그 너머에는 신비롭고 고요한 새벽빛에 감싸인 목장과 뉴문의 뜰이 펼쳐져 있었다. 언덕에 부는 바람은 그녀 내부에 존재하는 음악과 리듬에 호응하여 춤을 추는 듯했다. 언덕과 바람과 그림자의 이 모든 것이 그녀를 이해하고 천 가지 요정의 목소리로 그녀에게 갈채를 보내는 것 같았다. 만이 노래하고 있었다. 에밀리의 눈에 눈물이 솟았다. 그녀는 해낸 것이다. 행복한 이 한순간이 모든 것을 보상해 주었다.

드디어 끝마친 것이다. 그녀가 쓴 최초의 책 《꿈을 파는 사람》이 앞에 있었다. 대단한 책은 아닐지도 모른다. 그러나 그녀가 쓴 책이었다. 그녀가 생명을 불어넣지 않았더라면 이 세상에 존재하지 않았을 책이었다. 그리고 이 책은 훌륭했다. 에밀리는 그것을 알고 있었다. 느낄 수 있었다. 페이소스와 유머가 있고 로맨스적인 요소가 가미된, 섬세하면서도 정열이 깃든 작품이었다. 창조의 기쁨이 아직 책 위를 비추고 있었다. 그녀는 페이지를 넘겨가며 이곳저곳을 읽어보다가 이것이 과연 자기가 쓴 것일까 의아하게 여겼다. 그녀는 무지개 끝에 도달한 것이었다. 이제 무지개의 신비한 색깔을 만져볼 수 있을까? 그녀의 손은 이미 황금 항아리를 쥐고 있었다.

엘리자베스 이모가 여느때처럼 노크 같은 것은 무시하고 들어와서 힐난하듯 물었다.

"에밀리, 너 또 밤을 새웠니?"

에밀리는 깜짝 놀라 정신을 차렸다. 이모의 말은 그야말로 에밀리의 정신에 타격을 가했다. 그것도 강타였다. 에밀리는 죄지은 학생처럼 일어섰다. 당장 《꿈을 파는 사람》은 낙서를 끄적인 종이뭉치가 되고 말았다.

"저…… 저 시간 가는 줄 몰랐어요, 엘리자베스 이모."

에밀리는 떠듬떠듬 말했다. 그러자 이모가 말했다.

"너도 이제 철이 들 때가 되었어. 나도 이제는 네가 글 쓰는 것을 가지고 뭐라고 하지는 않는다. 숙녀다운 방법으로 생계를 해결할 수 있을 것 같으니까. 하지만 이런 식으로 하다가는 건강을 해치고 말 거야. 네 어머니가 폐병으로 돌아가신 것을 잊었니? 어쨌든 오늘 콩을 따야 한다는 것을 잊지 말아라. 수확할 시기가 되었어."

에밀리는 완전히 풀이 죽어 원고를 정리했다. 창작은 끝났다. 이제 책을 출판해 줄 곳을 찾는 일만 남았다. 에밀리는 원고를 타이프로 쳤다. 페리가 그녀를 위해 경매로 사다준 그 타이프라이터는 소문자 m자와 대문자의 위쪽 절반이 찍히지 않았다. 그녀는 원고를 다 친 후에 소문자 m자와 대문자를 손으로 써넣고 출판사로 보냈다. 출판사에서는 타이프 친 쪽지와 함께 원고를 반송했다. 쪽지에는 '좋은 작품이지만 출판하기에는 적절하지 않다'고 씌어 있었다. '우리 출판사의 담당자는 원고를 받아보고 어느 정도의 가치를 인정했지만'이라는 말과 함께.

이 '칭찬 섞인 거절'의 편지가 에밀리를 낙담케 했다. 인쇄된 쪽지도 지금의 이것만큼 그녀를 실망시키지는 못할 것이다. 그날의 새벽 3시에 대해서는 말하지 말기로 하자. 그날 새벽과 그 뒤 있을 수많은 새벽 3시에 대해서는 말하지 않는 것이 자비로운 일일 것이다.

에밀리는 쓰라린 마음으로 일기에 이렇게 썼다.

'야망이라! 웃음이 나올 뿐이다. 나의 원대한 포부는 어디로 갔는가? 야망을 갖는다는 것은 어떤 것일까? 인생에서 성공이라는 글자를 써넣을 하얀 종이를 앞에 두고 있는 느낌일까? 왕관을 차지하고자 하는 욕구와 힘을 갖고 있다는 느낌일까? 미래가 내 발밑에서 나를 기다리고 있다는 느낌일까? 나도 전에는 그런 느낌이 어떤 것인지 알고 있었건만!'

이 모든 것은 에밀리가 아직 얼마나 어린지를 보여준다. 그러나 먼 훗날 그때의 일을 돌이켜보고 그때 왜 그렇게 고통스러워 했던가 의아해한다고 젊은날의 고통이 줄어드는 것은 아니다. 그녀는 고통스런 3주를 보냈다. 그러고는 다시 기운을 차려 다른 출판사에 원고를 보냈다. 이번 출판사에서는 약간의 수정을 가하면 좋겠다는 연락이 왔다. 원고가 너무 '밋밋'하니 약간의 '활기를 불어넣어야' 하고 마지막 부분을 다시 쓰는 게 좋겠다는 것이다.

에밀리는 그 편지를 죽죽 찢어버렸다. 그녀의 소설에 난도질을 하다니, 결코 있을 수 없는 일이다. 그런 말을 하는 것 자체가 그녀의 작품에 대한 모욕이었다.

세 번째 출판사도 거절하자 에밀리는 마침내 자신감을 잃고 말았다. 그녀는 원고를 밀쳐두고 굳은 얼굴로 펜을 집었다.

"적어도 단편은 쓸 수 있으니, 그것이라도 계속 쓰자."

그렇지만 책에 관한 미련이 머리에서 떠나지 않았다. 몇 주가 지난 뒤 그녀는 다시 그것을 꺼내 읽었다. 완성 당시의 도취와 거절당했을 때의 낙담에서 벗어나 비교적 냉정하고 비판적인 시각으로 읽었다. 그러나 여전히 잘된 작품으로 여겨졌다. 그녀가 생각했던 것만큼 훌륭하지 않을지는 모르지만 좋은 작품임에는 틀림없다. 이제 어떻게 해야 할까? 어떤 작가도 자신의 작품을 공정하게 평가할 수는 없다고 한다. 카펜터 선생님만 살아 계셨더라면! 선생님이라면 진실을 말해주실 텐데. 에밀리는 갑자기 무서운 결심을 했다. 딘에게 보여주는 것이다. 그에게 편견 없는 객관적인 의견을 구하고, 그 의견에 따르도록 하자. 쉽지는 않을 것이다. 작품을 남에게 보이는 것은 항상 어려운 일이다. 지식이 많고 책을 많이 읽은 딘에게 보이는 것은 더욱 고통스러운 일일 것이다. 하지만 에밀리는 알아야 했다. 그리고 딘이 진실을 말해주리라는 것을 알고 있었다. 딘은 에밀리의 작품을 별 것 아니라고 생각한다. 하지만 이 작품은 다르다. 만약 그가 이 작품에서도 좋은 점을 발견하지 못한다면? 그때는……

6

"딘, 이 작품에 대한 당신의 정직한 의견을 듣고 싶어요. 이 이야기를 주의깊게 읽고 어떻게 생각하는지 있는 그대로 이야기 해 주지 않겠어요? 인사치레는 싫어요. 격려를 위한 거짓말도 싫어요. 진실을 듣고 싶어요. 사실 그대로의 진실을."

"진심이야? 있는 그대로의 진실을 견딜 수 있는 사람은 별로 없어, 한두 장의 넝마로라도 가려야 하지." 딘이 얼마쯤 냉정하게 말했지만 에밀리는 굽히지 않았다.

"나는 진실을 원해요. 이 책은," 고백을 하자니 숨이 막혔지만 그녀는 계속했다. "이 책은 세 번이나 출판사에서 거절당했어요. 만약 당신이 이 책이 괜찮다고 생각한다면 다시 출판사를 알아볼 생각이에요. 당신 생각에 좋지 않다고 하면 태워버리고요."

딘은 에밀리가 건네는 원고 뭉치를 내려다보았다. 아하, 이것이었구나. 여름내 그에게서 그녀를 떼어내 온 정신을 쏟아붓게 만든 것이. 언제나 첫 번째가 되어야 하는 프리스트 집안의 질투심이 갑자기 그의 혈관에 검은 독 한 방울을 떨어뜨렸다.

딘은 에밀리의 아름다운 얼굴과 별처럼 빛나는 눈동자를 바라보았다. 그 눈동자는 새벽 호수의 보랏빛과 잿빛을 띠고 있었다. 그러자 내용과는 상관없이 그 원고 뭉치가 싫어졌다. 하지만 그는 원고 뭉치를 집으로 가지고 갔다가 사흘 후에 가지고 돌아왔다. 에밀리가 핼쑥하고 굳은 얼굴을 하고 뜰에서 기다리고 있었다.
"어땠어요?"
딘은 양심에 가책을 느꼈다. 이 서늘한 저녁 어스름 속에서 그녀는 어쩌면 이렇게 상아처럼 희고 아름다울까!
"'친구의 상처에는 진실을 말하라'고 했어. 에밀리, 내가 만일 이것에 대해 거짓말을 하면 너의 친구가 될 수 없겠지?"
"그러니까 좋지 않다는 거군요?"
"아름다운 이야기야, 에밀리. 장밋빛 구름처럼 곱고 아련하고 덧없는 이야기야. 레이스 천이라고 했었지? 맞아 레이스 천이야. 그 이상은 아니야. 내용이 전체적으로 어색해. 동화 같다고나 할까? 사실성이 부족해. 등장인물들은 모두 꼭두각시 같고. 인생 경험이 없으니 어떻게 실제 이야기를 쓸 수 있겠어?"
에밀리는 주먹을 꼭 쥐고 입술을 깨물었다. 한 마디도 말할 용기가 없었다. 엘렌 그린에게서 아버지가 죽어간다는 이야기를 들은 날 밤 이후로 이런 기분은 처음이었다. 몇 분 전까지만 해도 요란하게 고동치던 심장이 납처럼 무겁고 차가워졌다. 그녀는 딘에게 등을 돌리고 멀어져 갔다. 딘은 절룩이는 걸음으로 조용히 뒤따라와 그녀의 어깨를 어루만졌다.
"스타, 용서해 줘. 진실을 아는 편이 좋지 않아? 달나라에 가려는 꿈 따위는 포기해. 불가능한 일이야. 그리고 도대체 무엇 때문에 글을 쓰려는 거야? 모든 것은 이미 다 쓰여져 있어."
"언젠가는 당신에게 감사할지도 몰라요. 하지만 오늘 밤은 당신이 미워요." 에밀리는 목소리의 평정을 잃지 않으려고 애쓰며 말했다.

"그건 불공평해." 딘이 조용히 말했다.

"물론 공평하지는 않아요." 에밀리는 흥분해서 말했다. "나를 죽여놓고도 당신은 내가 공정할 수 있기를 기대하나요? 아, 내가 자청한 일이라는 것은 알아요. 나에게 유익한 말이라는 것도 알아요. 끔찍한 일이 항상 내게는 도움이 되는군요. 몇 번을 죽고 나면 신경 쓰이지 않겠지만 지금은 달라요. 돌아가 줘요, 딘. 그리고 적어도 1주일은 내 앞에 나타나지 말아줘요. 1주일이면 장례가 끝날 거예요."

"이 작품이 너에게 어떤 의미를 갖는지 내가 모른다고 생각하나, 스타?" 딘이 동정적인 어조로 물었다.

"당신은 알 수 없어요. 아, 당신이 날 동정한다는 건 알아요. 하지만 난 동정 따위는 필요없어요. 조용히 장례를 치를 시간이 필요할 뿐이에요."

딘은 돌아가야겠다고 생각했다. 에밀리는 그가 보이지 않을 때까지 지켜본 후 혹평을 받은 그녀의 원고를 돌벤치에서 집어들고, 자기 방으로 들어갔다. 그녀는 창가에 서서 저무는 햇빛 속에서 다시 한 번 원고를 읽어 보았다. 한 구절 한 구절이 그녀의 가슴에 와닿았다. 유머러스하고 아름답고 정곡을 꿰뚫고 있었다. 아니, 그렇지 않았다. 그것은 작품에 대한 그녀의 애정에서 나온 어리석은 착각일 뿐이다. 이 책 속에 그런 요소는 없다. 딘이 그렇게 말하지 않았던가.

그녀가 창조한 책 속의 인물들은 어떻게 할 것인가? 그녀에게는 너무나 사랑스럽고 실재하는 것처럼 생생한 인물들이다. 그들을 없앤다는 것은 생각만 해도 끔찍했다. 그러나 그들에게는 사실성이 결여되어 있다. '꼭두각시'일 뿐이다. 꼭두각시라면 불태워져도 상관없을 것이다. 그녀는 가을 밤의 별빛 밝은 하늘을 쳐다보았다. 리라자리의 베가가 우울하게 그녀를 내려다보고 있었다. 아, 인생은 추악

하다. 잔인하고 무의미하다.

에밀리는 《꿈을 파는 사람》을 난로 속에 넣었다. 그러고는 성냥불을 켜고 무릎 꿇고 앉아 두 손 중에 떨리지 않는 손으로 원고 한 모퉁이에 불을 붙였다. 불꽃은 얇은 원고지 위를 맹렬하게 타들어갔다. 에밀리는 손으로 가슴을 부여잡고 커다랗게 뜬 눈으로 그것을 지켜보았다. 엘리자베스 이모에게 보여주기 싫어서 종이 뭉치를 태우던 때의 기억이 났다. 몇 분 뒤 원고 뭉치는 화염에 휩싸였고 다시 몇 초가 지나자 잿더미로 화했다. 시커먼 잿더미 속에서 희부연 글자가 떠올라 에밀리를 꾸짖는 듯했다.

그녀는 이미 후회하고 있었다. 아, 왜 그랬을까? 왜 책을 불태웠을까? 그것이 아무런 쓸모가 없는 책이라 하더라도, 그래도 자기가 쓴 책이 아닌가. 잘못한 것이다. 그녀는 말할 수 없이 귀중한 것을 없애버린 것이다. 옛날 어머니들은 자녀가 몰록의 신전에 바쳐진 불 속을 통과한 후 어떤 기분이었을까? 희생제를 드려야 한다는 강박적인 충동과 흥분이 사라진 뒤에는 어떤 마음이었을까? 에밀리는 그 기분을 알 것 같았다.

그토록 훌륭해 보였던 그녀의 책이 모두 사라지고 재만 남았다. 어떻게 이런 일이 있을 수 있을까? 그 한 페이지 한 페이지에 빛나는 기지와 웃음과 매력은 어디로 가버렸는가? 그 페이지 속에 살아 있던 사랑스러운 사람들, 달빛이 버들가지 사이에 고여 있듯 그들 사이에 엮어졌던 모든 비밀스런 기쁨은 어디로 가 버렸을까? 재밖에는 아무것도 남지 않았다. 에밀리는 극심한 후회와 고통을 느끼며 벌떡 일어났다. 어디로든 도망쳐야 했다. 그토록 정겹고 아늑하던 그녀의 방이 감옥처럼 여겨졌다. 그녀는 밖으로 나가야만 했다. 차가운 가을 밤의 자유 속으로, 유령 같은 잿빛 안개 속으로. 벽과 울타리를 벗어나 난로 속에 타고 있는 소설 속 인물들을 원망하는 눈초리를 피할 수 있는 곳으로. 그녀는 방문을 열고 정신 없이 계단을 내려갔다.

7

로라 이모는 계단 위에 바느질 바구니를 놓아둔 일로 죽을 때까지 자신을 용서하지 못할 것 같았다. 전에는 결코 그런 일이 없었는데, 그날은 엘리자베스가 부엌에서 물건을 찾느라 그녀를 부르는 바람에 잠깐 들고 가던 바구니를 계단 위에 놓아두었던 것이다.

잠깐 사이였지만 에밀리에게 예정된 일이 일어나기에는 충분한 시간이었다. 울면서 달려나오던 에밀리는 바구니에 걸려 넘어져 뉴 문의 길고 가파른 계단 위를 거꾸로 굴러 떨어졌다. 공포와 경악의 한순간이 지나자 타는 듯한 고통이 느껴졌다. 몸이 붕 떠오르는 듯하다가 다시 깊은 나락으로 떨어지는 듯했는데 발에 찌르는 듯한 통증이 왔다. 그리고 의식을 잃었다.

로라와 엘리자베스가 달려왔을 때에는 옷더미에 파묻힌 에밀리가 계단 밑에 가로누워 있고 그 옆에 양말 등이 어지럽게 널려 있었다. 그리고 에밀리의 발을 찌르고 튕겨져 나온 로라 이모의 가위가 휘어져 못 쓰게 된 채로 그녀의 발치께를 구르고 있었다.

회복기

1

 10월부터 다음 해 4월까지 에밀리 스타는 침대나 거실 소파에 누워 지내야 했다. 에밀리는 눈덮인 들판에 선 겨울 나무들의 차가운 아름다움과 희고 긴 산과 산 위에 떠 있는 조각 구름을 바라보며 과연 다시 걸을 수 있을지, 다리를 절게 되는 것은 아닌지 겨우내 가슴을 졸이며 지냈다.
 그녀의 척추에는 원인 모를 이상이 생겨서 그것에 대해 의사들은 의견 일치를 보지 못하고 있었다. 한 의사는 내버려두면 자연히 낫는다고 했지만 다른 두 명의 의사는 걱정스러워했다. 그렇지만 발에 대해서는 네 명의 의사가 모두 같은 의견이었다. 발목과 발가락이 가위에 찔려 패혈증을 일으켰다는 것이다. 에밀리는 며칠 동안 사경을 헤매다가 다리를 절단하느냐 마느냐의 기로에 서게 됐다.
 그러나 엘리자베스 이모는 다리를 절단하는 것을 허락하지 않았다. 의사들이 에밀리의 목숨을 건지려면 다리를 절단하는 수밖에 없다고 말하자 이모는 엄숙한 얼굴로 머리 집안 사람들은 손발을 절단하는 것은 하느님이 원하시는 일이 아니라고 생각한다고 말했다. 로라의 눈물도, 지미의 호소도, 닥터 번리의 명령도, 딘 프리스트의 동의도 엘리자베스 이모를 움직일 수는 없었다. 에밀리의 다리를 잘라서는 안 되었다. 드디어 에밀리가 완전히 회복됐을 때 이모의 승리에 빛나는 얼굴과 닥터 번리의 겸연쩍어하는 모습은 볼 만했다.

다리를 절단하는 위험은 면했지만, 평생 다리를 절게 될지 어떨지는 아직 모른다. 겨울 내내 에밀리는 이 문제로 괴로워했다.

"어느 쪽인지 알 수 있다면 차라리 견디기 쉬울 거예요. 일단 알고 나면 결심이 설 테니까요. 하지만 매일 여기 앉아서 어떻게 될지 생각해야 한다는 것은 견딜 수가 없어요." 에밀리는 딘에게 말했다.

"아무 탈 없을 거야." 딘은 냉정하게 대답했다.

그 겨울 딘이 없었으면 어떻게 지냈을지 에밀리는 상상할 수 없었다. 딘은 블레어워터에 머물기 위해 겨울 여행을 포기했다. 그는 에밀리 곁에서 이야기를 해주고 책을 읽어주고 격려해주고 말없는 이해 속에 함께 앉아 있어 주었다. 에밀리는 그의 곁에서라면 한평생 다리를 절어도 견딜 수 있을 것 같았다. 통증이 없을 때에도 에밀리는 밤에 종종 잠을 이루지 못했다. 뉴문 처마 밑으로 바람이 울며 지나가거나 언덕 위에 눈발이 흩날리는 밤은 특히 견디기 어려웠다. 잠이 들면 꿈을 꿨다. 꿈 속에서 그녀는 끊임없이 계단을 올라가지만 꼭대기에는 도달할 수 없었다. 높은 음조와 낮은 음조 때마다 그 소리는 조금씩 멀어져갔다. 그 끔찍한 꿈을 반복해서 꾸니 차라리 깨어 있는 편이 나을 것 같았다. 아아, 밤은 고통스러웠다. 전에는 천국에는 밤이 없다는 성경구절이 맘에 들지 않았었다. 밤이 없다니!

밤이 없다면 별이 부드럽게 빛나는 저녁 하늘도, 달빛이 하얗게 비치는 성스러운 분위기도, 비로드 같은 어둠의 신비도, 어둠을 뚫고 동이 터오는 새벽의 기적도 알 수 없을 것이 아닌가? 밤은 낮과 마찬가지로 아름답다. 천국에 밤이 없다면 그곳은 완전하다고 할 수 없을 것이었다.

그러나 공포와 고통의 몇 주를 보내는 동안 에밀리는 이제 옛 예언자가 소망하던 것과 똑같은 바람을 품게 되었다. 에밀리는 밤이 무서웠다.

사람들은 에밀리 스타가 용감하고, 인내심이 강하고, 아무런 불평도 하지 않는다고 감탄했다. 하지만 그녀 자신은 그렇게 생각지 않았다. 머리 집안의 긍지와 침착한 태도 이면에 완고하고 절망적이고 비겁한 면이 숨어 있는 것을 사람들은 알지 못했다. 그것은 딘도 마찬가지였다.

에밀리는 씩씩하게 웃었다. 그러나 결코 소리내어 웃지는 않았다. 딘이 그의 유머감각과 재치를 총동원해 그녀를 웃게 만들려고 애를 썼지만 소용없는 일이었다.

"더 이상 웃을 일은 없을 거야." 에밀리는 혼잣말을 했다. 웃을 일 뿐만 아니라 글을 쓰는 일도 끝나버린 것 같았다. 다시는 글을 쓸 수 없을 것이다. '영감'이 떠오르지 않았다. 그 우울한 겨울에 무지개는 보이지 않았다. 사람들은 끊임없이 그녀를 보러왔지만, 그녀는 그들이 오지 않았으면 했다. 특히 월리스 삼촌과 루스 이모는 에밀리가 두 번 다시 걸을 수 없을 거라고 생각하고, 올 때마다 그렇게 말했다. 그래도 그들은 때가 되면 반드시 좋아질 거라고 말하면서도 마음속으로는 그것을 믿지 않는 것 같았다. 원래 에밀리에게는 딘과 일저와 테디 외에는 정말 친한 친구는 없었으니까.

일저는 매주 편지를 썼는데, 그녀의 편지에는 에밀리를 위로하려는 뜻이 지나치게 드러나 있었다. 테디는 사고 소식을 듣고 딱 한번 편지를 보냈다. 매우 친절하고 동정적이고 잘 쓴 편지였다. 그는 그녀의 상태가 어떤지 알려달라고 쓰고 있었지만, 일상적으로 알고 지내는 사람도 그 정도의 편지는 쓸 것이라고 생각한 에밀리는 답장을 보내지 않았다. 그러고는 그만이었다. 그는 더 이상 편지를 보내지 않았다. 그녀 옆에는 딘밖에 없었다. 딘은 한 번도 에밀리를 실망시킨 적이 없었다. 앞으로도 그럴 것이다. 우울한 나날이 계속되면서 그녀는 점차 그에게 가까워졌다. 그녀는 그 고통스러웠던 겨울에 자신이 보다 성숙하고 현명해져서 마침내 딘과 같은 수준에서 이야기할 수 있게 된 것처럼 여겨졌다. 딘이 없었더라면 인생은 아무런 빛깔도 음악도 없는 잿빛 사막처럼 암울했으리라. 그가 오면 적어도 그때만큼은 사막에 장미꽃 같은 기쁨이 피어나고 수천 송이의 희망과 환상, 꿈의 꽃비가 흩뿌려졌다.

2

봄이 되면서 에밀리의 건강은 좋아졌다. 너무 갑작스럽고 빠르게 회복되어 세 의사 가운데 가장 낙관적이었던 사람조차도 놀라지 않을 수 없었다. 처음 몇 주간은 지팡이에 의지해서 다녔지만 점차 지팡이 없이도 걸을 수 있게 되어 마침내 혼자 뜰을 거닐며, 이 아름다운 세계를 눈으로 보는 것만으로는 만족할 수 없게 되었다. 아, 다시금 인생이 얼마나 멋져 보이는가! 발 밑에 밟히는 잔디의 감촉이 너무 좋았다. 그녀는 고통과 두려움을 벗어던졌다. 그리고 기쁨을 느꼈다. 아니, 정확하게 말하면 언젠가 다시 한 번 기쁨을 느낄 수 있는 가능성을 느꼈다고 해야 하리라.

회복기의 아늑하고 평온한 기분을 맛보기 위해서는 한 번쯤 병을 앓는 것도 괜찮은 일이다. 넓은 초원 위로 바닷바람이 불어오는 상쾌한 이 아침에 에밀리는 자기가 다시 건강해졌다고 느꼈다. 이 세상에 바닷바람만큼 좋은 것은 없다. 모든 것이 변해가고 사라져가는 이 인생이라는 것은 어쩌면 누더기에 불과한지도 모른다. 하지만 팬지꽃과 황혼녘의 구름은 여전히 아름다웠다. 그녀는 다시금 단지 존재함으로써 기쁨을 만끽할 수 있었다.

"참으로 기분좋은 빛이다. 눈으로 태양을 볼 수 있다는 것은 얼마나 즐거운가!" 에밀리는 꿈꾸는 듯한 목소리로 인용했다.

그녀에게 예전 같은 웃음이 돌아왔다. 뉴문에 에밀리의 웃음소리가 다시 들리던 날 겨울 동안 머리가 하얗게 센 로라 이모는 자기 방에 들어가 침대 곁에 무릎을 꿇고 하느님께 감사 기도를 드렸다. 로라 이모가 무릎을 꿇고 있는 동안 에밀리는 뜰에서 딘에게 하느님에 대한 이야기를 하고 있었다. 세상에서 가장 아름다운 황혼이 깃든 봄밤의 달빛 아래에서였다.

"지난 겨울에는 하느님이 저를 미워하신다고 여길 때가 많았어요. 하지만 지금은 하느님이 저를 사랑하신다는 것을 확실히 알아요." 에밀리가 부드럽게 속삭였다.

"확실히 안다고? 하느님은 우리에게 관심은 있지만 사랑하지는 않아. 우리가 하는 일을 지켜볼 뿐이야, 아마 그게 재미있는 거지." 딘이 냉담하게 말했다.

"끔찍한 생각이로군요! 진심으로 그렇게 생각하는 것은 아니겠지요, 딘?" 에밀리가 몸을 떨었다.

"그러면 안 되나?"

"그렇다면 하느님이 악마보다 더 나쁜 존재가 되고 말아요. 악마는 우리를 미워하는 데 대한 변명 같은 거라도 가지고 있지만 자신의 즐거움만을 생각하는 하느님에게는 아무것도 없으니까요."

"겨우내 육체의 고통과 정신적 괴로움으로 너를 고생스럽게 한 것이 도대체 누구지?" 딘이 물었다.

"하느님은 아니에요. 하느님은 나에게 당신을 보내 주셨어요." 에밀리는 또렷한 어조로 말했다. 그녀는 딘을 보고 있지 않았다. 그녀는 고개를 들어 5월의 아름다움으로 빛나는 '세 왕녀'를 보았다. 추운 겨울을 견뎌내느라 파리해진 흰 장미 같은 모습이었다. 그녀의 옆에는 지미가 자랑스럽게 여기는 커다란 조팝나무가 6월의 눈 위에 서서 그녀를 위해 아름다운 배경을 만들어주고 있었다.

"딘, 당신에게 어떻게 감사하면 좋을까요? 지난 10월부터 지금까지 당신이 제게 얼마나 좋은 친구였는지 말로 다 표현할 수 없어요. 하지만 이런 제 기분을 알아주셨으면 해요."

"나는 단지 행복을 향해 손을 뻗은 것뿐이야. 내가 너를 위해 무언가를 해줄 수 있는 것이 나를 얼마나 행복하게 하는지 너는 모를 거야. 네가 고통 속에서 나를 찾을 때 나만이 줄 수 있는 어떤 것으로, 내 고독한 시간 동안 깨닫게 된 나만의 그 무엇으로 너를 도울 수 있다는 것이 얼마나 가슴 벅찬 일인지, 그리고 결코 이룰 수 없지만 꿈을 간직한다는 것이…… 이룰 수 없는 꿈이라는 것은 알고 있어……."

에밀리는 가볍게 몸을 떨었다. 하지만 주저할 필요는 없었다. 이미 마음 먹은 일을 연기할 이유가 무엇이란 말인가? 그녀는 조용히 물었다.

"딘, 당신은 그것이 실현될 수 없는 꿈이라고 확신하나요?"

머리 & 프리스트

1

에밀리가 딘 프리스트와 결혼하겠다고 선언했을 때 머리 집안에는 일대 소란이 일었다. 한동안 뉴문의 분위기는 팽팽한 긴장 상태였다. 로라 이모는 울고, 지미는 고개를 가로저었으며, 엘리자베스 이모는 매우 언짢아했다. 그렇지만 결국에는 그들 모두 이것을 받아들이기로 했다. 그 밖에 달리 무엇을 할 수 있었겠는가? 그 즈음에는 엘리자베스 이모도 에밀리가 한 번 하겠다고 말한 것은 반드시 해낸다는 것을 알고 있었다.

엘리자베스 이모의 말이 끝나기를 기다려 에밀리는 이렇게 말했다.

"만약 내가 스토브파이프타운의 페리와 결혼하겠다고 했다면 이모는 더 야단이었을 거예요."

"그것은 맞는 말이야. 무엇보다도 딘에게는 재산이 있고…… 프리스트 집안은 제대로 된 집안이니까 말이야." 에밀리가 나간 뒤 엘리자베스 이모가 한 말이다.

"그렇지만 프리스트 집안 사람다워. 나이도 에밀리보다 너무 많고. 게다가 그 사람의 고조부는 미쳤었다니까 말이지." 로라가 한숨을 쉬었다.

"딘은 미치지 않아."

"하지만 그의 아이들은 다를 수도 있어."

"로라!" 엘리자베스의 꾸짖는 듯한 한마디로 이야기는 거기서 그쳤다.

그날 저녁때 로라 이모가 에밀리에게 물었다.

"에밀리, 딘을 사랑하고 있는 것이 확실하니?"

"어떤 면에서는요."

로라 이모는 두 손을 내밀고 여느 때와는 달리 열정적인 어조로 말했다. "하지만 사랑에는 한 가지 방법밖에 없어."

"그런 게 아녜요. 사랑하는 방법은 열두 가지나 있어요. 비록 실패했지만 제가 한두 가지 방법은 시도해 보았다는 것을 이모도 아실 거예요. 하지만 딘과 저에 대해서는 걱정하지 마세요. 우리는 서로를 완전히 이해하고 있거든요."

"나는 두 사람이 행복하길 바랄 뿐이야."

"저는 행복할 거예요. 지금도 행복해요. 저는 이제 로맨틱한 꿈을 꾸는 소녀가 아니에요. 그런 것은 지난 겨울에 이미 다 버렸어요. 저는 함께 있으면 편안해지는 사람과 결혼하려고 해요. 그 또한 저의 진실한 애정에 만족하고 있고요. 참된 동반자 관계야말로 행복한 결혼생활의 바탕이라고 생각해요. 게다가 딘에게는 제가 필요해요. 저는 그를 행복하게 해줄 수 있을 거예요. 아, 행복을 손에 쥐고 있다가 그것을 원하는 사람에게 내줄 수 있다면 얼마나 즐거울까요. 값을 주고 살 수 없는 귀한 진주와도 같은 행복을 말이에요."

"너는 너무 어려." 로라 이모는 말했다.

"몸은 어릴지 몰라도 영혼은 백 살이나 된 것 같아요. 지난 겨울 이후로 저는 훨씬 성숙하고 현명해졌어요. 이모도 아시잖아요?"

"응, 알고 있지." 로라 이모는 대답은 그렇게 하면서도 나이들었다는 느낌과 무엇이든지 안다는 믿음이야말로 에밀리가 아직 어리다는 사실을 보여주는 거라고 생각했다. 나이를 먹어서 사리를 분간할 줄 아는 현명한 사람들은 결코 자신들이 현명하다고 생각지 않는다. 아무리 영혼의 나이가 많으니 어쩌니 해도 이 신비롭고 빛나는 눈과 늘씬한 모습의 에밀리는 아직 20세가 안 되었는데, 딘 프리스트는 42세였다. 15년 뒤라면…… 하지만 로라는 그런 것은 생각지 않기로 했다.

그리고 무엇보다도 딘은 에밀리를 먼 곳으로 데리고 가지는 않을 것이다. 나이 차가 많이 나도 결혼생활을 행복하게 한 사람들은 얼마든지 있다.

2

어느 누구도 이 약혼에 호의적인 반응을 보이지 않았다. 그 때문에 에밀리는 몇 주 동안 힘든 시간을 보냈다. 화가 난 닥터 번리는 딘에게 모욕을 주었고, 루스 이모는 찾아와서 큰 소동을 피웠다.

"에밀리, 그놈은 나쁜 놈이야."

"그렇지 않아요." 에밀리는 분개하여 말했다.

"어쨌든 그는 우리들과는 생각이 달라." 이 한마디로 모든 문제를 마무리짓기라도 하겠다는 듯이 루스 이모는 단언했다.

에밀리가 앤드루의 청혼을 거절한 것에 대해 아직도 마음이 상해 있는 애디 숙모는 비록 아들 앤드루가 이제는 결혼해서 행복하게 살고 있지만 에밀리의 결혼 소식을 못 견뎌했다. 그녀는 에밀리가 앤드루와 결혼하지 못하게 되어 절름발이 자백 프리스트로 만족해야 한다고 하는 비참한 기분을 맛보게 해주고 싶었다. 물론 애디 숙모의 입으로 직접 그렇게 말한 것은 아니지만 사실상 그렇게 말한 것이나 다름없었다. 에밀리는 숙모의 암시를 잘 알 수 있었다. "물론 딘은 젊은 사람들보다는 부자지." 애디 숙모가 말했다.

"게다가 재미있구요." 에밀리가 덧붙였다. "대체로 젊은 남자들은 지루해요. 그들은 자기 어머니가 생각하는 것처럼 세상 사람들도 그들을 멋지다고 생각하는 줄 알지요."

이것으로 비긴 셈이 되었다.

프리스트 집안에서도 이 소식을 반기지 않았다. 어쩌면 부자 삼촌의 재산이 새어나가는 것이 마음에 들지 않았을지도 모른다. 그들은 에밀리 스타가 돈을 보고 딘과 결혼한다고 말하고 있었고, 머리 집안에서는 이런 이야기가 에밀리의 귀에 들어가도록 애썼다. 에밀리는 프리스트 집안 사람들이 쉴새없이 자신의 험담을 하고 있다고 여겨졌다.

"나는 당신 집안 사람들과 친하게 지낼 수 없을 것 같아요."
에밀리가 딘에게 말했다.

"아무도 너에게 그런 것을 기대하지 않아. 너와 나 두 사람만의 삶을 사는 거야. 우리는 프리스트 집안이나 머리 집안의 기준에 따라 걷거나 생각하거나 숨을 쉬는 것이 아니야. 프리스트 집안 사람들이 우리의 결혼을 원치 않는다면 머리 집안 사람들은 더욱 심하게 반대할 거야. 하지만 신경쓰지 마. 물론 프리스트 집안 사람들은 네가 나를 사랑해서 결혼한다고는 믿지 않을 거야. 왜 안 그렇겠어? 나 자신도 믿기 어려운데."

"그렇지만 사실은 알고 있겠지요, 딘? 제가 세상 그 누구보다도 당신을 좋아한다는 것을. 물론…… 전에도 얘기했듯이…… 공상적이고 로맨틱한 소녀의 사랑은 아니지만."

"다른 누군가를 사랑하고 있는 건 아니야?"
딘은 조용히 물었다. 그가 이런 질문을 한 것은 처음이었다.

"물론 아니에요…… 당신도 알고 있잖아요…… 한두 번 실연 비슷한 걸 경험한 적은 있었어요…… 여학생의 감상이었죠. 오래전 일이에요. 지난 겨울 저는 평생 동안 겪을 것을 한꺼번에 경험했고, 그 덕분에 옛날의 어리석음에서 영원히 놓여날 수 있게 되었다구요. 딘, 저는 당신 것이에요."

딘은 에밀리의 손에 키스했다. 입술에 키스한 적은 아직 없었다.

"스타, 너를 행복하게 해줄게. 나는 늙고 다리를 절지만 너를 행복하게 해줄 수 있다는 것을 알아. 나의 스타, 평생 너를 기다려왔어. 너는 언제나 나의 별이었지, 에밀리. 손이 닿지 않는 곳에 있는 아름다운 별 말이야. 그것이 지금 나의 것이 된 거야. 이제는 너를 가슴에 안을 수 있게 되었어. 너도 결국은 나를 사랑하게 될 거야…… 언젠가는 내게 애정 이상의 것을 주게 될 거야."

딘의 목소리에 담겨 있는 열정이 에밀리를 조금 놀라게 했다. 그녀가 줄 수 있는 것보다 더 많은 것을 요구하고 있는 것처럼 보였다.

게다가 시 낭송회를 앞두고 1주일간 고향에 돌아와 있는 일저가 한 말이 약간 마음에 걸렸다.

"어떤 면에서는 딘만큼 너에게 어울리는 사람도 없을 거야. 똑똑하고 매력적인 데다 프리스트 집안의 다른 사람들처럼 잘난 척하지도 않으니까. 하지만 몸과 마음을 다 그에게 주어야 할걸? 딘은 네가 자기 아닌 다른 어떤 것에 관심갖는 것을 용납하지 않을 테니까. 그는 독점욕이 강해. 그래도 상관없다면 모르지만……."

"난 그런 건 상관없어."

"너의 글쓰는 작업은……."

"아, 그만두기로 했어. 병에 걸린 이후로 글 쓰고 싶은 생각이 사라졌어. 그제서야 그것이 별로 중요한 일이 아니라는 것을 알게 되었지. 더 중요한 일이 얼마든지 많다는 것을 알았거든."

"그런 생각이라면 딘과 결혼해서 행복하게 살 수 있을 거야. 잘 됐구나."

일저는 한숨을 쉬고 허리에 꽂았던 새빨간 장미를 잘게 찢었다. "이렇게 너의 결혼에 대해 이야기하고 있으니 나 자신이 엄청나게 나이들고 현명해진 기분이야, 에밀리. 이상한 일이지. 어제 우리들은 여학생이었어. 그런데 오늘은 네가 약혼을 하는구나. 내일은 할머니가 될 거야."

"일저, 너는 사귀는 사람 없어?"

"없어. 솔직히 말하면 페리 밀러 말고 지금까지 좋아하는 사람이 없었지. 하지만 그는 널 마음에 두고 있으니까."

페리 밀러라니! 에밀리는 귀를 의심했다.

"일저 번리! 너는 늘 페리를 비웃고 그에게 화를 냈잖아……."

"그랬지. 나는 페리를 너무나 좋아했기 때문에 그가 바보짓을 하면 견딜 수 없이 화가 났어. 나는 페리를 자랑스럽게 여기고 싶었지만, 페리는 부끄럽게 행동했지. 어떤 때는 너무나 화가 나서 의자 다리라도 물어뜯고 싶었어. 만약 페리를 좋아하지 않았다면 페리가 아무리 바보짓을 하더라도 태연했겠지. 내게는 아무래도 '번리다운 유약함'이 있는가봐. 인간이란 변하지 않아. 당장이라도 페리가 있는 곳으로 날아가고 싶어. 청어를 담은 통이건 스토브파이프타운이건 상관없이 말이야. 하지만 신경 쓸 것 없어. 페리가 없으면 인생을 점잖게 보낼 수 있으니까."

"아마도…… 하지만 언젠가는……."

"에밀리, 나와 페리를 어떻게 해볼 생각 같은 것은 꿈에도 하지 마. 페리는 나에 대해 별다른 감정이 없었고, 앞으로도 그럴 거니까. 나도 그를 생각하지 않기로 했어. 고등학교 졸업반이었을 때 말도 안 되는 소리라고 웃어넘겼던 그 옛 시가 뭐였더라?

태초로부터 이 세상 마지막날까지
소녀들은 제 짝을 잠시 만나리니
초년에 만날 수도
말년에 만날 수도 있다네
처음부터 마지막까지 그와 함께 있고 싶고
그 누구에게 빌리거나 빌려주고 싶지도 않은 것이
모든 소녀들의 소망이지만
신들도 그 소망 들어줄 수 없다네

"나는 내년에 졸업해. 그러고는 몇 년 동안 경력을 쌓게 되겠지. 뭐, 언젠가는 결혼도 하게 될 거고."

"테디하고?" 불쑥 그렇게 말해 버린 에밀리는 자신의 혀를 깨물고 싶은 심정이었다.

"아니야, 테디는 난 안중에도 없어. 그는 오로지 자기 자신만을 생각하는 것 같아. 테디는 귀여운 면이 있지만 이기적이야, 에밀리. 정말 그래."

"아니, 그렇지 않아." 분개한 에밀리가 대답했다. 그런 말은 듣고 있을 수 없었다.

"그만하자. 테디 때문에 싸울 필요는 없어. 테디가 좀 이기적이면 어때? 이제 우리하고는 아무 상관도 없는데. 누군가 그를 사로잡겠지. 테디는 정상에 오를 거야. 몬트리올에서는 평판이 대단하니까. 그리는 얼굴마다 네 모습을 투영시키는 버릇만 고칠 수 있다면 그는 훌륭한 초상화가가 될 거야."

"말도 안 돼. 그림 속에 내 모습을……."

"그렇다니까. 그것 때문에 화가 난 적이 한두 번이 아니었어. 물론 테디는 그렇지 않다고 말하지. 내 생각엔 테디 자신도 모르고 있는 것 같아. 현대 심리학 용어를 빌자면 무의식의 작용이라고 해야겠지. 마음쓰지 마. 아까도 말했지만 언젠가는 결혼할 생각이니까. 일에 싫증이 나면 말이지. 지금은 일하는 게 몹시 즐겁지만 언젠가는 지겨워질 테니까. 나도 너처럼 사랑과 부를 모두 갖춘 분별 있는 결혼을 할 거야. 본 적도 없는 남자와 결혼하는 이야기를 하고 있으려니 어쩐지 우습다. 지금 이 순간 그는 무엇을 하고 있을까? 면도를 하고 있을까? 아니면 다른 여자 때문에 마음 아파하고 있을까? 하지만 그는 결국 나와 결혼하게 되고, 우리는 행복하게 살 거야. 그리고 너하고 나는 서로의 집을 방문하면서 아이들에 대한 이야기를 나누는 거지. 너는 큰딸에게 일저라는 이름을 붙여주고 말이야. 여자로 산다는 건 끔찍해. 그렇지 않니, 에밀리?"

에밀리의 오랜 친구 켈리 할아버지도 한 마디했다. 그의 입을 막을 수 있는 사람은 아무도 없었다.

"자백 프리스트와 결혼한다는 것이 정말이니, 에밀리?"

"사실이에요." 에밀리는 켈리 할아버지가 딘을 자백이라고 부르는 것은 어쩔 수 없다는 것을 알면서도 그의 입에서 자백이라는 말을 들을 때마다 흠칫했다. 켈리 할아버지는 얼굴을 찡그렸다.

"너는 아직 결혼하기에는 너무 어려……. 게다가 상대가 하필 프리스트 집안의 남자라니."

"하지만 할아버지는 늘 제가 늦게까지 애인도 없다고 말씀하셨잖아요."

"그건 농담이었고, 결혼은 농담이 아니란다. 바보짓은 하지 말아. 다시 한 번 잘 생각하기 바란다. 매듭을 짓기는 쉬워도 풀기는 어려운 법이야. 프리스트 집안 사람과 결혼해서는 안 된다고 내가 늘 말하지 않니? 그것은 어리석은 일이야."

"켈리 할아버지, 딘은 프리스트 집안의 다른 사람과는 달라요. 저는 정말 행복할 거예요."

켈리 할아버지는 못 믿겠다는 듯이 잿빛 머리를 저었다.
"만약 그렇다면 너는 농장의 큰 마님까지 포함한 프리스트 집안의 모든 여자들 중에 유일하게 행복한 여자가 되는 셈이지. 큰 마님은 싸움을 좋아하기라도 했지. 너는 전혀 그렇지 않잖아."
"딘과 저는 싸우지 않아요……. 적어도 매일 싸우는 일은 없을 거예요."
에밀리는 재미있었다. 켈리 할아버지의 어두운 예감 같은 것은 조금도 걱정이 되지 않았다. 오히려 그를 놀리는 게 매우 즐거웠다.
"그가 하는 식대로 내버려 둔다면 그렇겠지만, 그렇지 않을 때엔 화가 날걸. 프리스트 집안의 남자들은 모두 자기식으로 해야만 직성이 풀리는 사람들이니까. 그리고 딘의 질투심 때문에 너는 다른 남자와는 애기를 나눌 수조차 없을 거야. 프리스트 집안 남자들은 모두 부인들 위에 군림하는 스타일이지. 아론 프리스트 영감은 부인이 사소한 부탁을 할 때에도 무릎 꿇고 하게 했다더군. 우리 아버지가 직접 눈으로 확인한 일이지."
"정말로 제게 그런 일을 시킬 수 있는 남자가 있다고 생각하세요?"
켈리 할아버지는 자기도 모르게 눈을 깜박였다.
"하긴 머리 집안 사람들은 자존심이 세지. 하지만 다른 것도 있어. 딘의 삼촌 짐은 화가 나면 말을 안 하고, 부인이 반대 의견을 제시하면 늘 '이 바보야!' 하고 소리를 질렀다는 거야."
"어쩌면 정말로 바보였는지도 모르죠, 뭐."
"그럴지도 모르지만, 그렇게 말하는 것이 과연 예의 바른 행동일까? 그리고 딘의 아버지라는 사람은 부인이 화를 돋우면 부인에게 접시를 던졌대. 기분 좋을 때면 상당히 재미있는 인물이긴 하지만서두 말이야."
"그런 기질은 한 대씩 걸러서 전해진대요. 만일 그렇지 않다면 피하면 되죠."

"이 아가씨야, 접시 한두 장 날아오는 것보다 더 심한 일도 있으니 그게 문제지. 접시라면 피할 수 있겠지만, 피할 수 없는 것도 있어." 그는 목소리를 낮췄다. "프리스트 집안 남자들은 한 명의 아내와 사는 것에 종종 싫증을 느낀다는 말도 있어."

에밀리는 평소 엘리자베스 이모가 나무라던 웃음을 짓다가 켈리 할아버지에게 조금 미안한 마음이 들었다.

"할아버지는 정말로 딘이 저에게 싫증을 낼 거라고 생각하세요? 저는 미인은 아니지만 매우 재미있는 사람인걸요."

켈리 할아버지는 얼굴을 찡그리고 항복했다.

"네 입은 키스하기에 좋은 모양을 하고 있지. 하지만 나는 하느님이 너에게 다른 길을 예비하셨다고 생각해. 어쨌든 모든 일이 잘 되기를 바란다. 하지만 그 사람은 아는 것이 너무 많아. 자백 프리스트는 너무 많은 것을 알려주지?"

켈리 할아버지는 마차를 달려 에밀리에게 소리가 들리지 않는 곳까지 가자 이렇게 말했다.

"지옥 같은 생활일 거야. 게다가 딘은 애꾸눈 고양이처럼 생겼으니!"

에밀리는 몇 분 동안 그곳에 서서 켈리 할아버지의 마차가 사라져 가는 것을 바라보았다. 그는 겹겹이 무장한 에밀리 마음속의 약한 부분을 정통으로 찔렀다. 에밀리는 무덤에서 불어온 바람에 영혼을 스치듯 한기를 느꼈다. 그녀는 갑자기 오래전에 낸시 고모할머니가 캐럴라인 프리스트에게 해주었던 옛날 이야기를 떠올렸다. 그 이야기에 의하면 딘이 위령 미사(사제가 검은 제의를 입고 죽은 사람을 위해 드리는 미사)를 지켜보았다고 한다.

에밀리는 그 기억을 털어버렸다. 그것은 세상 구경을 못한 사람들이 지어낸 어리석고 악의적이며 질투섞인 소문일 뿐이다. 그렇지만 어쨌든 딘은 너무나 많은 것을 알고 있고 너무나 많은 것을 봐왔다.

에밀리에게 늘 매력적으로 비쳤던 바로 그 점이 지금은 그녀를 무섭게 했다. 그녀도 늘 딘이 항상 그 자신만이 알고 있는 세계의 수수께끼 같은 관점에서 이 세상을 비웃고 있음을 느끼지 않았던가. 그의 내면세계를 그녀는 알지 못했고, 알 수도 없었고, 솔직히 알고 싶지도 않았다. 그는 믿음과 이상에 대한 열정을 잃어버리고 있었다. 에밀리는 이 사실을 외면하고 있었지만 마음속 깊은 곳에서는 알고 있었다.

'켈리 할아버지와 쓸데없는 이야기를 하다가 이렇게 된 거야.' 그녀는 화가 났다.

집안 사람들이 에밀리의 약혼에 정식으로 동의한 것은 아니지만, 암묵적으로는 모두들 받아들이고 있었다. 딘은 경제력이 있었고, 프리스트 집안은 전통있는 집안이었다. 할머니 한 분은 샬럿타운의 무도회에서 영국 황태자와 춤을 추기도 했다니까. 어쨌든 에밀리가 안정적으로 결혼할 수 있게 된 것에 친척들은 안도했다.

"딘은 에밀리를 우리에게서 멀리 떼어놓지는 않을 거야." 로라 이모가 말했다. 그녀는 에밀리를 자주 볼 수만 있다면 다른 것은 다 받아들일 수 있었다. 이 낡고 적막한 집에서 유일하게 빛나고 생기 발랄한 존재를 어찌 잃을 수 있겠는가?

낸시 고모할머니는 편지에다 "에밀리에게 프리스트 집안에는 쌍둥이가 많다고 전해줘"라고 써보냈다.

그렇지만 엘리자베스 이모는 에밀리에게 말하지 않았다.

가장 반대가 심했던 닥터 번리는, 엘리자베스 이모가 다락의 이불장 속을 살펴보고 로라 이모가 식탁보에 자수를 놓고 있다는 말을 듣고는 결국 항복하고 말았다.

"엘리자베스 머리가 결혼을 허락한 사이라면 갈라놓을 수 없지"라고 말하며 체념한 것이다.

로라 이모는 에밀리의 얼굴을 부드럽게 감싸쥐고 "귀여운 에밀리, 하느님의 축복이 함께 하시기를" 하고 말했다.
나중에 에밀리는 딘에게 이렇게 말했다.
"중기 빅토리아 왕조풍이었어요. 하지만 좋았어요."

실망의 집

1

　엘리자베스 이모는 한 가지에 대해서만큼은 완강했다. 에밀리가 20살이 되기 전에는 결혼할 수 없다는 거였다. 가을에 결혼식을 올리고 일본의 꿈 같은 정원에서 겨울을 지낼 계획이었던 딘은 마지못해 이를 받아들였다. 에밀리 역시 빨리 결혼하기를 바라고 있었다. 자신은 의식하지 못했지만 마음속 깊은 곳에는 빨리 결혼식을 마쳐서 돌이킬 수 없게 되는 편이 좋으리라 생각했다.
　그렇지만 가끔 스스로에게 되뇌이듯 그녀는 행복했다. 물론 우울한 순간도 있었을 것이다. 특히 현재의 행복이 그녀가 늘 꿈꾸어 오던 완전히 자유로운 행복이 아닌 반쪽짜리 행복에 불과하다는 생각에 맞닥뜨릴 때 불안한 마음이 들었으리라. 그러나 그녀는 스스로에게 말했다. 완전한 행복은 영원히 사라져버렸다고.
　어느 날 딘이 소년처럼 상기된 얼굴로 나타났다.
　"에밀리, 지금 내가 무슨 일을 하고 오는 길인데, 너도 그것에 찬성해줄까? 네 맘에 들지 않으면 어떡하지?"

"무슨 일을 했는데요?"
"집을 샀어."
"집이라고요?"
"그래, 집이야. 나, 딘 프리스트는 이제 집과 정원과 7,000평에 달하는 소나무 숲을 소유한 지주야. 오늘 아침까지만 해도 내 것이라고 부를 수 있는 토지 한 평이 없었고 평생 내 땅을 가져보는 것이 소원이었던 내가 말이야."
"어떤 집인데요, 딘?"
"프레드 클리포드의 집이야. 법적으로는 프레드의 소유이지만, 사실은 이 세계가 생겨났을 때부터 우리들의 집으로 정해진 우리 집이지."
"'실망의 집' 말인가요?"
"맞았어. 네가 그런 이름으로 부르는 집이지만 이제 더 이상 실망의 집이 되지는 않을 거야. 말하자면…… 에밀리, 내가 한 일에 찬성해 줄 테지?"
"찬성하느냐고요? 딘, 당신은 정말 멋져요. 저는 언제나 그 집을 좋아했어요. 누구든 한눈에 반하지 않을 수 없는 집이에요. 불가사의한 매력으로 가득한 집이지요. 하지만 어떤 집들은 그런 신비로운 요소가 전혀 없는 집도 있지요. 저는 늘 그 집이 사람들로 가득차기를 바랐어요. 오, 누군가 당신이 슈루즈베리에 있는 커다란 집을 살 거라고 말하더군요. 저는 당신에게 그것이 사실인지 확인할 용기가 없었어요."
"에밀리, 그 말 취소해. 그것이 사실이 아니란 것은 너도 잘 알고 있었을 테니까. 물론 친척들은 모두들 내가 그 집을 샀으면 했지. 누님은 내가 그 집을 사지 않아서 낙담할 정도였어. 그 집은 싸게 살 수 있었는 데다 외관이 아주 멋져 보였으니까."
"멋진 집이지요. '멋지다'는 말이 암시하는 모든 점에서 멋진 집

실망의 집 197

이에요." 에밀리가 동의했다. "그러나 그 집을 살 수는 없어요. 크고 멋진 집이라서가 아니에요. 그냥 살 수 없을 뿐이에요."
"맞아. 정상적인 여자라면 누구라도 그렇게 생각할 거야. 에밀리, 네가 좋아하니 나도 기뻐. 어제 샬럿타운에서 그 집을 살 때, 다른 사람이 사려고 해서 너에게 상의도 못하고 바로 프레드에게 전보를 쳤지. 물론 네 맘에 들지 않는다면 되팔 생각이었어. 하지만 네가 좋아할 줄 알았어. 우리는 그 집에서 참된 가정을 꾸밀 거야. 여러 거처를 옮겨다니면서도 내게는 가정이라는 것이 없었지. 너를 위해 가능한 아름답게 집을 수리할 거야. 나의 별이 왕의 궁전에서 빛날 수 있도록."
"당장 그곳에 가봐요. 그 집이 어떻게 될 것인지 그 집에게 얘기해주고 싶어요. 마침내 그 집에 사람이 살게 되었다고 말해주고 싶어요."
"가서 집 안에 들어가 볼 수도 있어. 프레드의 여동생에게 열쇠를 받아두었으니까. 에밀리, 나는 하늘의 달을 딴 것 같은 기분이야."
"오, 저는 별을 한아름 따서 안고 있는 기분이에요." 에밀리가 들뜬 목소리로 말했다.

2

두 사람은 덩굴풀이 가득한 과수원을 빠져나가 '내일의 길'을 따라 목장을 걸었다. 황금빛 양치류가 우거진 오솔길을 지나자 은빛 섞인 잿빛의 잡초가 무성한 담모퉁이에 다다랐다. 거기에서 아무렇게나 자라난 상록수와 봄국화꽃이 무리지어 피어 있는 곳을 넘어 전나무 숲 옆의 오솔길로 나왔다. 길이 좁아서 그들은 한 사람씩 걸었다. 대기는 수런수런 속삭이는 소리로 가득 차 있는 듯했다.
오솔길 끝에는 비탈진 들판이 있었다. 끝이 뾰족한 전나무 숲이

곳곳에 무리져 있고 바람이 불어서 아름다운 풍경을 만들고 있었다. 그 위에는 언덕의 빛과 고원의 신비한 기운 속에 한 채의 집이, 바로 그들의 집이 황혼녘의 구름을 머리에 이고 있었다.

온통 숲의 신비로 둘러싸인 집이었다. 단지 남쪽만 숲 대신 언덕이 내려뻗어 있어 그 너머로 흐릿한 황금빛 사발 모양의 블레어워터 연못이 보였다. 블레어워터 연못 건너편으로는 별이 깃드는 들판과 유명한 알자스 지방의 산들처럼 푸르고 낭만적인 데리폰드의 야트막한 산들이 펼쳐져 있었다. 집 앞에는 멋진 롬바르디 포플러가 일렬로 서 있었지만 경치를 가리지는 않았다.

두 사람은 언덕을 올라가서 아담한 정원의 문 앞으로 갔다. 그 정원은 집보다 훨씬 오래전부터 있어 왔던 것으로 개척민 시대의 통나무 집터에 조성된 것이었다.

"멋진 경치를 보며 살게 되겠군. 아, 정말 아름다운 곳이야. 에밀리, 이 부근에는 다람쥐와 토끼가 돌아다녀. 너도 다람쥐와 토끼를 좋아하지? 그리고 봄이 되면 제비꽃이 필 거야. 5월이 되면 전나무들이 서 있는 뒤쪽의 이끼낀 낮은 땅이 제비꽃으로 가득하지. '에밀리의 눈꺼풀보다, 에밀리의 숨결보다 아름다운' 제비꽃 말이야. 에밀리라는 이름은 시세리아나 주노보다 아름다워. 저기 저쪽의 작은 문을 자세히 봐. 불필요한 문이야. 그 문 뒤에는 개구리가 우글우글한 늪이 나올 뿐이지. 하지만 그래도 문은 문이야. 아무 이유도 없는 이런 문이 나는 마음에 들어. 그 뒤쪽에 아주 멋진 어떤 것이 있을 것이라는 약속 같지 않아? 어쨌든 문이라는 것은 신비로운 것이야. 우리를 유혹하는 그것은 하나의 상징이지. 그리고 항구 저편 어디에선가 들려 오는 저녁 종소리를 좀 들어봐. 황혼 무렵의 종소리에는 마술적인 울림이 있어. 멀고 먼 요정 나라에서 울려 오는 듯하지. 저편 구석에는 장미도 있어. 오래된 노래처럼 감미로운 고풍스러운 장미야. 너의 흰 가슴에 어울릴 만큼 하얗고 너의 구름 같은 검은 머리를 빛내줄 만큼 붉은 장미지. 에밀리, 나 오늘 밤에는 조금 취한 것 같아. 생명의 기운에 도취되었다고나 할까? 그러니 조금 이상한 소리를 하더라도 이해해줘." 딘이 몹시 기뻐하며 말했다.

에밀리는 몹시 행복했다. 졸린 듯 깜박이는 빛 속에서 오래된 정원이 친한 친구처럼 그녀에게 말을 걸고 있는 것 같았다. 이 매력적인 장소에 그녀는 온몸을 맡겼다. 그녀는 찬탄하는 눈빛으로 '실망의 집'을 바라보았다. 생각에 잠긴 듯한 작은 집이었다. 낡은 집이 아니라는 것이 마음에 들었다. 낡은 집이라면 너무 많은 것을 알고 있을 것이다. 그 집 문턱을 드나든 무수한 발과 그 집 창문 밖을 내다본, 고통스럽거나 열정에 찬 무수한 눈의 기억에 시달렸을 테니까. 이 집은 그녀와 같이 순진무구했으며 행복을 고대하고 있었다. 이 집은 행복해져야 한다. 그녀와 딘이 과거의 망령을 모두 몰아낼 것이다. 자기 가정을 갖는다는 것은 얼마나 행복한 일일까!

"우리가 이 집을 원하듯 이 집도 우리를 간절히 원하고 있어요." 에밀리가 말했다.

"나는 네 목소리가 이렇게 낮고 부드러울 때가 가장 좋아. 다른 남자에게는 그렇게 이야기하면 안 돼, 에밀리." 딘이 말했다.

에밀리가 애교스런 눈길을 보냈기 때문에 딘은 거의 그녀에게 키스할 뻔했다. 그는 아직 그녀에게 키스를 해본 적이 없었다. 그녀가 아직 키스를 받을 준비가 되어 있지 않다는 마음의 소리 때문이었다. 하지만 모든 것이 낭만적이고 매혹적인 색채를 띠는 이 영광의 시간에 그는 키스를 시도해도 좋았을지 모른다. 이 때라면 그녀의 온 마음을 얻을 수 있었을지도 모른다. 그러나 주저하는 동안에 그 마술적인 순간은 지나가 버렸다. 어둠 속 삼나무 가로수 길에서 웃음소리가 들려왔다. 어린아이들의 천진한 웃음소리였다. 하지만 그것은 얇은 마법의 휘장을 찢어놓기에 충분했다.

"자, 안으로 들어가서 우리 집을 봐야지."

딘은 앞장서서 무성한 풀숲 사이를 뚫고 거실을 향해 열려 있는 문 쪽으로 갔다. 녹슨 자물쇠에 열쇠가 겨우 들어갔다. 딘은 에밀리의 손을 잡아끌었다.

"너의 집이야, 사랑스런 에밀리."

딘의 손전등이 둥근 빛을 던지며 공사가 중단된 방을 비추었다. 칠이 되어 있지 않은 거칠거칠한 벽, 닫혀진 창, 뻥 뚫린 출입구, 텅 빈 난로 등이 살풍경했다. 아니, 난로 안에 아무것도 없지는 않았다. 어린 시절의 어느 여름날 저녁에 그녀와 테디가 불을 피운 흔적이 하얀 재가 되어 남아 있었다. 그때 불 옆에 앉아서 두 사람은 그들이 함께할 인생을 설계했던 것이다. 그녀는 몸을 약간 떨면서 문 쪽으로 향했다.

"딘, 집이 너무 황량한 것 같아요. 낮에 와서 보는 편이 낫겠어요. 나타나지 않은 망령은 실제로 존재했던 망령보다 끔찍해요."

3

딘은 여름내 집을 수리하고 실내장식을 하자고 했다. 그들이 할 수 있는 모든 것을 할 수 있고 원하는 대로 꾸밀 수 있다고 했다.

"그리고 나서 봄에 결혼식을 올리는 거지. 그래서 여름에는 동쪽 나라의 모래 위로 울려오는 사원의 종소리를 듣고, 달밤에는 필레(모래 땅에 사는 식물의 이름)를 감상하고, 멤피스에서 나일강의 속삭임을 듣는 거지. 그리고 가을에 여행에서 돌아와 이 집 문을 열고 들어와 안식을 취하는 거야."

에밀리는 그 계획이 훌륭하다고 생각했다. 그러나 이모들은 그다지 탐탁해 하지 않았다. 사람들이 입방아를 찧어댈 것 같았던 것이다. 게다가 로라 이모는 결혼 전에 집을 장식하면 운이 따르지 않는다는 미신 때문에 꺼림칙하게 생각했다. 딘과 에밀리는 세상 평판이나 운 따윈 신경쓰지 않고 일을 진행시켰다. 프리스트 집안이나 머리 집안에서 쉴새없이 조언들을 퍼부었지만 두 사람은 아무것도 받아들이지 않았다. 예를 들면 그들은 '실망의 집'에 지붕만 없고 페인트칠은 하지 않기로 했는데, 이 얘기를 들은 엘리자베스 이모는 경악을 감추지 못하고 부르짖었다.

"칠을 하지 않은 집은 스토브파이프타운의 집들뿐이야!"

그들은 30년 전에 목수들이 임시로 만들어 놓고 사용한 적도 없는 송판으로 된 계단을 해안에서 가져온 붉은색 돌로 교체했다. 딘은 다이아몬드형의 유리가 들어간 창틀을 끼우고자 했다. 엘리자베스 이모가 청소하기 힘들 거라고 말렸던 일이다. 딘은 또 현관 문에 작고 귀여운 창을 내고, 창문 위로 눈썹 같은 작은 지붕도 달았다. 거실에도 둥근 창을 만들어서 전나무 숲으로 갈 때는 창을 타넘을 수 있도록 했다.

딘은 집안에 찬장과 선반을 만들고 의기양양하게 말했다. "나는 집안에 찬장을 제대로 마련해주지 않는 남자를 끝까지 사랑하는 여자가 있으리라고 생각하지 않아."

엘리자베스 이모는 찬장에 대해서는 찬성이었지만 벽지에 대해서는 잘못 골랐다고 생각했다. 특히 거실 벽지는 마음에 들어하지 않았다. 거실 벽이라면 꽃이나 금빛 줄무늬, 또는 새로 유행하기 시작한 '풍경화' 벽지같이 마음을 밝게 해주는 것으로 골라야 한다고 생각했다.

그렇지만 에밀리는 잿빛 바탕에 흰 눈이 덮인 소나무 그림의 벽지를 고집했다. 엘리자베스 이모는 차라리 숲 속에 사는 것이 낫지 않겠냐고 타박을 했다. 하지만 에밀리는 자기 집에 관한 다른 모든 일과 마찬가지로 이것에 대해서도 '황소 고집'을 부렸다. 엘리자베스 이모는 자기도 모르게 켈리 할아버지의 말투를 흉내내어 '황소 고집'이라고 말했던 것이다.

그럼에도 엘리자베스 이모는 참으로 친절했다. 그녀는 오랫동안 닫아 두었던 여러 가지 상자를 열고 계모의 소유였던 도자기와 은그릇을 꺼냈다. 줄리엣 머리가 집안의 찬성을 얻어 제대로 결혼을 했더라면 모두 그녀의 것이 되었을 것들이었다. 이모는 이것을 에밀리에게 주었다. 그중에는 굉장히 아름다운 것도 있었다. 특히 값을 헤아릴 수 없는 핑크빛 항아리와 에밀리의 할머니가 결혼 축하 선물로 받은 훌륭한 디너 세트는 굉장했다. 디너 세트 가운데 빠진 것은 하나도 없었다. 움푹한 받침 접시가 달린 얇은 잔, 속이 야트막한 접시, 둥글고 두꺼운 뚜껑이 달린 수프 그릇 등 모든 것이 완벽하게 갖추어져 있었다.

에밀리는 그 디너 세트를 거실에 만든 찬장에 채워 넣고 넋을 잃고 바라보았다. 그 밖에도 좋은 것이 많이 있었다. 금빛테를 두른 계란형의 작은 손거울도 그중의 하나였다. 맨 위에 검은 고양이가 붙어 있는 그 거울은 지금까지 많은 아름다운 여성의 얼굴을 비쳐왔기 때문인지 거울 속의 얼굴에 특별한 매력을 부여하는 것 같았다. 위가 뾰족하고 양쪽에 탑이 있는 오래된 시계도 있었다. 이 시계는 갑자기 종을 쳐서 사람들을 놀라게 하지 않고 신사답게도 10분 전에 미리 신호를 주었다. 딘은 시계를 들어올렸지만 시간을 맞추지는 않았다.

"신혼여행에서 돌아온 뒤에 신부이자 여왕인 네가 시간을 맞추는 거야."

뉴문에 있는 치펜데일 그릇장과 다리 끝이 발톱모양으로 세공된 마호가니 테이블이 에밀리의 것이 됐다. 그리고 딘에게는 세계 여행 중에 수집한 예쁘고 진기한 것들이 많이 있었다. 구시대 후작 부인의 살롱에 있었던 실크 소파와 베니스 왕궁에 있었던 가는 철사로 만든 등은 거실에 두기로 했다. 그 밖에 시라즈(이란 남서부의 도시)의 융단, 다마스커스에서 가지고 온 기도용 깔개, 이탈리아의 놋쇠 장작 받침대, 중국의 비취와 상아, 일본의 칠기단지, 일본의 도자기로 만든 올빼미, 몽골의 신비한 곳에서 찾은 중국 향수병, 몸을 뒤틀고 있는 금빛 용이 장식된 중국 주전자 등이 있었다. 이 주전자는 용의 발톱이 다섯 개인 것으로 미루어 제정시대 왕궁에서 사용했다는 것을 알 수 있었다. 딘의 말에 의하면 그것은 의화단 사건이 일어났던 해 여름, 궁전에서 약탈한 것이라고 했다. 그렇지만 딘은 그것을 어떻게 손에 넣게 되었는지는 이야기하려들지 않았다.

"나중에 얘기 해줄게. 내가 수집한 모든 물건들에는 저마다 사연이 있거든."

4

거실에 가구를 들여 넣는 것은 큰 일이었다. 이리저리 12번을 옮기고 나서야 겨우 가구의 위치를 정할 수 있었다. 때때로 의견이 맞지 않을 때는 둘이 바닥에 앉아 의논했고, 그래도 결론이 나지 않을 때에는 대프에게 선택하게 했다. 대프는 늘 그들 곁에 있었다. 소시샐은 나이들어 죽어버렸고, 대프도 이전처럼 경쾌하게 움직이지는 못했다. 잘 때는 무섭게 코를 골았다. 그렇지만 대프를 몹시 사랑하는 에밀리는 '실망의 집'에 갈 때 늘 대프를 데리고 가려했다. 고양이는 회색 그림자처럼 에밀리를 따라서 언덕 위를 걸어올라 갔다.

"너는 나보다 저 늙은 고양이를 더 사랑하고 있군." 한 번은 딘이 농담삼아 말했다. 농담의 이면에는 질투 비슷한 것이 느껴졌다.

"대프는 늙어가고 있어요." 에밀리가 변명했다. "사랑해줘야 한다구요. 하지만 당신에게는 앞으로 우리가 함께 할 많은 날들이 있잖아요. 그리고 저는 고양이 없이 살 수 없어요. 고양이가 없는 가정은 상상할 수 없어요. 고양이는 신비롭고 매력적이고 영리한 동물이에요. 그리고 개도 있어야 해요."

"트위드가 죽고 난 뒤로는 개를 키울 생각을 해 본 적이 없어. 하지만 한 마리쯤은 길러도 좋겠지. 트위드와는 다른 종류로 말이야. 네 고양이들 사이에 질서를 유지하려면 개가 필요해. 아, 이 곳이 네게 속해 있다고 생각하면 유쾌하지 않아?"

"그보다는 제가 이곳에 속해 있다는 느낌이 더 좋아요."

"우리는 이 집과 좋은 친구가 될 거야." 딘이 동의했다.

5

어느 날 두 사람은 집에 액자를 걸었다. 에밀리는 좋아하는 그림들을 가지고 와서 지오반나와 모나리자를 구석 쪽의 창과 창 사이에 걸었다.

딘이 말했다.

"네 책상을 여기다 놓으면 되겠군. 모나리자가 네게 시대를 초월한 미소의 비밀을 속삭여줄 거야. 그러면 너는 그것으로 작품을 쓰겠지."

"당신은 제가 글쓰는 것을 싫어하는 줄 알았는데요."

"그것은 네가 글쓰는 데만 열중해서 내 생각 같은 것은 하지 않을 거라고 생각했을 때의 일이고, 지금은 그렇지 않아. 네가 하고 싶은 대로 해."

이런 말을 들어도 에밀리는 흥미를 느끼지 못했다. 병을 앓고 난 뒤로 펜을 잡고 싶은 생각이 완전히 사라졌고 날이 갈수록 글을 쓴다는 생각 자체를 하고 싶지 않았다. 글을 쓰려고 하면 태워버린 원고가 생각났고, 그것은 그녀에게 견딜 수 없는 고통이었기 때문이다. 그녀는 가끔씩 마음속에 들려오는 소리에 귀기울이는 것도 중단했다. 별이 빛나는 그녀의 옛 왕국을 완전히 떠난 것이다.

딘이 말했다.

"엘리자베스 바스를 난로 곁에 걸까 해. 렘브란트가 그린 초상화로 만든 판화야. 하얀 캡과 주름이 많이 들어간 흰 칼라가 멋지지 않아, 스타? 이렇게 빈틈없고 유머러스하고 평온하면서도 약간 경멸하는 듯한 표정의 노인 얼굴을 본 적 있어?"
에밀리는 마음속으로 생각했다. '나는 이 엘리자베스와는 의논하고 싶지 않아. 이 사람은 억지로 두 손을 모으고 있지만 자기 의견에 반대하면 따귀를 때릴 것 같아.'
"100년 이상이나 먼지를 뒤집어쓰고 있었어. 그래도 여전히 이 렘브란트의 값싼 복제화 속에 살아 있지. 그녀가 너를 향해 말을 걸어올 거야. 너도 느꼈겠지만 그녀는 허튼 소리는 용납하지 않을 것 같아." 딘은 꿈꾸듯 말했다.
"하지만 저 혈색 좋고 건강한 할머니는 주머니 속에서 사탕을 꺼내줄 것 같기도 해요. 틀림없이 집안을 마음대로 휘둘렀을 거예요. 그녀의 남편은 그녀가 시키는 대로 하면서도 그 사실을 눈치채지 못했을 거예요."
"남편이 있었을까? 결혼 반지를 끼지 않았는걸."
딘이 의심스러운 듯이 말했다.
"그러면 아주 유쾌한 노처녀였을 거예요."
"모나리자의 미소와 엘리자베스의 미소에 어떤 차이가 있을까?" 딘이 둘을 번갈아 쳐다보면서 말했다. "엘리자베스는 모든 것을 받아들이고 있어. 교활하고 사려 깊은 고양이를 떠올리게 하는 얼굴이야. 하지만 모나리자의 얼굴은 남자들을 유혹해 어두운 역사의 기록을 진홍색 페이지로 장식하게 할 얼굴이지. 연인으로는 지오콘다(모나리자)가 더 어울려. 엘리자베스는 좋은 친척 아주머니 같아."
딘은 벽난로 위에 어머니의 작은 사진을 걸었다. 에밀리는 그의 어머니를 처음 보았다. 딘 프리스트의 어머니는 미인이었다.
"왜 이렇게 슬픈 얼굴을 하고 계실까요?"
"프리스트 집안 사람과 결혼했기 때문이지."
"저도 슬픈 얼굴을 하게 될까요?" 에밀리가 장난스럽게 물었다.
"나하고라면 그럴 일은 없어."

하지만 정말 그럴까? 때때로 그 생각이 머릿속을 차지했지만 에밀리는 그 질문에 답하지 않았다. 에밀리는 그 여름의 3분의 2는 매우 행복했다. 그것은 스스로에게도 말했듯 평균 이상이었다. 그렇지만 나머지 3분의 1은 아무에게도 말 못할 시간이었다. 영혼이 덫에 갇힌 듯한 시간, 손가락 위에서 빛나는 커다란 초록 에메랄드가 족쇄처럼 느껴지는 시간이었다. 심지어 한 번은 잠시나마 자유로워지기 위해 손가락에서 반지를 뺀 적도 있었다. 그러나 다음날 그녀는 제정신으로 돌아와 그 일을 부끄럽게 여기고 자기의 행운에 만족하며 아담한 회색 집에 한층 관심을 쏟았다. 그 집은 그녀에게 큰 의미가 있었다. "딘보다도 더 중요한 의미가" 하고 어느 날 새벽 3시에 절망적이고도 솔직한 심경으로 에밀리는 혼잣말을 했다. 그러나 다음날 아침이면 다시금 그 사실을 부인하는 것이다.

6

프리스트폰드에 사는 낸시 고모할머니가 그해 여름에 갑자기 세상을 떠났다. 어느 날 "이제 사는 데 지쳤다. 그만 살아야지" 하고 말하더니 정말 그대로 되었다. 머리 집안 사람들 누구도 유산을 물려받지 못했다. 그녀의 전 재산은 캐럴라인 프리스트에게 돌아갔다. 그렇지만 에밀리는 은으로 만든 구슬거울과 구리로 세공한 장식용 고양이와 금귀고리, 그리고 테디가 몇 년 전에 수채화로 그린 그녀의 초상화를 받았다. 에밀리는 '실망의 집' 정면 현관에 고양이를 놓고 커다란 은으로 만든 구슬거울은 베니스의 등에 달고 금귀고리와 그 밖의 여러 가지 진기한 액세서리는 자신의 몸치장에 쓰기로 했다. 그렇지만 수채화는 뉴문의 지붕 밑 방에 있는 상자 안에 집어넣었다. 그 상자에는 꿈과 계획들로 가득찬 아름답고 유치한 옛날 편지들이 들어 있었다.

두 사람은 때때로 그 집에 들러 즐거운 시간을 보냈다. 북쪽 구석에 서 있는 전나무에 울새의 둥지가 있었다. 대프의 손길이 닿지 않도록 두 사람이 늘 신경을 써오고 있었다.

어느 날 딘이 새알을 만지면서 말했다.

"이 얇은 껍질 속에 숨겨져 있는 음악을 생각해봐. 아마 달나라의 음악은 아닐 거야. 건강한 아름다움과 삶의 기쁨으로 가득 찬 현실적이고 가정적인 음악일 거야. 스타, 이 알이 언젠가는 울새가 되어 저녁때 우리를 마중나와 주겠지?"

두 사람은 숲에서 뜰로 깡충깡충 뛰어나온 토끼와 친구가 됐다. 그리고 낮에는 누가 더 많은 다람쥐를 봤는지, 저녁때는 누가 더 많은 박쥐를 봤는지 내기를 했다. 어두워져서 일을 못하게 되었을 때에도 곧바로 집을 향해 발길을 돌릴 수가 없었기 때문이었다.

때때로 두 사람은 밖으로 나와 돌계단에 앉아 바다에서 불어오는 애수띤 밤바람 소리에 귀를 기울이고, 골짜기에 스며드는 황혼과 이리저리 흔들리는 전나무 그림자를 바라보았다. 그런 때 블레어워터 연못은 초저녁 별이 비치는 거대한 잿빛 웅덩이로 변했다. 두 사람 곁에는 대프가 달빛 어린 커다란 눈으로 주변 모든 것을 바라보며 앉아 있고, 에밀리는 가끔 그 귀를 잡아당겼다.

"고양이에 대해 좀더 잘 알게 된 것 같아요. 다른 때와 달리 저녁 이슬이 내릴 때면 고양이의 기질을 알 수 있어요."

"이 시간에는 어떤 비밀이든지 알 수 있을 것 같아. 이런 밤이면 언제나 '향료가 자라는 산'이라는 구절이 생각나. 어머니가 부르던 그 오래된 찬송가는 언제나 원기를 북돋아 줘. 비록 내가 '젊은 수사슴처럼 뛰어오를' 수는 없다고 하더라도 말이야. 에밀리, 너는 지금 무슨 색으로 헛간을 칠할지 의논하고 싶겠지만, 조금만 참아줘. 달이 떠오르려 하는 이때 그런 이야기를 할 수는 없으니

까. 곧 근사한 달이 떠오를 거야. 내가 준비해두었지. 하지만 그
래도 가구 얘기를 해야겠거든 아직 우리에게 없지만 꼭 필요한 몇
가지 것들을 생각해보기로 하자. 예를 들어 은하수로 보트여행을
떠날 때 필요한 카누라든지 꿈을 짜는 베틀, 축제 날 마실 술병
같은 건 어때? 그리고 저쪽 구석에는 샘을 파는 거야. 캐스털리
(그리스 파르나소스산 허리에 있는 영험한 샘물, 시(詩)의 샘)를 말이야. 혼수로 어떤 것을 가지고 와도 상관
없지만 황혼의 회색 가운과 머리에 꽂을 초저녁 샛별은 꼭 있어야
돼. 그리고 해질녘의 구름 같은 스카프가 있으면 좋겠지."
 오, 에밀리는 딘이 좋았다. 너무나 좋았다. 오로지 그를 사랑할
수만 있다면!
 어느 날 저녁때 에밀리는 살짝 침대에서 빠져나와 달빛 속에 빛나
는 자신의 집을 보러 갔다. 얼마나 사랑스러운 장소일까. 에밀리는
미래의 자신의 모습을 그려보았다. 작은 방 이쪽저쪽으로 건너다니
고, 전나무 밑에서 웃고, 난롯가에서 테디와 손을 마주잡고 앉아서
…… 여기까지 생각했을 때 에밀리는 깜짝 놀랐다. 물론 딘이다.
딘과 마주 앉아 있는 것이다. 테디는 기억의 장난일 뿐이다.

8

 모든 준비가 끝난 9월의 저녁이었다. 마녀를 쫓기 위해 문 입구에
걸어둘 말 편자까지 갖추어졌다. 거실 이쪽저쪽에 놓아둘 양초도 준
비됐다. 기쁨에 가득찬 자그마하고 노란 양초, 싸우기 좋아하는 빨
간 양초, 꿈꾸는 듯한 파란 양초, 트럼프의 하트나 다이아몬드가 잔
뜩 그려진 투박한 양초, 귀부인 같은 늘씬한 양초 등등.
 결과는 매우 좋았다. 집 안의 모든 것이 조화로웠다. 모든 물건이
처음부터 오랜 친구처럼 느껴졌다.
 "더 이상 손볼 곳은 없어요. 모든 것이 완벽해요." 에밀리가 한숨
을 쉬며 말했다.

"그렇지는 않은 것 같아."

딘이 유감스러운 듯이 말하고 난롯가에 쌓아놓은 소나무와 불쏘시개를 바라봤다.

"아직 한 가지가 남아 있어. 연통이 잘 통하는지 살펴봐야겠어. 불을 피울게."

에밀리는 구석의 긴 의자에 앉았다. 불이 붙자 딘도 에밀리 곁에 앉았다. 그들의 발치에는 대프가 길게 누워 배를 아래위로 움직이며 자고 있었다.

불꽃은 즐겁게 타올라 낡은 피아노 위에 빛을 던졌다. 그러고는 엘리자베스 바스의 얼굴 위에서 숨바꼭질하다가 찬장 유리에서 춤을 추었다. 불꽃이 부엌문 너머를 비추자 에밀리가 선반 위에 겹쳐놓은 갈색과 파란색 사발이 빛을 반사했다.

"이런 게 가정이야." 딘이 부드럽게 속삭였다. "내가 늘 꿈꾸어 왔던 것보다 훨씬 정겹군. 우리는 매년 가을 저녁에 이렇게 마주 앉아 있을 거야. 차갑고 안개 낀 밤 바다를 바깥에 두고 단둘이 난롯가에 앉아서 아늑한 기분을 맛보는 거지. 하지만 때로는 친구들을 초대해서 우리의 기쁨과 즐거움을 함께 나눌 수도 있을 거야. 오늘 밤에는 불이 다 탈 때까지 여기 이렇게 앉아서 앞으로의 일들을 생각해보자."

불은 소리를 내며 타올랐다. 대프가 낮게 가르랑거렸다.

달빛이 바람에 흔들리는 전나무가지 사이를 지나 창문 너머로 그들에게 쏟아져내렸다. 에밀리는 테디와 함께 그곳에 앉아 있던 때를 생각하지 않을 수 없었다. 이상한 것은 그에 대한 그리움이나 애정이 끓어오르지는 않았다는 점이다. 그냥 그가 생각났을 뿐이다. 그녀는 어이없고 두려운 기분으로 결혼식장에서 딘 옆에 서 있을 때에도 테디 생각을 하게 될 것인지를 자문하였다.

불이 다 타서 하얀 재가 되자 딘이 일어섰다.

"이 순간을 위해서 그 길고 지루했던 시간들을 견뎌냈던 것 같아. 오늘을 위해서라면 여태까지의 세월을 다시 한 번 살 수도 있을 것 같아."

그는 손을 내밀어 에밀리를 끌어당겼다. 하나가 돼도 좋을 입술을 어떤 망령이 방해를 해서 만나지 못하게 하는 것일까? 에밀리는 한숨을 쉬며 고개를 돌렸다.

"우리들의 행복한 여름은 끝났어요, 딘."

"우리 최초의 행복한 여름은 끝났어." 딘이 정정했다.

그러나 그의 목소리에는 갑작스런 피로감이 묻어났다.

리라자리의 베가를 보다

1

11월 어느 날 저녁 그들은 '실망의 집'에서 나와 자물쇠를 채웠다. 딘은 에밀리에게 열쇠를 넘겨주었다.

"이것을 봄까지 맡아 줘. 봄까지는 여기 오지 않을 테니까." 딘은 차가운 바람이 부는 쓸쓸한 들판을 바라보았다.

늦가을에 이어 폭풍이 부는 겨울 동안 심한 눈보라로 길이 막혀 에밀리는 그 집 근처에 갈 수 없었지만, 이따금 그 집을 생각하며 생명이 약동하는 봄을 기다렸다.

그 겨울은 대체로 행복했다. 딘은 여행을 떠나지 않고 뉴문의 나이 많은 숙녀분들의 기분을 맞추어 주었기 때문에 그들은 그가 자백 프리스트인 것을 거의 용서할 정도가 되었다. 그러나 엘리자베스 이모는 딘이 말하는 것을 반밖에 이해하지 못했고, 로라 이모는 에밀리의 변화를 딘의 탓으로 돌렸다.

확실히 에밀리는 달라졌다. 다른 사람들은 눈치채지 못했지만 지미와 로라 이모만은 느낄 수 있었다. 에밀리의 눈에는 가끔 불안한 빛이 떠올랐다. 그리고 그녀의 웃음소리에는 무언가가 빠져 있었다. 이전처럼 경쾌하고 자연스런 웃음이 아니었다. 그녀가 너무 빨리 어른이 되어버렸다고 로라 이모는 한숨을 쉬며 생각했다. 뉴문의 층계에서 굴러 떨어진 것만이 그 이유의 전부인지, 과연 에밀리는 행복한지 로라 이모는 차마 물어볼 수 없었다. 6월달에 결혼하기로 한 딘 프리스트를 정말 사랑하고 있는지조차 알 수 없었다. 하지만 로라 이모는 사랑이란 지식으로 생기는 것이 아니라는 것만은 알고 있었다. 그리고 결혼을 앞둔 처녀라면 밤에 잠 못 이루고 방안을 서성거리지는 않는다는 것도 잘 알고 있었다. 그것은 소설 구상이라는 말로 설명될 수 있는 일이 아니었다.

에밀리는 글 쓰는 것을 그만두었다. 뉴욕의 미스 로열이 편지로 간곡하게 타일러도 소용없었다. 지미가 은근슬쩍 책상 위에 새 '지미 북'을 갖다놓아주는 것도 헛일이었다. 출발이 좋았는데 계속하지 않는 것은 안타까운 일이라는 로라 이모의 암시에도 에밀리의 마음은 움직이지 않았고, 심지어 에밀리가 곧 싫증낼 줄 알았다는 엘리자베스 이모의 경멸섞인 말——"봤지? 스타 집안의 변덕이라구."——조차도 에밀리로 하여금 다시 펜대를 쥐게 하지는 못했다. 그녀는 글을 쓸 수 없었다. 그리고 다시는 글을 쓰지 않을 생각이었다.

"저는 빚도 다 갚았고 은행에는 딘이 혼수라고 부르는 것을 살 수 있을 만큼의 돈도 예금되어 있어요. 그리고 이모가 떠준 레이스 이불도 두 장 있고요. 그러니 무슨 문제가 있겠어요?" 에밀리가 약간 씁쓸하고 지친 듯한 어조로 로라 이모에게 말했다.

"지난 겨울에 다친 것 때문에 야심이 사라진 거니?" 로라 이모는 겨우내 마음에 걸렸던 것을 묻고 말았다.

에밀리는 정답게 웃으며 로라 이모에게 키스했다.

"아니에요, 이모. 그것하고는 아무 상관 없어요. 이유는 간단해요. 저는 결혼하게 되었고, 결혼하면 자연히 가정을 돌보아야 할 테니까요. 다른 일에 신경쓸 시간이 없지 않겠어요?"

그도 그럴 것이다. 그날 저녁 해가 진 뒤 에밀리는 바깥으로 나갔다. 그녀의 영혼은 자유를 갈망하고 있었다. 따뜻하고 그늘진 곳이 있지만 아직은 4월의 차가운 날씨다. 햇빛 속에서도 한기가 느껴졌고, 저녁때는 더 쌀쌀했다. 하늘은 흐려서 어둡고 회색 구름으로 덮여 있었다. 서쪽 하늘만 연노랑빛이었고, 그 안으로 달이 보였다. 어두운 산 너머로 가라앉고 있는 달은 슬프도록 아름다웠다. 주변에는 그녀 말고 다른 생명체는 없는 것 같았다. 시들어 말라빠진 들판에 떨어지는 사람 그림자는 이른 봄의 경치에 말할 수 없는 쓸쓸함과 황량함을 더해주었다.

에밀리는 자신의 생애에서 가장 좋은 것은 이미 다 지나가 버렸다는 절망감에 사로잡혔다. 외부환경은 항상 그녀에게 큰 영향을 미쳤다. 그러나 그녀는 지금이 우울한 저녁때인 것이 오히려 다행스러웠다. 이런 저녁이 아니었다면 모욕을 받은 듯한 기분이 되었으리라. 산 저편에서 파도 소리가 들려왔다. 그녀는 로버츠의 시구를 떠올렸다.

잿빛 바위와 더 짙은 잿빛 바다
바닷가에는 철썩이는 파도
그리고 내 마음에는 이름이
두 번 다시 부르지 않을 이름이."

어리석은 일이다! 쓸데없고 바보 같은 감상이다. 그런 것들은 이제 그만두어야 한다.

2

그날 일저에게서 편지가 왔다. 테디가 돌아온다는 것이다. 플레비안호를 타고 귀국해서 여름내 고향에 머물 거라는 소식이었다.
 "그가 오기 전에 이 모든 것을 끝내버리면 좋을 텐데……." 에밀리는 혼잣말을 했다.
 언제나 내일을 두려워해야 하는 걸까? 오늘에 대해서는 만족한다. 행복하기조차 하다. 그렇지만 내일은 두렵다. 그녀의 인생은 이런 것일까? 왜 내일을 그토록 두려워하는 것일까?
 에밀리는 '실망의 집' 열쇠를 갖고 있었다. 11월 이후로 그곳에 들어간 적이 없어서 그 집에 가보고 싶었다. 그녀를 기다리고 있는 예쁘고 사랑스러운 집이었다. 그 집의 매력적이고도 안온한 분위기 속에서는 막연한 공포나 의심 따위는 사라질 것이다. 그리고 그녀의 영혼은 다시 지난 여름처럼 행복해지리라. 에밀리는 정원의 문 앞에 멈춰서 고목 아래에 자리잡은 작은 집을 사랑스럽게 바라보았다.
 고목은 어린 시절 그녀의 꿈에 부드러운 한숨을 불어 넣어주었듯 지금도 조용히 숨쉬고 있었다. 아래쪽에는 잿빛의 블레어워터 연못이 음산하게 가로놓여 있었다. 에밀리는 블레어워터 연못의 모든 변화를 사랑했다. 여름에 반짝이는 물결, 해질 무렵의 은빛 수면, 달빛 어리는 연못가의 환상적인 분위기, 떨어지는 빗줄기로 수면 위 잔잔하게 퍼지는 동그라미, 모두가 아름다웠다. 그리고 지금처럼 어둡고 생각에 잠긴 듯한 수면도 그녀는 사랑스러웠다.
 음산하고 무언가를 기다리는 듯한 주변 경치에는 깊은 슬픔이 배어 있었다. 이상한 생각이지만 마치 봄을 두려워하고 있는 듯했다. 이 두려운 느낌이 그녀를 괴롭혔다. 그녀는 언덕 위 포플러 우듬지 저편을 바라보았다. 그러자 갑자기 갈라진 구름 사이로 별이 보였다. 리라자리의 베가였다.
 에밀리는 몸을 떨면서 서둘러 문을 열고 집 안으로 들어갔다. 집은 비어 있었고 그녀를 기다리고 있었던 듯했다. 그녀는 어둠 속에서 손을 더듬어 벽난로 위 성냥을 집어 시계 옆에 있는 길다란 양초에 불을 붙였다. 흔들리는 촛불 빛 속에 아름다운 방이 어슴푸레 드러났다. 전에 있던 그대로였다. 두려움을 모를 것 같은 엘리자베스 바스와 두려움을 경멸할 것 같은 모나리자의 초상이 있었다. 그러나 성스런 아름다움을 간직한 옆모습을 돌려 정면을 응시하는 일이 결코 없는 지오반나 부인은 알고 있을까? 말로 표현할 수 없는 이 미묘하고 은밀한 공포를. 말로 하면 이상하게 들릴 이 두려움의 감정을. 딘 프리스트의 슬픈 얼굴을 한 아름다운 어머니는 알고 있을 것이다. 희미하게 흔들리는 빛 속에서 그녀의 눈이 그것을 말해주고 있었다.

에밀리는 문을 닫고 엘리자베스 바스의 초상화 밑 팔걸이의자에 걸터앉았다. 지난 여름에 떨어진 마른 잎이 창밖 모래사장에서 기분 나쁘게 바스락대는 소리가 들려왔다. 그리고 바람은 세게 불고, 세게 불고, 더 세게 불었다. 그렇지만 그녀는 그것이 좋았다. '바람은 자유야. 나처럼 매여 있지 않아.' 뜻하지 않게 튀어나온 이 엉뚱한 생각을 그녀는 내리눌렀다. 그런 생각을 해선 안 되는 것이다. 족쇄는 그녀 스스로 채우지 않았던가. 그녀는 기꺼이, 즐거운 마음으로 족쇄를 찼다. 그러니 끝까지 우아하게 차고 있어야 한다.

들판 저쪽에서 바다가 신음하고 있었다. 그러나 이 작은 집은 얼마나 침묵으로 가득 차 있는가! 이 침묵에는 불가사의하고 기분 나쁜 무언가가 있다. 어떤 심오한 뜻이라도 간직한 듯. 에밀리는 무어라 대답이 들려올 것만 같아서 차마 말을 할 수가 없었다. 그러나 갑자기 두려움이 사라지고 현실과는 동떨어진 꿈꾸는 듯한 행복한 기분이 되었다. 사면의 벽이 점점 눈앞에서 사라져 가는 것 같았다. 그림들이 스르르 물러났고 낸시 고모할머니가 남긴 커다란 은빛 구슬거울이 오래된 철제 등에 매달려 있는 것 말고는 아무것도 보이지 않게 되었다. 그 구슬거울 속에 비치는 이 방이 작은 인형의 집처럼 보였다. 그 속에는 또한 나지막한 의자에 앉아 있는 자신의 모습과 개구쟁이 별처럼 빛나고 있는 벽난로 위의 양초가 비치고 있었다. 에밀리는 의자에 기대 앉아 구슬거울 속의 흐릿한 우주 안에 한 점 불빛만 보일 때까지 그것을 보고 있었다.

3

에밀리는 잠들었던 것일까? 꿈을 꾸었던 것일까? 에밀리 자신도 알 수 없었다. 그녀는 살아오면서 두 번──한 번은 열에 들뜬 상태에서, 또 한 번은 잠자는 동안에──감각과 시간의 세계 저편을 봤다. 에밀리는 그 경험을 떠올리고 싶지 않았기에 일부러 잊어버리려고 노력했다. 몇 해 동안 그 일은 기억 속에 되살아나지 않았다. 아마도 꿈이거나 열 때문에 생긴 허상이었을 것이다. 그렇지만 이번 것은?

구슬거울 속에 작은 구름이 생겼다가 흩어지면서 인형의 집은 온데간데 없고 전혀 다른 광경이 나타났다. 높고 긴 방에 서둘러 걸어가는 사람들의 물결이 보이고, 그 속에 그녀가 알고 있는 얼굴이 하나 떠올랐다.

구슬거울은 사라지고, '실망의 집'의 방도 사라졌다. 에밀리는 더 이상 의자에 앉아서 구슬거울을 들여다보고 있지 않았다. 그녀는 커다랗고 이상한 방 안, 사람들의 물결 속에 섞여 있었다. 그녀는 매표소 앞에서 초조하게 차례를 기다리고 있는 남자 옆에 서 있었다. 그가 고개를 돌리자 그녀와 눈이 마주쳤다. 테디였다. 그의 눈에 그녀를 알아보고 놀라는 기색이 보였다. 그녀는 그가 위험에 처해 있는 것을 알았다. 그를 구해야만 했다.

"테디, 이리 와."

그녀는 테디의 손을 잡아끌고 매표소를 떠났다. 그러고는 군중에 밀려 테디에게서 멀어졌다. 그녀는 뒤로 뒤로 밀렸고, 테디가 그녀의 뒤를 따라왔다. 그는 사람들과 부딪히는 것도 의식하지 못하고 그녀의 뒤를 쫓아 달렸다. 그녀는 다시 구슬거울 바깥의 의자에 앉아 있었다. 커다란 대합실이 장난감 크기로 줄어들었고, 그 속에는 아직도 한 사람이 뛰고 있었다. 또다시 흰 구름이 구슬거울 속 가득히 퍼지며 흔들리다가 사라졌다. 에밀리는 의자에 앉아 낸시 고모할머니의 은빛 구슬거울을 뚫어지게 바라보았다. 구슬거울 안에는 조용한 거실이 비치고, 그 한 가운데에 장난꾸러기 별처럼 깜박이는 촛불 한 자루와 하얗게 질린 그녀의 얼굴이 있었다.

4

에밀리는 죽다 살아난 듯한 기분으로 간신히 '실망의 집'을 나와서 문을 잠갔다. 구름은 개었지만 사위는 별빛 속에서 희미하고 비현실적으로 보였다. 그녀는 자신이 무엇을 하고 있는지도 깨닫지 못한 채 전나무 사이로 보이는 바다 쪽으로 고개를 돌렸다. 바다는 바람 부는 목초지 아래 모래 둔덕 너머로 반쯤 불 밝힌 기괴하고 무시무시한 왕국의 쫓기는 동물처럼 해안선에 부딪쳐 오고 있었다. 먼 바다는 낮게 낀 안개에 반쯤 가린 회색 공단 같았지만, 그녀가 지나갈 때에는 잔물결이 되어 해안의 모래를 씻어내렸다. 에밀리는 안개에 싸인 바다와 어두운 모래 언덕 사이에 서 있었다. 이대로 영원히 앞으로 걸어나가 다시 그 밤의 질문에 맞닥뜨리지 않을 수만 있다면!

어떤 의심과 트집과 조롱도 사실을 바꿀 수는 없었다. 그녀는 테디를 보았던 것이다. 그리고 미지의 위험으로부터 그를 구했거나 구하려 했던 것이다. 그녀는 단순하고 확실하게 자신이 테디를 사랑한다는 것, 자기 존재의 근원에서 우러나오는 사랑으로 그를 항상 사랑해왔다는 것을 알았다.

그리고 2개월 뒤에는 딘 프리스트와 결혼하기로 되어 있다.

어떻게 할 것인가? 딘과 결혼한다는 것은 이제 불가능했다. 그런 거짓된 삶을 살 수는 없었다. 그렇지만 그에게 실연의 고통을 주고 그의 어두웠던 삶에서 행복을 빼앗는 것 또한 생각할 수 없는 일이었다.

과연 일저가 말한 대로 어른이 된다는 것은 두려운 일이다. 에밀리는 자조섞인 기분으로 혼잣말을 했다. "특히 한 달 동안이나 자신이 무엇을 원하는지도 알지 못하는 여자라면 말이야. 지난 여름에는 내게 테디는 아무것도 아니라고 확신했었어. 결혼해도 좋을 만큼 딘을 사랑한다고 믿었지. 그런데 오늘 밤 저주인지 선물인지 모를 그 이상한 힘이 다시 나를 찾아와 내 확신을 산산이 부숴 버렸어."

에밀리는 밤이 이슥해질 때까지 모래사장을 거닐다가 새벽녘이 가까워질 때에야 살그머니 뉴문에 미끄러지듯 들어와 고단한 잠에 빠져들었다.

5

괴로운 나날이 이어졌다. 다행히 딘은 일 때문에 몬트리올에 가고 없었다. 그 동안 플레비안호가 빙하에 충돌하는 비극이 발생했다. 그 기사의 표제가 눈에 들어오자 에밀리는 마치 얼굴을 세차게 맞은 듯한 느낌이 들었다. 테디는 플레비안호로 돌아올 예정이었다. 테디가 그 배에 탔을까? 누가 말해줄 수 있을까? 아마 그의 어머니라면 알고 있겠지? 그의 어머니는 늘 에밀리를 미워했다. 너무나 미워해서 에밀리는 그 미움이 손에 잡힐 것 같았다. 여태까지 에밀리는 켄트 부인을 만나는 것을 가급적 피해왔다. 하지만 지금은 테디가 플레비안호에 탔는지를 알아보는 것이 급선무이다. 다른 모든 것은 아무래도 좋았다. 에밀리는 탠시패치로 갔다. 문을 열어준 켄트 부인은 에밀리가 그녀를 처음 알게 된 이후로 달라진 점이 전혀 없었다. 연약한 체구, 비밀스러운 태도, 독설, 창백한 뺨 위의 붉은 상처 자국 등이 여전했다. 에밀리를 볼 때면 늘 그랬던 것처럼 그녀는 얼굴색이 변했다. 쓸쓸한 검은 눈동자에 적의와 두려운 빛이 떠올랐다.
"테디가 플레비안호를 탔나요?"
에밀리가 거두절미하고 물었다.
켄트 부인은 웃었다. 차가운 웃음이었다.
"그게 너와 무슨 상관이지?"
"상관이 있어요." 에밀리는 무뚝뚝하게 대답했다. 그녀의 얼굴에 '머리 집안의 표정'이 떠올랐다. 이 표정에 맞설 수 있는 사람은 별로 없었다.
"알고 계시면 말씀해 주세요."
켄트 부인은 찬 바람 속의 마른 잎같이 떨면서 내키지 않는 마음으로 대답했다.
"타지 않았어. 오늘 전보가 왔는데 마지막 순간에 사정이 생겨 타지 않았대."
에밀리는 "고맙습니다" 하고 돌아섰지만, 켄트 부인은 이미 그녀의 눈에 떠오른 기쁨과 승리의 빛을 보고 말았다. 그녀는 한발짝 나와 에밀리의 팔을 잡고 소리쳤다.
"너와는 상관없는 일이야. 테디가 안전하든 그렇지 않든 그게 너와 무슨 상관이냔 말이야. 다른 남자와 결혼하기로 해놓고 감히 여기까지 와서 내 아들 일을 물어? 그것도 마치 그럴 권리라도 있는 것처럼?"
에밀리는 이해심 많고 동정 어린 눈으로 그녀를 바라보았다. 뱀처럼 그녀의 영혼을 휘감고 있는 질투가 그녀의 인생을 고통의 골짜기로 만들었으리라.
"아무 권리도 없을 거예요. 테디를 사랑할 권리 말고는요."
"참 뻔뻔스럽기도 하지. 너는 다른 남자와 결혼하려는 게 아니니?"

"저는 다른 남자와 결혼하지 않습니다."

그 말은 사실이었다. 에밀리는 며칠 동안은 어떻게 해야 할지 몰랐지만, 지금은 자신이 무엇을 해야하는가를 정확히 알고 있었다. 무서운 일이지만 꼭 해야만 하는 일이다. 갑자기 모든 것이 분명해지고, 고통스럽지만 피할 수 없는 일이 되었다.

"켄트 부인, 저는 테디를 사랑하기 때문에 다른 남자와는 결혼할 수 없습니다. 그렇지만 테디는 저를 사랑하고 있지 않아요. 그것은 잘 알고 있어요. 그러니까 부인도 더 이상 저를 미워할 필요는 없습니다."

그녀는 고개를 돌리고 빠른 걸음으로 탠시패치에서 멀어져갔다. 그녀의 자존심은 어디로 간 걸까? 자신을 사랑하지도 않는 사람을 사랑한다는 것을 그토록 차분하게 인정하다니 '머리 집안의 자존심'은 어디로 간 걸까? 그러나 그때 그녀에게는 자존심이 있을 자리가 없었다.

당신을 용서해요

1

테디로부터 편지가 왔을 때 에밀리는 손이 떨려 쉽게 봉투를 뜯을 수 없었다. 너무나 오랜만에 받은 편지였다.

내게 일어난 이상한 일에 대해 얘기해야 할 것 같아. 나는 리버풀행 기차표를 사려고 기다리고 있었어. 거기서 플레비안호를 타기로 되어 있었거든. 그런데 누군가 내 어깨에 손을 대는 거야. 그래서 돌아보았더니 네가 거기에 있지 뭐야. 너는 "테디, 이리 와"라고 말했어. 나는 너무 놀라서 아무 생각도, 아무 말도 할 수 없었지. 그저 네 뒤를 쫓아갈 뿐이었어. 너는 달려갔어. 아니, 뛰지는 않았어. 어떻게 갔는지는 모르겠지만, 어쨌든 뒤쪽으로 물러나고 있었어. 이상하게 들리지? 내가 정신이상이라도 일으켰던 걸까? 그런데 갑자기 네가 사라졌어. 그때쯤에는 인파 속에서 빠져나와 네 모습을 놓칠 수가 없었는데도 말이지. 나는 사방을 둘러보았지. 그리고 그제야 정신이 들어 기차가 이미 떠나버렸다는 것을 알았어. 플레비안호를 탈 수 없게 된 거지. 나는 나중에 소식을 듣기 전까지는 나 자신이 부끄러웠고 화가 나기까지 했어. 그런데 플레비안호의 충돌사고 소식을 들었어. 나는 정수리를 한 대 얻어맞은 것 같았어.

에밀리, 설마 네가 영국에 있는 건 아니겠지? 물론 그럴 리는 없을 거야. 하지만 그렇다면 내가 대합실에서 본 사람은 대체 누구였을까?

어쨌든 그 사람이 내 생명을 구했어. 내가 플레비안호를 탔었더라면⋯⋯. 아, 타지 않아서 다행이었어. 그 사람은 누구였을까?

나는 머지않아 집으로 돌아갈 거야. 훨씬 전의 일이지만 너에 대해 이상한 얘기를 들었어. 일저의 어머니와 관련된 이야기였는데, 거의 잊고 있었어. 조심해. 물론 요즘에는 마녀사냥 같은 건 없지만 말이야⋯⋯. 그래도 조심하는 편이 나아."

그렇다. 더 이상 마녀를 화형에 처하는 일 따위는 없다. 그렇지만 에밀리에게는 지금 자기 앞에 놓여 있는 일보다는 차라리 기둥에 묶여 화형 당하는 편이 더 견디기 쉬울 것 같았다.

2

에밀리는 딘을 만나기 위해 산길을 걸어 '실망의 집'으로 갔다. 몬트리올에서 돌아온 딘이 해질 무렵 거기서 만나자고 편지를 보내왔던 것이다. 그는 행복하고 희망에 찬 얼굴로 문 앞에서 기다리고 있었다. 전나무 숲 속에서 부드러운 울새 울음소리가 들리는 향기로운 저녁이었다. 하지만 주변의 대기는 기이하고 슬픈, 잊지 못할 자연의 소리로 가득 차 있었다. 폭풍이 지나간 뒤 고요 속에 끊임없이 부드럽게 들려오는 먼 해안을 씻어내리는 소리였다. 그것은 여간해서 들을 수 없고 영원히 잊을 수 없는 소리였다. 밤비와 함께 부는 바람보다 비통한 소리였다. 그 속에는 모든 피조물의 창자가 끊어지는 듯한 절망이 담겨 있었다. 에밀리를 본 딘은 빠른 걸음으로 앞으로 나오다가 갑자기 멈추어 섰다. 그녀의 얼굴과 눈이 전과 달랐던 것이다. 자신의 여행 중에 그녀에게 무슨 일이 생긴 것일까? 희미한 땅거미 속에 서 있는 이 기묘하게 창백한 낯선 얼굴의 소녀는 에밀리가 아닌 듯했다.

"에밀리……, 어떻게 된 거야?" 딘이 물었다. 그러나 대답을 듣기 전에 그는 이미 알았다.

에밀리는 그를 봤다. 어차피 그에게 충격을 줄 바에야 그것을 완화시킬 필요가 있을까?

"딘, 저는 당신과 결혼할 수 없어요. 당신을 사랑하지 않으니까요." 그것이 그녀가 말할 수 있는 전부였다. 어떤 변명도 자기 방어도 할 수 없었다.

그렇지만 인간의 얼굴에서 모든 행복이 한꺼번에 사라지는 것을 보는 것은 무서운 일이었다.

잠시 침묵이 흘렀다. 영원과도 같은 침묵 속에 바다의 슬픔이 흘러들었다.

드디어 딘이 조용히 말했다.

"네가 나를 사랑하지 않는다는 사실은 이미 알고 있었어. 하지만 전에는 이 결혼에 만족해 했었지. 그런데 이제와서 왜 안 되겠다는 거지?"

그에게는 알 권리가 있었다. 에밀리는 머뭇머뭇 그 믿을 수 없고 말도 안 되는 이야기를 했다.

"…… 아시겠지요?" 그녀는 비참한 목소리로 말을 맺었다. "제가…… 바다를 사이에 두고 그렇게 테디를 부를 수 있다면…… 저는 테디의 것이에요…… 테디는 저를 사랑하지 않고…… 앞으로도 사랑하지 않겠지만…… 그러나 저는 테디의 일부예요…… 오 딘,

그런 얼굴을 하지 말아요…… 어쨌든 이 이야기를 당신에게 하지 않을 수가 없었어요…… 그렇지만 만약 당신이 원한다면…… 당신하고 결혼하겠어요…… 다만 당신이 이 모든 것을 알아야 한다고 생각했어요…… 저 자신이 알고 있는 바를요."

"뉴문의 머리 집안 사람들은 언제나 약속을 잘 지키지. 만약 내가 원한다면 나와 결혼하겠다고? 하지만 그것은 바라지 않아. 나도 너와 마찬가지로 그것이 불가능한 일이라는 것을 잘 알고 있으니까. 다른 남자에게 마음이 가 있는 사람하고는 결혼하지 않겠어."

딘은 자신을 비웃듯이 얼굴을 찡그렸다.

"딘, 저를 용서해 주시겠어요?"

"용서할 건 아무것도 없어. 나는 너를 사랑하지 않을 수 없고, 너는 그를 사랑하지 않을 수 없어. 어쩔 수 없는 일이야. 신도 깨진 달걀을 원래대로 만들 수 있는 힘은 없어. 청춘만이 청춘의 부름에 응답할 수 있다는 것을 알았어야 했는데…… 내게는 단 한 번도 젊음이라는 것이 없었어. 만약 내게 젊음이 있었다면, 비록 지금은 나이들었을지라도 너를 붙잡을 수 있었을 거야."

그는 두 손으로 얼굴을 가렸다. 에밀리는 죽고 싶었다. 그 순간 에밀리에게 죽음은 친절하고 유쾌하며 다정한 친구처럼 생각되었다. 그렇지만 딘이 얼굴을 들었을 때 그의 표정은 바뀌어 있었다. 비웃는 듯하며 냉소에 찬 표정이었다.

"그렇게 비극적인 얼굴을 할 필요는 없어, 에밀리. 요즘에 파혼 같은 것은 대수로운 일이 아니야. 게다가 우리의 결혼은 아무에게도 득이 되지 않는 일이었어. 너의 이모들은 신에게 감사할 것이고, 우리 집안 사람들은 나를 사냥꾼의 올무에서 벗어난 새같이 생각하고 기뻐할 거야. 그렇지만 너에게 그 위험한 염색체를 물려준 스코틀랜드 고지대의 할머니가 그녀의 예지력을 무덤까지 가지고 갔다면 얼마나 좋을까."

에밀리는 두 손으로 현관 기둥을 짚고, 그 위에 머리를 기댔다. 그것을 본 딘의 얼굴이 다시 부드럽게 변했다. 얼굴은 차갑고 창백해 모든 광채와 온기가 사라져 버렸지만.

"에밀리, 나는 네 인생을 너에게 되돌려 준다. 기억나지? 맬번 만의 절벽에서 네 목숨을 구해주었던 날부터 네 인생은 내 것이었어. 그것을 이제 네게 되돌려 준다. 우리는 굳게 약속했었지만 마침내 작별을 고할 때가 온 거야. 이별의 말은 짧게 해다오. '영원한 이별은 모두 갑작스럽게 이루어지는' 것이니까."

에밀리는 돌아서서 딘의 팔을 붙잡았다.

"오, 작별은 아니에요, 딘. 헤어지는 게 아니에요. 여전히 친구로 지낼 수는 없나요? 저는 당신의 우정 없이는 살아갈 수 없어요."

딘은 그녀의 얼굴을 손으로 감쌌다. 한때는 자신의 키스에 붉게 물들기를 꿈꾸었던 얼굴이었다. 그는 에밀리의 차가운 얼굴을 쥐고 진지하고 부드러운 눈길로 들여다봤다.

"우리는 이제 친구가 될 수 없어."

"오, 당신은 저를 잊어버릴 생각이군요."

"죽기 전에는 너를 잊을 수 없을 거야. 스타, 우리는 친구로는 있을 수 없어. 네가 나의 사랑을 거절했을 때 모든 것이 함께 사라진 거야. 나는 여기를 떠날 생각이야. 내가 나이가 들어서…… 정말 늙으면…… 그때는 돌아와서 다시 친구가 될 수 있을지도 모르지."

"저는 결코 저 자신을 용서할 수 없을 거예요."

"다시 한 번 묻지만 왜 그래야 하지? 나는 너를 원망하지 않아……. 오히려 지난 1년 동안 있었던 일에 대해 너에게 감사해. 나에게는 멋진 선물이었어. 그 무엇으로도 이 추억을 내게서 빼앗을 수는 없을 거야. 나는 완벽했던 지난 여름의 행복을 다른 사람들의 일생의 행복과도 바꾸지 않겠어."

에밀리는 결코 그에게 허락하지 않았던 키스를 눈 속에 담아서 그를 바라보았다. 딘이 없는 세상은 얼마나 쓸쓸할까. 그러자 갑자기 몇 년은 늙어버린 것 같았다. 에밀리는 고통에 가득찬 그의 눈망울을 잊을 수 없을 것 같았다.

만약 그가 가버리면 그녀는 결코 자유로워질 수 없을 것이다. 그의 연민에 가득 찬 눈과 그녀가 그에게 범한 잘못에 대한 생각에서 벗어날 수 없을 것이다. 어쩌면 딘은 이것을 알고 있는지도 몰랐다. 그가 돌아갈 때 남긴 웃음 속에는 이를테면 잔인한 승리감이 담겨 있었으니까. 그는 걸어내려가 문 있는 데서 손잡이에 손을 얹고 멈추어 섰다가 방향을 바꿔 다시 돌아왔다.

3

"에밀리, 고백할 게 있어. 너에게 다 털어놓는 게 마음 편할 것 같아. 나는 거짓말을 했어. 추한 거짓말로 너를 속였어. 그래서 네가 나를 떠나게 된 것인지도 모르지."

"거짓말이라구요?

"너의 책 기억하지? 네가 나더러 어떻게 생각하고 있는지 말해 달라고 했던 것 말이야. 나는 진실을 말하지 않았어. 거짓말을 했던 거야. 그것은 훌륭한 작품이었어……. 매우 좋았어. 오, 물론 약간의 단점은 있었지……. 감정이 조금 지나쳤고 구성이 빽빽해서 곁가지를 좀 칠 필요가 있었어. 그러나 훌륭했어. 착상과 전개 방식이 보통 이상이었지. 인물들이 살아있는 매력 넘치는 작품이었어. 자연스럽고 인간적이고 유쾌했지. 이게 내 진심이야."

에밀리는 갑자기 얼굴을 붉히고 그를 빤히 쳐다보며 속삭이듯 말했다.

"좋다고요? 저는 그것을 태워버린걸요."

딘의 눈이 휘둥그레졌다.

"태워버렸다고?"

"다시는 그것을 쓸 수 없을 거예요. 왜 제게 거짓말을 했지요?"

"왜냐하면 그 책이 싫었기 때문이야. 네가 나보다 그 책에 관심이 많았기 때문이지. 결국에 너는 그 책을 펴낼 출판사를 찾아낼 거고, 그 책은 성공을 거둘 테니까. 그러면 나는 네게서 잊혀지고 말 테니까. 이렇게 말로 하고 보니 동기가 더욱 추한 것 같군. 그런데 너는 그것을 태워버렸단 말이지? 정말 너무나 미안하다고 말해도 소용없겠지? 용서를 빌어도 마찬가지일 테고."

에밀리는 정신을 차렸다. 무언가가 일어나서 그녀는 자유로워졌다. 후회나 부끄러움, 슬픔도 없는 완전한 자유였다. 에밀리는 다시금 그녀 자신으로 돌아갔다. 그들 사이의 균형이 평형점을 찾았다.

에밀리는 '이 일에 대해 딘을 원망해서는 안 된다'고 생각했다.

"당신을 용서해요, 딘."

"고마워." 그는 그녀의 뒤편에 서 있는 회색빛 집을 바라보았다.

"이 집은 역시 '실망의 집'으로 남는군. 그것이 이 집의 운명인가 봐. 집도 인간과 마찬가지로 운명을 피할 수 없는 모양이지."

에밀리는 그녀가 사랑하는 조그만 집에서 눈길을 돌렸다. 이제 결코 그녀의 집이 될 수는 없을 것이다. 여전히 한 번도 나타나지 않은 망령에게 시달려야 하리라.

"딘, 열쇠 받으세요."

딘은 고개를 저었다.

"내가 달라고 할 때까지 가지고 있어줘. 내가 가지고 있어 봤자 무슨 소용이 있겠어? 신성모독같이 느껴지지만 집을 팔 수밖에 없겠지."

아직 해야할 일이 남아 있었다. 에밀리는 외면한 채 왼손을 내밀었다. 그녀의 손에 있는 에메랄드 반지를 딘이 빼야 했던 것이다. 그녀는 손에서 반지가 빠져나가는 것을 느꼈다.

이따금 반지는 족쇄처럼 느껴졌지만 막상 영원히 사라졌다고 생각하니 마음이 아팠다. 몇 년 동안 삶을 아름답게 만들어주었던 딘의 우정이, 그와의 동반자적 관계가 반지와 함께 영원히 사라졌으므로. 그녀는 자유라는 것이 그토록 고통스러운 것인지 알지 못했다.

딘이 절름거리며 에밀리에게서 멀어져간 후 에밀리는 집으로 돌아왔다. 그것 말고는 달리 할 일이 없었다. 그녀가 글을 쓸 수 있다는 것을 딘이 인정했다는 엉뚱한 승리의 느낌만 남았을 뿐이다.

4

에밀리와 딘의 약혼이 양쪽 집안을 소란하게 했다면, 파혼은 한층 커다란 파문을 일으켰다. 프리스트 집안에서는 분개하는 한편 기뻐했지만, 일관성 없는 머리 집안에서는 무척 화를 냈다. 엘리자베스 이모는 처음부터 약혼에 찬성하지 않았지만, 파혼은 더더욱 반대였다. 세상에서 어떻게 생각하겠는가 말이다. '스타 집안의 변덕'에 대해 많은 말들이 오갔다.

월리스 삼촌이 비꼬듯이 말했다.

"저 애가 하루 종일 똑같은 마음일 거라고 생각했나요?"

머리 집안 사람들은 저마다 말들을 했지만 그중에서도 앤드루의 말이 에밀리의 상처난 마음을 가장 아프게 찔렀다.

앤드루는 어디서 들은 말을 가지고 "에밀리는 개성이 강하다"고 말했다. 머리 집안 사람의 절반은 말뜻도 제대로 생각해보지 않고 그 말을 따라했다. 에밀리는 "개성이 강하다." 그뿐이었다. 하지만 그 말은 모든 것을 설명해주었다. 그 이후로 그 말이 늘 그녀를 따라다녔다. 그녀가 시를 쓰거나, 다른 사람들은 다 좋아하는 당근 푸딩을 혼자 싫어할 때, 다른 사람들은 다 머리를 올렸는데 그녀 혼자만 내려 빗었을 때, 그녀가 달빛 아래 언덕 길을 홀로 산책할 때, 밤새 잠을 못 잔 얼굴을 하고 있을 때, 망원경으로 별을 관찰할 때,

뉴문의 건초더미 사이를 달빛 아래 홀로 춤추며 돌아다닐 때, 아름다운 것을 보고 눈물을 흘릴 때, 슈루즈베리의 무도회보다 '옛날 과수원'에서 바라보이는 일몰을 더 좋아할 때, 그것은 모두 그녀의 개성 때문이었다.

에밀리는 적의로 가득 찬 세상 속에서 외톨이가 됐다. 아무도, 로라 이모까지도 그녀를 이해해주지 않았다. 일저조차도 그녀에게 조리가 맞지 않는 편지를 써보냈다. 앞뒤 문장이 서로 상충하고 있는 그 편지는 일저가 여전히 에밀리를 사랑하고 있으면서도 다른 사람들처럼 "개성이 강하다"고 생각하고 있음을 보여주고 있었다. 에밀리는 딘과의 파혼소식을 들은 페리 밀러가 곧바로 뉴문으로 와서 다시금 자신에게 청혼한 사실을 일저가 알고 있으리라 짐작했다. 에밀리는 페리를 매몰차게 내쳐서 페리로 하여금 다시는 이 거만한 원숭이——에밀리——와 상대하지 않겠다고 맹세하게 했다. 그러나 그는 전에도 여러 번 같은 맹세를 한 바 있었다.

봄날의 기적

1

5월 4일

일기를 쓰고 있는 새벽 1시라는 시간은 다소 비현실적인 느낌을 준다. 뜬눈으로 밤을 지새는 중이다. 잠도 오지 않았고 침대에 누워 어둡고 불쾌한 공상을 하는 것도 지겨워서 촛불을 켜고 일어났다. 그리고 옛날 '지미 북'을 꺼내 '계속 써나가기로' 했다.

나는 내 책을 불사르고 계단에서 미끄러져 떨어져서 죽다시피 한 뒤로 일기를 쓰지 않았다. 정신이 들고 보니 모든 것이 변하고, 모든 것이 새로워져 있었다. 그리고 모든 것이 낯설고 두려웠다. 마치 한평생이 지나버린 듯했다. '지미 북'의 페이지를 넘기며 즐겁고 가벼운 마음으로 쓴 글들을 읽으면서 정말 이것이 내가 쓴 글인지 의아한 생각이 든다. 정말 이 에밀리 버드 스타가 쓴 것일까.

행복할 때 밤은 아름답다. 고민에 잠겨 있을 때 밤은 위로가 된다. 하지만 쓸쓸하고 불행할 때의 밤은 끔찍하다. 오늘 밤 나는 굉장히 쓸쓸하다. 비참한 생각이 나를 짓누른다. 나는 어떠한 감정도

중도에 멈출 수 없다. 외로움에 사로잡힐 때에는 외로움의 감정이 내 몸과 마음을 온통 지배해 힘과 용기가 모두 빠져나갈 때까지 고통 속에서 나를 쥐어짠다. 오늘 밤 나는 쓸쓸하다. 사랑은 오지 않고, 우정은 사라졌으며, 무엇보다 견딜 수 없는 것은 내가 글을 쓸 수 없다는 것이다. 몇 번이고 다시 써보려고 했지만 안 된다. 예전의 창작열은 하얗게 재가 되고 다시 불붙지 않는다. 밤 내내 작품을 쓰려고 해보았지만 소설 속의 인물은 줄을 매달아 조종하는 꼭두각시 인형 같기만 하다. 결국 원고를 잘게 찢어버리고 말았다. 그것이 가장 쓸모 있는 일이었으리라.

지난 몇 주일 동안은 괴로운 나날의 연속이었다. 딘은 어디인지 모를 곳으로 사라져 버렸다. 편지도 오지 않았다. 앞으로도 오지 않을 것이다. 여행중인 딘에게서 편지가 오지 않는 것은 이상하고 부자연스러운 일이다.

그렇지만 다시 한 번 자유로워지는 것은 대단히 즐거운 일이기도 하다.

일저에게서 편지가 왔는데 7월이나 8월에 돌아온다고 했다. 그리고 테디도 돌아올 것이라고. 아마 이것이 내가 밤에 잠들지 못하는 원인일 것이다. 테디가 오기 전에 도망쳐 버리고 싶다.

나는 플레비안호가 침몰한 뒤에 그가 보낸 편지에 답장을 쓰지 않았다. 아니, 쓸 수가 없었다. 그 일에 대해서는 쓸 수가 없었다. 그가 돌아와서 그 일에 대해 이야기한다면 견딜 수 없을 것이다. 그는 내가 그를 사랑하기 때문에 시공을 초월해서 그를 구할 수 있었다고 생각할까? 그 일을 생각하면 부끄러워 죽고 싶은 마음뿐이다. 켄트 부인에게 한 말을 생각하면 몸 둘 바를 모르겠다. 하지만 어쩐지 말하기를 잘한 것 같기도 하다. 그 말에 깃든 정직성에 위안을 받는다. 켄트 부인이 테디에게 그 얘기를 하지는 않을 거라고 생각한다. 부인은 할 수만 있으면 내가 그를 사랑하는 것을 그가 알지 못하게 할 것이다.

하지만 이 여름을 어떻게 보낼 것인가?

때로는 인생이 몹시 싫어진다. 그런가 하면 인생이 얼마나 아름다운지 혹은 아름다울 것인지에 대한 깨달음과 함께 인생을 뜨겁게 사랑하게 되기도 한다.

딘은 여행을 떠나기 전에 '실망의 집' 창문을 전부 판자로 막아놓았다. 나는 그 집을 보러 가지는 않았지만 말도 못하고 눈도 가리워진 그 집이 언덕 위에서 기다리고 있는 것을 알고 있다. 엘리자베스 이모는 나에게 제정신이 아니라고 했지만 나는 그 집에서 내 물건을 꺼내지 않았다.

딘도 마찬가지였다. 우리는 어떤 물건도 손대지 않고 그대로 두었다. 모나리자는 여전히 어둠 속에서 비웃는 듯한 웃음을 띠고 있을 것이고, 엘리자베스 바스는 개성이 강한 바보들을 경멸적이면서도 관대한 눈길로 보아줄 것이다. 그리고 지오반나 부인은 모든 것을 이해해줄 것이다. 나의 사랑하는 작은 집이여! 하지만 그곳은 결코 가정이 될 수 없을 것이다. 몇 년 전에 무지개 뒤를 쫓다가 놓쳤을 때와 똑같은 느낌이 든다. 그때 나는 또 다른 무지개가 있을 거라고 말했었다. 그러나 과연 그럴까?

2

5월 15일

시적인 봄날이다. 오늘 기적이 일어났다. 기적은 내가 창에 몸을 기대고 '키다리 존의 숲'에서 불어오는 바람 소리에 귀기울이고 있던 새벽에 일어났다. 갑자기 몇 달 동안 보이지 않던 '번뜩임'이 나타난 것이다. 내게 영원을 살짝 열어 보여주는 불가사의한 빛이 다시 돌아왔다. 별안간 나는 내가 글을 쓸 수 있다는 것을 깨달았다. 나는 책상으로 달려가서 펜을 잡았다. 새벽 내내 글을 썼다. 그리고

지미가 아래로 내려가는 소리를 듣고서야 펜대를 놓고 책상 위에 엎
드려 다시 글을 쓸 수 있게 된 것에 감사했다.

일할 수 있는 것은
이 세상에 주어진 최상의 특권
인간의 축복보다 하느님의 저주에
더 좋은 선물이 들어 있다

엘리자베스 바레트 브라우닝은 이렇게 쓰고 있다. 맞는 말이다.
강제로 하는 노동이 얼마나 고통스러운지에 생각이 미치기 전에는
노동이 왜 저주라고 하는지 이해하기 어렵다. 그러나 적성에 맞는
일은, 그것을 위해 이 세상에 보내진 것이라고 생각되는 그 일은 정
말 축복이요 기쁨이다. 손끝에서 지난날의 불이 타오를 때 나는 펜
이 친구처럼 여겨졌다.

누구든지 원하는 만큼 일할 수 있다고 생각한다. 그렇지만 가끔
고통과 상심으로 일을 못하게 되는 경우가 있다. 그때 우리는 우리
가 잃은 것이 무엇인지를 알게 되고, 하느님에게 완전히 잊혀지는
것보다는 하느님의 저주를 받는 편이 낫다는 것을 알게 된다. 만약
하느님이 아담과 이브에게 게으름이라는 벌을 주었다면, 그때야말로
그들은 버림받고 저주받은 자가 된다. '네 개의 큰 강이 흐르는' 에
덴도 내가 오늘 밤 꾼 꿈만큼은 즐겁지 않으리라. 왜냐하면 내게 일
할 힘이 되돌아왔기 때문이다.

오, 하느님, 살아 있는 동안 제게 일을 허락해 주십시오.

3

5월 25일
사랑스런 햇빛이여, 그대는 얼마나 강력한 치유제인가. 하루 종일

나는 하얀 신부 같은 세계의 아름다움 속에서 기뻐했다. 그리고 오늘 황혼녘에 봄의 대기 속에서 내 영혼의 먼지를 씻어냈다. 산 위의 언덕길을 걸으며 몇 분마다 날개 달린 정령처럼 내게 다가오는 몇 가지 생각과 공상을 음미하기 위해 발길을 멈추었다. 그리고 별을 관찰하기 위해 망원경을 들고 밤늦도록 산과 들판을 돌아 다녔다. 집에 돌아왔을 때는 공중에서 몇백 마일이나 여행한 기분이 들면서 잠시 주변의 낯익은 사물이 모두 잊혀지고 낯설게 보였다.

그렇지만 내가 아직 보지 못한 별이 하나 있다. 리라자리의 베가이다.

4

5월 30일

저녁때 열심히 작품을 쓰고 있는데 엘리자베스 이모가 양파밭의 잡초를 뽑으라고 했다. 그래서 펜을 놓고 부엌 뒤편 뜰로 나갔다. 그런데 고맙게도 인간은 양파밭에서 잡초를 뽑으면서도 멋진 일을 생각할 수 있었다. 하느님께 영광을! 우리 손이 하는 일에 반드시 혼을 집중하지 않아도 된다는 것은 축복이다. 하느님께 찬미를! 만약 그렇지 않다면 혼 같은 것은 남아나지 않을 것이기에. 나는 양파밭의 잡초를 뽑으며 상상 속에서 은하수를 산책했다.

5

6월 10일

어젯밤 지미와 나는 마치 사람을 죽인 듯한 기분이 들었다. 그것도 갓난아기를!

올봄은 단풍나무가 열매를 맺는 해이다. 단풍나무는 모두 훌륭하게 성장했는데, 잔디밭이나 정원 또는 과수원 등에 자라고 있는 수백 그루의 작은 단풍나무는 모두 뽑아버려야만 했다. 더 이상 키워

봤자 소용없는 것들이었기에. 그래서 어제 하루 종일 그것들을 뽑았는데, 몹시 미안한 생각이 들었다. 작고 귀여운 어린 나무들이었다. 그들도 성장할 권리가, 크고 훌륭한 나무로 자라날 권리가 있었다. 우리가 도대체 누구기에 이것을 막는다 말인가? 어쩔 수 없이 해야 하는 이 잔인한 일로 울고 있는 지미를 발견했다. 그가 속삭였다. "성장을 방해하는 그 어떤 것도 잘못이라고 생각해. 나는 다 자라지 못했어. 내 머리 말이야."

그리고 어젯밤 나는 몇천 그루의 작은 단풍나무 유령에게 쫓기는 꿈을 꾸었다. 그 작은 나무들은 나를 둘러싸고 가지로 나를 두드리고 잎으로 내 목을 졸랐다. 나는 숨이 막혀 죽을 것 같은 두려움 속에서 눈을 떴는데, 문득 머릿속에 훌륭한 글감이 떠올랐다. '나무의 복수'였다.

6

6월 15일

오후에 달콤한 냄새가 바람에 실려오는 블레어워터 연못가에서 딸기를 땄다. 나는 딸기 따는 일을 좋아한다. 이 일에는 영원한 젊음의 그 무엇이 느껴진다. 올림포스 산 위의 신들도 위엄을 잃는 일 없이 딸기를 땄을 것이다. 여왕도 시인도 딸기를 따기 위해 몸을 구부렸을 것이다. 거지에게도 딸기를 따는 특권이 주어졌을 것이다.

오늘 밤 나는 정든 내 방의 조그마한 창문 앞에서 좋아하는 책과 그림을 보며 여름 황혼의 부드러운 향기 속에서 꿈을 꾸었다. '키다리 존의 숲'에서는 울새가 재잘거리고 포플러나무는 잊혀진 옛일들을 속삭이고 있었다.

결국 이 세상은 나쁘지 않았다. 그리고 그 속에 사는 사람들도 나쁘지 않다. 에밀리 버드 스타도 대체로 올바르게 살고 있다.

그녀는 밤중에 생각하는 것처럼 허위스럽고 변덕스러우며 감사할

줄 모르고 비뚤어진 존재도 아니고, 잠 못 드는 밤에 생각되는 것처럼 친구들에게서 잊혀진 소녀도 아니며, 세 개의 원고가 연거푸 거절당한 날 느꼈던 것처럼 불쌍한 패배자도 아니다. 그리고 7월에 프레드릭 켄트가 블레어워터에 온다는 것을 생각할 때의 느낌처럼 비겁한 사람도 아니다.

휘파람을 불면

1

에밀리는 그녀의 방 창가에서 시를 읽고 있었다. 앨리스 메이넬이 쓴 이상한 시로 '어린 소녀가 노년의 자신에게 보내는 편지'라는 제목이었다. 시 속의 신비한 예언에 도취되어 있는데 그 소리가 들려왔다. 높게 두 번 낮게 한 번, 그것은 테디의 휘파람 소리였다. 휘파람 소리는 '키다리 존의 숲' 쪽에서 땅거미 지는 뉴문의 뜰로 날아들었다. 예전의 황혼녘에 그녀를 불러내곤 하던 그 휘파람 소리였다.

시집이 바닥으로 굴러 떨어졌다. 그녀는 창백한 얼굴로 일어서서 눈을 크게 뜨고 어둠 속을 응시했다. 테디가 거기 있을까. 일저는 그날 밤 오기로 돼 있었지만 테디는 다음 주나 되어야 돌아올 예정이었다. 그녀가 착각한 것일까? 그녀의 공상일까? 어쩌면 울새의 울음소리인지도 몰랐다.

다시 소리가 들려왔다. 처음에 생각했던 대로 그것은 테디의 휘파람 소리였다. 이 세상에 그런 소리는 하나밖에 없었다. 너무나 오랫만에 듣는 소리였다. 그가 바깥에서 그녀를 부르며 기다리고 있었다. 나갈까? 그녀는 웃음이 났다. 나가야 하느냐고? 선택의 여지가 없었다. 나가야 했다. 자존심도 그녀를 막을 수는 없었다. 기다리던 그의 휘파람 소리를 끝내 들을 수 없어 마음 괴로웠던 밤의 기억도 그녀의 잰 걸음을 막을 수는 없었다. 두려움도 수치도 그 순간의 미칠 듯한 기쁨 속에서 모두 잊혀졌다. 그녀는 자신이 긍지 높은 머리 집안의 한 사람이라는 것도 잊고, 힐끗 거울을 들여다 보고는 상아색 크레이프 드레스가 잘 어울려서 다행이라고만 생각하며 계단을 뛰어 내려가 뜰로 나섰다. 테디는 '키다리 존의 숲'으로 향한 길가에서 저녁 햇빛을 받으며 모자도 쓰지 않은 채 웃고 있었다.

"테디!"
"에밀리!"

그는 그녀의 손을 쥐었다. 그녀의 눈이 그의 눈 속으로 녹아 들어갔다. 청춘이 되돌아왔다. 전에 모든 것을 마법으로 바꾸었던 그것이 다시 돌아왔다. 오랫동안의 이별 끝에 다시 함께 있게 되었다. 부끄럽거나 어색하거나 변화를 두려워하는 감정 따위는 더 이상 없었다. 그들은 다시 어린 시절로 돌아간 듯했다. 그러나 어린아이라면 이 미친 듯 끓어오르는 행복감은 느낄 수 없을 것이다. 아, 그녀는 그의 것이었다. 말 한마디, 눈빛과 억양에서 그는 이전과 같이 그녀의 주인이었다. 냉정하게 생각할 때 이렇게 무기력하게 지배당하는 것이 마음에 들지 않더라도 그런 것이 무슨 문제란 말인가? 이렇게 주저없이 열정적으로 그를 맞기 위해 달려나간 것을 내일이면 후회한다 해도 그게 어떻단 말인가? 오늘 밤에는 테디가 돌아왔다는 것만이 중요했다. 다른 것은 아무래도 좋았다.

그러나 외견상 그들은 연인으로 만나고 있는 것이 아니었다. 정다운 옛 친구로서 만나고 있을 뿐이었다. 할 말도, 조용히 음미할 것도 많았다. 뜰을 거니는 그들 머리 위로 웃고 있는 밤하늘의 별들이 끊임없이 무언가를 암시하는 듯했다.
 단지 그 한 가지만은 서로 이야기를 꺼내지 않고 있었다. 에밀리는 그 얘기가 나올까봐 두려웠지만 테디는 런던의 대합실에서 본 신비한 환영에 대해 언급하지 않았다. 마치 그런 일은 없었던 것처럼. 그렇지만 에밀리는 오랫동안 서로 오해하고 있던 두 사람을 다시 가깝게 만들어준 것이 그 일이라는 것을 알고 있었다. 그 일을 입밖에 내지 않는 편이 좋다. 그것은 불가사의의 하나, 신들의 비밀 가운데 하나였다. 지나간 신비는 잊는 것이 좋다. 그러나 우리 인간이란 얼마나 불가해한 존재인가! 에밀리는 테디가 그 일에 대해 아무 말도 하지 않자 이상하게도 실망스러웠다. 분명 에밀리는 그가 그 얘기를 꺼내는 것을 원치 않았다. 그러나 그 일이 그에게 어떤 의미가 있다면 그것을 얘기하는 것이 옳지 않은가?
 "다시 이곳을 보게 되어 기뻐. 이곳에서는 아무것도 변한 것이 없는 것 같아. 이 에덴 동산은 시간이 멈춰 있어. 저것 좀 봐, 에밀리. 리라자리의 베가가 어쩌면 저렇게 아름다울까. 우리의 별 잊었어?" 테디가 말했다.
 잊었느냐고? 얼마나 잊으려 애를 썼는데……
 "모두들 네가 딘 아저씨하고 결혼한다고 말하던데……?" 테디가 불쑥 물었다.
 "그럴 생각이었지만 그럴 수 없었어."
 "왜?" 테디는 당연히 질문할 권리가 있다는 듯이 물었다.
 "그를 사랑하지 않기 때문이야." 에밀리가 대답했다.
 테디는 웃었다. 옆에 있는 사람이 따라 웃고 싶어지는 웃음이었다. 웃을 때는 안전하다. 사람은 자기 감정을 내비치지 않고 웃을 수 있기 때문이다. 일저가 왔다. 그녀는 길을 달려 내려왔다. 머리색과 똑같은 노란 드레스를 입고 눈동자 색과 똑같은 황갈색 모자를 쓴 일저의 모습은 뜰에 핀 커다란 황금장미를 연상시켰다.

에밀리는 일저의 출현을 다행스럽게 여겼다. 자칫 심란한 순간이 될 수도 있었기 때문이다. 어떤 것들은 말로 표현하기 어렵다. 에밀리는 뉴문의 머리 집안 사람으로 돌아가 거의 새침한 태도로 테디에게서 떨어져나왔다. 일저가 두 팔을 벌려 그들을 감싸안으며 말했다. "사랑하는 친구들, 우리가 다시 이곳에 모이다니 정말 멋진 일이야! 얼마나 보고 싶었는지 몰라. 이번 여름에는 우리가 성인이며 현명하고 불행하다는 것은 다 잊고 다시 자유롭고 행복한 어린아이가 되자."

2

멋진 한 달이 이어졌다. 아름다운 장미, 은은하게 피어오르는 아지랑이, 은빛으로 충만한 달빛, 잊지 못할 자수정빛 땅거미, 군대가 행진하는 것 같은 빗소리, 나팔을 부는 듯한 바람소리, 보랏빛 꽃들과 별무리, 신비와 음악과 마법으로 가득한 한 달이었다. 웃음과 춤과 기쁨이 넘치는 한 달이었다. 그러면서도 이야기된 것은 아무것도 없었다. 에밀리와 테디가 단둘이 있게 되는 경우도 거의 없었다. 그러나 그들은 느낄 수 있었고 알 수 있었다. 에밀리는 행복으로 빛났다. 로라 이모가 걱정하던 불안정한 태도는 말끔이 사라져버렸다. 인생이 즐거웠다. 우정과 사랑, 감각의 기쁨과 영혼의 기쁨, 슬픔, 아름다움, 성취, 실패, 그리움의 모든 것이 인생의 일부였고, 따라서 흥미로웠고 바람직했다.

매일 아침 잠에서 깨어나면 행복을 가져다 주는 요정 같은 새날이 에밀리를 맞았다. 잠시나마 야심도 잊혀졌다. 성공과 힘과 명예 같은 것은 그것을 원하는 사람으로 하여금 값을 치르고 사게 하면 된다. 하지만 사랑은 사고팔 수 있는 것이 아니다. 그것은 선물이다.

이제는 불타버린 책의 기억조차 마음을 아프게 하지 않았다. 삶의 열정이 가득한 이 거대한 우주 안에서 책 한 권은 아무것도 아니었다. 불꽃이 튀고 맥박이 뛰는 현재의 실존에 비하면 소설 속의 세계는 너무나 희미하고 보잘것 없었다. 그리고 과연 누가 월계관을 원한단 말인가? 주황색 꽃송이가 월계관보다 아름다운 것을! 어떤 별이 리라자리의 베가보다 밝고 매혹적일 것인가! 이 모든 것은 다시 말해 이 세상이나 다른 세상에서 테디 켄트보다 더 중요한 것은 아무것도 없음을 의미했다.

3

"만일 내게 꼬리가 있다면 그것을 채찍처럼 휘두를 텐데"라고 일저가 신음 섞인 목소리로 말했다. 그녀는 에밀리의 침대 위에 털썩 누우며 에밀리가 소중히 여기는 책을 방 저쪽으로 집어던졌다. 고등학교 시절에 테디가 선물한 《루바이야트》였다. 낡은 책은 표지가 떨어져 나가면서 낱장으로 흩어졌다. 에밀리는 기분이 언짢았다.
"울 수도, 기도할 수도, 욕을 할 수도 없는 상태에 빠져본 적 있어?"
일저가 물었다.
에밀리는 냉담하게 대답했다. "응, 가끔. 그렇지만 누구의 머리를 물으면 물었지 죄 없는 책에 분풀이를 하진 않아."
"마침 물어뜯을 머리가 없었어. 하지만 같은 효과를 얻을 수 있는 일을 했지." 일저는 이렇게 말하고 곱지 않은 눈길로 에밀리의 책상 위에 놓인 페리 밀러의 사진을 봤다.
에밀리의 시선도 그쪽을 향했다. 사진을 본 그녀의 얼굴이 일저의 표현에 의하면 머리식이 됐다. 사진 속 페리의 눈에 구멍이 뚫려 있었기 때문이다.
에밀리는 화가 났다. 페리는 이 사진을 무척 좋아했었다. 이것은 그가 처음으로 찍은 사진이다. 페리는 "지금까지는 사진을 찍을 만한 여유가 없었어"라고 솔직하게 말했었다. 사진 속의 페리는 매우 잘생겨보였다. 구불구불한 머리를 멋지게 빗어넘겨 조금은 공격적으로 보이긴 했지만 꽉 다문 입술과 턱 선이 살아있었다. 엘리자베스 이모는 그 사진을 보고 이렇게 훌륭한 청년을 어째서 고양이처럼 취급했는지 모르겠다고 마음속으로 후회했다. 로라 이모는 감상적인 눈물을 훔치며 에밀리와 페리가 결혼하면 좋을 것이라고 생각했다. 어쨌든 집안에 변호사가 한 명 있으면 좋을 것이고, 변호사는 목사와 의사 다음으로 괜찮은 직업이 아닌가.

페리는 에밀리에게 다시 청혼함으로써 오히려 일을 망쳐버렸다. 페리 밀러로서는 자신이 원하는 것을 가질 수 없다는 사실을 받아들이기가 힘들었다. 그는 늘 에밀리를 원해왔다.

"나는 세상에서 인정받기 시작했어. 매년 승진도 할 거야. 왜 나를 남편으로 맞아들일 수 없는 거지, 에밀리?" 그는 자랑스럽게 말했다.

"이것이 결심의 문제라고 생각해?" 에밀리가 비꼬듯 물었다.

"물론이지. 그게 아니라면 뭐겠어?"

"들어봐, 페리. 너는 좋은 친구야. 나는 너를 좋아해……. 앞으로도 좋아할 거야. 그렇지만 나는 이 말도 안 되는 일에 지쳤어. 만약 결혼해 달라는 소리를 한 번만 더 하면, 내가 살아있는 동안 너와 다시 말하는 일은 없을 거야. 네가 굳이 결심을 해야겠다면…… 우정과 절교 중에 어떤 것을 택할지 결심하도록 해." 에밀리가 단호하게 말했다.

"그래 좋아." 페리는 어깨를 으쓱했다. 그는 에밀리를 쫓아다니다가 퇴짜만 맞는 일은 이제 그만두어야겠다고 결심했다. 늘 거절만 당하는 청혼자에게 10년이란 긴 세월이었다. 어쨌든 다른 여자들도 얼마든지 많지 않은가. 어쩌면 그가 실수한 것인지도 모른다. 한 사람에게 너무 오랫동안 고집스럽게 순정을 바쳐왔다. 테디 켄트처럼 뜨거워졌다식었다 하며 기분내키는 대로 구애를 했으면 더 나았을

지도 몰랐다. 여자란 그런 것이다. 그렇지만 페리는 그런 말은 하지 않았다. 그는 이렇게 말했다.

"네가 그런 눈으로 날 보지만 않았어도 네 뒤를 쫓아다니는 일은 없었을 거야. 어쨌든 너에 대한 사랑이 아니었다면 나는 여기까지 오지 못했을 거야. 어느 곳의 하찮은 심부름꾼이나 항구의 어부로 끝났을지도 몰라. 나는 네가 나를 믿고 도와주고 엘리자베스 이모 앞에서도 날 변호해준 것을 잊지 않고 있어." 페리의 잘 생긴 얼굴이 갑자기 빨개지면서 목소리가 약간 떨려나왔다. "요 몇년 동안 너에 대한 꿈을 꿀 수 있어서 정말 좋았어. 이제는 그만둘 때가 된 거겠지. 매달려도 소용없다는 것을 알아. 하지만 우정까지 거두어가지는 말아줘, 에밀리."

"그러지 않을게." 에밀리는 충동적으로 두 손을 내밀었다. "페리, 너는 훌륭해. 네가 잘해나가고 있어서 자랑스러워."

그때의 일이 아직 머릿속에 생생한데 그때 그가 준 사진이 엉망이 돼버린 것이다. 그녀는 일저를 노려보았다. 그 눈길 속에 폭풍이 일고 있었다.

"일저 번리, 어떻게 이런 일을 할 수 있지?"

"그렇게 봐도 소용없어. 그런다고 내가 달라지지는 않을 거니까. 그 사진을 더 이상 보고 있을 수 없었어. 게다가 스토브파이프타운이 배경인걸." 일저가 되쏘았다.

"네가 한 짓은 스토브파이프타운에 맞먹는 짓이야."

"그가 자초한 일이야. 그곳에 앉아서 '나좀 봐. 나는 성공한 사람이라구' 하는 것 같잖아. 그 으스대는 눈을 도려내는 것만큼 만족스러운 일은 없어. 2초만 더 보았어도 나는 머리를 짓찧으며 악을 썼을 거야. 페리 밀러는 정말 싫어! 허파에 바람이 잔뜩 들었어."

"그를 사랑한다고 말했던 것으로 기억하는데?" 에밀리가 직설적으로 물었다.

"마찬가지야. 에밀리, 나는 어째서 페리에 대한 생각을 떨쳐버리지 못하는 걸까? 감정에 대해 말하는 것은 구시대적이야. 나에게 감정 따위는 없어. 나는 그를 사랑하지 않아. 그를 증오해. 하지만 그를 생각하지 않을 수 없어. 달에다 대고 고함이라도 치고 싶은 심정이야. 하지만 그의 눈을 도려낸 진짜 이유는 그가 보수적이라는 거야." 일저가 우울하게 대답했다.

"너도 보수적이잖아."

"맞는 말이지만 그게 중요한 건 아니야. 나는 변절자를 싫어해. 나는 헨리 8세를 결코 용서 못해. 그가 신교도이기 때문이 아니라 변절자이기 때문이야. 페리는 레너드 아벨과 동업을 하려고 자기 원칙을 바꿨어. 스토브파이프타운 사람다워. 아, 그는 판사가 될 거야. 그리고 부자가 되겠지. 그에게 100개의 눈이 있어서 그 눈을 다 파버릴 수만 있다면! 요즘 같아서는 루크레시아 보르지아와도 친구가 될 수 있을 것 같아."

"예술을 위해 한 일로 사랑받는 그 훌륭하면서도 약간은 어리석은 부인 말이지?"

"오, 겉치레를 좋아하는 현대인들은 역사의 현장에서 흥미진진한 대목을 빼버렸다니까. 그렇지만 루크레시아와 윌리엄 텔에 대한 내 생각은 변함없어. 그 사진 좀 안 보이는 곳에 치워줄래?"

에밀리는 사진을 서랍 속에 넣었다. 분노는 사라졌다. 그녀는 이해했다. 적어도 일저가 눈을 오려낸 이유는 이해가 되었다. 일저가 페리 밀러를 사랑할 수밖에 없는 것은 좀더 이해하기 힘들었다. 그러나 그녀의 마음속에는 자신을 사랑하지도 않는 남자에 대한 사랑으로 괴로워하는 일저에 대한 연민이 움텄다.

"이것으로 그를 잊을 수 있을 거야." 일저가 거칠게 말했다. "나는 변절자는 사랑할 수 없어. 사랑하지 않을 거야. 그는 눈먼 박쥐고 타고난 바보야! 페리와는 이제 끝났어. 에밀리, 나는 어째서 네가 미워지지 않는 걸까? 너는 내가 그토록 원하는 사람을 경멸조로 내쳤는데도 말이지. 너는 정말이지 얼음장 같아. 도대체 펜 말고 사랑해본 것이 있기나 있는 거니?

"페리는 진정으로 나를 사랑한 적이 없었어. 사랑한다고 상상했을 뿐이지." 에밀리는 질문을 피했다.

"나라면 그가 나를 좋아한다고 상상하는 것만으로도 만족할 거야. 오, 아무런 부끄러움도 없이 이런 말을 하다니! 하지만 내가 터놓고 이런 얘기를 할 수 있는 사람은 이 세상에 오직 너뿐이야. 그래서 너를 미워할 수 없는 건지도 모르지. 단언하건대 나는 스스로 생각하는 것만큼 불행하지는 않을 거야. 앞으로 무엇이 기다리고 있는지는 아무도 모르는 일이니까. 그의 눈을 파버린 것처럼 내 인생에서 페리 밀러를 파내버릴 생각이야." 거기서 갑자기 일저의 어조와 자세가 바뀌었다. "올여름에는 전보다 더 테디 켄트가 좋아졌어. 그것 알고 있니?"

"오." 이 한 마디에는 많은 것이 담겨 있었지만 일저는 눈치채지 못했다.

"그래, 정말 매력 있어. 유럽에서의 몇 년이 그에게 어떤 영향을 미친 것 같아. 이기적인 면을 보다 잘 감출 수 있게 되었다고나 할까."

"테디 켄트는 이기적이지 않아. 어째서 그가 이기적이라는 거지? 어머니한테도 얼마나 잘하는데."

"그것은 그의 어머니가 그를 숭배하고 있어서 그래. 테디는 숭배받는 것을 좋아해. 누구와도 사랑에 빠진 적이 없는 것도 그 때문이지. 그리고 여자들이 정신 없이 쫓아다니기 때문이기도 하고. 몬트리올에서는 기분이 나쁠 정도였어. 모두 입을 헤벌리고 그의 시중을 들고 있었어. 나는 차라리 남장을 하고서라도 여자라는 것을 숨기고 싶을 정도였어. 유럽에서도 마찬가지였을 거야. 어떤 남자라도 6년 동안이나 그런 생활을 하면 버릇없고 잘난 척하게 되기 마련이지. 우리하고 있을 때는 괜찮아. 우리는 그를 속속들이 알고 있는 옛 친구들이고 허튼 짓은 용납하지 않는다는 것을 알고 있을 테니까. 하지만 나는 그가 여자들에게서 선물을 받고, 멋진 웃음으로 보답하는 것을 봤어. 그는 모든 여자들에게 그들이 듣고 싶어할 것 같은 말을 하지. 그럴 때 나는 그가 새벽 3시에 잠을 깰 때마다 그의 머리에 떠오를 만한 말을 해주고 싶었어."

해가 '환희의 산' 뒤쪽 보랏빛 구름 뒤로 숨었다. 추위와 그늘이 이슬에 젖은 클로버 들판과 뉴문을 덮었다. 작은 방은 어두워지고 '키다리 존의 숲' 사이로 보이는 블레어워터 연못은 갑자기 어두운 잿빛을 띠었다.

에밀리의 밤은 엉망진창이 됐다. 그러나 그녀는 일저가 많은 일에 대해 잘못 알고 있음을 알았다. 그리고 한 가지 위안도 있었다. 그녀의 비밀이 잘 지켜지고 있다는 점이다. 일저조차 알아차리지 못했을 정도이니까. 그것은 머리 집안의 기질과 스타 집안의 기질에 꼭 맞는 행동이었다.

4

그녀는 오래도록 창가에 앉아 밤의 어둠 속을 바라보고 있었다. 달이 떠오르면서 어둠 속에 은빛이 번져갔다. 그래, 여자들이 테디를 '쫓아다녔다'는 말이지? 에밀리는 테디가 '키다리 존의 숲'에서 그녀를 부를 때 그렇게 빨리 달려가지 말걸 그랬다고 생각했다. '오, 휘파람을 불면 금방이라도 달려갈 텐데'라는 것은 노래에나 나오는 말이다. 하지만 우리는 스코틀랜드 민요 속에 살고 있는 것은 아니니까. 그리고 일저의 목소리의 변화는? 그 목소리에는 은밀한 무엇이 느껴졌다. 혹시 일저가? 오늘 밤 일저는 얼마나 예뻤던가.

자잘한 금빛 나비들을 뿌려놓은 듯한 소매 없는 초록 드레스에 초록 뱀같이 목을 휘감고 내려와 허리까지 늘어진 초록 목걸이, 금빛 버클이 달린 초록 구두. 일저는 언제나 사치스러운 구두를 신었다. 혹시 일저가? 만약 그렇다면?

　아침 식사 뒤에 로라 이모는 에밀리에게 무슨 걱정거리가 있는 모양이라고 지미에게 말했다.

세상에 늘 새벽만이 있기를

1

"일찍 일어나는 새는…… 그 마음이 원하는 바를 얻는다."

블레어워터 연못가의 비단결 같은 긴 연녹색 풀밭 위를 미끄러져 내려온 테디가 에밀리 옆에 앉으며 말했다. 그가 소리없이 나타났기 때문에 에밀리는 갑자기 그 모습을 발견하고 얼굴을 붉혔다. 에밀리는 테디에게 이 모습을 들키고 싶지 않았다. 아침 일찍 일어난 그녀는 새벽의 신비를 보고 싶은 갑작스런 충동에 사로잡혀 뉴문의 계단을 내려와 뜰을 지나서 '키다리 존의 숲'을 빠져 블레어워터 연못으로 나왔다. 테디도 산책하고 있으리라고는 꿈에도 생각지 않았다.

"나는 가끔 이곳으로 해돋이를 보러 와. 단 몇 분 동안만이라도 혼자 있을 수 있는 것은 이때뿐이지. 오후 시간과 저녁때는 시끌벅적하고 오전 중에는 어머니가 놓아주려 하지 않으니까. 6년 동안이나 혼자 외롭게 지내셨으니 무리도 아니야."

"너의 소중한 고독을 방해해서 미안하구나." 에밀리는 어색한 태도로 말했다. 그의 생활 습관을 알고 있어서 일부러 그를 만나러 나온 것처럼 여겨질까봐 두려웠다.

테디는 웃었다.

"뉴문식 예절은 그만둬, 에밀리 버드 스타. 이곳에서 너를 만난 것이 이 아침에 내게 일어난 일 중 가장 좋은 일이라는 것을 너도 잘 알고 있을 테니까. 이런 일이 있기를 늘 고대해왔어. 마침 이렇게 만났으니 여기 앉아서 함께 꿈을 꾸자구나. 하느님이 우리를 위해 이 아침을 만드신 거야. 우리 두 사람을 위해. 말소리만으로도 이 순간을 망칠 수 있어."

에밀리는 묵묵히 그의 말에 따랐다. 테디와 함께 블레어워터 연못가에 앉아 산호색 하늘 아래 꿈을 꿀 수 있다는 것은 얼마나 즐거운 일인가. 자유롭고 달콤하고 비밀스럽고 잊혀지지 않는 어리석은 꿈을. 모든 것이 잠들어 있는 이때 테디와 단둘이 이곳에 있는 것은 얼마나 아늑한가. 오, 이 순간이 영원히 지속될 수 있다면! 그녀의 머릿속에 마저리 픽트홀의 시구가 음악처럼 떠올랐다.

"오, 세상에 늘 새벽만이 있기를."

그녀는 기도하듯이 이 말을 입 속에서 되뇌었다.

해뜨기 전 이 마법의 순간에는 모든 것이 아름다웠다. 연못가의 파란 붓꽃, 언덕 밑의 보랏빛 그림자, 연못 저편 금잔화 골짜기를 휘감은 하얀 안개, 금빛 은빛의 데이지 들판, 서늘하고 향기로운 항만의 바람, 항만 저편 먼 육지의 푸르스름한 빛, 어부들이 일찍 일어나는 스토브파이프타운의 연통에서 피어오르는 금빛 연기. 그리고 그녀의 발치에는 테디가 깍지 낀 두 손 위에 머리를 올려놓고 누워 있다. 또다시 그녀는 그에게서 거부할 수 없는 매력을 느꼈다. 그 느낌이 너무 강렬해서 감히 그의 눈을 바로 볼 수 없을 정도였다. 하지만 그녀는 엘리자베스 이모가 들으면 깜짝놀랄 만한 은밀한 바람이 자기 안에 있음을 시인했다. 손가락으로 그의 검은 머리칼을 쓸어주고 싶다는 것, 그의 팔에 안겨 그의 검고 부드러운 얼굴에 자신의 얼굴을 부비고 싶다는 것, 자신의 입술 위에 그의 입술을 느끼고 싶다는 것이 그녀의 바람이었다.

테디가 머리 밑에서 한쪽 손을 빼서 그녀의 손 위에 얹었다. 그녀는 그가 하는 대로 가만히 있었다. 그때 일저의 말이 불꽃 같은 칼날이 되어 그녀의 의식에 꽂혔다.

"여자들에게서 선물을 받고…… 멋진 웃음으로 보답하는 것을…… 그들이 듣고 싶어할 것 같은 말을 하지."

그녀가 이런 생각을 하고 있다는 것을 테디가 눈치챘을까? 그녀의 생각이 너무나 생생해서 누구라도 그녀가 무슨 생각을 하고 있는지 알 수 있을 것만 같았다. 도저히 견딜 수 없었다. 그녀는 그의 손을 밀쳐내며 벌떡 일어났다.

"집에 가봐야겠어."

불쑥 말해놓고 나니 어색했지만 더 자연스럽게 말할 수가 없었다. 그가 알아서는 안 되었다. 테디도 따라 일어섰다. 그의 목소리와 표정에도 변화가 보였다. 그들의 아름다운 한때는 끝났다.

"나도 가봐야 해. 어머니가 찾고 계실 거야. 늘 일찍 일어나시거든. 가엾은 어머니. 어머니는 하나도 안 변하셨어. 나의 성공을 자랑스럽게 여기지 않으셔. 오히려 싫어하시지. 성공이 나를 어머니에게서 떼어놓았다고 생각하시니까. 세월이 지났어도 여전하셔.

모시고 가겠다고도 말해도 어머니가 들으려 하지 않으셔. 탠시 패치를 떠나고 싶지 않아서이기도 하고 내가 스튜디오에 틀어박혀 작업에만 몰두하는 것을 보고 싶지 않아서이기도 한 것 같아. 어머니가 왜 그렇게 되셨는지 모르겠어. 지금과 다른 어머니의 모습을 본 적이 없어.

하지만 한때는 어머니도 그렇지 않았겠지. 아들이 어머니의 인생에 대해 아는 게 별로 없다는 것은 이상한 일이야. 나는 어머니 얼굴에 있는 흉터가 왜 생겼는지도 모르는걸. 아버지에 대해서는

세상에 늘 새벽만이 있기를 251

거의 아는 바가 없어. 아버지 친척들에 대해서는 더더욱 아는 바가 없고, 어머니는 우리가 블레어워터로 오기 전에 있었던 일에 대해서는 아무것도 이야기하려 하지 않으셔. 어머니는 아무것도 말해 주지 않았어."

"무엇인가가 어머니에게 큰 고통을 준 걸 거야. 그 고통이 너무 커서 이겨내지 못하신 거지."

"아버지가 돌아가신 것 때문일까?"

"아니, 그 이상의 무언가가 있어. 더 무서운 일이 있었을 거야. 그럼, 안녕."

"내일 밤 칠드러 부인 댁의 댄스파티에 갈 거야?"

"응, 부인이 차를 보내주시겠대."

"저런, 그렇다면 말 한 필짜리 마차로 함께 가자고 권할 수도 없겠군. 게다가 빌린 것이니. 그러면 일저나 데리고 가야겠다. 페리도 오겠대?"

"아니, 참석 못한다고 편지가 왔었어. 그가 맡은 첫 번째 사건의 변론 준비를 해야한대. 재판 날짜가 댄스파티 다음날이거든."

"열심이구나. 그는 불독 같은 끈기로 한 번 입에 문 것은 절대로 놔주지 않지. 우리가 교회의 쥐처럼 가난할 때 그는 큰 부자가 될 거야. 우리는 금빛 무지개를 뒤쫓고 있는 중이잖아, 그렇지?"

에밀리는 더 있으려하지 않았다. 그로 하여금 그녀가 더 머물러 있고 싶어한다고 생각하게 해서는 안 되었다. "입을 헤벌리고" 기다리고 있다고 생각하게 할 수 없었다. 그녀는 야멸차리만큼 곧바로 돌아섰다. 테디는 아무런 아쉬움 없이 "그러면 일저나 데리고" 갈 준비가 되어 있는 것이다. 마치 아무라도 상관없다는 듯이. 하지만 그녀의 손에는 아직 테디의 손의 감촉이 남아있었다. 불에 덴 듯 뜨거운 감촉이. 잠깐 동안의 그 짧은 애무 속에서 테디는 그녀를 완전히 자기 것으로 만들었다. 딘의 아내로 몇 년을 지냈다 해도 그녀는 온전히 딘의 것이 되지 않았을 것이다.
  에밀리는 하루 종일 다른 아무것도 생각할 수 없었다. 몇 번이고 되풀이해서 그 아침 그에게 손을 맡겼던 그 순간으로 돌아갔다. 뉴 문의 모든 것이 그대로인 게 이상할 정도였다.

2

  슈루즈베리의 길에서 작은 사고가 나서 에밀리는 칠드러 부인의 만찬회에 15분 늦게 도착했다. 에밀리는 마차에서 내리기 전에 힐끗 거울을 들여다보고는 만족스런 기분이 되었다. 엷은 파란색 바탕 위로 은빛 섞인 초록색 레이스가 드리워진 드레스는 그녀에게 아주 잘 어울렸고, 검은 머리에 꽂은 모조 다이아몬드 장식이——그녀의 머리에는 보석이 잘 어울렸다——그 드레스를 더욱 돋보이게 했다. 그것은 뉴욕에서 미스 로열이 보내준 드레스였다. 엘리자베스 이모와 로라 이모도 흘끗 곁눈을 주었다. 초록과 파랑은 기묘한 조화를 이루었다. 그렇게 눈에 띄는 색도 아니었는데 에밀리가 입으니까 매우 아름다웠다. 촛불이 켜진 부엌에서 지미는 그 빛나는 드레스를 입은 에밀리의 우아한 자태를 보았다. 그녀의 눈동자가 별빛처럼 반짝이고 있었다. 에밀리가 나간 뒤에 지미는 조금 침울한 어조로 로라 이모에게 말했다.
  "그 옷을 입으니까 우리 식구같이 느껴지지 않아."
  "마치 여배우 같더군."
  엘리자베스 이모가 차가운 목소리로 말했다.
  에밀리는 칠드러 부인의 집 계단을 내려가서 일광욕실을 가로질러 만찬회장으로 정해진 넓은 베란다로 나가면서 조금도 배우 같은 느낌은 들지 않았다. 그녀는 행복했고 자신의 실존을 생생하게 느꼈으며 희망에 부풀어 있었다. 만찬회장에 테디가 있을 것이다. 그가 누구와 이야기하고 있는 것을 몰래 지켜보는 것은 남모를 즐거움이다. 테디는 일저를 생각하고 있을 테지. 나중에 그들은 함께 춤을 출 것이고 어쩌면 그는 말할지도 모른다. 일저가 듣고 싶어하는 말을……

에밀리는 한순간 문앞에 서서 안쪽을 들여다보았다. 만찬회장을 바라보는 그녀의 꿈꾸듯 부드러운 눈동자가 자줏빛 안개 같았다. 눈 앞의 광경은 그 독특한 매력으로 언제까지나 기억에 남을 만한 광경이었다.

식탁은 담쟁이덩굴이 휘감고 있는 베란다의 우묵하게 들어간 곳에 마련되어 있었다. 저 너머로 일몰 후의 누렇고 불그스름한 기운이 퍼져 있는 하늘을 배경으로 키 큰 전나무와 롬바르디 포플러가 보였다. 나무줄기 사이로 흘끗 항만과 사파이어색 짙푸른 바다가 보였다. 일저의 하얀 목을 장식한 진주가 주변의 그림자 덩어리 사이로 빛의 섬을 이루고 있었다.

다른 손님들도 많았다. 맥길 대학 로빈스 교수의 우울한 얼굴은 긴 수염 때문에 더욱 길어 보였고, 리세트 칠드러의 크림색 둥근 얼굴은 높이 올린 머리와 검은색 둥근 눈이 보는 이로 하여금 키스하고 싶은 생각이 들게 했다. 잭 글렌레이크의 잘생긴 얼굴이 꿈꾸는 듯했고, 금색과 흰색으로 치장한 아네트 쇼의 졸린 듯한 얼굴은 줄곧 모나리자의 미소를 떠올리고 있었다.

땅딸막한 톰 할람의 아일랜드인답게 유머러스한 얼굴도 보였고, 살이 찌고 머리가 벗겨지기 시작한 에일머 빈센트의 얼굴도 보였다. 에일머는 여전히 멋진 언변으로 여인들의 관심을 끌려하고 있었다. 한때나마 그를 백마 탄 왕자님으로 생각했다니 얼마나 어이없는 일인가! 엄숙한 얼굴의 거스 랭킨은 빈 의자 옆에 앉아 있었다. 에밀리를 위해 비워둔 자리임이 분명했다. 통통하게 살이 오른 젊은 엘리즈 볼란드의 아름다운 손이 촛불 빛 아래로 환하게 드러났다. 그러나 에밀리의 관심은 오로지 테디와 일저에게만 쏠려 있을 뿐, 나머지 사람들은 모두 그림자에 지나지 않았다.

그들은 마주 보고 앉아 있었다. 테디는 여느때처럼 말쑥한 몸차림을 하고 있었다. 그의 검은 머리가 일저의 금발 가까이에 있었다. 터키석의 푸른빛이 도는 호박단 드레스를 입은 일저의 모습이 빛나 보였다. 그녀는 어깨에 달린 장밋빛과 은빛의 꽃다발과 부푼 가슴께의 풍성한 레이스 장식으로 마치 여왕 같았다.

에밀리가 막 두 사람을 발견했을 때 일저는 눈을 들어 테디의 얼굴을 바라보며 무언가를 묻고 있었다. 그녀의 표정으로 미루어 매우 중요한 질문임을 알 수 있었다. 일저가 그런 얼굴을 하는 것을 전에는 본 적이 없었다.

그 표정에는 무언가 도전하는 듯한 면이 있었다. 테디는 아래로 눈길을 던지며 대답했다. 에밀리는 그 대답 속에 "사랑한다"는 말이 들어있음을 알았다. 아니, 느낄 수 있었다. 그 두 사람은 오랫동안 서로의 눈을 들여다보고 있었다. 적어도 그 환희의 눈길을 주고받는 것을 바라보고 있어야했던 에밀리에게는 그 순간이 매우 길게 느껴졌다. 그리고 나서 일저는 얼굴을 붉히고 다른 데로 눈길을 돌렸다. 도대체 지금까지 일저가 얼굴을 붉힌 적이 있었던가? 테디는 승리감에 도취된 눈빛으로 식탁 위를 둘러보았다.

끔찍한 한순간이 지나고 에밀리는 불빛이 휘황한 만찬회장으로 들어섰다. 조금 전까지만 해도 그토록 경쾌했던 그녀의 마음이 차갑게 가라앉았다. 조명과 웃음소리가 있었지만 그녀에게는 춥고 어두운 밤이 다가오는 것 같았다. 갑자기 인생이 추해 보였다. 저녁 식사가 쓴 약 같았고, 거스 랭킨의 말이 귀에 들어오지 않았다. 그녀는 테디 쪽으로는 한 번도 눈길을 주지 않았다. 테디는 아주 기분이 좋은 듯 일저와 농담을 주고받고 있었다. 에밀리는 식사 내내 냉담한 투로 아무런 반응도 보이지 않았다. 거스 랭킨이 자신이 좋아하는 이야기를 전부 들려주었지만 에밀리는 재미있어하지 않았다. 칠드러 부인은 이렇게 개성이 강한 처녀에게 차를 보낸 것을 후회했다. 그녀는 에밀리가 페리 밀러 대신 마지막 순간에 초대받은 거스 랭킨의 옆자리에 앉게 되어 화가 난 것인지도 모른다고 생각했다. 하지만 에밀리에게는 정중하게 대해야 했다. 그렇지 않으면 책에다 무슨 소리를 쓸지 모르니까. 전번에도 마을 사람들의 연주에 대한 비평을 쓰지 않았던가! 그러나 사실은 가엾은 에밀리는 이야기 상대를 필요로 하지도 않고 구하지도 않는 거스 랭킨 옆에 앉게 된 것을 천만다행으로 생각하며 신에게 감사하고 있었다.

에밀리는 춤추는 것이 두려웠다. 그녀는 갑자기 주위 사람들보다 훨씬 늙어버린 기분이 들었고, 그 떠들썩한 사람들의 소용돌이 속에 유령처럼 돌아다니는 자신을 발견했다. 그녀는 테디와 한 번 춤을 추었다. 그렇지만 테디는 자신의 팔 안에 있는 것이 은빛을 띤 초록색 형체일 뿐 그녀의 혼은 어느 먼 곳을 날고 있다는 것을 알고는 다시 신청하지 않았다. 그는 일저와는 몇 번을 추었다. 그리고 또 몇 번의 춤이 계속되는 동안 일저와 함께 정원에 앉아 있었다. 일저에 대한 그의 태도가 사람들의 관심을 끌었다. 밀리센트 칠드러는 에밀리에게 일저 번리와 프레드릭 켄트가 약혼했다는 이야기가 정말이냐고 물었다.

"저 사람은 언제나 일저를 쫓아다니지 않았나요?" 밀리센트가 궁금해했다.

에밀리는 관심없다는 듯 냉정한 목소리로 "그랬나요?" 하고 말했다.

밀리센트는 에밀리가 멈칫할 거라고 생각했던 걸까?

물론 그는 일저를 사랑한다. 그것은 당연한 일이었다. 일저는 아름다웠다. 에밀리의 달빛같이 어두운 매력이 일저의 금빛과 상앗빛 아름다움을 당할 수 있을까? 테디는 에밀리를 옛 친구로서 좋아했던 것이다. 그뿐이다. 에밀리는 또다시 바보짓을 한 것이다. 그녀는 언제나 스스로를 속여왔다. 블레어워터 연못가에서의 그날 아침 테디에게 자기 감정을 들킬 뻔했다고 생각했던 그때에, 어쩌면 정말로 들켜버린 것인지도 모른다. 이렇게 생각하자 그녀는 견딜 수 없는 기분이 되었다. 과연 그녀가 지혜를 얻을 수 있을까? 그렇다. 오늘 밤에 한 가지 지혜를 얻었다. 이제 두 번 다시 바보짓은 하지 않겠다. 이제부터는 현명하고 가까이하기 어려운 위엄을 지닌 사람이 될 것이다. 소 잃고 외양간 고친다는 속담이 생각났다. 아, 오늘 이 밤의 나머지 시간을 어떻게 보낸단 말인가!

머리식 자존심

1

에밀리는 사촌 결혼식 때문에 1주일간 올리버 삼촌 댁에 다녀온 뒤 우체국에서 테디 켄트가 떠났다는 소식을 들었다.
"한 시간 전에 출발했어요. 몬트리올의 미술대학 부학장을 맡지 않겠느냐는 전보가 와서 바로 떠났지요. 훌륭하지 않아요? 점점 출세가도를 달리는군요. 정말 멋진 일이야. 블레어워터에서는 테디를 자랑스럽게 여겨야 되겠지요. 그렇지 않아요? 어머니가 괴짜여서 안됐긴 하지만." 크로스비 부인이 말했다.
다행히 크로스비 부인은 대답을 기다리지 않았다. 에밀리는 자신의 안색이 창백하게 변해가는 것이 못마땅했다. 그녀는 우편물을 챙겨서 서둘러 우체국을 나왔다. 길에서 아는 사람들 몇 명을 만났지만 모르고 지나쳤다. 그 때문에 그녀가 거만하다는 소문이 퍼졌다.
뉴문에 도착하자 로라 이모가 그녀에게 편지 한 통을 건네주었다.
"테디가 이것을 놓고 갔어. 어젯밤에 작별 인사를 하러 왔었거든."

자존심 강한 스타 양은 가까스로 눈물을 감추었다. 머리 집안 사람이 히스테리를 일으켰다는 사실이 알려지면 큰일이었다. 절대로 알려져서는 안 되었다. 에밀리는 이를 악물고 잠자코 편지를 받아가지고 자기 방으로 돌아왔다. 그녀의 얼어붙은 마음이 빠른 속도로 녹아내렸다. 오, 칠드러 부인 댁에서의 댄스파티 이후로 왜 그렇게 테디에게 냉정하게 대했을까? 하지만 이렇게 일찍 가버릴 줄은 몰랐다.

그녀는 편지를 열어 봤다. 그 안에는 아무것도 없고 페리가 샬럿타운의 신문에 게재한 시 몇 편이 오려져 있을 뿐이었다. 전에 테디와 그녀는 이 시를 보고 웃었던 적이 있다. 일저는 너무 화가 나서 웃지도 않았다. 이것을 테디는 그녀에게 보내주겠다고 약속했었다. 그 약속을 지킨 것이다.

2

에밀리는 비로드같이 부드러운 밤의 어둠 속을 바라보며 앉아 있었다. 나무가 바람에 흔들렸다. 샬럿타운에 가 있던 일저가 그녀를 보러왔다.

"테디는 가버렸어. 아, 너에게도 편지를 남겼구나."

'너에게도'라……. 에밀리는 일저가 거짓말을 하는 게 아닐까 생각하며 "그래" 하고 대답했다. 그러고는 거짓말이든 아니든 상관없다고 생각하려 애썼다.

"테디는 갑작스럽게 떠나게 된 것을 매우 유감스럽게 생각했지만, 워낙 급한 일이라서. 좀더 자세히 알아보고 결정하려고 서둘러 떠난 거지. 그는 아무리 좋아도 누구에게 매이려 하지는 않을 거야. 게다가 대학의 부학장이란 대단한 직위이니까. 조금 있으면 나도 떠나야겠지. 정말 멋진 휴가였어. 내일 밤 데리폰드의 댄스파티에 갈 거니, 에밀리?"

에밀리는 고개를 저었다. 테디도 없는데 댄스파티가 다 무슨 소용이란 말인가?

일저는 생각에 잠긴 듯한 어조로 말했다.

"이번 여름은 재미있었지만, 결국 실패한 셈이야. 어린 시절로 돌아갈 수 있을 거라고 생각했는데 그렇지 못했지. 그런 척했을 뿐이야."

그런 척이라구? 아, 이 마음의 고통이 다만 시늉일 뿐이라면! 이 타는 듯한 부끄러움과 내면의 상처가 거짓이라면! 테디는 편지 속에 작별의 인사말조차 한 줄 쓰지 않았다. 에밀리는 알고 있었다. 칠드러 부인의 댄스파티 이후 줄곧 알고 있었다. 테디가 자신을 사랑하지 않는다는 것을. 하지만 우정을 생각해서라도 그렇게 해서는 안 되는 것 아닌가? 그녀의 우정조차 그에게는 아무 의미가 없었던 것이다. 이제 그는 자신에게 정말 의미 있는 세계로 가버렸다. 그리고 일저에게 편지를 쓴 것이다. 그런 척이라구? 그렇다. 그녀도 그럴듯한 시늉으로 복수해 줄 것이다. 머리 집안의 자존심이 득이 될 때도 있다.

"여름이 끝나서 잘됐다고 생각해. 다시 작품을 써야 하거든. 지난 두 달 동안 글 쓰는 일에 너무 소홀했어." 그녀는 무심하게 말했다.

"결국 네 진정한 관심사는 글뿐이구나. 그런 거야?" 일저가 궁금하다는 듯이 물었다. "나도 글쓰기를 좋아하지만 너만큼은 아니야. 나는 금방이라도 포기할 수 있어, 만약……. 하긴 사람마다 다르겠지. 그렇지만 에밀리, 인생에서 단 한 가지 일만 생각한다는 것은 즐거운 일일까?"

"너무 많은 것을 생각하는 것보다는 훨씬 낫겠지."

"그럴지도 모르지. 글쎄…… 여신의 제단에 모든 것을 바친 사람이라면 성공하겠지. 그 점이 바로 너와 내가 다른 점이야. 나는 깨지기 쉬운 질그릇이라 어떤 것들은 도저히 포기가 안 돼. 켈리 할아버지가 충고하기를, 원하는 것을 얻을 수 없을 때에는……. 하지만 뭐, 얻을 수 있는 것을 원하면 되겠지. 그게 상식 아닐까?"

에밀리는 다른 사람에게 하는 것처럼 자기 자신도 쉽게 속일 수 있으면 좋겠다고 생각하며 창가로 다가가 일저의 이마에 입맞추었다.

"우리는 더 이상 아이가 아니야. 이제 어린 시절로 돌아갈 수는 없어, 일저. 우리는 성인이야. 성인으로서의 몫을 해내야 한다구. 하지만 너는 행복해질 거야. 난 그렇게 되길 바라고 있어."

일저가 에밀리의 손을 꼭 쥐며 쓸쓸히 말했다. "상식이 다 무슨 소용이람!" 그곳이 뉴문만 아니었어도 그녀는 더 심한 말을 했을 것이다.

너는 날 잊을 수 없어

1

11월 17일

　11월을 생각하면 떠오르는 말 두 개가 있다. 바로 '지루함'과 '울적함'이라는 말이다. 이 두 단어는 세상에 언어가 생겨난 이후로 늘 같이 다녔기에 지금 내가 떼어놓을 수 있는 성질의 것이 아니다. 그러므로 오늘은 지루하고 울적하다. 안과 밖이 모두 그렇고 물질적, 정신적으로도 그러하다.

　어제는 이 정도로 나쁘지는 않았다. 가을 햇볕이 따스했고, 지미가 쌓아놓은 호박 더미가 낡은 잿빛 헛간을 화려한 빛으로 채웠다. 아래편 시냇가의 계곡은 낙엽진 황금빛 노간주나무로인해 더욱 아름다웠다. 어제 오후, 신비한 매력을 내뿜는 11월의 숲 속을 거닐었다. 숲은 아름다웠다. 저녁 때 일몰 후의 잔광 속에서 다시 한 번 숲 속을 거닐었다. 저녁은 커다란 잿빛 망토를 두른 것처럼 부드럽고 고요했다. 때로 바람 잔 언덕의 적막을 뚫고 무섭고도 아름다운 여러가지 소리가 들려왔다. 마음을 다해 귀를 기울여야 들을 수 있는 소리였다. 밤이 깊어지면서 별들의 행렬이 이어졌고 별들의 메시지가 들려왔다.

그렇지만 오늘은 쓸쓸하고 우울한 날이었다. 오늘 밤에는 모든 재능이 내게서 빠져나간 것 같이 느껴졌다. 종일토록 글을 썼지만 저녁에는 더 이상 쓸 수가 없었다. 방 안에 틀어박혀 우리에 갇힌 동물처럼 좁은 방안을 왔다갔다 했다. 성의 시계가 한밤중임을 알려주었지만 좀처럼 잠이 오지 않는다. 도저히 잠을 이룰 수가 없다. 유리창을 두드리는 빗소리가 유난히 쓸쓸하게 들렸다. 죽은 자들의 행진곡 같은 바람이 불어오고 있다. 과거의 모든 잔잔한 기쁨과 미래에 대한 모든 두려움의 환영이 나를 괴롭힌다. 어리석게도 오늘 밤 나는 비바람부는 언덕 위에 서 있는 '실망의 집'을 줄곧 생각했다. 어떤 까닭에서인지 그것이 오늘 밤 내 맘을 가장 아프게 한다. 다른 날 밤에는 딘이 어디서 겨울을 나고 있는지에 대해서도, 테디가 내게 한 줄의 글도 남기지 않았다는 사실에 대해서도 생각지 않았을 것이고, 단지 외로움 때문에 기운이 소진되는 일도 없었을 것이다. 오늘 같은 때에는 이 오래된 '지미 북'에서 위안을 구한다. 일기를 쓰는 것은 마치 믿음직한 친구에게 모든 것을 털어놓는 것과도 같다.

2

11월 30일

국화 두 송이와 장미 한 송이가 피었다. 장미 안에는 노래와 꿈과 매혹이 담겨 있다. 국화는 아름답지만 장미 옆에 있는 것은 좋지 않다. 국화만 있을 때에는 분홍빛과 노란빛의 꽃송이가 밝고 아름다우며 기분좋은 느낌을 준다. 그러나 그 뒤에 장미를 놓아두면 놀라운 변화가 일어난다. 하얀 장미는 위엄 있는 여왕 같고 국화는 천하고 지저분한 하녀 같다. 그래서 나는 공정을 기하기 위해서 두 가지 꽃을 따로 놓고 즐긴다.
  나는 오늘 좋은 작품을 썼다. 카펜터 선생님도 만족하셨을 만한 작품이다. 그것을 쓰고 있는 동안은 행복했다. 그렇지만 다 쓰고 나서 현실로 돌아오니…….
  불평하지는 않겠다. 적어도 인생이 다시 살 만해졌으니까. 그런데 가을 내내 무척 힘들었다. 로라 이모는 내가 폐병에 걸릴지도 모른다고 생각했다. 어째서 그런 생각이 들었을까? 너무나 빅토리아 왕조풍의 생각이다. 나는 싸워서 이기고 다시금 자유로워졌다. 아직 때때로 내 어리석은 행위의 쓴 맛이 느껴지기는 하지만.
  오, 나는 정말 잘해나가고 있다. 생활할 수 있을 만큼의 수입도 들어오기 시작했고, 저녁이면 엘리자베스 이모가 로라 이모와 지미에게 내가 쓴 이야기를 읽어준다. 나에게는 오늘을 사는 건 자신있다. 내일을 사는 게 어려울 뿐.

3

1월 15일
  달빛 속을 눈신을 신고 돌아다녔다. 서리가 맺히고 별이 빛나는 아름다운 밤이었다. 밤은 때때로 벌꿀 같다. 그리고 와인 같기도 하고 쓰디쓴 쑥 같기도 하다. 오늘 밤은 와인 같은 밤이다. 투명하게 빛나는 백포도주 같은 밤에 나는 취기를 느꼈다. 어제 새벽 3시에 나를 지배했던 어떤 힘과 원칙들이 모두 사라지고 희망과 기대와 승리감으로 가슴이 두근거렸다.
  이제 막 내 방의 커튼을 젖히고 창밖을 내다보는 참이다. 달빛이 하얗게 흐르는 뜰은 온통 검은 그림자와 얼어붙은 눈의 은빛뿐이다. 그 위로 슬픔에 잠긴 앙상한 나뭇가지가 죽어가는 듯 보인다. 그러나 그것은 겉보기에만 그럴 뿐이다. 안에서는 생명의 피가 흐르고 있어 머지않아 연둣빛 잎과 분홍색 꽃들로 신부 화장을 할 것이다.

뜰 저편으로는 눈 덮인 들판이 달빛 아래 외롭게 펼쳐져 있다. 외롭게? 그 단어를 쓰려고 했던 것이 아닌데…… 나도 모르게 그렇게 적고 말았다. 나는 외롭지 않다. 나에게는 일이 있고, 책이 있고, 봄에 대한 소망이 있다. 지난 여름의 들뜬 생활보다 지금처럼 차분하고 단순한 삶이 훨씬 좋고 행복하다는 것을 안다.

아니, 여기에 이렇게 쓰기 전까지는 그렇게 믿었었다. 하지만 아니다. 그것은 사실과 다르다. 지금의 생활은 정지상태일 뿐이다.

오, 나는…… 나는…… 외롭다……. 생각을 공유할 수 없는 데서 오는 외로움이여! 이것을 부인해서 무엇하겠는가? 방안에 들어왔을 때에는 승리자였지만…… 이제 나의 깃발은 다시 흙 속을 뒹굴고 있다.

4

2월 20일

2월 기후에 무슨 일이 생긴 것이리라. 매우 까탈스런 달로 여겨지니 말이다. 확실히 지난 몇 주간의 날씨는 머리 집안의 전통에 잘 어울렸다.

성난 눈보라가 을씨년스럽게 몰아치고 바람이 고문당한 망령의 뒤를 쫓아 언덕을 내달리고 있다.

나무들 너머로 하얀 눈밭 사이의 검은 블레어워터 연못이 슬퍼보인다. 바깥이 어둡고 추운 만큼 난롯불이 타들어가는 작고 아늑한 내 방이 더욱 아늑하게 느껴진다. 그리고 지난 1월의 그 아름답던 밤보다 훨씬 더 이 세상에 만족한다. 오늘 밤은 그때처럼 그렇게…… 그렇게 모욕적으로 느껴지지는 않으니까.

오늘 본 〈글래스포드〉 잡지에 실린 소설을 보았는데, 그 안에 테디가 그린 삽화가 실려있었다. 여주인공의 모습에서 내 얼굴이 엿보였다. 그것은 늘 오싹한 느낌을 준다. 그런데 오늘은 화가 났다. 내가 그에게 아무런 의미가 없다면 내 얼굴도 그래야 하는 것 아닌가?

그럼에도 나는 잡지의 인물란에서 그의 사진을 오려내 액자에 넣어 책상 위에 놓았다. 테디의 사진이 한 장도 없었기 때문이다. 그러나 밤이 되자 도로 액자에서 사진을 빼내 난로 속 석탄 위에 놓고 그것이 타들어가는 것을 지켜보았다. 불길에 완전히 휩싸이기 직전에 이상하게도 사진이 약간 떨리면서 테디가 나에게 윙크하는 것처럼 보였다. 놀리는 듯한 그 윙크와 함께 그가 이렇게 말하는 것 같았다.

"너는 날 잊었다고 생각하지? 하지만 정말로 잊었다면 날 불에 태우려하지 않았을 거야. 너는 날 잊을 수 없어. 언제나 그럴 거야. 그러나 나는 너를 원하지 않아."

만약 갑자기 내 앞에 요정이 나타나 한 가지 소원을 말하라고 한다면 나는 이렇게 말하겠다. 테디로 하여금 다시 이곳에 돌아와 '키다리 존의 숲'에서 몇 번이고 몇 번이고 휘파람을 불게 해달라고. 나는 나가지 않을 거다. 한 발짝도 움직이지 않을 거다.

아, 견딜 수 없다. 내 인생에서 그를 몰아내야만 한다.

구애소동

1

에밀리의 22살 생일이 지나고 여름 내내 머리 집안의 사람들은 끔찍한 나날을 보냈다. 그 여름에는 테디도 일저도 고향에 돌아오지 않았다. 일저는 서부로 여행을 갔고, 테디는 연재물의 삽화를 그리기 위해 인디언 협상단과 함께 북부 오지로 떠났다. 그렇지만 에밀리는 많은 구혼자들로 블레어워터를 떠들썩하게 했다. 구혼자는 많았지만 친척들이 찬성하는 사람은 한 사람도 없었다.

잘생기고 저돌적인 잭 배니스터도 그중 한 명이었는데, 데리폰드의 돈주앙인 그를 닥터 번리는 '대단한 악당'이라고 불렀다. 확실히 잭은 어떤 도덕 규범의 제약도 받지 않았다. 그렇지만 그의 멋진 말솜씨와 잘생긴 외모가 변덕스런 에밀리에게 어떤 영향을 끼칠지 누가 아는가? 머리 집안에서는 이로 인해 3주 동안을 걱정 속에 지냈으나 결국 에밀리가 분별력이 있음이 판명되었다. 잭 배니스터는 뒤로 물러났다.

올리버 삼촌은 화가 나서 말했다. "에밀리는 잭과 말도 하지 말았어야했어. 사람들 얘기로 잭은 일기에 연애사건과 처녀들이 말한 것을 전부 써둔다고 하니까."

걱정이 된 로라 이모가 에밀리에게 그 말을 전하자 에밀리는 이렇게 말했다.

"걱정하지 마세요, 이모. 그는 제가 한 말은 적어놓지 않았을 테니까요."

해럴드 콘웨이도 두통거리였다. 그는 한물 간 시인처럼 보이는 슈루즈베리의 30대 남자였다. 짙은 갈색 머리와 반짝이는 갈색 눈동자를 지닌 그는 '바이올린 연주'로 생계를 해결하고 있었다.

에밀리는 그와 함께 연주회와 연극공연을 보러감으로써 뉴문의 이모들을 잠 못 이루게 했다. 그러나 로드 던바가 블레어워터에서 흔히 하는 말로 '그를 제거해버리자' 상황은 더 나빠졌다. 종교면에 있어서 던바 집안은 뒤죽박죽이었던 것이다. 확실히 로드의 어머니는 장로교인이었다. 그렇지만 그의 아버지는 감리교인이었고, 그의 형은 침례교인이었으며, 여동생은 크리스천 사이언스파였다. 또 다른 여동생은 견신론자였는데, 이것은 무엇인지 알 수 없었으므로 다른 어떤 교파보다 더 나빴다. 이렇게 여러 교파가 섞여 있는 가운데 로드는 도대체 어디에 속해 있는 것일까? 그는 확실히 뉴문의 정통파 교인의 조카딸에게 어울리는 짝은 아니었다.

월리스 삼촌이 우울하게 말했다. "그의 증조부는 광신도였어. 그 사람은 16년 동안이나 사슬에 묶여 방 안에 갇혀 지냈지. 도대체 에밀리는 무슨 생각에서 저러고 다니는 거지? 천치인 거야, 악마인 거야?

하지만 그래도 던바 집안은 나은 편이었다.

악명높은 '프리스트폰드의 딕스 집안' 래리에 대해서는 뭐라 말할 수 있을 것인가? 그의 아버지는 한때 묘지에 소를 방목하였고 삼촌은 이웃집 우물에 죽은 고양이를 던져넣었다는 인물이었으니. 분명

래리 자신은 유능한 치과의사로, 딕스 집안 사람이라는 점만 빼면 나무랄 데 없는 진지하고 정직한 청년이었다. 그럼에도 에밀리가 그의 청혼을 거절하자 엘리자베스 이모는 가슴을 쓸어내렸다.

"주제넘은 일이야." 로라 이모는 딕스 집안 사람이 머리 집안 사람에게 청혼한 것을 가리켜 이렇게 말했다.

"제가 그의 청혼을 거절한 것은 그가 자기 주제를 몰라서가 아니라 그가 사랑하는 방식이 이상했기 때문이에요. 그는 아름다운 것을 추하게 만들어요." 에밀리가 말했다.

"그의 청혼이 낭만적이지 않아서였겠지." 엘리자베스 이모가 경멸조로 말했다.

"아니에요. 크리스마스 선물로 아내에게 진공청소기를 줄 것 같은 남자이기 때문이에요." 에밀리가 단언했다.

"저 애는 무엇이건 심각하게 받아들이는 법이 없어."
엘리자베스 이모가 말했다.

"나는 저 애가 무엇인가에 넋을 빼앗겼다고 생각해요. 올여름에 점잖은 구혼자는 한 사람도 없었잖아요. 저애가 저렇게 변덕스러우니까 착실한 남자가 다가오지 않는 거야." 월리스 삼촌이 말했다.

"에밀리가 바람둥이라는 끔찍한 소문이 들려오고 있어요. 괜찮은 사람들이 관심을 보이지 않는 것도 무리가 아니야." 루스 이모가 슬퍼했다.

"에밀리에게는 늘 환상적인 연애사건이 대기하고 있다니까." 월리스 삼촌이 말했다. 친척들은 월리스 삼촌이 여느 때와 달리 아주 적절한 표현을 했다고 느꼈다. 에밀리의 "연애사건"은 머리 집안의 기대에 부합하는 연애사건이 아니었다. 에밀리의 연애사건은 정말 환상적이었던 것이다.

2

그러나 그중에서도 가장 환상적인 연애사건에 대해서는 엘리자베스 이모를 제외한 일가친척 누구도 알지 못했다. 에밀리는 그 점을 운명의 신에게 감사하지 않을 수 없었다. 만약 친척들이 알았더라면, 에밀리는 변덕스러운 데다가 복수심이 강하다고 말했을 것이다.

그 어리석은 사건의 전말은 이랬다.

문예지임을 자부하는 샬럿타운의 일간지 〈아르고스〉의 편집장이 여름 특별호에 프린스에드워드 섬을 피서지로 선전하기 위해 미국의 옛날 신문에서 판권이 없는 오래된 원고를 하나 골라서 싣기로 했다. 마크 그리브즈라고 하는 무명작가가 쓴 〈왕실의 약혼〉이라는 소설이었다. 편집부원이 많지 않았기 때문에 특별호의 준비 작업이 늦어졌는데, 조판이 거의 끝날 무렵 어찌된 일인지 〈왕실의 약혼〉 원고의 마지막 부분이 눈에 띄지 않았다. 아무리 찾아도 나타나지 않아서 편집장은 머리 끝까지 화가 났지만 어찌할 도리가 없었다. 그 늦은 시각에 글자 수와 줄이 맞는 작품을 찾을 수도 없고, 설령 찾았다 하더라도 새로 조판할 시간이 없었다. 특별호는 한 시간 안으로 인쇄에 들어가야 했다. 어떻게 하면 좋단 말인가?

마침 그때 에밀리가 편집실에 나타났다. 윌슨 씨와는 허물없는 사이였기 때문에 시내에 나오면 항상 들렀던 것이다.

"너는 하느님이 보내주신 사람이구나. 나 좀 도와 주지 않겠어?" 윌슨 씨는 이렇게 말하면서 너덜너덜해진 〈왕실의 약혼〉 원고를 에밀리에게 건넸다. "제발 이 이야기의 마지막 장을 써 줘. 시간은 30분을 줄게. 그러면 다시 30분 동안 조판을 해서 인쇄를 제시간에 넘길 수 있을 거야."

에밀리는 서둘러 원고를 훑어보았다. 그러나 마크 그리브즈가 의도했던 결말이 어떤 것인지 짐작하기가 쉽지 않았다.

"어떻게 끝났는지 혹시 기억하세요?" 에밀리가 물었다.

"아니, 읽어보지 않았어. 분량이 적당해서 선택했을 뿐이야." 윌슨 씨가 신음소리를 냈다.

"어쨌든 최선을 다할게요. 왕이나 여왕에 대해서는 잘 모르지만요. 이 마크 그리브즈라는 사람은 왕실에 대해 매우 잘 알고 있는 것 같군요."

"뭐, 그리브즈도 왕실 사람과는 한 번도 만난 적이 없을걸." 윌슨 씨가 코웃음을 쳤다.

에밀리는 주어진 30분 동안 훌륭한 솜씨로 미스터리를 풀어나가 멋지게 마무리지었다. 윌슨 씨는 안도의 한숨을 쉬며 원고를 낚아채어 식자공에게 넘겨주고 에밀리에게 고맙다는 인사를 했다.

'독자들 중에 글쓴이가 달라진 것을 알아차리는 사람이 있을까? 마크 그리브즈가 이것을 보면 뭐라고 할까?' 그곳을 나서며 에밀리는 속으로 생각했다.

그들의 반응이 어떨지를 그녀가 알게 될 일은 없을 것 같았다. 에밀리는 곧 그 일을 잊어버렸다. 따라서 2주 뒤 어느 날 오후에 그녀가 응접실에서 엘리자베스 이모의, 바닥이 루비로 장식된 수정 수반에――이것은 대대로 전해 내려오는 뉴문의 가보이다――장미를 꽂고 있는 동안 지미가 낯선 사람을 안내해 왔을 때만 해도 에밀리는 그 사람이 〈왕실의 약혼〉을 쓴 작가이리라고는 생각지도 못했다. 어렴풋이 그가 화가 나 있다는 것이 느껴지기는 했지만.

지미는 사려깊게 응접실에서 나갔다. 유리접시 가득 딸기잼을 담아서 응접실 테이블 위에 두고 식히려 했던 로라 이모도 이 이상한 방문객이 누굴까 생각하면서 응접실을 나갔다. 에밀리 자신도 짐작이 안 갔다. 에밀리는 테이블 곁에 그대로 서 있었다. 엷은 녹색 드레스를 입은 그녀는 늘씬하고 햇빛이 들어오지 않는 고풍스러운 방 안의 어스름 속에서 별처럼 빛나 보였다.

"좀 앉으시겠습니까?" 그녀는 뉴문 집안 특유의 정중한 말씨로

권했다. 그러나 손님은 움직이지 않았다. 그는 거기 선 채로 에밀리를 물끄러미 바라보았다. 에밀리는 그가 이 방에 들어 올 때는 몹시 화가 나 있었는데 지금은 전혀 그렇지 않은 것을 알았다.

물론 그가 이곳에 와 있는 것은 그가 세상에 태어났기에 가능한 일이겠지만, 에밀리는 그에게도 갓난아기였던 때가 있었으리라고는 믿어지지 않았다. 그는 눈에 띄는 복장을 하고, 외알박이 안경을 쓰고 있었다. 그의 눈은 건포도같이 작았으며 그 위에 검은 정삼각형의 눈썹이 있었다. 검은 머리는 어깨까지 늘어지고 매우 긴 턱에 얼굴은 흰 대리석 같았다. 사진 속에서라면 잘생기고 낭만적인 얼굴일지도 모르지만, 이 뉴문의 응접실에서는 어쩐지 언짢은 느낌만 줄 뿐이었다.

"서정적인 분이로군요." 에밀리를 쳐다보고 그는 말했다. 에밀리는 혹시 이 사람이 정신병원에서 도망쳐 나온 것이 아닐까 생각했다.

"당신은 추하게 생긴 죄를 범하지 않았습니다." 그는 열정적으로 말했다. "이것은 멋진, 정말 멋진 순간입니다. 이 순간을 말을 함으로써 깨뜨려야 한다는 게 아쉬울 뿐 보랏빛 섞인 회색 눈의 반짝임이여! 내가 평생 찾아다녔던 바로 그 눈이오. 나는 영원 전에 이미 그 아름다운 눈 속에 빠져버린 거요."

"당신은 누구세요?" 에밀리는 상대가 미친 사람이 분명하다고 생각하고 딱딱한 어조로 물었다. 그는 손을 가슴에 대고 고개를 숙여 절을 했다.

"마크 그리브즈요. 마크 D. 그리브즈, 마크 델라지 그리브즈요."

마크 그리브즈라! 에밀리는 자신이 그 이름을 알고 있어야만 하는 것 같아 혼란스러웠다. 이상하게도 귀에 익은 이름이었다.

"내 이름을 모를 수는 없을 거요, 꽤 유명하니까. 세계의 구석구석까지 나의 이름이……."

"오, 생각났어요. 〈왕실의 약혼〉을 쓰신 분이지요." 에밀리가 외쳤다.

"그렇소. 당신이 무감동하게 죽여버린 그 이야기를 쓴……."

"어머나, 죄송해요." 에밀리가 말을 가로막았다. "물론 당신은 용서할 수 없겠지요. 사실은 이렇게 된 거예요. 아시다시피……."

그는 아주 길고 하얀 손을 흔들어 그녀를 제지했다.

"아니, 아니에요. 지금은 아무렇지도 않소. 이곳에 오기 전까지는 화가 많이 나 있었지요. 나는 언덕 위 데리폰드 호텔에 묵고 있습니다. 아, 이름이 근사하지 않아요? 시적이고 신비롭고 낭만적인 이름이오. 나는 그곳에서 아침에 〈아르고스〉의 특별호를 봤어요. 나는 화가 났소. 내게는 화를 낼 권리가 있으니까. 하지만 화가 났다기보다는 슬펐지요. 내 작품이 야만적으로 난도질돼 있었으니까요. 해피엔딩이라니 끔찍해요. 내가 쓴 결말은 슬프고 예술적입니다. 해피엔딩 같은 것은 예술적이라 할 수 없지요. 나는 〈아르고스〉로 달려갔소. 가서 화를 내고 누구 책임인지를 알아보았지요. 나는 이곳에 따지러…… 질책하러 왔습니다만, 지금은 당신의 숭배자가 되었습니다."

에밀리는 무슨 말을 해야 좋을지 몰랐다. 뉴문에서 이런 일은 처음이었다.

"당신은 내 말을 이해하지 못하고 있소. 당신은 어리둥절할 겁니다. 당황하는 모습이 당신에게 잘 어울리는군요. 나는 다시 한 번 멋진 순간이라고 말하겠소. 분노 속에 이곳을 찾아왔지만, 이곳에서 신성(神性)을 만난 거요. 당신을 보자마자 나는 당신이 나를 위한, 나만을 위한 사람이라는 것을 알았소."

에밀리는 누가 와줬으면 좋겠다는 생각을 했다. 이것은 악몽이었다.

"당치도 않아요. 우리는 오늘 처음……." 그녀는 무뚝뚝하게 말했다.

"그렇지 않아요." 그가 말을 가로막았다. "우리는 다른 세상에서 서로 사랑했었소. 우리의 사랑은 매우 강렬했어요. 영원한 사랑이었지요. 나는 이곳에 들어서자마자 당신을 알아보았소. 조금 진정이 되면 당신도 알게 될 거요. 나와 언제 결혼해 주시겠소?"

만난 지 5분밖에 안 된 남자에게 청혼을 받는 것은 유쾌하다기보다는 괴로운 일이었다. 에밀리는 화가 났다.

"바보 같은 소리 마세요. 당신과 결혼하는 일은 없어요." 에밀리가 잘라 말했다.

"나와 결혼하지 않겠다고요? 하지만 하지 않으면 안 됩니다. 나는 지금까지 어떤 여성한테도 청혼한 적이 없소. 나는 유명한 마크 그리브즈이고, 재산도 꽤 있어요. 나는 프랑스인 어머니에게서 매력과 낭만적인 기질을 물려받았고, 스코틀랜드인 아버지에게서 상식을 물려받았소. 프랑스적인 기질은 당신의 아름다움과 신비를 알아보았고, 스코틀랜드적인 기질은 당신의 분별과 위엄에 경의를 표합니다. 당신은 숭배할 만한 이상적인 여인이오. 많은 여성들이 나를 사랑했지만 나는 그들을 사랑하지 않았소. 나는 자유인으로 들어와 포로가 돼서 나갑니다. 아, 매혹적인 포박이여! 사랑스러운 구속자여! 나는 마음속으로 당신 앞에 무릎꿇고 있어요."

에밀리는 그가 실제로 무릎을 꿇을까봐 무척 걱정이 되었다. 그는 충분히 그럴 수 있는 사람처럼 보였다. 그러다가 엘리자베스 이모라도 들어오면 어떻게 한단 말인가?

"돌아가 주세요." 에밀리는 필사적으로 말했다. "나는 대단히 바빠요. 더 이상 이야기하느라 시간을 보낼 수 없어요. 당신 소설에 대해서는 미안하게 생각합니다. 설명을 원하신다면……."

"이제 소설 같은 것은 괜찮다고 하지 않았습니까. 물론 당신은 해피엔딩으로 작품을 마무리하지 않는 것을 배워야 하겠지만 말입니다. 내가 당신에게 가르쳐 드리지요. 슬픔과 불완전의 아름다움을 가르쳐드리겠소. 당신은 훌륭한 학생이 될 것이오. 당신 같은 학생을 가르치는 행복은 어떤 것일까! 나는 당신의 손에 키스합니다."

그는 에밀리의 손을 잡으려 한 발 앞으로 나왔다. 에밀리는 놀라서 뒤로 물러섰다.

"당신 미쳤어요?" 그녀는 소리쳤다.

"내가 미친 것같이 보입니까?" 그리브즈 씨가 물었다.

"그래요." 에밀리는 단호하고 잔인하게 대답했다.

"그럴지도 모릅니다……. 아마 그렇겠지요. 장미 향기에 취해 정신을 잃은 것입니다. 모든 연인은 미치광이지요. 신이 그렇게 만드셨습니다. 아, 아직 키스를 모르는 순결한 입술!"

에밀리는 몸을 바로 세웠다. 이 바보 같은 만남을 어서 빨리 끝내지 않으면 안 된다. 그녀는 매우 화가 났다.

"그리브즈 씨"라고 말하는 그녀의 얼굴에 머리 집안의 표정이 떠올라 그리브즈도 그녀가 화가 많이 났다는 것을 깨달았다. "더 이상 이런 바보 같은 이야기는 듣고 싶지 않아요. 그 소설의 결말에 대한 설명을 듣고 싶지 않으시다니까 이제 그만 돌아가 주시면 고맙겠어요."

그리브즈는 에밀리를 진지한 얼굴로 봤다. 그리고 엄숙히 물었다.

"키스를 원합니까, 걷어채이는 것을 원합니까? 어느 쪽을 원하지요?"

그는 비유적으로 말하고 있는 것일까? 그렇지만 비유이든 아니든 상관없다.

"걷어채이는 쪽이오." 에밀리는 경멸하는 투로 대답했다.

그리브즈는 별안간 수정 수반을 집어들더니 그것을 난로 쪽으로 거칠게 내던졌다. 에밀리는 공포와 경악으로 희미한 비명을 질렀다. 엘리자베스 이모의 소중한 수반이었다.

"이것은 방어기제일 뿐이오. 이렇게 안 했으면…… 당신을 죽였을지도 몰라. 얼음장 같은 아가씨, 북쪽 지방의 눈처럼 차가운 아가씨, 안녕!" 그리브즈는 성난 눈으로 그녀를 노려보면서 말했다.

그는 밖으로 나가면서 문을 쾅 닫지는 않았다. 조용히 문을 닫음으로써 에밀리에게 무엇을 잃었는지를 알려주려는 듯했다. 그가 뜰을 벗어나 화가 난 듯이 발 밑의 무엇인가를 짓밟듯 하며 오솔길을 내려가는 것을 보고서야 에밀리는 긴 한숨을 내쉬었다.

"내게 딸기 잼 접시를 던지지 않은 것만도 고맙게 생각해야 할지도 몰라." 그녀는 히스테릭하게 말했다.

엘리자베스 이모가 들어왔다.

"에밀리, 수정 수반이! 머리 할머니의 수반이! 네가 깨뜨렸지!"

"아니에요, 이모, 제가 깬 것이 아니에요. 그리브즈 씨, 마크 델라지 그리브즈 씨가 깼어요. 그가 수반을 난로에 집어던졌어요."

"난로에 집어던졌다고? 무엇 때문에 난로에 집어던졌단 말이냐?" 엘리자베스 이모가 비틀거렸다.

"제가 그 사람과 결혼하려 하지 않기 때문이래요."

"결혼이라고! 전에 그 사람을 만난 적이 있었니?"

"한 번도 없었어요."

엘리자베스 이모는 수정 수반의 깨진 조각을 모아 말없이 응접실에서 나갔다. 남자가 처음 만난 여자에게 청혼을 했다면 분명 그 여자에게 무슨 문제가 있는 것이리라. 엘리자베스는 깨진 가보를 난로 속에 던져넣으며 생각했다.

3

그렇지만 머리 집안의 여름이 더욱 힘들었던 것은 일본 왕자와의 일 때문이었다. 육촌 루이즈 머리는 20년 동안이나 일본에 살고 있었다. 그가 고향을 방문하러 데리폰드의 집으로 돌아올 때 일본의 젊은 왕자를 데리고 왔다. 그는 루이즈 남편의 친구 아들로 루이즈의 영향으로 그리스도교도가 되었는데, 캐나다를 보고 싶어했다. 왕자가 온다는 사실 그 자체만으로도 머리 집안과 지역사회에 대단한 센세이션이 일었다. 그러나 그것은 왕자가 뉴문의 에밀리 버드 스타와 사랑에 빠진 것이 분명해졌을 때의 소동에는 비할 바가 아니었다.

에밀리는 그를 좋아했다. 그에게 흥미를 느꼈으며, 블레어워터와 데리폰드의 장로교적 분위기에 당황하는 그를 동정했다. 그리스도교 신자가 됐다고는 하지만 일본의 왕자에게 익숙치않은 그런 분위기가 완전히 편안할 수는 없었다. 그래서 그녀는 그에게 많은 이야기를 들려주었다.

일본 왕자는 영어에 능숙했다. 달이 뜰 무렵 그녀는 그와 정원을 산책했다. 비단결 같이 부드러운 검은 머리를 뒤로 빗어넘긴 일본 왕자의 불가해한 표정과 살짝 옆으로 올라간 가느다란 눈이 거의 매일 밤 뉴문의 객실에 모습을 나타냈다.

그렇지만 왕자가 비취로 조각한 아름다운 개구리를 에밀리에게 선물로 주자 머리 가족은 당황했다. 루이즈가 제일 먼저 그것을 알고 어쩔 줄을 몰라했다. 그녀는 그 개구리에게 어떤 의미가 있는지를 알고 있었다. 그 비취 개구리는 왕자의 가족에게 전해져 내려오는 가보였다. 그것은 결혼과 약혼의 예물로만 사용되는 것이었다.

에밀리는 왕자와 약혼을 한 걸까? 루스 이모는 예전처럼 사람들이 모두 제정신이 아니라고 생각하고 뉴문을 찾아 와서 한바탕 소란을 피웠다. 에밀리는 속이 상해서 어떤 질문에도 대답하지 않았다. 그녀는 온 집안이 여름 내내 그녀가 원하지도 않고 결혼할 생각도 없는 청혼자들에 대해 떠들고 소란을 피우는 것이 싫었다.

"어떤 일들은 모르시는 편이 더 나아요." 그녀는 루스 이모에게 버릇없는 소리를 했다.

머리 집안 사람들은 에밀리가 일본의 왕비가 되려고 결심한 것이라는 절망스런 결론에 도달했다. 정말로 그렇게 된다면…… 그들은 에밀리가 한번 결심을 하면 어떻게 되는지 알고 있었다. 그것은 불가능한 일이다. 하느님과의 만남처럼 피할 수 없는 일이었다. 그렇지만 무서운 일이었다. 머리 집안 사람들에게 왕자의 신분은 별 감동을 주지 못했다. 머리 집안에서는 외국인과의 결혼, 더구나 일본인과의 결혼 같은 것을 염두에 둔 사람은 아무도 없었다. 그렇지만 에밀리의 변덕은 알 수 없었다.

"언제나 무슨 문제가 있는 사람들뿐이야. 그렇지만 이번 경우는 최악이야. 이교도에……." 루스 이모가 말했다.

"아니, 그 사람 이교도는 아니에요. 그는 개종했어요. 루이즈 말에 의하면 매우 진지하대요. 그렇지만……." 로라 이모가 말했다.

"그 사람은 이교도야!" 루스 이모가 되풀이해 말했다. "루이즈는 누구를 개종시킬 수 있는 사람이 못 돼. 본인 자신의 신앙도 확고하지 못하면서 어떻게 그럴 수 있겠어? 그녀의 남편은 또 어떻고? 더 이상 아무 말 말아. 그는 누런 얼굴의 이교도라구! 그와 그의 비취 개구리는 생각만 해도 끔찍해!

"에밀리는 특이한 사람에게 끌리는 모양이야."

엘리자베스 이모는 수정 수반을 떠올리며 그렇게 말했다.

월리스 삼촌은 말도 안 되는 일이라고 했고, 앤드루는 적어도 백인이어야 한다고 말했다.

루이즈는 모든 책임이 자신에게 있다는 생각에 왕자는 알면 알수록 훌륭한 사람이라고 친척들에게 하소연했다.

엘리자베스 이모는 "월리스 목사와 결혼했더라면 좋았을 텐데" 하고 말했다.

이런 소동 속에서 5주가 지나고, 왕자는 일본으로 돌아갔다. 그의 가족들로부터 돌아오라는 연락이 왔던 것이다. 루이즈의 말에 의하면 전통있는 무사 가문의 처녀와 결혼이 정해졌다고 한다. 물론 그는 결정에 따랐다. 그렇지만 그가 주고 간 비취 개구리는 여전히 에밀리가 갖고 있었다. 달빛 쏟아지던 어느 날 밤 정원에서 그가 에밀리에게 무슨 얘기를 했는지 아는 사람은 아무도 없었다. 에밀리는 약간 핼쑥한 얼굴을 하고 이상스럽게 먼 곳을 응시하는 듯한 모습으로 들어왔지만, 이모들과 루이즈에게 장난스러운 웃음을 빙긋 지어 보였다.

"결국 일본의 왕비가 될 운명은 아니었던가 봐요." 그녀는 눈물을 닦는 시늉을 했다.

"에밀리, 나는 네가 저 불쌍한 청년을 놀렸다고 생각해. 너는 그 사람을 대단히 불행하게 만들었어." 루이즈가 꾸짖었다.

"그렇지 않아요. 우리는 주로 문학과 역사 이야기를 했어요. 그는 내 생각 같은 것은 잊었을 거예요."

"나는 왕자가 그 편지를 읽고 있을 때의 얼굴을 기억해. 그리고 그 비취 개구리의 의미를 알고 있어." 루이즈가 대꾸했다.

뉴문은 안도의 숨을 쉬고 다시 일상으로 돌아갔다. 로라 이모의 다정한 눈에서는 근심의 빛이 사라졌지만, 엘리자베스 이모는 여전히 제임스 월리스 목사의 일을 안타깝게 생각했다. 이번 여름은 고통스런 여름이었다. 블레어워터 사람들은 에밀리 스타가 '실연을 당했다'고 소근거리면서, 그렇지만 '감사해야 할 것'이라고 말했다. 외국인은 믿을 수가 없기 때문이다. 그가 왕자라는 것도 어쩌면 사실이 아닐지도 모른다.

미소 짓는 소녀

1

　10월 마지막 주, 지미는 구릉지 밭에 쟁기질을 시작했고, 에밀리는 머리 집안의 잃어버린 다이아몬드를 발견했고, 엘리자베스 이모는 지하실 계단에서 굴러 발이 부러졌다.
　에밀리는 오후의 따뜻한 햇살 속에서 뉴문의 현관 자갈 계단 위에 서서 저무는 한 해의 아름다움에 눈을 반짝이며 주위를 둘러보고 있었다. 대부분 나무들은 잎이 졌지만 어린 가문비나무 사이로 아직 황금빛 잎이 무성한 작은 자작나무가 보였다. 자작나무는 가문비나무의 그늘 속에 있었고, 오솔길 양 옆의 롬바르디 포플러는 커다란 황금빛 촛불의 행렬을 이루고 있었다. 그 너머 밭에는 세 개의 빨간 리본으로 테두리가 둘러져 있었다. 지미가 쟁기질한 땅이다. 에밀리는 하루 종일 글을 써서 피곤했다. 그녀는 정원에 나가 담쟁이덩굴이 엉켜 있는 여름 정자로 나갔다. 그녀는 튤립의 구근을 어디에 심을까 생각하면서 꿈꾸듯 이리저리 헤맸다. 그러다 드디어 적당한 곳을 발견했다. 지미가 최근에 썩어가는 판자를 파낸 이 습하고 기름진 땅이 좋을 것 같았다. 내년 봄에 이곳은 멋진 튤립으로 가득하리라. 에밀리의 발뒤꿈치는 젖은 흙 속에 깊이 들어갔다가 그 흙을 묻혀서 나왔다. 그녀는 돌벤치까지 와서 잔가지로 흙을 털어냈다. 무언가가 떨어졌다. 풀 속에서 이슬방울처럼 빛났다. 에밀리는 낮게 소리를 지르며 그것을 주워들었다. 잃어버렸다던 다이아몬드였다. 미리암 머리 할머니가 이 정자에 다녀간 뒤 60년 동안 보이지 않던 것이다.

그 잃어버린 다이아몬드를 찾는 것은 어린 시절 에밀리의 꿈 가운데 하나였다. 그녀와 일저와 테디는 수십 번 그 주변을 찾아보았었다. 그렇지만 근래에 들어서는 그것을 잊어버리고 있었는데, 지금 그녀의 손 안에서 여전히 아름다운 빛을 발하고 있는 것이다. 아마도 계단 어느 모퉁이에 숨어 있다가 땅에 떨어진 것이리라.

그것은 일대 사건이었다. 며칠 뒤 머리 가족은 엘리자베스 이모의 침대 둘레에 모여서 그것을 어떻게 할까 의논했다. 지미는 이런 경우 그것을 발견한 사람이 임자라고 주장했다. 그는 에드워드와 미리암 머리에게는 자손이 없으므로 그것은 에밀리의 것이라고 말했다.

"우리 모두가 상속인이야. 내가 듣기로는 60년 전에 1,000달러였다고 해. 정말 아름다운 보석이지. 가장 좋은 방법은 그것을 팔아서 에밀리에게 그 애 엄마의 몫을 주는 거야." 월리스 삼촌이 재판관처럼 말했다.

"집안에 전해내려오는 다이아몬드를 팔 수는 없어요." 엘리자베스 이모가 단호하게 말했다.

그것은 모두의 마음을 대변해 주는 말이기도 했다. 월리스 삼촌조차도 그것을 인정했다. 그래서 그들은 모두 그 다이아몬드가 에밀리의 것이라는 데 동의를 했다.

"에밀리가 그것을 목에 걸 수 있게 펜던트로 만드는 것이 좋을 것 같아." 로라 이모가 말했다.

"그보다는 반지가 어떨까?" 루스 이모가 반대를 위한 반대를 했다. "그리고 결혼 전에 그 반지를 껴서는 안 돼. 이렇게 큰 다이아몬드는 젊은 처녀에게는 어울리지 않아."

"뭐 결혼이라고요!" 애디 숙모가 심술궂게 웃었다. 그 웃음은 결혼할 때까지 미룬다면 에밀리는 영원히 그 다이아몬드 반지를 끼지 못할 것이라는 의미인 듯했다. 애디 숙모는 에밀리가 앤드루의 청혼을 거절한 것을 용서할 수 없었다. 에밀리는 거의 23살이 다 되었고 그럴듯한 청혼자도 없었다.

"잃어버렸던 다이아몬드가 너에게 행운을 가져다 줄 거야, 에밀리. 네가 갖게 된 것은 잘된 일이지. 그것은 당연한 일이야. 그렇지만 때로 내가 그것을 갖고 있도록 해주지 않겠니? 그냥 보기만 할게. 그렇게 아름다운 것을 보고 있으면 나 자신을 발견할 수 있을 것 같아서 그래. 그러면 더 이상 단순하기만 한 지미가 아니라 우물 안에 빠지기 전의 내 모습이 될 수 있을 거야. 엘리자베스 이모에게는 아무 말도 하지 말고 가끔씩 내가 그것을 손에 쥐고 볼 수 있게만 해 주렴." 지미가 말했다.

그날 밤 에밀리는 일저에게 편지를 썼다.

"그 다이아몬드를 어떻게 할지 결정이 난 지금 내가 제일 좋아하는 보석은 다이아몬드가 되었어. 하지만 난 사실 터키석을 제외한 모든 종류의 보석을 좋아해. 터키석은 천박하고 탁하고 영혼이 깃들지 않은 것 같거든. 진주의 매끄러움, 루비의 광휘, 사파이어의 우아함, 자수정의 부드러운 보랏빛, 녹주석의 달빛 흐르는 듯한 은은함, 오팔의 우윳빛과 타는 듯한 붉은빛 모두가 다 좋아."

"에메랄드는 어때?" 하고 일저는 답장을 써보냈는데, 슈루즈베리에 있는 일저의 친구가 가끔 일저에게 페리 밀러의 뉴문 방문에 대한 근거없는 소문을 전해주고 있다는 것을 모르는 에밀리는 일저가 조금 심했다고 생각했다.

페리는 가끔 뉴문에 왔다. 그렇지만 그는 에밀리와의 결혼은 단념하고 전적으로 일에 몰두하는 듯했다. 그는 이미 뛰어난 실력을 인정받고 있었고, 통찰력 있는 정치가들이 그가 주의회 의원에 입후보할 날만을 기다리고 있다는 소식도 들려오고 있었다.

"너는 귀부인이 될지도 모르겠구나. 페리는 언젠가는 '페리 경'이 될 테니까"라고 일저는 적고 있었다. 에밀리는 이것이 에메랄드에 대한 언급보다 더 지나친 언사라고 생각했다.

2

처음에는 다이아몬드가 뉴문의 그 누구에게도 행운을 가져다 주지 않는 것처럼 보였다. 그것이 발견된 저녁때 엘리자베스 이모는 발이 부러졌다. 그녀는 근처에 있는 환자의 병문안을 가기 위해 목도리를 두르고 보닛을 쓰고——보닛은 노인들에게도 유행이 지난 것이지만, 엘리자베스 이모는 아직 쓰고 있었다——지하실로 환자에게 선물할 잼을 가지러 갔다가 발을 헛디뎌 굴러떨어진 것이다. 몸을 일으켜 보니 발이 부러져 있었다. 때문에 엘리자베스 이모는 생전 처음 몇 주간을 침대에서 지내야 하는 운명에 직면했다.

물론 뉴문은 엘리자베스 이모의 손길 없이도 잘 돌아갔으나 이모는 그렇게 생각하지 않았다. 뉴문의 집안 살림보다 더 큰 문제는 '어떻게 엘리자베스 이모를 즐겁게 해주느냐'는 것이었다. 엘리자베스 이모는 움직이지 못하게 된 것을 견디지 못하고 화를 냈다. 그녀는 혼자서 책을 많이 읽을 수도 없는 처지이면서 남이 읽어주는 것도 싫어했다. 그녀는 음식이 죄다 개 먹이가 되리라 생각했고, 자신은 평생 절름발이로 살게 될 것이라 믿었고, 닥터 번리는 바보이고 로라는 사과를 제대로 딸 줄 모르며, 고용인들은 지미를 속일 것이라고 확신했다.

"엘리자베스 이모, 제가 오늘 완성한 단편을 읽어드릴까요? 재미있는 거예요." 어느 날 저녁 에밀리가 이렇게 말했다.

"시시한 연애 얘기냐?"

엘리자베스 이모는 흥미 없다는 듯이 물었다.

"연애소설은 아니에요. 순전히 희극이지요."

"그럼 들어볼까? 시간을 떼우는 데 도움이 될지도 모르니까."

에밀리가 소설을 읽었다. 엘리자베스 이모는 아무 말도 하지 않았지만 다음 날 오후가 되자 주저하며 이렇게 말했다.

"어젯밤 네가 읽어 주었던 이야기에 후속편이 있니?"

"아니요."

"그래, 있으면 더 들어도 괜찮은데……. 그것을 듣고 있으려니 나도 모르게 이야기 속에 빠져들게 돼. 등장인물이 어쩐지 살아있다는 느낌이 들어. 그 사람들이 어떻게 됐는지 궁금해지는 건 그래서일 거야." 엘리자베스 이모는 약간 어색한 듯 말했다.

"그럼 그 사람들에 대한 또 하나의 이야기를 쓰겠어요." 에밀리는 약속했다.

두 번째 이야기를 다 듣고나자 엘리자베스 이모는 세 번째 이야기를 들어도 좋겠다고 말했다.

"애플개스 집안 사람들은 재미있는 사람들이야. 나는 실제로 그런 사람들을 알고 있지. 그 불쌍한 아이, 제리 스토 말이야. 크면 어떻게 될까?

3

그날 저녁때 에밀리가 쓸쓸한 창밖의 잿빛 목장이랑 산이랑 그 위를 불어오는 바람을 바라보고 있을 때 한 가지 아이디어가 떠올랐다. 가랑잎이 바람에 쓸려 정원 벽에 부딪히는 소리가 들렸다. 커다란 눈송이가 조금씩 내리기 시작했다.

그날 일저한테서 편지가 왔다. 몬트리올에서 전시되었던 '미소짓는 소녀'라는 제목의 테디의 그림이 큰 반향을 불러일으켜 파리의 살롱에 초대되었다는 내용이었다. 일저는 이렇게 쓰고 있었다.

"나는 서둘러 여행에서 돌아와 전시회의 마지막 날에 그것을 볼 수 있었어. 그림의 모델은 너야, 에밀리. 몇 년 전에 스케치해 두었던 것을 손질해서 완성한 것이야. 낸시 고모할머니가 가지고 있다가 너의 기분을 상하게 했던 그림 기억하지? 테디의 캔버스 속에서 네가 웃고 있었어.

비평가들은 테디의 색채나 테크닉, '느낌'에 대해 무척 여러 가지로 말하고 있었어. 누군가 '저 소녀의 미소는 모나리자의 미소만큼이나 유명해질 겁니다' 하고 말했지. 그 미소는 내가 너의 얼굴에서 수도 없이 본 거였어. 특히 네가 어떤 '번뜩임'이라고 부르는 보이지 않는 것을 보고 있을 때 자주 떠오르는 미소지.

테디는 그 미소의 본질을 포착한 거야. 사람을 바보 취급하는 도전적인 모나리자의 미소와는 달라. 기분이 내키면 얼마든지 얘기해 줄 수 있는 아름답고 멋진 비밀을 암시하고 있는 듯한 미소지. 영원의 속삭임이라고나 할까, 사람들이 듣고 즐거워할 비밀을 간직한 미소야.

물론 이것은 표현상의 문제겠지. 아마 너 자신도 우리나 마찬가지로 무슨 비밀인지 모를 거야. 그러나 그 미소는 네가 모든 것을 알고 있다는 느낌을 줘. 그래, 확실히 너의 테디는 천재야. 그 그림을 보면 알 수 있어. 에밀리, 네가 천재에게 영감을 준 것에 대해 어떻게 생각해? 나라면 그런 찬사를 들을 수 있다면 수명이 조금 줄어들어도 상관없을 것 같아."

에밀리는 그것이 어떤 기분인지는 알 수 없었다. 그렇지만 테디에 대해서는 약간 화가 났다. 그녀의 애정을 조롱하고 우정을 무시한 그가 무슨 권리로 그녀의 얼굴을, 영혼을, 그녀의 내밀한 꿈을 그려서 세상 사람들 앞에 내놓겠다는 것인가? 하기는 어린 시절에 테디는 그렇게 하겠다고 얘기했었고, 자신도 승낙했다. 그렇지만 모든 것이 변하지 않았는가. 모든 것이 달라졌다.

그런데 갑자기 아이디어가 떠올랐다. 엘리자베스 이모가 흥미를 느끼는, 올리버 트위스트 같은 소년이 등장하는 그와 비슷한 것을 하나 더 써보면 어떨까? 그 이야기를 확장시켜 장편소설로 만드는 것이다. 물론 〈꿈을 파는 사람〉 같지는 않을 것이다.

그때의 영광은 다시는 돌아오지 않을 것이다. 그러나 에밀리는 전체적으로 기지가 번뜩이는 인간 희극을 책으로 쓰면 좋겠다는 생각이 불현듯 들었다. 그녀는 엘리자베스 이모 방으로 뛰어 내려갔다.

"이모, 요전번 이야기 속의 등장인물들에 대한 책을 쓰려고 하는데 어떻게 생각하세요? 이모를 위해 하루에 한 장씩 쓰려고 해요."

엘리자베스 이모는 흥미를 느꼈지만 그 사실을 겉으로 드러내지 않으려 애쓰며 말했다.

"좋을 대로 하렴. 나도 이야기 듣는 것은 싫지 않아. 하지만 주위 사람들 얘기를 소설 속에 써넣으면 안 돼, 알았지?"

에밀리는 주위 사람들 얘기는 쓰지 않았다. 그럴 필요도 없었다. 등장인물들이 그녀의 의식 속을 비집고 들어와 이름과 살 집을 갖추어 달라고 끊임없이 요구해오고 있었다. 그들은 웃기도 하고, 얼굴을 찡그리기도 하고, 울기도 하고, 춤을 추기도 했다. 뿐만 아니라 조그만 연애사건까지 일으켰다. 엘리자베스 이모도 소설이라면 연애사건이 빠질 수는 없을 것이라고 생각하고 이것을 묵인했다. 에밀리는 매일 밤 한 장씩 써서 읽어주었고, 로라 이모와 지미도 엘리자베스 이모 옆에서 함께 들었다. 지미는 매우 기뻐했다. 그는 이 이야기야말로 여태까지 쓰여진 모든 소설 중에서 가장 뛰어난 작품이라고 확신했다.

지미는 "네 이야기를 듣고 있으면 다시 젊어지는 기분이 들어"라고 말했다.

"때로는 웃고 싶어졌다가 때로는 울고 싶어졌다가 해. 다음 장이 어떻게 될지 궁금해서 밤에도 잠이 안 와." 로라 이모가 고백했다.

"더 심각한 사태가 올지도 몰라." 엘리자베스 이모도 인정했다. "그렇지만 에밀리, 글로리아 애플개스의 지저분한 행주에 대한 대목은 빼는 것이 좋겠어. 데리폰드의 프로스트 부인이 그것을 보고 자기 얘기를 썼다고 생각하면 곤란하니까 말이야. 그 부인의 행주는 항상 기름에 찌들어 있거든."

"비슷한 일은 어디에나 있기 마련이지. 글로리아는 책에서는 재미있는 사람이지만 함께 살기에는 무서운 사람인것 같아. 그녀는 세계를 구하기 위해 너무 바빠. 누군가 그녀에게 성경을 읽으라고 이야기해 주어야 하는데." 지미가 말했다.

"나는 제시 애플개스가 맘에 안 들어. 너무 허풍을 떠니까 말이야." 로라 이모가 말했다.

"천박한 인간이야." 엘리자베스 이모가 말했다.

"나는 제시 애플개스를 이해할 수가 없어." 지미가 성난 어조로 말했다. "자기 기분을 달래려고 고양이를 걷어차는 인간이라니! 그런 작자를 패주기 위해서라면 20마일 바깥이라도 찾아갈 거야. 그렇지만," 그는 희망이 담긴 얼굴로 말했다. "그 녀석은 머지않아 죽을지도 몰라."

"아니면 새사람이 거듭나든지." 로라 이모가 동정어린 말투로 말했다.

"아니, 아니, 그 녀석이 새사람으로 거듭나게 해서는 안 돼." 지미가 걱정스럽게 말했다. "필요하다면 그를 죽여. 그렇지만 새사람으로 거듭나게 해서는 안 돼. 그건 그렇고, 페그 애플개스의 눈빛을 다른 색으로 바꿔줬으면 좋겠는데. 나는 녹색 눈은 싫어. 언제나 싫었어."

"하지만 이제 와서 바꿀 수는 없어요. 녹색 눈이에요." 에밀리가 반대했다.

"그렇다면 에이브러햄 애플개스의 수염은 어때? 나는 에이브러햄이 좋더라. 유쾌한 녀석이거든. 그의 수염을 없애면 안 될까, 에밀리?" 지미가 간청했다.

"안 돼요. 그럴 수는 없어요."

왜 모두들 이해하지 못하는 것일까? 에이브러햄은 수염이 있었다. 수염이 필요했다. 수염을 기르려했던 것이다. 그녀 마음대로 그것을 바꿀 수는 없었다.

"그 사람들은 정말 살아있는 게 아니야." 엘리자베스 이모가 야단을 쳤다.

그렇지만 한 번은 엘리자베스 이모도 소리내어 웃었다. 에밀리는 그것을 자신의 승리로 받아들였다. 엘리자베스 이모는 자기도 모르게 웃은 것이 부끄러워 나머지 부분을 읽을 때에는 미소조차 띠지 않았다.

"엘리자베스는 하느님이 우리가 웃는 것을 싫어하신다고 생각하는 거야." 지미가 뒤에 있는 로라 이모에게 속삭였다. 만약 엘리자베스가 발을 다쳐 누워 있지만 않았다면 로라는 빙긋 웃었을 것이다. 하지만 지금 웃는 것은 그녀의 처지를 부당하게 이용하는 것이다.

지미는 아래로 내려가면서 고개를 갸웃거렸다. "에밀리는 어떻게 이런 걸 다 썼을까? 시라면 나도 쓸 수 있지만, 이건 달라. 인물들이 살아있어."

엘리자베스 이모의 의견에 의하면 그중에 한 사람은 너무나 생생했다. 그녀가 에밀리에게 말했다.

"그 니콜러스 애플개스는 슈루즈베리의 더글러스 코시를 너무 닮았어. 우리가 알고 있는 사람을 소설에 등장시키지 말라고 내가 분명히 일러두었을 텐데."

"어머, 저는 더글러스 코시라는 사람을 만난 적도 없어요."

"영락없는 그 사람이야. 지미도 그렇게 말했어. 그를 빼야 해, 에밀리."

그렇지만 에밀리는 그를 빼지 않겠다고 고집을 부렸다. 니콜러스 영감은 가장 잘 묘사된 인물 가운데 하나였다. 그 무렵 그녀는 이 일에 열중했다. 〈꿈을 파는 사람〉을 쓸 때와 같은 창조의 기쁨은 없었지만 대단히 재미있었다. 책을 쓰고 있는 동안은 모든 생각을 잊었다. 엘리자베스 이모가 발에서 부목을 떼고 부엌의 긴 의자에 앉던 날 마지막 장이 완성됐다.

엘리자베스 이모가 말했다.

"아파서 누워있을 때 네 이야기는 많은 도움이 되었어. 하지만 다시금 집안 일을 돌볼 수 있게 되어 기쁘구나. 그래, 너는 책에 무슨 제목을 붙일 테냐?"

"'장미의 교훈'이라는 제목이에요."

"그다지 좋은 제목은 아닌 것 같구나. 무슨 뜻인지 모르겠는걸. 아마 다른 사람도 마찬가지일 거야."

"상관없어요. 그게 책의 제목이에요."

엘리자베스 이모는 한숨을 쉬었다.

"너는 누굴 닮아서 그렇게 고집이 센지 모르겠구나, 에밀리. 정말 모르겠어. 너는 다른 사람의 충고를 받아들이는 법이 없지. 그 책이 출판되면 코시 집안 사람들은 우리와는 말도 하지 않으려 들 거야."

"이 책은 출판되지 않을 건데요, 뭐." 에밀리가 우울한 듯 말했다. "틀림없이 원고가 반송돼 올 거예요. 약간의 칭찬과 함께 말이지요. 정말 왕짜증나는 일이에요."

'왕짜증'이라는 말을 들어본 적이 없는 엘리자베스 이모는 에밀리가 만들어낸 말이라고 생각하고 엄하게 타일렀다.
"에밀리, 두 번 다시 그런 말을 입 밖에 내서는 안 돼. 일저라면 그런 말을 쓸 수도 있겠지만, 뉴문의 머리 집안 사람은 아무도 욕을 하지 않는다."
"그냥 유행하는 말을 좀 써봤을 뿐이에요."
에밀리는 피곤했다. 모든 것이 지겨웠다. 지금은 크리스마스고, 길고 멋없는 겨울이 기다리고 있다. 아무 목표도 없는 텅빈 겨울이. 의미 있는 일은 아무것도 없었다. 〈장미의 교훈〉을 출판해줄 곳을 찾는 일조차도 의미없기는 마찬가지였다.

4

그러나 에밀리는 원고를 타이핑해서 출판사에 보냈다. 원고는 되돌아왔다. 그녀는 세 번을 다시 보냈지만 매번 반송되어왔다. 여러 번 고쳐 쓰는 바람에 원고는 만신창이가 되었다. 그해 겨울부터 다음 해 여름까지 그녀는 책을 내줄 만한 출판사의 리스트를 들고 꾸준히 원고를 보냈다. 몇 번이나 고쳐썼는지 이제 셀 수도 없었다. 그것은 이를테면 농담이 되었다, 쓰디쓴 농담이.
가장 고통스러운 일은 원고가 되돌아온 것을 아는 뉴문 사람들의 동정과 분노를 보아야하는 것이었다. 지미는 원고가 되돌아올 때마다 화가 나서 그 다음날은 아무것도 먹지 않았다. 그 때문에 에밀리는 그에게 원고가 반송되어온 것을 이야기하지 않기로 했다. 한번은 그 원고를 미스 로열에게 보내서 도움을 요청할까도 생각했었지만 머리 집안의 자존심이 이를 허락지 않았다.
마침내 어느 가을날 리스트에 있는 마지막 출판사에서 원고를 반송하자 에밀리는 봉투도 뜯지 않는 채 책상 서랍 속에 던져놓고 말았다.
"더 이상 실패를 견뎌내기에는 너무 마음이 아프다. 이것으로 끝이다. 내 모든 꿈은 끝났다. 원고는 메모용지로나 사용해야겠지. 이제부터는 요리나 배우며 살겠어."

지미가 화를 내며 말한 대로 출판사보다는 잡지사 쪽이 더 안목이 있는 것 같았다. 그녀가 헛되이 책을 내줄 출판사를 찾고 있는 동안 잡지사의 원고 청탁은 계속 늘어갔다. 그녀는 책상에서 오랜 시간을 보내면서 그럭저럭 즐겁게 글을 썼지만 마음 한구석에는 항상 실패 의식 같은 것이 자리하고 있었다. 그녀는 결코 알프스 준봉에 오를 수 없는 것이다. 산 정상의 영광은 그녀를 위한 것이 아니었다. 요리를 배우는 것, 그것이 전부였다. 그렇지만 엘리자베스 이모의 생각대로 살아가는 것은 부끄러울 정도로 쉬운 일이다.

미스 로열은 에밀리에게 발전이 없다고 정직하게 편지를 써 보냈다.

"당신은 판에 박힌 듯 변화가 없어요, 에밀리. 자기 만족에 빠져 있어요. 로라 이모와 지미의 칭찬은 당신에게 해로운 것이에요. 당신은 여기 왔어야 했어요. 그러면 훌륭한 작가가 되었을 텐데." 그녀는 타일렀다.

만약 그녀가 6년 전 그때 미스 로열과 뉴욕으로 갔었다면 책은 출판되었을까? 책을 출판하지 못한 것은 원고 겉봉에 찍힌 프린스에드워드 섬의 우체국 소인 때문이 아니었을까? 프린스에드워드 섬과 같은 벽촌에서 어떤 좋은 것이 나오리라고 기대하기는 힘든 일일 테니까.

아마도 미스 로열이 옳았던 것이리라. 그렇지만 그런 것은 중요하지 않았다.

그해 여름 블레어워터에는 아무도 오지 않았다. 그것은 테디 켄트가 오지 않았다는 말이다. 일저는 유럽에 가 있었다. 딘 프리스트는 태평양 연안에서 살기로 한 것 같았다. 뉴문의 생활은 별다른 변화 없이 계속됐다. 엘리자베스 이모가 약간 다리를 절고 지미의 머리가 하룻밤새라고 해도 좋을 만큼 갑작스레 하얘진 것이 변화라면 변화였다. 이따금 에밀리는 지미가 늙어간다는 것을 깨닫고 놀라지 않을 수 없었다. 그들은 모두 늙어가고 있었다. 엘리자베스 이모는 70살이 다 됐다. 그리고 그녀가 죽게 되면 뉴문은 앤드루의 것이 된다. 가끔 뉴문을 방문하는 앤드루에게서는 벌써 주인 같은 모습이 보일 때가 있었다. 물론 그가 여기 살고자 해서가 아니다. 집을 팔 때를 대비해 깨끗하게 유지해 두자는 것이다.

어느 날은 앤드루가 올리버 삼촌에게 이렇게 말했다.

"저 롬바르디 포플러를 베어버릴 때가 된 것 같아요. 위쪽이 너무 지나치게 자랐어요. 게다가 요즘에는 아무도 저런 것을 심지 않아요. 그리고 전나무 밭을 간척해서 농경지로 만들어야 겠어요."

"저 '옛날 과수원'도 없애야 해. 과수원이라기보다는 정글 같아. 게다가 나무는 모두 고목이라 쓸모가 없어. 모두 베어버려야 해. 지미와 엘리자베스는 너무 구식이야. 이 농장에서 벌어들일 수 있는 수익의 반밖에 얻지 못하고 있어." 올리버 삼촌이 말했다.

이 말을 들은 에밀리는 주먹을 불끈 쥐었다. 뉴문이 변하는 것을 보는 것은 견딜 수 없는 일이었다. 사랑스런 나무들이 베어넘어가고, 산딸기가 자라는 전나무 밭이 사라지고, 꿈같이 아름다운 과수원이 파헤쳐지고, 어린 시절의 기쁨을 간직한 작은 언덕과 골짜기가 변하는 것을 보는 것은 끔찍한 일이었다.

"네가 앤드루와 결혼을 했더라면 뉴문은 네 것이 되었을 텐데." 엘리자베스 이모가 울고 있는 에밀리를 보고 말했다.

"그러나 그렇더라도 변화를 막을 수는 없을 거예요. 앤드루는 제 말을 들으려하지 않을 테니까요. 그는 남편이 아내의 머리라고 생각하는 사람이에요."

"너는 이번 생일이 지나면 24살이 돼."

그러나 그것이 어쨌다는 건가?

에밀리 버드 스타의 숲

1

10월 1일

어제 오후 나는 창가에 앉아서 새 연재물을 쓰면서 정원 입구의 귀엽고 아기자기한 어린 단풍나무를 바라보았다. 어린 나무들은 오후 내내 서로 비밀을 속삭이고 있었다. 머리를 한데 모으고 진지하게 이야기하다가는 놀라서 손을 들어올리고 고개를 젖혀 서로를 바라보는 그 모습이 재미있었다. 나무나라에 무슨 일이 생긴 걸까?

2

10월 10일

아름다운 밤이었다. 나는 가을밤 황혼이 깊어지고 별이 빛날 때까지 언덕 위를 돌아다녔다. 혼자였지만 쓸쓸하지는 않았다. 나는 공상 속에서 궁전의 여왕이 되어 가상의 친구들과 대화하며 수많은 경구를 지었는데, 그 경구의 훌륭함에 나 자신도 감탄하지 않을 수 없었다.

3

10월 28일

오늘 밤 나는 오랫동안 산책을 했다. 자줏빛의 어둡고 이상한 세계가 펼쳐져 있었다. 노란 하늘 위로 커다랗고 차가운 구름이 켜켜이 쌓이고, 산은 버려진 숲의 정적 속에 생각에 잠겨 있는 듯하고, 바다는 끊임없이 해안가 바위에 부딪히고 있었다. 모든 것이 심판의 날을 기다리고 있는 듯 했다.

나는 무섭게 고독한 느낌이 들었다. 나는 왜 이렇게 분위기에 민감한 것일까. 엘리자베스 이모가 말한 것처럼 '변덕'스러워서일까? 앤드루가 말한 대로 '개성이 강한 성격'이라 그런 걸까?

4

11월 5일

날씨가 왜 이럴까? 그제는 아름다웠다. 갈색 담비 가죽옷을 입은 노부인처럼 위엄 있는 날씨였다. 그런데 어제는 푸른 아지랑이로 스카프를 두르고 봄기운을 몰고오는 우아한 젊은 여성을 흉내내려 했다. 사실은 넝마를 걸친 주름살투성이의 추하고 지저분한 노파이면서 말이다. 그 노파는 스스로의 추한 모습에 하루 종일 화를 냈다. 나는 한밤중 잠에서 깨어 나무들 사이로 불어오는 바람소리와 유리창을 두드리는 분노와 악의에 가득찬 빗소리를 들었다.

5

11월 23일

종일 끊임없이 쏟아지는 가을비가 이틀째 계속되고 있다. 사실 11월 들어 거의 매일 비가 내린다. 오늘은 우편물이 없었다. 밖은 비에 젖은 나무와 들판으로 음산해 보였다.

습기와 음울한 기운이 내 영혼에 스며들어 내게서 모든 에너지와 생기를 앗아갔다.

나는 읽고, 쓰고, 먹고, 자는 것을 억지로 할 수 밖에 없었다. 무슨 일을 해도 잘 해낼 수가 없었다. 남의 손과 머리를 빌려서 하는 것처럼 말이다. 나는 무기력하고 초라하고 무뚝뚝하다. 스스로 생각해도 나 자신이 싫다.

삶 속에 이끼가 끼어버린 것이다!

바로 이거다. 이렇게 불만을 토로하고 나니 기분이 한결 나아졌다. 내 안에서 무언가가 분출된 것 같다. 누구나 때로 낙담으로 인생의 모든 것에 흥미를 잃을 때가 있는 법이다. 가장 밝은 날에도 구름은 있다. 다만 항상 해가 존재한다는 것을 잊어서는 안 된다.

종이 위에서 철학자인 체하기란 얼마나 쉬운 일일까! 가령 빗속에 떨고 있을 때 여전히 머리 위에 해가 있음을 기억하는 것이 과연 얼마만한 도움이 될 것인가? 어쨌든 어느 날도 전날과 완전히 똑같지는 않다는 것, 그것은 고마운 일이다!

6

12월 3일

바람이 몹시 부는 오늘 밤, 메마른 언덕 뒤로 넘어가는 해는 유난히 불안정해 보였다. 성난 듯 빨간 석양 빛이 '키다리 존의 숲'에 있는 전나무 가지와 롬바르디 포플러 가지 사이로 비쳐들었다. 나무들은 갑작스런 바람에 때로 몸을 떨었다. 나는 창가에 앉아서 그것을 바라보고 있었다. 아래 뜰은 캄캄해서 꽃이 없는 길 위로 죽은 나뭇잎이 기분 나쁘게 바람에 불려다녔다. 가엾은 죽은 잎이여. 하지만 아직 완전히 죽은 것같이 보이지는 않았다. 신산스런 삶이 아직 그 안에 남아 있어 불안하고 쓸쓸한 듯했다. 낙엽은 이미 그들에게는 아무 관심도 없는 바람소리에 귀를 기울인다. 바람은 다만 가끔씩 불어와 그들을 희롱하고, 그 조용한 안식을 방해할 뿐이다. 기묘하고 불가사의한 황혼 속에서 그 광경을 보면서 나는 낙엽들이 안됐다는 생각이 들었다. 그리고 죽은 나뭇잎을 가만히 내버려두지 않는 바람에게 내가 생각해도 우스울만큼 화가 났다. 왜 낙엽들이——그리고 내가——이 지나가는 바람에, 삶을 갈망하는 이 일시적이고 열정적인 호흡에 마음이 언짢아야 하는가?

오랫동안 일저에게서도 소식이 없다. 그녀 역시 나를 잊은 것이다.

7

1월 10일

내 작품이 세 편이나 채택되었다. 오늘 저녁 우체국에서 돌아오면서 나는 주변의 아름다운 겨울 경치에 마음이 뛰었다. 정말 조용하고 평화로운 저녁이었다. 낮게 뜬 해가 눈 위에 핑크빛과 연보랏빛을 드리웠다. 그리고 '환희의 산' 위에 뜬 커다란 은빛 달이 너무도 다정하게 느껴졌다.

세 편의 원고가 채택됐다는 것이 이토록 사람의 가치관에 영향을 미치는 것일까!

8

1월 20일

요즈음, 밤은 매우 음산하고 낮은 낮대로 해도 없는 잿빛 나날이다. 나는 하루 종일 글을 쓰고 생각한다. 그리고 밤이 되면 내 영혼에는 우울이 스며든다. 그 느낌은 말로 설명할 수가 없다. 그것은 어떤 실질적인 고통보다 더 나쁜 끔찍한 기분이다. 굳이 말로 표현하자면 머리나 몸이 아니라 마음이 지친 것 같은 느낌이라 할 것이다. 그리고 여기에는 늘 미래에 대한 두려움이 따라다닌다. 어떠한 미래든 상관없이, 행복한 미래조차도, 아니 행복한 미래야말로 두려웠다. 이렇게 이상한 기분일 때에는 행복해지기 위해 보다 많은 노력과 현재 내가 지니고 있는 것 이상의 쾌활함이 필요하다. 행복해지기 위해서는 너무 많은 수고와 에너지가 요구되는 것 같다.

이 일기장 안에서만은 정직해지기로 하자. 나는 뭐가 문제인지를 잘 알고 있다. 오늘 오후, 창고에서 트렁크를 정리했는데, 테디가 몬트리올에서 보낸 첫해에 나에게 써 보낸 편지 뭉치가 나왔다. 어리석게도 나는 거기 앉아서 그것을 다 읽었다.

그것은 미친 짓이었다. 지금 나는 그 대가를 톡톡이 치르고 있는 중이다. 그런 편지에는 옛날 일을 되살려내는 힘이 있다. 나는 괴로운 생각과 초대하지도 않은 유령들, 과거의 잔잔한 기쁨의 환영에 둘러싸여 있다.

9

2월 5일

사는 게 예전 같지 않다. 무언가가 빠져 있다. 나는 불행하지는 않다. 그렇지만 인생은 부정적인 면이 더 많아 보인다. 대체로 나는 인생을 즐기고 있는 편이고, 그중에는 아름다운 순간도 많았다. 나는 점차로 성공을 거두고 있었고, 세상에 대한 이해도 깊어졌으며, 때로 즐거움과 재미를 맛보기도 한다. 그렇지만 그 모든 것의 이면에는 깊은 공허감이 있다.

이것은 순전히 무릎까지 빠져드는 눈 때문에 한발짝도 앞으로 나아갈 수 없는 상황 탓이리라. 눈이 녹는 것을 기다리자. 눈이 녹으면 밖에 나와 싱그런 전나무의 향기를 맡고 '산 같은 힘'을 얻을 수 있으리라. '산 같은 힘'이라는 말은 참으로 아름다운 성경구절이다. 나는 다시 건강해질 것이다.

10

어젯밤에는 벽난로 위에 있는 조화가 가득 꽂힌 꽃병이 견딜 수 없을 정도로 싫었다. 아무리 40년 동안 거기 꽂혀 있었다고 하지만 그것이 무슨 상관이랴! 나는 그것을 창문 밖으로 집어던졌다. 그리고는 마음이 편해져서 어린아이처럼 잠을 잤다. 그러나 오늘 아침 지미가 그것을 모두 주워 모아 나에게 살짝 건네주며 다시 '바람에 날리지' 않게 하라고 했다. 엘리자베스 이모가 알면 놀랄 것이기 때문이다. 나는 그것을 다시 꽃병에 꽂았다. 운명은 피할 수 없는 것인가 보다.

11

2월 22일

오늘 저녁에는 부옇게 안개가 끼었다가 달이 떠올랐다. 달빛이 아름다웠다. 멀리서 들려오는 부드러운 음악 소리를 듣는 것처럼 찬연한 달빛을 받으며 정원과 노래와 친구가 있는 행복한 꿈을 꿀 수 있을 것 같은 밤이다.

나는 살짝 방을 빠져나와 빛으로 가득찬 요정의 세계를 홀로 거닐었다. 흰 눈 위로 나무의 검은 그림자가 보이는 과수원을 지나 별이 반짝이는 하얀 산 위로 올라갔다. 거기서 달빛이 들지 않는 캄캄한 숲 속에 서 있는 신비로운 전나무들 사이로 들어갔다가 다시 어둠과 빛이 공존하는 꿈의 들판을 어슬렁거렸다. 들판에서 옛 친구인 바람 아주머니를 만났다. 모든 숨결이 서정시였고 모든 생각이 황홀경이었다. 나는 거대한 밤의 수정 욕조에서 영혼을 말갛게 헹구어 돌아 내려왔다.

그렇지만 엘리자베스 이모는 사람들이 이 시간에 바깥을 배회하는 내 모습을 보면 제정신이 아니라고 생각할 것이라고 말했다. 로라 이모는 내가 감기에 걸리지 않도록 뜨거운 포도즙을 마시게 했다. 지미만이 어느 정도 내 기분을 알아주었다.

"너는 도망치려 했던 거지? 나는 알고 있어." 지미가 속삭였다.

"내 영혼은 넓은 목장에서
별과 함께 양을 치고 왔어요."

나는 이렇게 작은 목소리로 대답했다.

12

2월 26일

최근에 슈루즈베리에서 재스퍼 프로스트가 왔다. 어젯밤에 나와 이야기한 뒤로 다시 오지 않을 것 같다. 그는 나를 '영원히 지속되는 사랑으로' 여전히 사랑하고 있다고 말했다. 그러나 나는 재스퍼에게 있어서 영원이란 꽤 긴 시간을 의미하는 것이리라고 생각했다. 엘리자베스 이모는 약간 실망했다.

불쌍한 이모, 이모는 재스퍼를 좋아한다. 그리고 재스퍼는 집안도 좋았다. 나 또한 그를 좋아하지만, 그는 지나치게 꼼꼼하고 단정했다.

"그러면 꾀죄죄한 구혼자가 좋단 말이냐?" 엘리자베스 이모가 물었다.

그 말에는 좀 난처했다. 나도 그런 것은 싫었기 때문이다.

"행복한 중간이란 말이 있잖아요." 내가 항의했다.

"너무 까다롭게 굴면 못 써. 특히……." 분명 엘리자베스 이모는 '특히 24살이 다 되어가는 아가씨는' 하고 말하려 했었다. 그러나 중간에 말을 바꾸어 "본인도 전적으로 완벽하지는 않다면" 하고 말했다.

카펜터 선생님이 살아계셔서 엘리자베스 이모가 강조한 대목을 들으셔야 했다. 대단한 솜씨 아닌가!

13

3월 1일

'키다리 존의 숲'에서 훌륭한 밤의 음악이 흘러나와 나의 창가로 다가온다. 아니, 더 이상은 '키다리 존의 숲'이 아니다.

'에밀리 버드 스타의 숲'이다!

나는 오늘 최근에 받은 원고료로 그 숲을 샀다. 그것은 내 것이다. 내 것, 내 것이다. 그 속에 있는 모든 아름다운 것이. 달빛 속의 아름다운 경치도, 별빛이 비치는 커다란 느릅나무의 우아한 자태도, 어슴푸레한 작은 골짜기들도, 수정같이 맑은 샘물도, 아름다운 음악을 연주하는 바람도 이제는 모두 나의 것이다. 이제 아무도 나무를 베거나 숲을 훼손하지는 못한다.

'나는 너무 행복하다. 바람이 나의 동지이고, 저녁 별이 나의 친구다.'

14

3월 23일

폭풍우 치는 밤, 처마에 머물다 창문을 스치고 지나가는 바람 소리만큼 슬프고 기분 나쁜 것이 있을까. 오늘 밤에는 바람이 몹시 분다. 바람 속에 아름답고 불행한 여인이 실연의 고통 속에 부르짖는 모든 외침이 들려오는 듯하다. 내 모든 과거의 고통이 그 안에서 목소리를 얻는다. 그리고 다시 돌아오겠노라고 내 영혼에게 구슬피 말한다. 나의 작은 창에서 부르짖고 있는 밤바람에는 이상한 소리가 섞여있다. 나는 그 속에서 오래된 슬픔의 부르짖음을, 절망의 신음을, 사라진 희망의 비탄에 찬 노래를 듣는다. 밤바람은 망령이 헤매다니는 소리다. 그것은 미래와는 상관이 없다. 그래서 더 슬프다.

15

4월 10일

오늘 아침 나는 여태까지보다도 더욱 나 자신이 된 것같이 느껴졌다. 나는 밖으로 나가 '환희의 산'을 산책했다. 따스하고 고요한, 안개 낀 아침이었다. 진줏빛 하늘은 아름다웠고 대기 중에는 봄 내음이 물씬 풍겼다. 구불구불한 산길의 모든 모퉁이가 마치 오래된 친구처럼 정겨웠다. 모든 것이 너무나 젊었다. 4월은 늙을 줄 모른다. 어린 전나무의 싱그러운 초록빛은 잎사귀에 맺힌 진주 같은 이슬방울과 멋진 조화를 이룬다.

"너는 내 거야"라고 블레어워터의 저편에 있는 바다가 내게 말했다.

"우리 것이기도 하지"라고 작은 산들이 소리쳤다.

"에밀리는 나의 누이야"라고 전나무가 말했다.

그렇게 주위를 둘러보고 있으려니까 예전의 '번뜩임'이 다시 나를 찾아왔다. 우울했던 지난 몇 달 동안 좀처럼 보이지 않던 것이다. 이 초자연적인 순간이 나이들어 사라진다면 어떻게 하지? 내게 '일상의 빛'밖에 남지 않는다면 어떡하나?

하지만 적어도 오늘 아침에는 나에게 그 빛이 찾아왔고 나는 영원 불멸의 순간을 맛보았다. 결국 자유는 영혼의 문제인 것이다.

"자연은 사랑하는 마음에 등을 돌리지 않는다."

우리가 자연 앞에 겸허하게 나오면 자연은 언제나 우리를 치유해 준다. 불유쾌한 기억이나 불만은 사라져 버렸다. 나는 갑자기 산모퉁이에서 어떤 오래된 기쁨이 나를 기다리고 있는 것을 느꼈다.

오늘 밤에는 개구리가 울고 있다. '개구리'라는 단어는 어쩌면 이렇게 우습고 귀엽고 매력적이고 부조리할까.

16

5월 15일

내가 죽으면 여름과 가을과 겨울에는 평화롭게 풀 밑에서 잠들어 있을 것이다. 그렇지만 봄이 오면 내 심장은 박동하고, 지상에서 들려오는 온갖 소리에 그리운 듯 화답하리라. 오늘은 봄과 아침이 서로 마주보며 웃고 있다. 나도 밖으로 나가 그들과 친구가 되었다.

오늘 일저에게서 편지가 왔다. 새로운 소식은 별로 없었고, 집으로 돌아온다고 했다.

"나는 향수병에 걸렸어. 블레어워터의 숲에서는 아직도 야생조류가 노래하고 있니? 모래언덕 저편에서는 여전히 파도가 손짓하고 있니? 나는 그런 것들이 그리워. 그리고 우리가 어렸을 때 수없이 바라보았던 것처럼 항구 위로 달이 뜨는 모습을 보고 싶어. 그리고 네가 보고 싶어. 편지 쓰는 것으로는 만족할 수가 없어. 너와 이야기할 것이 너무 많아. 나는 오늘 조금 나이든 기분이야. 기분이 묘해."

일저의 편지에는 테디에 관한 언급은 없었다. 그러나 일저는 "페리 밀러가 엘름슬리 판사의 딸과 약혼했다는 게 정말이니?"라고 쓰고 있었다.

그렇지는 않은 것 같다. 하지만 이 소식으로 페리가 이미 어느 만큼 출세해 있는지 짐작할 수 있었다.

두 통의 편지

1

 24살의 생일날 에밀리는 자신이 쓴 '14살의 에밀리가 24살의 에밀리에게'라는 제목이 붙은 편지의 겉봉을 뜯었다. 그것은 예전에 생각했던 것처럼 즐거운 일은 아니었다. 그녀는 편지를 손에 들고 창가로 가서 오랫동안 '키다리 존의 숲' 너머로 지는 노란 별빛을 바라보았다. 그녀는 아직도 오랜 습관에서 그 숲을 '키다리 존의 숲'이라 부를 때가 많았다.
 편지를 펴면 무엇이 나올까? 지나간 청춘일까, 아니면 못 다 이룬 야심일까? 혹은 잊혀진 우정일까? 에밀리는 편지를 읽지 않고 태워버리는 것이 좋겠다고 생각했다. 그렇지만 그것은 비겁한 일이다. 인간은 모든 사물을 직접 대면하지 않으면 안 된다. 과거의 유령이라도 직접 상대해야 한다. 그녀는 재빨리 봉투를 열고 편지를 꺼냈다.
 오래된 냄새가 확 풍겼다. 편지 안에서 말린 장미꽃잎이 나왔다. 그녀의 손이 닿자 꽃잎은 가루가 돼서 부서졌다. 그렇다. 그녀는 그 장미를 기억하고 있었다. 어린 시절의 어느 날 저녁에 테디가 그녀에게 준 것이다. 테디는 닥터 번리가 자기에게 준 장미가 처음으로 빨간 꽃을 피운 것에 무척 만족해 했었다. 그 화분에 핀 단 한 송이의 장미였다. 그 어머니는 아들이 이 작은 식물을 사랑하는 것을 질투했다. 장미 화분은 어느 날 밤 창가에서 굴러떨어져 깨지고 말았다. 테디가 그 두 가지 사실을 연관지어 생각했는지는 알 수 없었다. 에밀리는 테디가 준 장미를 가능한 한 오랫동안 공부방 탁자 위 꽃병에 꽂아두었다. 그러나 이 편지를 쓰던 날 밤에 그녀는 시든 꽃잎을 따서 키스한 뒤 편지지 사이에 끼워 두었던 것이다. 그녀는 장미꽃잎이 그 속에 있다는 것은 잊고 있었다. 그런데 지금 그녀의 손 안으로 떨어진 것이다. 그것은 먼 옛날의 장밋빛 희망처럼 빛바래 있었지만, 아직 희미한 향기가 남아 있었다. 실제로 그런 것인지는 알 수 없었지만 편지지 전체에서 장미 내음이 풍겨나오는 듯했다.

이 편지는 유치하고 낭만적인 발상에서 나온 것이라고 그녀는 스스로를 꾸짖었다. 그것은 웃을 일이었다. 에밀리는 편지의 몇 대목에서는 실소를 금치 못했다. 얼마나 서툴고 어리석고 감상적인 데다 우스운가! 자신이 정말 이렇게 미사여구를 나열한 난센스를 쓸 만큼 어렸던 것일까? 14살 때에는 24살이 대단한 나이로 생각되었을 것이다.

편지 끝에 14살의 에밀리는 경쾌한 필치로 이렇게 쓰고 있었다.

당신은 훌륭한 책을 썼습니까? 알프스 산의 정상에 도달했습니까? 오, 나는 당신이 부럽습니다. 당신만큼 된다는 것은 멋진 일이겠죠. 당신은 나를 가엾게 보고 있습니까? 이제는 문을 타고 놀지는 않겠지요? 당신은 몇 명의 아이를 둔 부인으로서 당신이 아는 사람과 같이 '실망의 집'에 살고 있나요? 친애하는 부인, 아무쪼록 재미없는 사람만은 되지 말아 주세요. 극적인 삶을 살아

주세요. 나는 극적인 일과 극적인 사람을 사랑합니다. 결혼한 뒤의 당신 성은 무엇입니까? 어떤 이름으로 당신을 불러야 할까요? 오, 나는 당신을 위해 이 편지 안에 키스와 한 움큼의 달빛과 장미의 영혼을 넣어 보냅니다. 산의 아름다운 푸른빛과 들판에 자라나는 제비꽃 향기를 넣어보냅니다. 나는 당신이 행복하고, 유명하고, 아름답기를 바랍니다. 그리고 잊지 않기를 바랍니다."

당신의 어리석은 옛 자아로부터

에밀리는 편지를 서랍에 넣고 자물쇠를 채웠다.
"이런 바보 같은 짓은 그만두자." 그녀는 조소하듯 말했다.
그러고 나서 책상에 엎드렸다. 조그맣고 천진스러운, 꿈 많고 행복한, 순진무구의 14살 소녀는 미래에 위대하고 멋지며 아름다운 것이 기다리고 있으리라 상상하고 있었다. 꿈은 이루어지고, 반드시 보랏빛 산 정상에 도달하리라고 확신하고 있었다. 어수룩한 14살 소녀는 그러나 행복해지는 방법을 알고 있었다.
"나는 네가 부러워. 너의 편지를 펴보지 않았더라면 좋았을 텐데. 어리석은 14살이여, 과거의 어둠 속으로 돌아가 다시는 나오지 말아다오. 나는 너 때문에 밤잠을 설칠 것 같아. 내 자신에 대한 연민 때문에 밤을 지새게 될 것 같아."
그렇지만 이미 운명의 발자국 소리는 계단에서 울리고 있었다. 에밀리는 그것을 지미의 발자국 소리로 생각했다.

2

지미가 편지를 가지고 들어왔다. 얇은 편지였다. 만일 에밀리가 14살 때의 자기 자신에 정신이 팔려 있지만 않았더라면 지미의 눈이 고양이처럼 빛나고, 숨길 수 없는 흥분이 드러나고 있다는 것을 알아차렸을 것이다. 또한 에밀리가 멍하니 고맙다는 인사를 하고 책상으로 돌아갈 때, 어두운 복도에 서서 반쯤 열려 있는 문틈으로 그녀를 바라보고 있는 것도 알아차렸을 것이다. 지미가 보기에 에밀리는 처음에는 편지를 뜯어보려 하는 것 같지 않았다. 그녀는 편지를 내려놓고 그저 바라만 보고 있었다. 지미는 기다리다 지쳐서 정신이 이상해지는 것 같았다. 그렇지만 2, 3분 뒤에 에밀리는 정신을 차리고 한숨을 쉬며 편지 쪽으로 손을 내밀었다.

'만약 내 짐작이 맞다면 에밀리, 너는 편지를 보고 한숨을 쉬지는 않을 거야.' 지미는 흥분상태 속에서 생각했다.

에밀리는 보낸 이의 주소를 보고 웨어햄 출판사 같은 곳에서 왜 자기에게 편지를 부쳤을까 의아해했다. 웨어햄이라면 미국에서 가장 전통있고 가장 명망있는 출판사다. 아마 무슨 광고물이겠지. 그러고 나서 그녀는 믿기지 않는 듯한 눈으로 편지를 읽었다. 그 사이 지미는 복도의 엘리자베스 이모가 짠 깔개 위에서 소리내지 않고 춤을 추었다.

"믿을 수 없어." 에밀리는 숨을 들이켰다.

친애하는 스타 양,
우리는 당신의 작품 〈장미의 교훈〉을 검토해 보고 호감을 갖게 되었습니다. 서로간에 양해가 된다면, 우리의 다음 출판물 목록에 당신의 책을 포함하고 싶습니다. 당신의 다음 작품에 대한 계획도 알고 싶습니다."

"정말이지 믿을 수가 없어." 에밀리는 되풀이해서 말했다.

지미는 더 이상 참을 수가 없었다. 그는 만세를 부르고 휘파람을 불었다. 에밀리는 방을 나가서 지미를 끌어 안았다.

"지미, 이게 어떻게 된 일일까요? 아저씨는 무언가를 알고 있음에 틀림이 없어요. 웨어햄 출판사에서 어떻게 내 책을 알았을까요?"
"정말 채택된 거야?" 지미가 물었다.
"맞아요. 그런데 나는 그곳에 원고를 보내지 않았거든요. 이 소설이 쓸모가 있으리라고는 생각지도 못했어요. 웨어햄이라니! 내가 꿈을 꾸고 있는지 몰라."
"아니야. 내가 이야기할게. 화내지 말아, 에밀리. 한 달 전에 엘리자베스가 나더러 창고를 정리하라고 한 것을 기억하겠지. 네가 잡동사니를 담아 둔 종이 상자를 창고 안으로 가져가는데, 그만 상자 밑이 빠져 버린 거야. 그래서 그 속의 물건들이 창고 바닥에 쏟아졌지.

 그 속에서 그 원고를 발견했어. 한 페이지를 읽고는 나도 모르게 그만 그 자리에 주저 앉아 내쳐 읽었어. 한 시간 뒤에 엘리자베스가 올라와서 내가 그것을 읽고 있는 것을 봤지. 나는 모든 것을 잊고 독서삼매경에 빠져 있었어.

 엘리자베스는 화가 났지. 창고는 반도 치우지 않았는데 벌써 식사시간이었으니 왜 안 그랬겠어? 그러나 나는 누가 무슨 말을 하든 상관하지 않았어. '나로 하여금 모든 것을 잊게 할 정도라면 분명 이 책 안에는 무언가가 있다. 이것을 어딘가로 보내야 해' 하고 생각했지. 그렇지만 내가 아는 출판사라곤 웨어햄밖에 없었어. 그 출판사 이름이야 늘 듣고 있었으니까. 보내는 방법도 몰랐지. 그래서 크래커 상자에 넣어 보냈던 거야."
"반송 우표도 넣지 않고 보냈어요?" 에밀리는 놀라서 말했다.
"아니, 그런 것은 생각지 못했어. 아마 그래서 받아 주지 않았을까? 다른 출판사는 네가 반송 우표를 넣어 보내서 되돌려 보낸 것일 거야."
"설마." 에밀리는 웃었지만 실은 울고 있었다.
"에밀리, 너 화내고 있는 것은 아니겠지?"

"아니에요. 나는 그저 기뻐요. 뭐라고 말해야 좋을지, 어떻게 해야 할지 모를 만큼 기뻐요, 정말. 웨어햄이라니."

"그것을 보내 놓고 나는 매일 우편물에 신경을 쓰고 있었어. 엘리자베스는 내가 정말 어떻게 된 줄로 생각하고 있어. 만약 소설이 되돌아오면 원래대로 창고에 넣어둘 작정이었어. 네게는 알리지 않고. 그러나 그 얇은 봉투를 보자, 얇은 봉투가 좋은 소식을 담고 있다고 했던 네 말이 생각났지. 귀여운 에밀리, 울지 말아라!" 지미는 껄껄 웃었다.

"자꾸 눈물이 나는 걸 어쩔 수가 없어요. 오, 14살 꼬마 아가씨, 어리숙하다고 말해서 미안해. 너는 어리석지 않았어. 너는 현명했어. 너도 알고 있었지?"

"머리가 좀 이상해 진 것 같군. 무리도 아니지. 몇 번이나 거절을 당한 뒤니까. 하지만 곧 괜찮아질 거야." 지미가 혼잣말을 했다.

그녀의 영혼은 별처럼 멀리 있다

1

테디와 일저는 7월에 한 열흘 동안 집에 돌아와 지낼 예정이었다. '언제나 둘이 함께 오는 것은 무슨 이유일까?' 에밀리는 생각했다. 우연의 일치는 아닐 것이다. 그 방문이 두려운 에밀리는 그것이 빨리 끝나버리면 좋겠다고 생각했다. 일저와 만나는 것은 기쁘다. 어떤 이유에서인지 일저에 대해서는 절대로 서먹서먹한 기분이 들지 않는다. 일저는 아무리 오래 헤어져 있다가 만나더라도 만나는 순간 옛날로 돌아간다. 그러나 테디는 만나고 싶지 않았다. 테디는 에밀리를 잊었다. 떠나고 나서 편지 한 장도 없었다. 그는 이미 아름다운 여인을 그리는 화가로 명성을 얻고 있었다. 일저의 편지에 의하면 너무 유명해졌기 때문에, 이제 잡지 일은 안 한다고 했다. 그 얘기를 읽고 에밀리는 마음이 놓였다. 이제는 잡지에서 자신의 얼굴, 자신의 영혼과 마주칠 걱정이 사라졌기 때문이다. 그림 한 귀퉁이에 '이 소녀가 내 것임을 모든 남자들은 알아 두시오'라고 말하듯이 '프레드릭 켄트'의 서명이 들어가 있는 것을 보지 않아도 되기 때문이다.
  에밀리는 자신의 얼굴 전체를 그린 것보다 자신의 눈만 그린 것이 더 싫었다. 그녀의 눈을 그릴 수 있는 테디는 그녀의 영혼 속의 모든 것을 알고 있는 게 틀림없다. 그렇게 생각하면 그녀는 늘 분노와 수치심, 그리고 어찌할 수 없는 무력감에 사로잡혔다. 에밀리는 테디에게 자신을 모델로 삼지 말아달라고 할 수가 없었다. 그녀는 그림 속에 자신의 모습이 들어 있다는 것을 결코 인정한 적이 없었고, 앞으로도 그럴 것이다.
  그런데 이제 테디가 돌아온다. 금방이라도 도착할지 모른다. 어디론가 가버릴 수만 있다면 어떤 구실을 만들어서라도 2, 3주 동안 떠나 있고 싶다. 미스 로열은 뉴욕으로 오라고 한다. 그렇지만 일저가 와 있는 동안은 떠나 있을 수 없다.
  에밀리는 이런 생각을 떨쳐냈다. 그녀가 바보였던 것이다! 테디는 효성스런 아들이라 어머니를 만나러 돌아오는 것이다. 옛날 친구들을 만나면 기뻐할 것이다. 거기에 무슨 문제가 있단 말인가? 그녀는 엉뚱한 자의식을 버려야 한다. 아니, 버릴 것이다.
  그녀는 열린 창가에 앉아 있었다. 창밖의 밤은 짙은 향기를 풍기는 꽃 같았다. 무언가를 고대하는 것 같은 밤, 무슨 일이 일어날 것만 같은 밤이었다. 사방이 조용했다. 단지 숨죽인 소리들 중 가장 아름다운 소리가 들려올 뿐이었다. 그것은 나무의 희미한 속삭임, 바람의 가벼운 한숨, 반은 들리고 반은 느낌으로 다가오는 바다의 신음이었다.
  "오, 아름다운 별이여," 에밀리는 별을 향해 손을 들어올리며 열정적으로 속삭였다. "이 세월 동안 그대들이 거기 없었다면 내가 무엇을 할 수 있었을까?
  그녀의 영혼은 밤의 아름다움과 향기와 신비로 가득차서 다른 것이 들어갈 여지가 없었다. 그녀는 무릎 꿇고 앉아서 고개를 들어 별이 보석처럼 촘촘히 박힌 밤하늘을 올려다 보았다. 에밀리의 얼굴에는 기쁨의 빛이 떠올랐다.

그때 그 소리가 들려왔다. '키다리 존의 숲'에서 높게 두 번 낮게 한 번 부드럽게 울리는 신호음, 한때 전나무 숲으로 그녀의 발을 달리게 했던 그 소리였다.

에밀리는 돌처럼 굳어져 그곳에 앉아 있었다. 창문 가장자리를 두른 포도넝쿨의 테두리 안에 사진처럼 그녀의 하얀 얼굴이 들어가 박혔다. 그가 거기 있을 것이다. 테디가 그곳에서, '키다리 존의 숲'에서 옛날처럼 그녀를 부르고 있는 것이다. 그녀를 만나고 싶어하는 것이다.

에밀리는 벌떡 일어설 뻔했다. 테디가 기다리고 있는 곳으로 가기 위해 계단을 달려내려갈 뻔했다. 그러나……

단지 그가 아직도 자신에게 에밀리를 뛰어나오게 할 만한 힘이 있는지 확인해 보려 한 것이라면?

그는 2년 전에 한 마디의 작별 인사도 써놓지 않고 떠나버렸다. 머리 집안의 자존심이 그것을 용서할 것 같은가? 그녀를 그렇게 함부로 대한 남자를 만나러 나가기에는 머리 집안의 자존심이 허락하지 않았다. 희미한 불빛 속에서 에밀리의 앳된 얼굴에 굳은 결심을 나타내는 주름살이 드러났다. 그녀는 가지 않을 것이다. 부를 테면 부르라지. 이제 에밀리 버드 스타가 그의 휘파람 소리에 응하는 일은 없을 것이다. 테디 켄트는 더 이상 옛날처럼 뉴문을 오가며 에밀리가 왕에게 하듯 그를 기다리고 그의 신호에 응하리라고 생각해서는 안 될 것이다.

다시 휘파람 소리가 두 번 들려왔다. 그가 그곳에, 그녀에게서 그토록 가까운 곳에 있는 것이다. 원한다면 그녀는 금방이라도 그의 곁에 갈 수 있었다. 그와 손을 맞잡고 서로의 눈을 응시할 수 있었다. 어쩌면 그는……

하지만 테디는 한 마디 인사도 없이 가버리지 않았던가? 에밀리는 일어나서 램프를 켰다. 창가 책상에 앉아 글을 쓰기 시작했다. 혹은 글 비슷한 것이었는지도 모른다. 그녀는 오래도록 써내려갔다. 다음날 일어나서 보니 학창시절에 배운 시를 여러 번 반복해서 끄적거려놓은 것에 불과했지만 말이다. 그러면서도 계속 귀를 기울이고 있었다. 그 소리가 다시 들려올까? 다시 한 번 들려오지 않으려나? 그러나 소리는 들려오지 않았다. 더 이상 그 소리를 들을 수 없으리라는 것이 분명해지자 그녀는 불을 끄고 침대에 누워 얼굴을 베개에 파묻었다. 그녀는 자존심을 지킨 것이다. 그녀는 그가 휘파람으로 그녀를 불러냈다 말았다 할 수 없다는 것을 보여주었다.

오, 그녀가 굳은 의지로 밖에 나가지 않은 것이 얼마나 다행스러운지! 그녀의 베개가 눈물에 젖은 것은 아마도 그 이유 때문이었으리라.

2

테디는 다음날 밤에 왔다. 일저와 함께 그의 새 자동차를 타고 온 것이다. 그들은 악수를 교환하고 즐겁게 웃었다. 기쁨이 넘쳐났다. 그들은 정말 많이 웃었다. 테두리가 빨간 장미로 장식된 커다란 노란색 모자를 쓴 일저에게서는 빛이 났다. 일저만이 소화할 수 있는 요란한 모자들 중의 하나였다. 사람들의 눈길을 끌지 못하던 옛날의 초라한 일저와는 너무나 다른 모습이었다. 그러나 여전히 사랑스러웠다. 그 누구도 일저를 사랑하지 않을 수 없을 것이다. 테디도 매력 있었다. 그에게는 어린 시절 살던 집에 다시 찾아온 사람의 관심과 서먹함이 적당히 섞여 있었다. 그는 모든 사람과 모든 일에 지대한 관심을 보였다.

"일저가 그러는데 네가 책을 냈다며? 대단하다. 어떤 내용이지? 한 권 구해 읽어야겠구나. 블레어워터는 하나도 변하지 않았어.

언제나 변함없는 이곳에 다시 돌아오게 되어 정말 기뻐."
에밀리는 '키다리 존의 숲'에서 들려온 휘파람 소리는 꿈속의 일이었음에 틀림없다고 생각했다.
에밀리는 테디, 일저와 함께 자동차를 타고 프리스트폰드로 나갔다. 자동차가 많지 않던 시절이었기에 사람들의 반응은 대단했다. 그들은 고향에 있는 동안 즐거운 시간을 보냈다. 일저는 3주 동안 머물러 있을 생각으로 왔다가 5일밖에 머물 수 없게 되었다. 시간 조절이 자유로운 테디 역시 그 이상으로 오래 있지 않기로 결정했다. 두 사람은 작별 인사를 하러 나란히 에밀리를 찾아왔다. 그들은 달빛 아래 산책을 하며 한바탕 웃었다. 일저는 에밀리를 껴안으며 다시 옛날로 돌아간 것 같다고 말했고, 테디도 동의했다.
"페리만 함께 있다면 정말 옛날 같을 거야. 그를 보지 못해 유감이야. 굉장히 바쁘다며?"
페리는 그가 다니는 법률사무소 일로 연안지방에 가 있었다. 에밀리는 페리의 성공에 대해 얼마쯤 과장을 섞어 얘기했다. 테디 켄트는 자기 혼자만 출세했다고 생각해서는 안 된다.
"페리는 예의범절이 전보다 나아졌는지 몰라?" 일저가 물었다.
"우리같이 단순한 프린스에드워드 섬 사람들에게는 충분할 정도야." 에밀리가 말했다.
"그렇군, 페리가 사람들 앞에서 이를 쑤시는 것을 본 적이 없는 것은 사실이야. 나는 한때 페리 밀러를 사랑한다고 생각한 적이 있었지." 일저가 말했다.
이때 일저가 살짝 테디 쪽을 바라보는 것을 에밀리는 곧 알아차렸다.
"복받은 녀석이군!
테디는 만족스러운 듯 조용한 웃음을 빙긋 지으며 이렇게 말했다.
일저는 에밀리에게 작별의 키스는 하지 않았지만 무척 따뜻한 악수를 했다. 테디도 그대로 따라 했다. 에밀리는 휘파람 소리를 듣고 테디를 만나러 나가지 않은 것에 대해——테디가 정말 휘파람을 불었다면 말이다——그녀의 별에게 진심으로 감사했다.

두 사람은 좁은 길을 즐겁게 운전해서 내려갔으나, 몇 분 뒤 에밀리가 뉴문에 들어가려고 했을 때 뒤에서 가벼운 발자국 소리가 들리면서 일저가 부드럽게 에밀리를 포옹했다.

"사랑스런 에밀리, 잘 있어. 난 언제나 너를 좋아해. 하지만 모든 것이 무섭게 변해버렸어. 마법의 섬은 다시 찾을 수 없어. 고향에 돌아오지 않는 편이 나았을지도 모르겠어. 그렇지만 에밀리, 항상 나를 좋아한다고 말해 줘. 그렇지 않으면 난 견딜 수 없을 거야."

"물론 언제나 너를 좋아하고말고, 일저."

두 사람은 차갑고 달콤한 밤의 향기 속에서 헤어지기 싫은 마음으로 슬픈 작별의 키스를 했다. 일저는 테디가——혹은 그의 차가——기다리고 있는 좁은 길을 내려갔고, 에밀리는 두 사람의 연로한 이모와 지미가 기다리고 있는 뉴문으로 돌아왔다.

"테디와 일저는 결혼하는 거야?" 로라 이모가 물었다.

"이제 일저도 안정을 찾을 때가 되었지." 엘리자베스 이모가 말했다.

"불쌍한 일저." 지미가 알아들을 수 없는 말을 했다.

3

11월의 어느 아름다운 가을날, 에밀리는 블레어워터 우체국에서 일저가 보낸 편지와 소포를 찾아가지고 집으로 돌아왔다.

그녀는 행복과도 같은 흥분에 도취되어 있었다. 그날은 하루 종일 이상하게도 유쾌한 날이었다. 메마른 언덕 위로 햇빛이 쏟아져 내렸고 먼 숲에는 희미한 포도송이 같은 꽃이 피었으며 파랗고 부드러운 하늘에는 벗어던진 베일 같은 회색 구름은 보이지 않았다.

에밀리는 아침에 테디의 꿈을 꾸다가 잠에서 깨어났다. 옛날처럼 다정한 모습이었다. 이상하게도 그녀는 그가 하루 종일 가까이에 있는 듯한 기분이 들었다. 마치 그의 발자국 소리가 그녀의 곁에서 들리는 듯했고, 빨간 길의 가문비나무가 들어선 모퉁이를 돌 때나 무성한 양치류가 금빛으로 빛나는 패인 곳을 지날 때 갑자기 그를 만날 것만 같았다. 오랫동안 떨어져 있던 것은 다 잊은 채 그들 사이에 아무런 변화도 없다는 듯 그가 그녀를 향해 빙긋 웃음 짓고 있을 것만 같았다. 사실 에밀리는 오랫동안 테디 생각은 별로 하지 않았다. 그녀는 여름과 가을 동안 새로운 소설을 쓰느라 바빴다. 일저에게서 오는 편지도 많지 않았고 어쩌다 오는 편지도 짤막한 내용이었다. 그런데 테디가 그녀 가까이에 있다는 이 갑작스럽고 불가사의한 생각은 어디서 비롯된 것일까? 일저의 두툼한 편지를 받아든 에밀리는 그 편지 안에 테디의 소식이 씌어 있을 거라고 확신했다.

그러나 그녀의 까닭모를 흥분을 설명해준 것은 작은 소포꾸러미였다. 소포에는 웨어햄 출판사의 도장이 찍혀 있었다. 그순간 에밀리는 소포의 내용물이 무엇인지 알았다. 그것은 그녀의 책《장미의 교훈》이었다.

에밀리는 지름길로 해서 집으로 돌아갔다. 그 길은 방랑자가 헤매고 다녔으며, 연인이 사랑하는 사람 곁으로 향했고, 아이들이 기뻐 뛰놀며, 피곤에 젖은 가장이 집으로 향하는 오래된 길이다. 길은 블레어워터와 '어제의 길' 옆에 있는 목초지로 이어져 있었다. '어제의 길'의 회색 나뭇가지가 보이는 쓸쓸한 곳까지 와서 에밀리는 바닥에 앉아 소포꾸러미를 풀었다.

거기에 그녀의 책이 있었다. 출판사에서 방금 나온 그녀의 새 책이었다. 자랑스럽고 놀랍고 가슴두근거리는 순간이었다. 마침내 그녀가 알프스 정상에 도달한 것일까? 에밀리는 빛나는 눈을 들어 11월의 깊고 푸른 하늘 아래 드러난 산봉우리들을 바라보았다. 그녀는 언제나 더 높이 오르기를 갈망했었다. 실제로 정상에 오르는 것은 불가능할 것이다. 그러나 산중턱에 서서 이렇게 아래를 조망하는 것은 얼마나 멋진 일인가! 이것은 오랜 세월 수고와 노력, 실망과 좌절을 겪은 자에게 주어진 상이었다.

하지만 오! 세상에 빛을 보지 못한 〈꿈을 파는 사람〉은 어떻게 한단 말인가!

4

그날 오후 뉴문 식구들도 에밀리 못지 않게 흥분했다. 지미는 밭갈이를 끝내려 했던 그날의 계획을 잊은 채 아무런 부끄러움도 없이 집안에서 책을 뒤적이며 흡족하게 웃었고, 로라 이모는(당연한 일이지만) 눈물을 흘렸다. 엘리자베스 이모는 실제 책처럼 장정이 되어있다는 사실에 약간 놀라워했을 뿐 무덤덤했다. 분명 그녀는 종이 커버로 된 책을 예상했던 것이리라. 그러나 그녀는 그날 오후 이불을 꿰맬 때 실수를 했고, 한 번도 지미에게 왜 밭일을 하지 않느냐고 묻지 않았다. 그리고 방문객이 왔을 때는 에밀리의 책상 위에 있던 《장미의 교훈》이 이상하게도 탁자 위에 놓여 있었다. 엘리자베스 이모는 그 책에 대해 아무 말도 하지 않았고, 방문객들도 아무런 눈치를 채지 못했다. 그들이 돌아간 후에 엘리자베스 이모는 화가 난 듯이 존 앵거스는 그 어느 때보다 센스가 없으며, 사촌 마거릿은 20살이나 더 어려 보이는 복장을 하고 있다고 비난했다.

"늙은 양이 어린양처럼 꾸미고 있어." 엘리자베스 이모는 경멸조로 말했다.

그렇지만 만약 그 두 사람이 《장미의 교훈》에 대해서 무엇인가 말을 했다면 엘리자베스 이모는 아마 존 앵거스는 언제나 기분 좋은 유쾌한 사람이고, 사촌 마거릿이 놀랍게도 나이보다 젊어 보인다고 말했을 것이다.

5

 이 같은 흥분 속에서도 에밀리는 일저의 편지에 대해 잊지 않고 있었다. 좀더 차분한 마음이 되면 읽으려고 기다리고 있는 중이었다. 해질 무렵이 되자 그녀는 자기 방에 돌아와 저물어 가는 빛 속에 앉았다. 바람은 해가 떨어지면서 변하여 저녁때는 추웠다. 갑자기 지미가 말하는 '칼날 같은 눈'이라는 것이 내려서 시든 정원과 세상을 하얗게 만들었다. 그러나 폭설을 동반한 구름은 지나가고 하얀 산과 검은 전나무 위로 하늘이 노랗게 개었다. 일저의 편지를 뜯자 일저가 평소 사용하는 향수 냄새가 물씬 풍겼다. 에밀리는 그 냄새가 그다지 마음에 들지 않았다. 하지만 두 사람은 향수뿐 아니라 다른 여러가지 것들에 있어서도 기호가 다르니까. 일저는 이국적이면서 동양적이며 자극 있는 향을 좋아했다. 에밀리라면 죽을 때까지 그런 향수를 쓰는 일은 없을 것이다.
 일저는 이렇게 쓰고 있었다.

 정확히 이것은 너에게 쓰려고 한 천 번째 편지야. 여러가지 일이 바쁘게 돌아가는 틈바구니 속에서는 하고 싶은 일도 마음대로 할 수가 없어. 요 몇 달 동안 너무 바빠서 마치 내가 개에게 쫓기고 있는 고양이 같다는 생각이 들었어. 잠깐 숨이라도 돌리려고 멈춰서면 금방 개에게 물릴 것 같았지.
 그렇지만 오늘 밤에는 꼭 무언가를 말하고 싶어. 너에게 할 말이 있어. 그리고 오늘 네 편지를 받았어. 그래서 이렇게 너에게 편지를 쓰는 거야. 개가 쫓아와도 할 수 없지.
 네가 잘 지내고 있다니 기뻐. 에밀리, 때로 네가 몹시 부러울 때가 있어. 조용하고, 평화롭고, 한가로운 뉴문. 너의 일에 대한 만족감과 집중력. 한 가지 목표를 향한 너의 열정, "만일 그대의 눈이 하나라면 그대의 온몸이 빛으로 가득차리라." 성서인지 셰익스피어인지에 나오는 말이야. 하지만 어디에 나왔든 중요한 것은 이 말이 사실이라는 점이야. 한 번은 네가 여행할 기회가 많은 나를 부러워한 적이 있었지. 그렇지만 에밀리, 한 장소에서 다른 장소로 뛰어 돌아다니는 것은 여행이 아니야. 만일 네가 어리석은 일저처럼 여러가지 화려한 계획이나 야심을 쫓아다닌다면 너는 행복하지 않을 거야. 너는 늘 나에게 이런 시구를 생각나게 해. 어린 시절부터 줄곧 그랬어. "그녀의 영혼은 별처럼 멀리 있다."

그런데 사람은 자신이 진정으로 원하는 것을 얻을 수 없을 때는 그것을 대신할 만한 다른 것을 추구하게 돼. 네 눈에는 페리 밀러에게 푹 빠져있는 내가 고집스런 얼간이처럼 보일 거야. 하지만 너는 이해 못해. 아니, 이해할 수 없을 거야. 너는 이성을 사랑해 본 적이 없으니까, 그렇지, 에밀리? 그래서 나를 천치라고 생각했던 거야. 맞아, 나는 천치였어. 하지만 앞으로는 좀더 분별 있는 사람이 되려고 해. 나는 테디 켄트와 결혼할 생각이야.

어머나, 말해 버렸네!

6

에밀리는 잠시 편지를 내려 놓았다. 어쩌면 떨어뜨린 것인지도 모른다. 고통도 놀람도 느껴지지 않았다. 사람이 심장에 총알을 맞았을 때는 고통도 놀람도 느끼지 않는다고 한다. 기어코 올 것이 왔다는 생각뿐이었다. 그녀는 알고 있었다. 적어도 칠드러 부인 댁에서 있었던 댄스파티 이후로는 눈치채고 있었다. 그러나 막연한 두려움이 현실이 되자 그녀는 죽을 것처럼 고통스러웠다. 그녀 앞에 있는 어슴푸레한 거울 속에 그녀의 얼굴이 비쳤다. 거울 속의 에밀리가 이러한 모습으로 보였던 적이 있었던가? 그렇지만 방 안은 그대로였다. 몇 분 뒤, 아니 몇 년은 지난 것 같았다, 에밀리는 다시 편지를 집어들고 계속 읽어나갔다.

물론 테디를 사랑하지는 않아. 다만 그는 내게 있어 습관 같은 사람이 돼버렸어. 나는 테디가 없으면 아무것도 하지 못해. 그가 없이 살든지 아니면 결혼하는 것밖에는 달리 방도가 없어. 그는 내가 망설이는 것을 더 이상 참지 못해. 게다가 그는 유명해질 거야. 나는 유명인사의 아내가 되는 거지. 또 테디는 수입도 많을 거야. 내가 돈을 좋아해서 하는 소리는 아니야, 에밀리. 나는 지난 주 백만장자의 청혼을 거절했어. 괜찮은 남자였어. 하지만 마음씨 좋은 족제비 같은 얼굴을 하고 있었지. 그런 족제비가 있다면 말이야. 그리고 내가 그 남자에게 결혼할 수 없다고 하자 그는 울어버렸어. 끔찍했지.

그래, 테디와의 결혼을 결심한 것이 대체로 야심 때문이라는 것을 인정해. 그리고 요 몇 년 동안의 내 생활에 대한 견딜 수 없는 권태 때문이지. 모든 것이 귀찮아. 하지만 나는 테디를 정말 좋아해. 늘 좋아했어. 그는 좋은 친구야. 우리 둘 다 농담을 좋아하지. 그와 함께 있으면 지루하지 않아. 나는 지루한 사람들은 싫더라. 물론 그는 남자치고는 너무 잘생겼어. 많은 여자들이 따라다닐 거야. 그렇지만 내가 그를 너무나 좋아하는 것은 아니니까 질투 때문에 고통 받지는 않을 거야. 내 가슴이 젊었던 인생의 봄날엔 페리 밀러가 부끄러운 듯 황홀히 쳐다보았던 모든 여자들——너는 제외하고——에게 끓는 기름이라도 들이부었을 거야.

몇 년 전부터 이런 일이 있으리라는 것을 생각해 왔고, 몇 주 전부터 알고 있었어. 그렇지만 테디를 멀리하고 있었어. 나는 그에게 그 말을 하게 할 용기가 없었어. 그런데 운명이 손을 내밀었어. 2주 전 어느 날 저녁 우리는 드라이브하러 나갔다가 폭우를 만났어. 돌아오느라고 정말 애먹었지. 그 외딴 산길에는 비를 피할 만한 곳이 없었는데, 비는 억수같이 쏟아졌어. 천둥이 치고 번개가 번쩍여서 도저히 견딜 수 없을 정도였지. 우리는 마구 욕을 하며 빗속을 뚫고 달렸어. 그런데 조금 지나니까 비가 내리기 시작할 때처럼 비가 갑자기 뚝 멈춰버리지 뭐야. 그러나 나는 무서워서 제정신이 아니었어. 겁에 질린 갓난아기처럼 울다가 테디의 팔에 안겨서 그와의 결혼에 동의해 버렸어. 그는 내가 그와 결혼해서 보살핌을 받아야 한다고 말했어.

테디는 우리가 약혼한 사이라고 생각하고 있는 듯했기 때문에 나는 그렇게 하겠노라고 말했어. 테디는 나에게 사파이어 반지를 주었어. 유럽 어디에선가 산 것인데, 이것을 얻기 위해 살인까지 벌어졌다고 하는 역사적인 보석이야.

누군가 나를 돌봐주는 사람이 있다면 정말 좋을 것 같아. 여태까지 나는 제대로 된 보살핌을 받지 못하고 자랐으니까. 네가 우리 엄마에 대한 진실을 발견하기 전까지는 아버지는 나에게 아무런 관심도 없었어. 너는 정말 대단해! 그리고 그 뒤로는 너무 귀여워해줘서 나를 응석받이로 만들어 놓았지. 하지만 그것은 여전히 진정한 관심은 아니었어.

우리는 내년 6월에 결혼해. 아버지는 기뻐하실 거야. 언제나 테디는 좋은 이야기 상대였으니까. 게다가 아버지는 내가 결혼을 못하게 되는 것은 아닐까 걱정하고 계시거든. 아버지는 스스로를 진취적이라고 생각하시지만 속으로는 구식이야.

너는 물론 내 들러리가 돼주겠지? 오, 에밀리, 오늘 밤 얼마나 너를 만나고 싶은지 몰라. 너와 이야기를 하고 같이 '환희의 산' 위를 걷고, 배를 타고, 숲 속을 걷고, 빨간 양귀비가 피는 바닷가 정원을 걷고 싶어. 모두 우리들이 어릴 때 즐겨 찾던 장소들이지. 나는 정말 다시 한 번 맨발로 뛰어다니는 일저 번리가 되고 싶어. 인생은 아직 즐거워. 즐겁지 않다고는 말할 수 없어. 무척 즐거워. 어떤 때는 아주 즐거워. 하지만 어린 시절의 걱정 없는 즐거움은 두 번 다시 돌아오지 않아. 에밀리 나의 오랜 친구여, 너는 시계바늘을 되돌릴 수만 있다면 그렇게 하겠니?

7

에밀리는 편지를 세 번이나 되풀이해서 읽었다. 그리고 오래도록 창가에 앉아 조롱하듯 별이 빛나는 하늘 아래에 펼쳐진 흐릿한 세상을 내다보았다. 처마 밑에 부는 바람은 유령 같은 소리로 가득했다. 일저가 보낸 편지의 몇몇 대목이 뱀 독처럼 에밀리의 의식을 마비시켰다.

'한 가지 목표를 향한 너의 열정', '너는 이성을 사랑해 본 적이 없어', '물론 내 들러리가 돼주겠지?', '나는 테디를 정말 좋아해', '내가 망설이는 것'.

과연 어떤 여자가 테디의 청혼에 '망설일' 수 있을까? 에밀리는 쓴 웃음소리를 들은 것 같았다. 그 웃음의 실체는 그녀 안에 있는 어떤 것일까, 아니면 하루 종일 그녀의 의식을 휘젓고 다니는 테디의 유령일까? 그것도 아니면 억눌려 있던 희망의 마지막 웃음소리일까?

이 시간에 아마 일저와 테디는 함께 있겠지.

'만약 작년 여름의 그날 밤 그의 부름에 응해 나갔다면 무엇인가 달라진 게 있었을까?' 하는 질문을 그녀는 마음속에서 묻고 또 물었다.

'일저를 미워할 수 있다면 한결 편할 텐데.' 그녀는 처량하게 생각했다. '만약 일저가 테디를 사랑하고 있다면, 나는 그녀를 미워할 수 있을 거야. 어떤 이유에서인지 일저가 사랑하고 있지 않으니까, 그렇게 괴롭지는 않다. 사실은 더 무서운 일인데도. 일저가 테디를 사랑하고 있다고 생각했을 때보다도 테디가 그녀를 사랑하고 있다고 생각하는 것이 견디기 쉽다는 것은 참으로 묘한 일이다.'

에밀리는 심한 피로감에 시달렸다. 태어나서 처음으로 죽음이라는 것이 친구처럼 여겨졌다. 그녀는 아주 늦은 시간이 되어서야 잠자리에 들어 새벽이 가까워져서야 잠깐 눈을 붙였지만 동이 트면서 멍청하게 눈을 떴다. 도대체 그녀는 무슨 소리를 들은 것일까?

그녀는 기억이 났다.

일어나서 옷을 갈아입고 거울 속의 에밀리를 향해 소리내어 말했다.

'나는 내 인생의 잔에 담긴 포도주를 땅에 엎질렀다. 더 이상의 포도주는 없을 거야. 나는 몹시도 목이 마르겠지. 내가 그날 밤 그에게로 갔다면 사정이 달라졌을까? 그것을 알 수만 있다면!'

딘의 조롱하는 듯하면서도 동정하는 듯한 눈이 보이는 듯 싶었다. 에밀리는 갑자기 웃음을 터뜨렸다.

'쉽게 말해서 나는 일을 뒤죽박죽으로 만들어버린 거야!'

장미의 교훈

1

고통 속에서도 인생은 계속되었다. 누군가 불행하다고 해서 일상 생활이 멈추지는 않는다. 그다지 나쁘지 않은 시간도 있었다. 에밀리는 자신의 힘을 고통과 견주어 보고 다시 고통을 이겨냈다. 그녀는 머리 집안의 자존심과 스타 집안의 인내를 총동원하여 일저에게 나무랄 데 없는 답장을 썼다. 그녀가 해야할 일이 이것으로 끝이라면 얼마나 좋을까! 사람들이 끊임없이 일저와 테디에 관해 이야기하지 않는다면 좋으련만.

그들의 약혼은 몬트리올 신문에 발표되고, 다음에는 섬의 신문에 게재되었다.

"그래, 두 사람은 약혼했어. 두 사람과 관련된 모든 이들에게 하늘의 도우심이 있기를 바랄 뿐이야." 닥터 번리는 만족감을 숨길 수가 없었다. "너와 테디가 결혼할 거라고 생각했던 때도 있었지." 그는 소탈하게 말했다. 에밀리는 세상에는 예기치 않은 일이 일어나는 것이라고 대답했다.

"어쨌든 결혼식다운 결혼식을 올리자." 닥터 번리가 선언했다. "이 일대에서는 한동안 결혼식다운 결혼식이 없었어. 모두 결혼식이란 어떤 것인지 잊었을 거야. 한번 성대한 결혼식을 보여주자. 일저의 편지에 의하면 네가 신부 들러리가 되어줄 것이라고 하더구나. 나는 네가 이것저것 보살펴 주었으며 해. 일하는 사람들만 믿고 있을 수는 없으니까."

"물론 제가 할 수 있는 일이라면 뭐든지 도울게요." 에밀리는 의례적으로 대답했다. 누구든 그녀의 심정을 알아차려선 안 된다. 이것만은 죽는 한이 있더라도 숨겨야 한다. 그러기 위해서 신부 들러리까지도 설 것이다.

만약 결혼식만 없었다면 그녀는 겨울을 기분 좋게 지냈으리라. 왜냐하면 《장미의 교훈》이 처음부터 성공적이었던 것이다.

초판은 10일 만에 매진되었다. 2주 동안에 3판을 거듭했고, 8주 만에 5판을 찍었다. 어디에서나 그녀의 수입에 관한 약간 과장된 이야기가 들렸다. 처음으로 월리스 삼촌은 그녀에게 존경하는 마음을 갖고, 애디 숙모는 앤드루가 일찍 그녀를 단념한 것을 내심 아깝게 여겼다. 데리폰드의 사촌 샬럿은 여러 판을 거듭한다는 말을 듣고, 에밀리가 직접 그 책들을 제본해야 했다면 무척 바빴을 것이라고 말했다. 슈루즈베리 사람들은 책 속에 자신들의 이야기가 들어가 있다고 생각하고 화를 냈다. 모두들 자기들이 애플개스 집안이라고 생각했다.

미스 로열은 편지에 "뉴욕에 오지 않기를 잘했어요"라고 쓰고 있었다. "여기서라면 결코 《장미의 교훈》은 쓸 수 없었을 거예요. 도시에는 들장미가 피지 않으니까. 당신의 소설은 들장미 같아요. 귀엽고, 아름다워요. 그리고 뜻밖의 일만 생기고 가끔은 위트와 풍자라는 가시가 있고, 힘 있고 섬세하며 공감되는 부분이 있어요. 단지 이야기 서술이 그렇다는 것이 아니라, 그 안엔 어떤 마법 같은 힘이 숨어 있어요. 에밀리 버드 스타, 당신은 어디서 인간성에 대한 그러한 이해를 얻었을까요, 당신 같은 젊은 사람이."

딘도 편지를 보내왔다. "좋은 작품이야, 에밀리. 인물은 자연스러우면서도 인간적이고 유쾌해. 책 전체에서 느껴지는 젊은 분위기가 맘에 들어."

2

"저는 책에 대한 비평을 통해 무언가를 배울 수 있으리라 기대했었는데 평자마다 의견이 달라서 도무지 뭐가 뭔지 알 수가 없어요. 어떤 평론가가 책의 장점으로 거론한 것을 다른 평론가는 최악의 결점으로 꼽으니 말이에요. 이것 좀 들어보세요. '스타 양의 인물은 현실적이지 않다.' '저자가 창조한 인물은 실존 인물을 방불케 한다. 너무나 사실적이어서 상상력의 소산이라고는 믿어지지 않을 정도이다.'"

"사람들이 더글라스 코시 영감을 알아볼 것이라고 내가 말하지 않았니?" 엘리자베스 이모가 끼어들었다.

"'매우 지루한 책이다.' '대단히 유쾌한 책이다.' '더할 나위 없이 평범한 소설이다.' '매 페이지마다 예술가의 손길이 느껴진다.' '값싼 낭만주의로 도배한 책이다.' '고전의 가치가 있다.' '범상치 않은 문학적 재능이 느껴지는 독특한 소설이다.' '시시하고 무가치하고 개성이 느껴지지 않는 산만한 이야기다.' '금방 잊혀질 이야기다.' '오래 기억될 작품이다.' 도대체 어떤 것을 믿어야 하지요?"

"나 같으면 호의적인 이야기만을 받아들이겠어." 로라 이모가 말했다.

에밀리가 한숨을 내쉬었다.

"제 성격은 그렇지 못해요. 비판적인 평이 사실인 것 같고 호의적인 평은 인사치레로만 여겨져요. 그렇지만 사람들이 책에 대해 뭐라고 말하든 별로 개의치 않아요. 다만 여주인공에 대한 비판이 들려올 때만큼은 진짜 화가 나요. 페그에 대해 '놀랄 만큼 어리석은 소녀'라든가 '여주인공이 자신의 목표에 대한 지나친 자의식을 가지고 있다'고 비난하는 평을 읽고 얼마나 화가 났는지 몰라요."
"나는 페그가 바람둥이 같다고 생각했어."
"'늘씬하고 예쁘기만 한 여주인공이다.' '여주인공이 좀 지루하게 느껴진다.' '지나치게 이상한 여주인공이다.'"
"초록색 눈의 여주인공은 안 된다고 내가 말했었지? 여주인공의 눈은 언제나 푸른색이어야 해." 지미가 신음했다.
"하지만 다른 평도 들어보세요. '페그 애플개스에게는 거부할 수 없는 매력이 있다.' '페그는 놀라우리만치 생생한 인물이다.' '매혹적인 여주인공이다.' '페그는 독자의 마음을 사로잡는 대단히 유쾌한 인물이다.' '문학사에 길이 남을 여주인공 중의 하나이다.' 자, 초록색 눈이 어떻다구요, 지미?" 에밀리가 즐거운 목소리로 말했다.
지미는 고개를 저었다. 아직 믿지 못하겠다는 표정이다.
"여기 지미가 꼭 들어야 할 평이 있어요. '이 책을 진지하게 읽어내려가면 무의식에 뿌리내린 심리적인 문제에 도달한다.'" 에밀리가 눈을 빛내면서 말했다.
"두 단어를 제외하고는 단어의 뜻은 다 알고 있지만 도통 무슨 말인지 알 수가 없군." 지미가 우울한 어조로 말했다.
"'섬세한 필치와 매혹적인 분위기의 이면에 튼튼한 인물묘사가 돋보인다.'"
"그 말도 이해할 수 없긴 마찬가지야. 하지만 호의적인 평인 것 같군." 지미가 말했다.
"'진부하고 평범한 책이다.'"
"'진부'라니 무슨 뜻이지?" "성(聖)변화(빵과 포도주가 그리스도의 피와 살로 변화되는 현상)'나 '그노시스(신비적 직관)' 같은 단어에도 막힘이 없는 엘리자베스 이모가 물었다.

"'문체가 아름답고 반짝이는 유머가 풍부하다. 스타 양은 뛰어난 문학적 재능을 지녔다.'"

"오, 이제서야 제대로 된 비평이 나오는군." 지미가 말했다.

"'이 책에서 느껴지는 인상은 대체로 이 책이 훨씬 더 나빠질 수도 있었다는 것이다.'"

"그 평자는 잘난 척하고 있는 거야." 엘리자베스 이모는 자신도 똑같은 말을 한 적이 있다는 것도 잊고 이렇게 말했다.

"'이 책에는 박진감이 결여되어 있다. 그럴듯한 표정과 멜로드라마적인 요소에 지나치게 감상적이고 순진하리만큼 무지하다.'"

"내가 우물에 빠졌던 탓에 무슨 소린지 못 알아 듣는 걸까?" 지미가 말했다.

"좀더 이해하기 쉬운 것도 있어요. '스타 양은 초록 눈의 여주인공과 마찬가지로 애플개스 과수원도 창조해냈다. 프린스에드워드 섬에는 과수원이 없다. 모래사장에서 불어오는 소금기 머금은 바람이 과실수의 성장을 방해하기 때문이다.'"

"다시 한 번 읽어줄래, 에밀리?"

에밀리가 다시 한 번 읽자 지미는 고개를 저었다. "그들이 그런 소리를 한단 말이냐?"

"'매력적인 이야기이다. 인물묘사가 훌륭하고 재치 있는 대사에 서술은 놀라우리만큼 효과적이다. 은근한 유머는 유쾌하기까지 하다.'"

"이 말이 너를 교만하게 만들지 않았으면 좋겠다." 엘리자베스 이모가 훈계했다.

"그렇게 생각하신다면 여기 해독제도 있어요. '이 엉성한 구성의 과장되고 감상적인 소설은——소설이라 불릴 수 있다면 말이지만——진부하고 시시한 이야기들로 가득 차 있다. 서로 연관성이 없는 일화와 대화 모음에 오랜 시간에 걸친 성찰과 자아탐색이 뒤

섞여 있다.''

"그 글을 쓴 사람은 자신이 무슨 말을 하는지 알고나 있는 걸까?" 로라 이모가 말했다.

"'이 이야기의 배경은 뉴펀들랜드 연안에서 멀리 떨어진 프린스에드워드 섬이다.'"

"양키들은 지리라는 것을 배우지 않는 모양이지!" 지미가 코웃음을 쳤다.

"'독자들을 타락시키지 않을 소설이다.'"

"이거야말로 진짜 대단한 칭찬이로군." 엘리자베스 이모가 말했다.

지미는 어리둥절한 표정이었다. 그 말은 맞는 말이지만, 그러나…… 물론 에밀리 초원의 빛가 쓴 책은 사람들을 타락시키지 않는다. 그렇지만…….

"'이런 종류의 책에 대한 비평을 쓰는 것은 나비의 날개를 해부하려는 것과 같다. 혹은 장미 향기의 비밀을 알기 위해 장미 꽃잎을 뜯는 것과 같다.'"

"과장이 심하군." 엘리자베스 이모가 말했다.

"'저자가 시적 상상이라고 생각하고 있는 것이 분명한 달콤한 감상이다.'"

"한 대 패주고 싶군." 지미가 말했다.

"'해롭지 않은 가벼운 읽을거리이다.'"

"왠지 모르지만 별로 좋은 말 같지는 않구나." 로라 이모가 말했다.

"'이 이야기는 당신의 마음과 입술 위에 따스한 웃음을 머금게 할 것이다.'"

"그 말은 알아들을 수 있을 것 같군." 지미가 눈을 빛내며 말했다.

"'이 조악하고 지루한 책을 끝까지 읽는 것은 불가능하다.'"

그러자 지미가 화난 목소리로 말했다. "글쎄, 내가 말할 수 있는 것은 《장미의 교훈》은 읽으면 읽을 수록 재미있다는 거야. 어제까지 네 번을 읽었는데 너무 재미있어서 식사하는 것도 잊을 정도였어."

에밀리는 빙긋 웃었다. 세상에서 알아주는 것보다 뉴문의 식구들에게 인정받는 것이 훨씬 기분좋았다. 엘리자베스 이모가 마지막 판결을 내리는 듯한 태도로 "한 무더기의 거짓말이 이 책에서처럼 진실된 것으로 느껴지기도 힘들 거야"라고 말했을 때 에밀리에게는 비평가들이 한 여러가지 말들이 전혀 중요하지 않았다.

탠시패치의 작은 집

1

1월의 어느 날 밤 에밀리는 집으로 돌아오는 길에 탠시패치 쪽으로 나 있는 지름길을 이용하기로 마음먹었다. 겨우내 거의 눈이 내리지 않아 땅은 단단히 굳어 있었다. 돌아다니는 사람이라곤 그녀가 유일한 듯했다. 그녀는 천천히 걸었다. 꽃이 없는 목초지와 조용한 숲에서 엄숙하고 기괴한 매력이 풍겼다. 뾰족한 전나무들이 있는 저지대 먹구름 사이로 갑자기 달이 떠올랐다. 그녀는 그날 받은 일저의 편지에 대해 생각하지 않으려고 애썼다. 일저의 두서없는 편지 속에 한 가지 사실만은 확실했다. 결혼 날짜가 6월 15일로 정해진 것이다.

나는 네가 상아색 호박단 위에 파란색 망사천을 덧댄 드레스를 입고 들러리를 섰으면 해. 너의 흑단 같은 머리칼이 한결 돋보일 거야.
나의 결혼식 의상은 상아색 비로드 드레스야. 스코틀랜드의 에

디스 대고모는 자신의 장밋빛 면사포를 보내주고, 역시 스코틀랜드에 사시는 테레사 대고모는 대고모부께서 콘스탄티노플에서 선물로 가져온 은빛 동양자수를 보내주기로 했어. 나는 동양자수 위로 면사포를 두를 생각이야. 정말 멋지겠지. 그분들은 우리 아버지가 내 결혼을 편지로 알리기 전까지는 나라는 존재가 있는지조차 몰랐을 거야. 아버지 쪽이 나보다도 훨씬 열심이야.

　테디와 나는 유럽의 한 귀퉁이에 있는 오래된 호텔로 신혼여행을 갈 생각이야. 아무도 가고 싶어하지 않는 장소, 이를테면 발람브로소 같은 곳 말이야. 밀턴의 시구는 언제나 나를 유혹해. "발람브로소의 시냇가에 떨어져 쌓인 가을 낙엽"이라는 구절 말이야. 전체적인 맥락은 고려하지 말고 그 부분만 떼어내 상상해보면 정말 그림처럼 아름다워.

　나는 결혼식 준비를 위해 5월중에 집으로 돌아갈 예정이고, 테디는 어머니와 시간을 보내기 위해 6월 초에 갈 거야. 에밀리, 테디 어머니는 이 결혼에 대해 어떻게 생각하고 계실까? 혹시 아는 바 없니? 테디에게서는 아무 소리도 듣지 못했기 때문에 이 결혼을 못마땅하게 생각하시는 건지 걱정돼. 그분은 언제나 나를 싫어하셨어. 그렇지만 그분은 누구도 좋아하지는 않았지. 특히 너를 싫어하셨어. 나는 시어머니에 관한 한 그다지 운이 좋은 편은 아닌 것 같아. 나는 늘 그분이 남모르게 나를 저주하고 있는 듯한 섬뜩한 기분이 들어. 하지만 테디가 잘해주니까 그것으로 충분해. 테디는 정말이지 내게 참 잘해줘. 그가 이렇게까지 잘할 수 있으리라고는 생각지도 못했어. 날마다 그가 더 좋아져. 정말이야. 테디처럼 잘생기고 매력적인 남자에게 나는 왜 정신없이 빠져들지 못하는 걸까? 하지만 그렇게 안 되는 편이 다행이야. 만약 내가 그에게 푹 빠져 있으면 말싸움을 할 때마다 마음이 아파서 도저히 못 싸울 거야. 우리는 날마다 말다툼을 해. 아마 앞으로도 계속 그럴 거야. 우리는 인생의 멋진 순간들을 그런 쓸데없는 말다툼으로 허비하고 말 거야. 대신 인생이 지루하진 않겠지."

에밀리는 몸을 떨었다. 그녀 자신의 생활이 무척 암울하고 절망적으로 느껴졌던 것이다. 아! 어서 결혼식이 끝나 버렸으면 좋겠다. 신부가 되어야 할 결혼식에서 들러리를 서다니! 사람들은 또 그것에 대해 얼마나 말이 많을 것인가. '상아색 호박단 위에 파란 망사천을 두른 드레스' 그것은 그녀에게는 삼베옷과 재를 뒤집어쓰라는 것과 마찬가지였다.

2

"에밀리, 에밀리 스타."

에밀리는 너무 놀라서 뛰어오를 뻔했다. 캄캄한 어둠 속이라 아주 가깝게 다가서기 전까지 에밀리는 켄트 부인의 얼굴을 알아볼 수 없었다. 그곳은 탠시패치로 올라가는 작은 길이었다. 켄트 부인은 추운 밤인데도 머리에 아무것도 쓰지 않은 채 거기 서서 손을 내밀었다.

"에밀리, 너와 이야기하고 싶구나. 아까 해질 무렵에 네가 이곳을 지나가는 것을 보고 그때부터 쭉 여기서 널 기다리고 있었어. 안으로 들어오렴."

에밀리는 거절하고 싶었지만, 바람에 날리는 작은 낙엽 같은 켄트 부인을 따라서 나무뿌리가 튀어나온 길을 잠자코 따라 갔다. 쑥국화 이외의 아무것도 자라지 않는 정원을 지나 언제나 똑같은 작고 초라한 집으로 들어갔다. 사람들은 테디가 소문대로 돈을 많이 벌었다면 어머니 집을 수리해 줄 수도 있으련만 하고 말하고 있었지만, 에밀리는 켄트 부인이 그것을 허락하지 않는다는 것을 알고 있었다. 켄트 부인은 아무것도 바꾸지 않으려 할 것이다.

그녀는 신기한 듯이 집안을 둘러봤다. 아주 오랜만에 보는 집이었다. 어렸을 때 이후로는 이곳에 들어온 적이 없었다. 실내는 조금도 달라지지 않았다. 예전처럼 이 집은 웃음소리를 잊은 것같이 보였다. 안에서 늘 누군가 기도를 하고 있었던 것 같았다. 기도원 같은 분위기가 풍기는 집이다. 서쪽의 오래된 버드나무는 여전히 유령 같은 손가락으로 창문을 탁탁 두드리고 있었다. 벽난로 선반 위에는 테디의 최근 사진이 놓여 있었는데, 승리감에 넘치는 어조로 이렇게 말하고 있는 듯했다.

"에밀리, 나는 무지개를 찾아냈어. 명예도, 그리고 사랑도."

에밀리는 사진을 등지고 앉았다. 켄트 부인은 그녀를 마주보고 앉았다. 부인의 모습은 여위고 작달막했다. 고통을 참고 있는 듯한 그녀의 입가에는 사선으로 길게 옅은 상처가 나 있었다. 그녀의 주름진 얼굴은 한때 분명 아름다웠을 것이다. 그녀는 몸을 앞으로 기울여 가느다란 손가락을 에밀리의 팔 위에 놓으며 물었다.

"테디가 일저 번리와 결혼하는 것은 알고 있겠지?"

"예."

"그래, 네 기분은 어떠니?"

에밀리는 견딜 수 없다는 듯이 몸을 움직였다.

"제 기분이 무슨 상관이 있겠어요, 아주머니? 테디는 일저를 사랑하는 걸요. 일저는 아름답고 똑똑하고 마음이 따뜻한 아이입니다. 저는 두 사람의 행복을 믿어요."

"아직도 테디를 사랑하니?"

에밀리는 이런 무례한 질문을 받고도 화가 나지 않는 자신이 이상했다. 그러나 켄트 부인에게는 일반적인 세상의 잣대가 적용되지 않는다. 그리고 이제 약간의 거짓말을 함으로써 체면을 살릴 수 있는 절호의 기회가 찾아온 것이다. 그저 냉담한 어투로 몇 마디만 하면 되었다. '더 이상은 사랑하지 않아요, 켄트 부인. 한때는 저도 그렇게 생각한 적이 있었지만, 불행히도 그런 망상에 빠지는 것은 제 성격상의 약점이랍니다. 그러나 이제는 아무렇지도 않아요.' 이렇게 말하면 되는 것이다.

그런데 왜 그렇게 말하지 못한 것일까? 이유는 모른다. 단지 그렇게 말할 수 없었던 것뿐이다. 그녀는 테디에 대한 사랑을 부정할 수가 없었다. 그 사랑은 그녀의 몸의 일부가 되어버린 듯했고, 그리하여 결코 부인할 수 없는 성스러운 권리를 가지고 있는 듯했다. 그리고 여기 그녀가 자신의 속마음을 숨김없이 드러내보일 수 있는 사람이 적어도 한 사람 있다는 것을 아는 데서 오는 은밀한 안도감 또한 작용하지 않았을까?

"아주머니에게는 그런 것을 물어볼 권리가 없다고 생각합니다. 그렇지만 맞아요, 저는 여전히 그를 사랑해요."

켄트 부인은 소리없이 웃었다.

"나는 너를 싫어했지만 더 이상은 그렇지 않아. 이제 우리는 같은 입장이야. 우리는 테디를 사랑하지만 그 애는 우리를 잊었어. 그는 우리에게 아무 관심도 없이 일저한테로 가 버린 거야."

"테디는 아주머니를 사랑해요. 언제나요. 사랑에는 한 가지 종류만 있는 것이 아니라는 것은 아주머니도 알고 계시지요. 저는 테디가 일저를 사랑한다고 해서 아주머니가 일저를 미워하지 않길 바랍니다."

"나는 그 애를 미워하지 않아. 그 애는 너보다 예쁘지. 그렇지만 그 애한테는 신비로운 면이 없어. 일저는 너와는 달리 테디를 완전히 소유할 수는 없을 거야. 그렇지만 이것만은 알고 싶어. 이번 일로 너는 불행하니?"

"아니요. 가끔씩만 그렇게 느껴질 뿐이에요. 보통은 글 쓰는 일에 몰두해서, 제 몫이 아닌 무엇 때문에 비관하거나 하지는 않아요."

주의깊게 듣고 있던 켄트 부인이 말했다.

"맞아, 바로 그거야. 나도 그럴 거라고 생각했어. 머리 집안 사람들은 매우 합리적인 사람들이야. 언젠가는, 그래, 언젠가는 너도 일이 이렇게 된 것에 대해 감사하게 생각할 거야. 테디가 너를 사랑하지 않았다는 것을 기쁘게 여기게 될 거야. 그렇게 되리라고 생각지 않니?"

"아마도 그렇겠지요."

"나는 확실히 그렇게 생각해. 너를 위해서는 정말 잘된 일이야. 덕분에 엄청난 고통과 쓰라림을 겪지 않아도 되니까. 무언가를 너무 사랑하는 것은 곧 고통을 의미해. 하느님은 질투하시는 하느님이야. 만약 네가 테디와 결혼을 한다면 그 애는 너의 마음을 아프게 할 거야. 결혼하면 그렇게 돼. 옛날이 좋았다고 생각하며 사는 것이 제일 좋은 거야."

툭툭, 하고 늙은 버드나무가 유리창을 두드렸다.

"아주머니, 이 일에 대해 더 이상 이야기할 필요가 있을까요?"

"내가 묘지에서 너와 테디를 발견한 밤을 기억하니?" 켄트 부인은 에밀리의 질문을 듣지 못한 듯 계속 말했다.

"기억해요." 에밀리는 그때의 일을 생생하게 기억했다. 그 이상한 밤에 테디는 미치광이 모리슨 씨로부터 그녀를 구해내고 그녀에게 잊을 수 없는 말을 부드럽게 속삭였던 것이다.

"그날 밤에는 네가 정말 미웠어!" 켄트 부인이 소리질렀다. "그렇지만 너에게 그런 소리를 하지는 말았어야 하는 건데, 나는 평생 해서는 안 될 소리만 해왔지. 한번은 지독한 소리도 했어. 너무나 끔찍한 소리라 좀처럼 잊혀지지가 않아. 그리고 그때 네가 나에게 뭐라고 말했는지 기억나니? 네가 그렇게 말했기 때문에 나는 테디를 먼 곳으로 보내버렸던 거야. 다 네가 자초한 일이라구. 그 애가 멀리 떠나지만 않았다면 너도 그 애를 잃는 일은 없었을 텐데. 그렇게 말한 것이 후회되니?"

"아니요, 만일 무엇이든 제가 한 말 때문에 테디가 세상으로 나갈 기회를 얻었다면 저는 기뻐요."

"또다시 그런 상황이 돼도 그렇게 말할까?"

"그럴 거예요."

"일저가 밉지 않니? 일저는 네가 사랑하는 사람을 빼앗아 갔어. 틀림없이 그 애가 미울 거야."

"그렇지 않아요. 저는 이제껏 그래왔던 것처럼 지금도 일저를 사랑해요. 일저는 제 것을 빼앗아 간 적이 없는걸요."

"이해할 수 없구나. 이해할 수가 없어. 내가 사랑하는 방식은 네 방식과는 달라. 아마도 그래서 내가 항상 불행했던 것인지도 모르지. 아니, 나는 더 이상 너를 미워하지 않아. 하지만 전에는 미워했었지. 테디가 나보다 너를 더 사랑하는 것을 알고 있었거든. 테디가 나에 대해 뭐라고 말하지 않던? 나를 비난하지는 않던?" 켄트 부인은 반은 속삭이듯 조용히 말했다.

"그런 일은 없었어요."

"나는 너희들이 나에 대한 불평을 하고 다니리라고 생각했어. 사람들은 늘상 그러고 다니니까."

켄트 부인은 갑자기 자신의 마르고 조그마한 손을 세게 틀어쥐었다.

"왜 더 이상 그를 사랑하지 않는다고 말하지 않는 거니? 거짓말일지라도 그렇게 말할 수 있었을 텐데. 내가 듣고 싶었던 말은 그 말이었어. 네가 그렇게 말했더라면 나는 믿었을 거야. 머리 집안 사람들은 거짓말을 하지 않으니까."

"그런 건 아무래도 상관없지 않아요?" 에밀리는 고통 속에서 소리쳤다. "이제는 저의 애정 같은 것은 테디에게는 아무 의미가 없어요. 테디는 일저의 것이에요. 이제 아주머니는 저에게 질투를 느끼실 필요가 없어요."

"질투 같은 것은 하지 않아. 그런 게 아니야." 켄트 부인은 이상한 표정으로 에밀리를 바라보았다. "아, 내가 이런 말을 할 수 있다면. 하지만 이제는 틀렸어, 틀렸어, 너무 늦었어. 지금에 와서는 소용없게 돼버렸어. 내가 무슨 말을 하고 있는지 모르겠구나. 다만 에밀리, 가끔 나를 만나러 와주지 않겠니? 이곳은 쓸쓸해. 너무 쓸쓸해. 테디가 일저의 것이 돼버린 지금은 더욱 그래. 테디의 사진이 지난 주 수요일, 아니 목요일에 도착했어. 여기선 어느 날이든 마찬가지야, 시간 구별이 없으니까. 그 애 사진을 저기 놓아두었지만, 그 사진을 보고 있으면 괴로움만 더할 뿐이야. 사진 속의 테디는 일저만을 생각하고 있으니까. 저 눈은 사랑하는 사람을 생각하고 있는 눈이야. 이제 나 같은 것은 아무것도 아니지. 테디에게든 다른 누구에게든."

"다음에 제가 아주머니를 뵈러 올 때는 테디, 아니 그들에 대한 이야기는 하지 마세요." 에밀리가 동정을 담아 말했다.

"그럴게, 그렇게 할게. 하지만 그런다고 그 아이들에 대한 생각을 안 하게 될까? 너는 거기 앉고 나는 여기 앉아서 날씨에 대한 애기를 하면서도 테디 생각을 하게 될 거야. 우스운 일이지. 하지만 네가 정말로 테디를 잊을 수 있게 되면, 더 이상 아무런 관심도 없게 되면, 그때는 그렇다고 내게 말해줄 수 있겠지?"

에밀리는 고개를 끄덕이고 일어섰다. 이제 더 이상은 견딜 수가 없었다.

"아주머니, 제가 도와드릴 수 있는 일이 있거든 언제든지 말씀해 주세요."

"나는 쉬고 싶어, 쉬고 싶다구." 켄트 부인은 거칠게 웃었.

"나를 위해 휴식을 찾아줄 수 있을까? 에밀리, 내가 유령이라는 것 모르겠니? 나는 몇 년 전에 죽었어. 지금은 어둠 속을 걷고 있지."

에밀리는 뒤에서 문이 닫히는 것과 함께 켄트 부인이 무섭게 소리지르며 우는 소리를 들었다. 그녀는 안도의 한숨을 내쉬며 찬 바람 부는 세상 속으로, 밤 기운과 그림자와 얼어붙은 달빛 속으로 나왔다. 아, 이곳이라면 편하게 호흡할 수 있을 것이다.

오, 그 편지를 받아볼 수 있었더라면!

1

5월에 일저가 돌아왔다. 그녀는 여전히 즐겁게 웃고 있었다. 에밀리는 일저의 즐거워하는 모습이 조금 지나쳐 보인다고 느꼈다. 일저는 원래 쾌활하고 걱정이 없는 타입이지만 지금처럼 계속해서 들떠 있던 적은 없었다. 그녀에게는 전혀 진지한 구석이란 찾아볼 수 없었다. 그녀는 모든 것을, 심지어 자신의 결혼조차도 농담으로 여기는 듯했다. 그런 그녀의 모습에 엘리자베스 이모와 로라 이모는 경악했다. 곧 결혼해서 한 가정을 책임지게 될 아가씨라면 보다 진중해야 했다. 일저는 에밀리에게 그런 따분한 생각은 빅토리아 중기에나 볼 수 있는 사고방식이라고 말했다. 그녀는 에밀리와 함께 있을 때 끊임없이 수다를 떨었지만 편지에 썼던 것처럼 옛날로 돌아가 마음을 열고 이야기하는 일은 없었다. 어쩌면 그것은 일저의 잘못만은 아닐 것이다. 에밀리는 일저에게 예전과 똑같이 대하려고 굳게 결심했지만 마음속의 고통을 감추고자 하는 필사적인 노력으로 인해 자신도 모르게 어색한 태도를 보이게 되는 것을 어찌할 수 없었다. 일저는 그들 사이의 긴장의 원인은 눈치채지 못했지만 어색한 분위기만은 확연히 느낄 수 있었다. 그녀는 에밀리가 뉴문의 분위기에 동화되어 그런 것이라고 생각했다. 조용한 뉴문에서 나이 많은 이모들하고만 사니 자연히 그렇게 될 수밖에 없는 것이다.

"테디와 내가 신혼여행에서 돌아와 몬트리올에 정착하게 되면 우리와 함께 매년 겨울을 지내지 않을래, 에밀리? 뉴문은 여름에는 좋지만 겨울이 되면 갑갑한 굴속 같잖아."

일저의 제안에 에밀리는 아무런 약속도 할 수 없었다. 테디의 집에 손님으로 가 있는 자신을 상상할 수 없었다. 매일 밤 그녀는 더 이상은 견딜 수 없을 거라고 혼잣말을 했다. 그러나 아침이 되면 또 아무렇지도 않게 하루를 맞이할 수 있었다. 심지어 일저와 드레스나 기타 결혼식에 필요한 자질구레한 것들에 대한 이야기를 주고받기까지 했다. 그녀의 파란색 드레스도 완성되어, 그녀는 테디가 도착하기 전에 이미 두 번이나 그 옷을 입어 봤다. 결혼식은 2주 앞으로 다가왔다.

"에밀리, 그 옷을 입고 있으니 마치 꿈 속의 사람처럼 보이는구나." 일저가 마치 고양이처럼 우아하고 편안하게 에밀리의 침대 위에서 몸을 뻗으며 말했다. 그녀의 손가락에는 테디가 준 사파이어 반지가 빛나고 있었다. "네 옆에 서면 나의 비로드 드레스와 멋진 레이스 장식도 초라해 보일 거야. 테디가 신랑 들러리로 론 할시를 데리고 올 거라고 내가 말했었니? 할시같이 대단한 사람이 들러리를 서다니, 나는 벌써부터 가슴이 두근거려. 그의 어머니가 많이 편찮으셔서 못 오는 줄 알았는데, 다행히도 차도를 보이셨다지 뭐야. 그의 새 책은 반응이 대단히 좋아. 몬트리올에서는 누구나 그 책에 대해 이야기하고 있지. 그는 정말 재미있는 사람이야. 네가 그와 사랑에 빠진다면 얼마나 멋질까?"

"나에게 중매를 설 생각 같은 것은 말아줘, 일저. 나는 혼자 훌륭하게 살아가기로 마음먹었으니까. 그건 어쩔 수 없이 혼자 사는 것과는 달라." 파란 드레스를 벗고 있던 에밀리가 희미한 웃음을 띠며 말했다.

"사실 그는 괴물같이 생겼어." 일저가 생각에 잠기며 말했다.

"그렇지만 않았어도 그 사람하고 결혼했을 텐데. 진심이야. 그는 이런 저런 일들에 연인의 의견을 존중하는 편이지. 정말 마음에 들지 않아? 하지만 결혼하고 난 뒤엔 그렇지 않을 것 같아. 그렇게 되면 속상할 거야. 게다가 그가 무슨 생각을 하고 있는지는 아무도 알 수 없거든. 그는 상대방의 아름다움에 감탄하는 체하면서 그 사람 눈가의 잔주름을 보고 있을지도 몰라. 그건 그렇고 테디는 정말 잘생기지 않았니?"

"테디는 늘 잘생긴 아이였어."

"잘생긴 아이라구? 에밀리 스타, 나이든 아주머니같이 말하는구나. 아마 몬트리올에서 테디보다 잘생긴 남자는 없을 거야. 내가 정말로 사랑한 것은 테디의 외모이지 테디 본인은 아니야. 때로 그는 나를 지루하게 해. 그럴 일은 없으리라 생각했었는데 말이야. 약혼 전에는 그렇지 않았었거든. 언젠가는 그에게 주전자를 내던지게 될지도 모른다는 생각이 들어. 두 사람의 남편을 가질 수 없다는 것은 불행한 일이야. 남편이 둘이 있어서, 한 사람은 바라만 보고 다른 한 사람과는 대화를 나눌 수 있다면 얼마나 좋을까? 하지만 테디와 나는 잘 어울리는 한 쌍이 될 거야. 그렇지? 그는 거무스름하고 나는 흰 편이니까 이상적인 조화를 이룬다고 할 수 있겠지. 나는 너처럼 검은 머리였으면 하고 바랐을 때가 있었어. 그래서 테디에게 그렇게 말했더니 그는 웃기만 하고 옛시를 인용했지.

옛 시인의 말이 사실이라면

오, 그 편지를 받아볼 수 있었더라면! 341

사이렌(아름다운 노랫소리로 근처를 지나는 뱃사람을 유혹하여 파선시켰다는 바다의 요정)의 머리칼은 검은색이었다
　　그러나 지상에 예술이 생겨난 이후로
　　사람들은 금발의 천사를 그렸다

　　테디가 나를 천사라고 부른 것은 그때가 처음이자 마지막일 거야. 다행이야. 결국 나는——로라 이모가 듣고 기절하면 안 되니까 문이 닫혀 있나 확인해 볼래?——천사가 되기보다는 사이렌이 되는 편이 낫다고 생각하니까. 너는 어때?"
　"초대장 발송을 빠뜨린 사람이 있나 확인해보자."
　이것이 일저의 폭포수 같이 밀려오는 말에 대한 에밀리의 간단한 대답이었다.
　"집안에 우리 친척들 같은 사람들이 있다는 것은 끔찍한 일이야." 일저가 까탈을 부렸다. "결혼식에 참석한 하객들 중에서 따분한 구식 노인네들을 봐야 하다니. 언젠가는 친척들이 없는 곳으로 가고 싶어. 이 모든 일이 빨리 끝나버렸으면 좋겠어. 페리에게는 연락했니?"
　"응."
　"그가 와줄까? 와주면 좋을 텐데. 그토록 그를 사랑한다고 생각했다니 나도 참 어리석었지! 페리가 너를 사랑하는 것을 알면서도 나는 여러 가지를 바랐었어. 하지만 칠드러 부인 댁에서의 만찬회 이후로는 그런 희망을 버렸지. 그때를 기억하니, 에밀리?"
　물론 에밀리는 그 만찬회를 기억한다.
　"그때까지는 나는 늘 약간의 희망을 품고 있었지. 페리가 언젠가 너의 사랑을 얻을 수 없다는 것을 깨닫게 되는 날이 오면 내가 그 반동으로 그의 마음을 붙잡으리라고 말이야. 나는 칠드러 부인 댁에서 그를 볼 수 있을 것이라고 생각했어. 그가 만찬회에 초대받은 것을 알고 있었거든. 테디에게 페리의 참석 여부를 물어보았더

니 테디는 내 눈을 응시하며 말했어.

'페리는 오지 않을 거야. 그는 내일 있을 재판의 변론 준비를 하고 있어. 페리는 야심가야. 그에게는 사랑을 위한 시간 같은 것은 없어.'

나는 테디가 나에게 충고하고자 한다는 것을 알았어. 페리에 대한 희망을 계속 갖고 있는 것이 소용없는 일이라는 것을 알았지. 그래서 완전히 단념한 거야. 그것은 결과적으로 보아 잘된 일이었어. 결국 이렇게 아름다운 결과를 빚어낼 수 있다니 놀랍지 않니? 모든 것을 움직이시는 하느님의 섭리가 느껴져. 모든 운명을 하느님에게 돌릴 수 있다는 것은 멋진 일이야."

에밀리에게는 일저의 말이 전혀 들리지 않았다. 그녀는 기계적으로 파란 드레스를 옷장에 걸고 초록색 운동복으로 갈아입었다. 몇 년 전 그날 밤에 테디가 일저에게 말한 것이 바로 그 얘기였구나. 그녀는 테디가 일저에게 사랑을 고백했다고 생각하고 얼마나 차갑게 대했던가! 아니, 그런 것은 아무래도 상관없었다. 그가 일저에게 충고했던 것은 페리에게로 향한 그녀의 마음을 자신에게로 돌리고자 함이었을 테니까. 마침내 일저가 집으로 돌아가자 에밀리는 커다란 안도감을 느꼈다. 끊임없이 계속되는 일저의 수다가 그녀의 신경을 피로하게 했던 것이다. 이것은 인정하기 부끄러운 생각이다. 그러나 이 고문에 가까운 시간 동안 그녀의 신경은 날카로워질대로 날카로워져 있었다. 2주만 더 견디자. 그러면 모든 것이 끝나고 평화가 찾아올 것이다.

2

땅거미가 질 무렵 에밀리는 전날 밤 켄트 부인에게서 빌린 책을 돌려주러 탠시패치로 향했다. 테디가 집에 돌아오기 전에 돌려주어야 했기 때문이다. 그녀는 그 사이 몇 번인가 켄트 부인을 방문하였고, 두 사람 사이에는 기묘한 우정이 쌓여가고 있었다. 그들은 서로에게 책을 빌려 읽었고, 그들에게 가장 중요한 한 가지를 제외한 모든 것에 대해 이야기했다. 에밀리가 돌려주러 간 책은 《남아프리카의 농장》이었다. 에밀리가 그 책을 읽고 싶다고 했을 때, 위층에 올라가 금방 책을 찾아 가지고 내려온 켄트 부인의 유난히 흰 얼굴에는 흉터가 더욱 붉은 빛을 띠며 도드라져 보였다.

"네가 말한 책이 여기 있어. 위층 상자 안에 넣어 두었었지." 켄트 부인이 말했다.

에밀리는 잠들기 전에 책을 다 읽었다. 요즘들어 그녀는 잠 못 이루는 밤이 많아져서 밤이 길었던 것이다. 책에서는 퀴퀴한 곰팡이 냄새가 났다. 책이 들어 있던 그 상자는 오랫동안 열지 않고 두었던 것이 분명했다. 에밀리는 책 속에서 켄트 부인 앞으로 쓰여진 얇은 편지 한통을 발견했다. 우표는 붙어 있지 않았다.

이상한 것은 그 편지가 개봉된 적이 없는 것 같다는 점이다. 그러나 읽고 난 편지도 무거운 것에 눌리면 다시 봉투가 붙어버리는 경우도 종종 있는 일이다. 중요한 일은 아닐 것이다. 하지만 에밀리는 책을 돌려줄 때 이 얘기를 하기로 마음먹었다.

"이 책 속에 편지가 들어 있었던 것을 아세요, 아주머니?"

"편지라고? 편지라고 말했니?"

"네, 아주머니 앞으로 온 편지예요."

에밀리는 켄트 부인에게 편지를 건네주었다. 편지의 필체를 알아본 부인의 얼굴이 갑자기 창백해졌다.

"이 편지를 저 책 속에서 발견했다고? 25년 이상이나 펼쳐보지 않았던 그 책 속에서? 이 편지를 쓴 사람이 누군지 아니? 내 남편이 쓴 편지인데, 나는 아직 읽어보지 못했어. 이 편지가 있다는 것조차 모르고 있었지." 그녀는 속삭였다.

에밀리는 그때 무슨 비극을 목격하고 있는 것 같은 느낌이 들었다. 그것은 아마 켄트 부인 생애의 비밀스런 고통이었으리라.

"제가 가고 난 뒤 편하게 읽으세요." 그녀는 부드럽게 말하고 바깥으로 나왔다. 켄트 부인은 어두운 방 안에 혼자 남았다. 편지를 들고 있는 그녀의 손이 마치 무서운 뱀이라도 집은 것처럼 떨렸다.

3

"너에게 꼭 할 말이 있어서 보자고 했어." 켄트 부인이 말했다.

그녀는 창가 팔걸이의자에 등을 꼿꼿이 세우고 앉아 있었다. 황혼 녘 강렬한 햇빛이 그녀 위로 내리비치고 있었다. 6월이었지만 아직도 저녁은 추웠다. 차가운 공기를 머금은 하늘이 꼭 가을하늘 같았다. 지름길을 걷고 있는 에밀리는 몸을 떨며 지금 집 안에 있다면 얼마나 좋을까 생각했다. 그러나 켄트 부인의 전갈은 다급한 어조를 띠고 있었다. 거의 명령조였다. 부인이 왜 그녀를 찾는 것일까. 분명 테디와 관련된 일은 아닐 것이다. 그렇지만 그렇다면 켄트 부인이 이처럼 급하게 그녀를 찾는 이유가 무엇이란 말인가.

켄트 부인을 본 순간 에밀리는 부인에게서 설명하기 어려운 어떤 변화를 감지했다. 부인은 여전히 가냘프고 힘이 없어 보였고, 눈에는 도전적인 빛조차 엿보였다. 그러나 처음으로 에밀리는 불행해 보이지 않는 켄트 부인을 보았다. 집안에는 고요한 평화가 깃들어 있었다. 기이하고 슬프고 오랫동안 잊혀졌었던 평화였다. 고통에 갇혀 있던 영혼이 마침내 해방된 것이다.

"나는 죽은 사람이나 마찬가지였어. 마음이 지옥이었지. 그러나 지금은 다시 살았어. 나를 구해준 사람은 너야. 네가 편지를 발견했으니까. 그래서 네게 말해주기로 한 거야. 이 말을 듣고 나를 미워하게 될지도 모르지만, 그리고 나는 그렇게 되기를 원치 않지만, 그래도 꼭 말해야 할 것 같아서." 켄트 부인이 말했다.

에밀리는 켄트 부인이 말하고자 하는 것을 듣는 일이 두려워졌다.

그것은 분명 테디와 관계 있는 일일 것이다. 지금은 테디와 관련된 어떠한 애기도 듣고 싶지 않았다. 2주 후면 테디는 일저의 남편이 될 것이므로.

"말하지 않는 편이 더 좋으리라고 생각지 않으세요?"

"말해야만 해. 나는 잘못을 저질렀고, 그것에 대해 고백하지 않으면 안 돼. 돌이킬 수는 없겠지. 그러기엔 너무 늦었으니까. 그렇지만 말해야겠어. 하지만 그 전에 들려주고 싶은 이야기가 있어. 지금까지 누구에게도 말한 적이 없는 이야기야. 나는 그 일 때문에 고통스러운 나머지 때로는 밤에 소리를 지르곤 했어. 오, 너는 나를 용서하지 않을 거야. 그렇지만 조금은 가엾게 여겨 주겠지."

"저는 항상 아주머니를 가엾게 생각해 왔어요."

"그랬을 거야. 그래, 그랬지. 하지만 너는 몰라, 에밀리. 나도 소녀 적에는 이렇지 않았어. 다른 사람들하고 비슷했지. 나는 예쁜 소녀였어. 정말 예뻤어. 데이비드 켄트를 만나 그와 사랑에 빠졌을 때 나는 정말 예쁜 소녀였어. 그때는 그도 나를 사랑했어. 아니, 그는 늘 나를 사랑했지. 이 편지에 그렇게 써 있으니까."

그녀는 가슴께에서 편지를 꺼내 거칠게 키스했다.

"이 편지를 네게 보여줄 수는 없어, 에밀리. 나 말고는 아무도 볼 수 없어. 하지만 이 안에 뭐라고 써 있는지는 애기해 줄게. 에밀리, 너는 내가 그를 얼마나 사랑했는지 알 수 없을 거야. 너는 네가 테디를 사랑한다고 생각하지만 그건 내가 테디의 아버지를 사랑한 것에 비하면 아무것도 아니야."

이 점에 대해 에밀리는 다른 견해를 가지고 있었지만 잠자코 있었다.

"우리는 결혼해서 그의 식구들이 살고 있는 몰턴으로 갔지. 처음에는 매우 행복했어. 지나칠 정도로. 하지만 하느님은 언제나 질투를 하신다고 내가 말했지? 그의 가족들은 처음부터 나를 그다지 좋아하지 않았어. 그들은 데이비드가 결혼을 잘못했고, 내가 그에게 어울리지 않는 신부감이라고 생각했어. 그들은 항상 우리 일에 간섭했지. 오, 나는 알고 있었어. 그들이 어떻게 하리라는 것을. 그의 어머니는 나를 미워했어. 그분은 한번도 나를 '아이린' 이라고 부른 적이 없고 '너' 또는 '데이비드의 아내'라고만 했었지. 나도 그분을 싫어했어. 그분은 아무것도 안 하고 아무 말도 안 하고 늘 나를 지켜보고만 있었으니까. 나는 결코 그들과 가족이 될 수 없었어. 나는 그들의 농담을 알아들을 수가 없었지.

그들은 늘 무언가에 대해 비웃고 있는 것 같았는데, 그 대상은 주로 나일 거라는 생각이 들었어. 그들은 데이비드에게 편지를 보내면서도 나에 대한 말은 한마디도 하지 않았어. 그들 중 몇 명은 늘 나에게 차가우리만큼 예의 바르게 대했고, 또 몇 사람은 늘 내 트집을 잡았지.

한번은 그의 누이동생들 중 하나가 내게 에티켓에 관한 책을 보냈어. 어떤 일들은 늘 내 맘을 아프게 해. 나는 상처를 받고도 그것을 되갚아 줄 수 없었어. 데이비드는 그들 편을 들었어. 그는 내가 모르는 비밀을 그들과 공유하고 있었어. 그렇지만 그럼에도 나는 행복했지.

어느 날 램프를 떨어뜨리는 바람에 옷자락에 불이 붙어 얼굴에 이런 상처를 입기 전까지는 말이야. 그 일 이후로 나는 데이비드가 계속 나를 사랑할 수 있다고 믿을 수 없었어. 내 얼굴이 추하게 변했으니까. 나는 신경이 예민해져서 아주 사소한 일로도 그와 말다툼을 벌였어. 그렇지만 그는 인내심을 갖고 참아주었지. 그는 계속해서 나를 용서했어. 다만 내가 그의 사랑을 믿지 못했던 것뿐이야. 나는 임신한 사실을 알았지만, 그 얘기를 그에게 말하는 것을 미루었어. 그가 나보다 아이를 더 사랑하게 될까봐 두려웠던 거야. 그리고 나는 무서운 일을 저질렀어. 네게 이런 얘기를 하기는 싫지만, 데이비드에게는 개가 한 마리 있었단다. 그가 몹시 사랑하는 개였는데, 그때문에 나는 그 개를 미워했지. 나는 그 개에게 독약을 먹여버린 거야. 내가 어떻게 그런 짓을 할 수 있었는지 나도 모르겠어. 나는 그런 사람이 아니었거든, 화상을 입기 전까지는 말이야. 아마 아이를 가져서 신경이 날카로워졌던가 봐."

켄트 부인은 말을 멈췄다. 떨리는 목소리로 여과없이 감정을 드러내보이던 그녀가 갑자기 엄격한 빅토리아 시대 여인의 말투로 말했다.

"어린 아가씨에게 이런 얘기를 해서는 안 되는 건데." 그녀는 걱정스러운 듯 말했다.

"저도 어린애가 닥터 번리의 왕진 가방에서 나오는 것은 아니라는 것 정도는 오래전부터 알고 있었어요." 에밀리가 그녀를 안심시켜 주었다.

켄트 부인은 다시금 열정적인 아이린 켄트로 돌아갔다. "데이비드는 내가 한 짓을 알아차렸어. 오, 그때의 그의 얼굴이라니! 우리는 심하게 다퉜지. 그것이 그가 위니펙으로 출장을 가기 바로 전에 있었던 일인데, 나는 너무나 화가 나서 그에게 소리를 지르고 말았어. 오, 에밀리, 그의 얼굴을 다시는 보고 싶지 않다고 말이야. 그리고 정말 그대로 되었어. 하느님이 내 말을 기억하신 거야. 그는 폐렴으로 위니펙에서 숨을 거뒀어. 나는 그의 사망 소식을 접하기 전까지는 그가 병을 앓고 있다는 사실도 알지 못했어. 그를 돌봐주던 간호사는 한때 그가 좋아했던 여자로, 그를 사랑하고 있었지. 내가 집에서 그를 미워하고 있는 동안 그녀가 그의 시중을 들고 간호를 해주었던 거야. 나는 이 일로 하느님을 결코 용서할 수가 없었어. 그녀가 그의 유품을 꾸려서 집으로 보내주었어. 그 짐 속에 그 책이 들어 있었는데, 아마 위니펙에서 산 걸 거야. 나는 책을 펴보지 않았어. 차마 손을 댈 수 없었던 거지. 그는 죽음이 임박했을 때 그 편지를 써서 책 속에 넣어두었던 것 같아. 그리고 간호사에게 그 얘기를 미처 못하고 세상을 떠났을 거야. 아니면 간호사가 알면서도 나에게 얘기해주지 않았든지. 편지는 내내 그 속에 있었어, 에밀리. 데이비드가 나에게 화가 난 채로 죽었다고 생각하고 있던 그 고통의 세월 내내 편지는 그 안에 있었던 거야. 나는 밤마다 그의 꿈을 꾸었지. 늘 화가 나서 얼굴을 외면한 모습이었어. 오, 27년을 그러고 지냈다고 생각해봐, 에밀리, 자그마치 27년이야. 그 정도면 나도 대가를 치른 것이 아닐까?

그런데 어젯밤 나는 그의 편지를 읽었어. 연필로 흘려 쓴 짧막한 편지였어. 쇠약해진 손으로 글씨를 쓰기도 힘들었을 거야. 그는 나를 사랑스런 아내라고 부르며 내가 그를 용서해야 한다고 했어. 내가 그를 말이야.

데이비드는 그날 그렇게 화를 냈던 자신을 용서해 달라고 하면서 자기도 내가 한 일에 대해 나를 용서했다고 썼어. 그리고 다시는 그의 얼굴을 보고 싶지 않다고 한 말에 대해서도 걱정하지 말라고, 그런 뜻이 아니라는 것을 자기도 알고 있다고, 마지막이 되어서야 모든 것을 보다 명확히 이해하게 되었는데 그는 늘 나를 사랑했노라고, 그리고 앞으로도 영원히 사랑할 것이라고 했지.

그 밖에도 다른 사람들에게는 말할 수 없는 매우 다정한 말을 해주었어. 오, 에밀리, 이것이 나에게 어떤 의미를 갖는지 상상할 수 있겠니? 그가 나에게 화난 상태로 죽지 않았다는 것, 나에 대한 사랑과 다정한 생각 속에 눈을 감았다는 것을 아는 것이 내게 얼마나 큰 위안이 되는지 이해할 수 있겠니?

하지만 그 사실을 몰랐어. 그가 죽은 뒤로 나는 예전같지 않았지. 그의 친척들은 내가 미쳤다고 생각했어. 테디가 태어난 뒤에 나는 그들을 떠나 이곳으로 왔어. 그들에게는 1전 한푼도 도움받을 생각이 없었어. 우리는 데이비드의 보험금으로 생활을 했어. 테디는 나의 전부였어. 그런데 네가 나타난 거야. 나는 네가 나에게서 테디를 빼앗아가리라는 것을 느꼈어. 테디는 늘 너를 사랑했으니까. 아, 정말 그랬어. 그 애가 외국에 나가 있을 때 나는 너의 모든 연애사건을 그에게 써보냈지. 2년 전에 테디가 갑자기 몬트리올로 가야 했던 것을 너도 기억할 거야. 그때 그 애는 너에게 편지를 썼어."

에밀리가 낮은 목소리로 이를 부인했다.

"아니, 정말이야. 나는 그 애가 나간 후에 책상 위에 그 편지가 놓여 있는 것을 보았어. 나는 살짝 겉봉을 뜯고 편지를 읽은 후에 그것을 불에 태워버렸지. 하지만 그 안에 어떤 내용이 써 있었는지는 말해줄 수 있어. 내가 어떻게 그것을 잊을 수가 있겠어! 그 애는 떠나기 전에 네게 사랑한다고 말하고 싶었다면서 네가 자기를 조금이라도 좋아해줄 수 있다면 편지에 써보내 달라고, 그럴 수 없다면 답장할 필요가 없다고 했지. 그때 얼마나 네가 미웠던지! 나는 편지를 태우고 봉투 안에 들어 있던 시만 남긴 채 봉투를 원래대로 봉해두었어. 테디는 그런 것도 모르고 편지를 발송했어. 나는 결코 후회하지 않았어. 그 애가 일저와 결혼하겠다고 편지를 보내왔을 때에도 후회하지 않았지. 그러나 어젯밤 네가 그 옛날의 편지와 함께 나에게 용서와 평안을 가져다 주었을 때 나는 내가 끔찍한 일을 저질렀다는 것을 깨달았어. 나는 내 인생을 망쳐버렸고, 아마 테디의 인생 또한 망쳐버린 걸 거야. 에밀리, 나를 용서해줄 수 있겠니?"

4

에밀리는 켄트 부인의 이야기가 불러일으킨 여러 가지 감정의 소용돌이 속에서 한 가지만은 뚜렷하게 의식했다. 에밀리의 마음속에서 고통과 수치심이 어느새 자취를 감추었다는 사실이다. 테디는 그녀를 사랑했던 것이다. 이 발견의 기쁨이 적어도 잠시 모든 다른 감정을 잊게 해 주었다. 분노나 원한 같은 것은 그녀의 영혼 속에 들어설 자리가 없었다. 그녀는 새로운 피조물이 된 듯한 느낌이었다. 그녀는 진심어린 목소리로 천천히 말했다.

"그럼요. 아주머니를 용서해요. 저는 이해할 수 있어요."

켄트 부인이 자신의 손을 비틀었다.

"에밀리, 정말 너무 늦은 걸까? 그 아이들은 아직 결혼하지 않았어. 나는 테디가 너를 사랑한 것만큼 일저를 사랑하지는 않는다는 걸 알아. 네가 테디에게 얘기하면…… 내가 얘기하면……."

"아니, 아니, 안 돼요. 너무 늦었어요. 그에게 이 사실을 알려서는 안 돼요. 절대로 말씀하지 마세요. 그는 지금 일저를 사랑해요. 그것은 확실해요. 그에게 이 얘기를 하면 나쁜 결과만 가져올 뿐이에요. 약속해 주세요, 아주머니, 혹시라도 저에게 고맙게 생각하신다면 결코 그에게 이 얘기를 하지 않겠다고요." 에밀리가 외쳤다.

"그렇지만 네가 불행해질 텐데……."

"저는 불행하지 않아요. 아주머니의 말씀으로 모든 것이 달라졌어요. 고통은 사라졌어요. 저는 행복하고 분주하고 유익한 나날을 보내게 될 거예요. 그 안에는 이루지 못한 사랑에 대한 후회 같은 것은 없을 거예요. 상처는 벌써 아물었어요."

"나는 무서운 일을 했어. 그것을 이제야 알게 되었어." 켄트 부인이 속삭였다.

"그럴지도 몰라요. 하지만 이제 그런 것은 생각지 않기로 했어요. 자존심을 회복했으니까요."

"머리 집안의 자존심이란! 결국 에밀리 스타, 네게는 사랑보다 자존심이 더 강력한 영향력을 발휘하는구나." 켄트 부인이 속삭이며 그녀를 빤히 쳐다보았다.

"아마도요." 에밀리는 웃으면서 말했다.

오, 그 편지를 받아볼 수 있었더라면! 351

5

 집에 도착했을 때 에밀리는 여전히 감정의 흥분 상태에 있었기 때문에 그만 부끄러운 짓을 저지르고 말았다. 페리 밀러가 뉴문의 뜰에서 그녀를 기다리고 있었다. 에밀리는 페리를 보지 못한 지 오래되었기 때문에 다른 때 같았으면 반가웠을 것이다. 페리가 에밀리에게 다른 기대를 갖지 않기로 한 이후로 페리와의 우정은 에밀리의 생활에 즐거움을 주었다. 몇 년 사이에 그는 많이 달라져 있었다. 보다 남자다워지고 유머러스해졌으며 자기 자랑도 줄었고, 심지어 사교 예절까지 습득하고 있었다. 그는 바빠서 뉴문에 자주 들르지는 못했지만 그가 오는 날에 에밀리는 늘 반갑게 맞이하곤 했다.
 그러나 그녀는 오늘 밤만은 혼자 있고 싶었다. 생각할 게 많았고, 감정을 정리해야 했고, 되찾은 자존심을 음미하고 싶었다. 페리와 뜰을 거닐며 대화를 나누는 것은 불가능했다. 그녀는 페리가 빨리 가주었으면 하고 바랬지만, 페리는 그런 것을 전혀 눈치채지 못하고 있었다. 페리는 오랜만에 그녀를 만났기 때문에 할 얘기가 많았다. 특히 일저의 결혼식 이야기를 하고 싶었다. 그가 이것에 관하여 계속해서 질문을 해댔으므로 에밀리는 나중에는 자신이 무슨 이야기를 하고 있는지조차 알 수 없게 되었다. 페리는 자신이 신랑 들러리가 되지 못한 것에 약간 실망하고 있었다. 그는 두 사람의 옛 친구로서 자신이 들러리를 서야 마땅하다고 생각하고 있었던 것이다.
 "테디에게 이렇게 차별을 당할 줄은 몰랐어. 스토브파이프타운 사람은 들러리로 부적합하다고 생각한 모양이야." 페리가 툴툴댔다.
 그때 에밀리는 엄청난 일을 저지르고 말았다. 페리가 테디를 안 좋게 말하는 것을 그냥 듣고 있을 수 없어서 자신도 모르게 이렇게 말하고 만 것이다.
 "그건 테디 잘못이 아니야, 일저 때문이지. 오랫동안 너와의 결혼을 꿈꿔왔던 일저가 너를 신랑 들러리로 세울 수 있을 것 같아?"

그 말을 한 순간 에밀리는 당혹감과 후회로 하얗게 질렸다. 내가 도대체 무슨 말을 한 것일까? 우정을 배반하고 신뢰를 저버렸다. 그것은 수치스럽고 용서할 수 없는 일이었다. 그녀가, 뉴문의 에밀리 버드 스타가 이런 일을 할 수 있는가?

페리는 해시계 옆에 서서 할 말을 잃고 그녀를 물끄러미 바라보고 있었다.

"에밀리, 그게 무슨 말이야? 일저가 나에 대해 그렇게 생각할 리 없어, 안 그래?"

비참한 심정이 된 에밀리는 한번 입 밖에 낸 말을 다시 주워담을 수도 없고, 사소한 거짓말로 사태를 수습할 수도 없다는 것을 깨달았다.

"한때 그랬었어. 물론 오래전에 감정 정리가 끝났지만."

"일저가 날 사랑했다구? 에밀리, 일저는 늘 나를 우습게 여겼잖아. 늘 나를 놀려대곤 했어. 난 좀처럼 그녀를 기쁘게 해줄 수 없었어. 너도 기억하잖아."

"그럼, 기억하지. 일저는 너를 너무 사랑해서 네가 그녀의 기준에 미치지 못하는 것을 보고 싶지 않았던 거야. 그녀가 너를 좋아하지 않았더라면 네가 어떻게 말하고 행동하든 전혀 개의치 않았겠지. 나는 이 일로 평생 후회하게 될 거야. 페리, 절대로 일저에게 네가 알고 있다는 눈치를 보여서는 안 돼. 알았지?" 에밀리의 어조에 피곤이 묻어났다.

"물론 안 그럴게. 어쨌든 일저는 옛날에 다 잊었다면서."

"맞아. 그렇지만 이제 네가 결혼식 들러리가 되지 못한 이유를 알았겠지? 나는 네가 테디를 그런 속물로 여기는 것을 참을 수 없어. 페리, 이제 돌아가 주겠니? 난 지금 무척 피곤해. 그리고 다음 2주 동안 할 일도 많고."

"벌써 잘 시간이구나. 여태 너를 붙들고 있었다니 미안하게 됐는

걸. 하지만 이곳에 오면 옛날 생각이 나서 좀처럼 돌아가고 싶은 생각이 안 들어. 우리는 정말 개구쟁이였지. 그런데 이제 일저와 테디가 결혼을 하다니. 우리도 나이가 들어가는 걸까?"

"다음은 네가 결혼할 차례가 될 거야. 나도 소문은 듣고 있어."
에밀리는 애써 빙긋 웃으며 말했다.

"네가 살아 있는 동안 그런 일은 없을 거야. 결혼은 단념했어. 아직도 너를 그리워하고 있어서가 아니야. 다만 너 이외의 다른 사람에게 매력을 못 느껴서일 뿐이지. 노력도 해봤지만 나는 아무래도 독신으로 살다가 죽을 운명인가봐. 어쩌면 그것이 편할 수도 있겠지. 그렇지만 내게는 약간의 야심이 있어서 인생을 포기하지는 않을 거야. 그럼 잘 있어. 결혼식 때 봐. 결혼식은 오후에 있을 예정이지?"

"그래. 3시야. 그리고 저녁 식사를 하고 슈루즈베리로 가서 배를 타는 거지. 페리, 페리, 너에게 일저에 대한 얘기를 하지 않았더라면 좋았을 텐데. 내가 이런 이야기를 할 수 있으리라곤 나 자신도 생각지 못했어." 에밀리는 결혼식에 대해 이렇게 차분하게 이야기할 수 있는 자신이 신기했다.

"그 일에 대해서는 더 이상 걱정하지마. 일저가 한때나마 나에 대해 그렇게 생각한 적이 있었다니 기쁠 따름이야. 그것이 얼마나 고무적인 일인지 모를 만큼. 내가 분별없다고 생각하는 것은 아니겠지? 너희 두 사람은 항상 내게 큰 힘이 되어주었어. 너희들의 우정에 늘 감사해. 나는 스토브파이프타운에 대한 사람들의 인식이나 우리 사이의 실제적인 차이를 모를 만큼 어리석지는 않아. 나는 열심히 노력해서 이 정도의 지위에 올랐고 앞으로 더 높이 올라갈 거야. 그러나 너와 일저는 태어날 때부터 나와는 다른 위치에 있었지. 그러면서도 다른 여자아이들처럼 나에게 그 차이를 느끼게 하지는 않았어. 로더 슈튜어트에게서 받은 모욕이 좀처럼 잊혀지지 않아. 그러니까 한때 일저가 나를 좋아했다 해서 내가 뽐내고 다니거나 일저에게 알고 있는 내색을 할 거라고는 생각지 말아줘. 나도 그 정도 사리분별은 있어. 비록 아직도 식당에서 어느 포크를 먼저 집어야할지 한참 망설여야 하지만 말이야. 에밀리, 내가 너에게 키스하다가 루스 이모에게 들킨 것 기억하니?"

"생각나."

"너에게 키스한 것은 그때 딱 한 번뿐이었지." 페리가 무덤덤하게 말했다. "그다지 근사한 키스는 아니었어. 네 이모가 나이트가운을 입고 촛불을 들고 서 있던 걸 생각하면 지금도 웃음을 참을 수가 없어."

페리가 웃으며 사라져가자 에밀리는 그녀의 방으로 올라갔다.

그녀는 거울 속 자신의 얼굴을 바라보며 한층 즐거워진 어조로 말했다. "에밀리, 다시 네 눈을 똑바로 쳐다볼 수 있게 됐어. 이제 더 이상 부끄럽지 않아. 그는 나를 사랑했었어."

그녀는 잠시 빙긋 웃으며 그곳에 서 있었지만 이내 그녀의 얼굴에 웃음기가 걷혔다.

"오, 그 편지를 받아볼 수 있었더라면!" 그녀는 탄식했다.

변치 않는 건 고양이뿐

1

 결혼식까지는 2주밖에 남지 않았다. 매일매일 집안일과 사교모임으로 정신없이 바빴지만 에밀리에게는 시간이 매우 더디게 가는 것처럼 느껴졌다. 어디에서나 일저의 결혼식 이야기가 화제에 올랐다. 에밀리는 이를 악물고 견뎌냈다. 일저는 여기저기 모습을 나타냈다. 그녀는 아무것도 하지 않으면서 말만 많았다.
 "벼룩처럼 분주하군." 닥터 번리가 투덜댔다.
 "일저는 잠시도 가만히 있을 때가 없어. 그 애가 조용히 앉아 있으면 사람들은 죽은 줄 알고 깜짝 놀랄 거야." 엘리자베스 이모가 투덜거렸다.
 "나는 배멀미에 대한 처방을 49가지나 알고 있어. 케이트 미첼 아주머니가 오시면 50가지를 알게 되겠지. 에밀리, 친절한 친척들이 많다는 것은 정말 좋은 일이지?" 일저가 말했다.
 일저의 방 안에 단둘이 앉아 있었다. 테디가 오기로 한 날 밤이었다. 일저는 옷을 6벌이나 입어보고 모두 한 옆으로 밀쳐놓았다.

"에밀리, 무엇을 입으면 좋을까? 네가 정해 줘."
"내가 어떻게? 게다가 어떤 옷을 입든 그것이 뭐가 중요하겠어?"
"맞는 말이야. 테디는 내가 무슨 옷을 입든 상관하지 않아. 나는 내 옷차림에 관심을 갖고 칭찬해 주는 남자가 좋은데 말이야. 나는 면 드레스보다 실크 드레스가 더 잘 어울린다고 말해주는 남자가 좋더라."
에밀리는 창문 너머 뜰을 바라보았다. 잔잔한 은빛 바다 같은 달빛 속에 양귀비꽃이 무리지어 떠올라 있었다.
"내 말은 테디가 생각하는 것은 옷이 아니라 너라는 뜻이야."
"에밀리, 너는 왜 나와 테디가 대단한 사랑에 빠져 있다고 생각하는 거지? 그것도 빅토리아 왕조풍의 사고방식이니?"
"제발 그 빅토리아 왕조풍이라느니 하는 말은 그만 둬!" 에밀리는 여느 때와 달리 소리를 지르며 머리 집안 사람답지 않은 반응을 보였다. "너는 아름답고 소박하고 자연스러운 모든 감정을 빅토리아 왕조식이라고 부르는데, 이제는 지겨워. 요즘 사람들은 모두들 빅토리아 왕조풍을 경멸하지. 하지만 과연 그들은 자신들이 무슨 말을 하고 있는지 알기나 하는 걸까? 나는 품위 있고 점잖은 것들을 좋아해. 그것이 빅토리아 왕조풍의 것이라 하더라도 말이야."
"에밀리, 에밀리, 엘리자베스 이모가 이성간의 열정적인 사랑을 점잖고 품위 있는 일이라고 생각할까?"
두 사람은 웃음을 터뜨렸다. 그와 함께 긴장이 풀렸다.
"에밀리, 가려는 것은 아니지?"
"이제 그만 가봐야지. 둘만의 시간을 방해하기는 싫으니까."
"또 시작이다. 너는 내가 저녁 내내 테디와 단둘이 있고 싶어한다고 생각하는 거야? 우리는 같이 있으면 몇 분 간격으로 말다툼을 벌인다구. 물론 싸움이란 좋은 거야. 인생을 활기 있게 해주니까.

나는 일주일에 한 번은 싸워야 돼. 너도 내가 싸움을 좋아한다는
건 알고 있지? 너하고도 많이 싸웠잖아. 너는 요즘 들어서 별로
싸울 마음이 없는 것 같지만, 테디도 진심으로 싸울 생각은 없는
것 같아. 페리라면 맘껏 싸울 수 있을 텐데. 페리와의 싸움은 정
말 멋질 거야. 시시하고 짜증나는 싸움이 아니라 싸우면서 더욱
서로를 사랑하게 되는 그런 싸움이 될 거야."

"너는 아직도 페리 밀러를 잊지 못하고 있는 거니?" 에밀리가
책망했다.

"아니란다, 아가야. 그렇다고 테디를 열렬히 사랑하는 것도 아니
야. 결국 우리의 사랑은 양쪽다 미지근해. 차가운 수프를 데운 것
처럼. 그렇지만 걱정하지는 마. 그에게 잘해줄 생각이니까. 천사
보다는 조금 못할지라도 모든 면에서 높은 대우를 해줄 거야. 어
떤 남자가 자신을 완벽하다고 생각한다고 해서 우리도 그를 완벽
하게 여겨서는 안 돼. 그러면 그는 제멋대로가 돼버리니까.

모두들 내가 테디 같은 남편을 얻게 돼 무척 운이 좋다고 생각
하는 것 같아서 조금 화가 나. 아이다 미첼 아주머니는 '정말 멋
진 남편을 얻게 되었구나, 일저'라고 말씀하시고, 스토브파이프타
운의 청소부 브리짓 무니는 '아가씨, 대단한 남자를 붙잡았군요'라
고 말하는데, 결국 그 말이 그 말이지 뭐야.

물론 테디는 훌륭해. 특히 자기 혼자만 대단한 사람이 아니라는
것을 알게 된 뒤로는 더욱 그렇지. 어디서 무언가를 배운 것 같
아. 그에게 분별을 가르쳐준 여자가 누군지 알고 싶어. 그런 여자
가 한 사람 있었거든. 테디가 자세히 이야기하지는 않았지만 조금
은 들어서 알고 있지. 그녀는 테디에게 너무 심하게 대했어. 사랑
한다고 믿게 해놓고서는 냉정하게 내쳤으니까. 그가 사랑을 고백
한 편지에 답장조차 하지 않았대. 에밀리, 나는 그녀가 미워, 이
상하지?"

"미워하지 마, 아마 그녀 자신도 무슨 일을 했는지 몰랐을 거야."
에밀리가 걱정스럽게 말했다.
"나는 테디를 그렇게 취급한 그 여자가 미워. 비록 그 일이 테디에게는 약이 되었지만 말이야. 에밀리, 내가 왜 그녀를 미워하는 걸까? 너의 그 유명한 심리 해부 기술을 동원해서 이 의문을 풀어줄 수 없겠니?"
"그건 왜냐하면…… 흔히들 하는 말로…… 네가 그녀가 남긴 것을 갖게 되었기 때문이지."
"그건 너무 심하다! 그렇지만 네 말이 맞을 거야. 어떤 일들은 사건의 본질을 설명하는 너로 인해 얼마나 추한 모습을 드러내는지! 나는 그녀가 테디에게 고통을 주었기 때문에 그녀를 미워하는 것이라고 내 자신을 합리화하고 있었어. 결국 빅토리아 시대 사람들이 현명했어. 아름답지 않은 것들은 보이지 않는 곳에 치워두어야 해. 자, 이제 집에 가고 싶으면 가. 나는 축복 받은 사람처럼 하고 있을 테니까."

2

테디는 론 할시와 함께 왔다. 에밀리는 그의 괴상한 외모에도 불구하고 할시가 마음에 들었다. 그는 희극적인 생김새에 모든 것을 비웃는 듯한 눈을 하고 있었으며, 특히 프레드릭 켄트의 결혼식을 무척 재밌게 여기고 있는 듯했다. 이러한 그의 태도 때문에 에밀리는 보다 편한 마음이 되었다. 그들 넷이 함께 보낸 저녁때 에밀리는 매우 발랄하고 명랑했다. 그녀는 테디 앞에서 침묵을 지키고 있는 것이 두려웠다. 카펜터 선생님은 이렇게 말씀하셨다.
"사랑하는 사람과 믿지 못할 사람 앞에서는 침묵하지 말아라. 침묵은 마음을 드러내니까."
테디는 매우 친절하게 굴었다. 그렇지만 그의 시선은 언제나 에밀리를 피했다. 한 번은 그들이 일저의 집 근처 버드나무가 서 있는 풀밭 위를 걷고 있는데, 일저가 저마다 자기가 좋아하는 별을 정하자고 제안했다.

"나는 시리우스, 론은?"

"전갈자리의 안타레스, 남쪽의 빨간 별이야." 할시가 말했다.

"오리온자리의 벨라트릭스." 에밀리가 서둘러 말했다. 그녀는 벨라트릭스에 대해 생각해 본 적도 없었지만 테디 앞에서 잠시도 머뭇거릴 수가 없었다.

"나는 특별히 좋아하는 별은 없어. 하지만 싫어하는 별이 하나 있지. 리라자리의 베가야." 테디가 조용히 말했다. 할시도 일저도 영문은 알 수 없었지만 테디의 목소리에는 사람을 불편하게 만드는 무언가가 있었다. 별에 대한 이야기는 그것으로 끝났다. 그렇지만 에밀리는 별이 하나 둘 사라져 가는 것을 새벽녘까지 혼자서 바라보고 있었다.

3

결혼식 3일 전에 블레어워터와 데리폰드에서는 일저 번리와 페리 밀러가 야심한 시각에 페리의 새 스포츠카를 타고 드라이브를 했다는 소문으로 시끌벅적했다. 에밀리가 힐난하듯 묻자 일저는 순순히 대답했다.

"물론 페리와 드라이브를 했지. 그날 테디와 무척 지루한 저녁 시간을 보냈어. 우리는 강아지 때문에 말다툼을 시작했어. 테디가 자기보다 강아지를 더 좋아하는 것이 아니냐 해서 물론이라고 대답해줬지. 테디는 내 말을 믿지 않으면서도 화를 냈어. 테디는 정말로 내가 자기를 죽을 만큼 좋아한다고 생각해. 그는 '평생 한 번도 고양이를 쫓은 적이 없는 개'라고 비웃었어.

우리는 저녁 내내 서로에게 화가 나 있었지. 그는 11시쯤 작별의 키스도 하지 않고 돌아가버렸어. 나는 마지막으로 어리석고도 아름다운 일을 해보기로 마음먹고, 살짝 아래로 내려와 모래언덕으로 향하는 아름답고 쓸쓸한 길을 홀로 걸었어. 그때 페리가 차를 몰고 나타난 거야. 나는 마음을 바꿔 그와 달빛 아래 드라이브를 하기로 했지. 뭐, 아직 결혼한 것은 아니었으니까.

그런 눈으로 보지 말아, 에밀리. 우리는 1시까지만 드라이브를 했을 뿐이고, 예의에 어긋난 행동 따위는 전혀 없었어. 갑자기 내가 '페리, 내가 정말 좋아했던 사람은 너뿐이야. 어째서 우리는 결혼할 수 없는 거지?' 하고 물으면 어떻게 될까 생각해보긴 했지만 말이야. 내가 80살이 되어서도 그렇게 말하고 싶은 생각이 들지 궁금해."

"페리를 단념했다고 분명히 네 입으로 말했었잖아?"

"그 말을 그대로 믿었단 말이야? 에밀리, 네가 번리 집안 사람이 아니라는 것이 다행이다."

에밀리는 머리 집안 사람이라는 것이 그렇게 후회스러울 수가 없었다. 머리 집안의 자존심만 아니었다면 그녀는 그날 밤 테디의 부름에 응했을 것이고, 내일은 그의 신부가 되어 있을 것이다.

그렇다. 내일이다. 내일이면 에밀리는 테디의 곁에 서서 그가 자기 아닌 다른 사람에게 혼인 서약을 하는 것을 들어야 한다. 모든 준비가 끝난 상태였다. 결혼식 만찬 준비는 훌륭한 피로연을 베풀겠다고 공언했던 닥터 번리를 흡족하게 했다. 닥터 번리는 이렇게 말했었다.

"요즘 유행에 따른 잡다한 요리 말고 옛날식의 훌륭한 음식을 대접해야 해. 신랑 신부에게는 음식이 필요하지 않을지 몰라도 나머지 사람들은 먹어야 하니까. 그리고 몇 년 만에 처음 있는 결혼식인데 당연히 성대한 잔치를 벌여야지. 그러고 보면 우리는 그동안 한 가지 점에서만은 적어도 천국에서와 같은 생활을 했던 셈이야.

천국에는 결혼하는 사람이 없다고 하니까. 어쨌든 즐거운 만찬이 될 거야. 로라에게 결혼식에서 제발 울지 말아달라고 전해줘."

엘리자베스 이모와 로라 이모는 닥터 번리 집에서 20년 만에 처음으로 하는 대청소의 감독을 맡기로 했다. 닥터 번리는 이런 일을 겪어야 하는 것이 평생에 한 번뿐이라는 것에 대해 몇 번이고 하느님께 감사했다. 엘리자베스와 로라는 결혼식에 입을 새틴 드레스를 새로 맞추었다. 오랫동안 드레스를 맞춘 일이 없었던 것이다.

그리고 엘리자베스 이모는 웨딩케이크를 만들고 햄과 닭고기 요리가 제대로 준비되었는지 살폈다. 에밀리는 로라 이모가 만든 크림과 젤리와 샐러드를 닥터 번리 집으로 나르면서 '이것이 모두 꿈이었으면' 하고 생각했다. 결혼식이 있기 전에 깨어날 수 있는 꿈이라면……

"이 모든 소동이 어서 끝났으면 좋겠어. 에밀리가 일에 지쳐 죽을 것 같아. 저 애의 눈을 좀 봐." 지미가 투덜거렸다.

4

일저가 간청했다. "오늘 밤은 나와 함께 있어 줘, 에밀리. 밤새도록 떠들어대서 네 잠을 방해하지는 않을게. 또 울지도 않을 거야, 약속해. 사그라져 가는 촛불처럼 오늘 밤 내 숨이 다한다 해도 상관없지만 말이야. 밀리 히슬롭과 그녀의 신부 들러리인 진 애스큐는 결혼식 전날 밤에 밤새도록 함께 울었대. 무척 눈물이 많았던가봐. 밀리는 결혼을 하게 되어 울고 진은 결혼을 하지 못해서 울었대. 우리는 그런 부류가 아니어서 다행이야. 우리는 싸웠으면 싸웠지 울지는 않을 거야. 내일 결혼식장에 켄트 부인이 올까? 오지 않을 것 같아. 테디가 그러는데 그의 어머니는 이 결혼에 대해서 아무 말도 하지 않는대. 그렇지만 그는 어머니가 이상하게 변한 것 같다고 해. 보다 부드러워지고 차분해져서 보통 사람들같이 되었다나봐. 에밀리, 내일 이맘때 나는 일저 켄트가 되어 있을 거야."

물론 에밀리는 그것을 알고 있었다. 그들은 더 이상 아무 말도 하지 않았다. 그러나 두 시간 뒤, 아직 잠들지 못한 에밀리가 꼼짝도 않는 일저를 보고 깊이 잠들었나보다 생각하는 순간, 일저가 갑자기 일어나 어둠 속에서 에밀리의 손을 바싹 잡았다.

"에밀리, 잠에서 깨어나보니 이미 결혼해 있는 상태라면 얼마나 좋을까."

5

새벽이다. 결혼식 날의 새벽이 밝았다. 에밀리가 잠자리에서 빠져나와 창가로 갔을 때 일저는 아직 자고 있었다. 저 아래 블레어워터 연못가에는 짙은 빛깔을 띤 소나무들이 고요에 잠겨 있었다.

대기 중에는 요정의 음악이 흐르는 듯하고, 모래 언덕 위로 바람이 불어오고, 항구에는 황금빛 파도가 춤을 추고, 동쪽 하늘이 환하게 밝아오면서 신비로운 하늘을 배경으로 진줏빛 하얀 등대가 모습을 드러내고, 이 모든 것 뒤로 푸른 바다가 거품을 뿜어내고 있었다. 그리고 황금빛 아지랑이에 감싸인 탠시패치의 언덕 뒤에는 테디가 깨어나 기다리고 있을 것이다. 그의 소원을 이루게 될 오늘을. 에밀리는 어서 이 날이 지나가기를 바랄 뿐이었다. 그것 말고 모든 소망과 희망, 갈망이 빠져나간 그녀의 영혼은 몹시도 공허했다.

그녀는 생각했다. '일이 돌이킬 수 없게 된다는 것은 위안을 준다.'

"에밀리…… 에밀리……."

일저가 부르는 소리에 창가에 있던 에밀리는 몸을 돌이켰다.

"아름다운 날씨야, 일저. 네 머리 위로 햇살이 눈부시게 빛날 거야. 저런, 일저, 울고 있잖아?"

"눈물이 나는 것은 나도 어쩔 수 없어. 너무 무서워. 벽에 머리를 부딪치며 소리라도 지르면 좀 나아질까?" 일저가 훌쩍이며 말했다.

"무엇이 무서운데?" 에밀리가 약간 짜증스러운 듯이 물었다.

"오, 목사님에게 혀를 내밀지나 않을까 하는 걱정 말고 달리 뭐겠어?" 일저는 도전적인 태도로 침대에서 뛰어내렸다.

6

정신없이 바쁜 아침이었다. 돌이켜보면 악몽 같았다. 아침 일찍부터 손님들이 밀려들기 시작했다. 에밀리는 그들을 모두 미소로 맞아들이느라 나중에는 얼굴이 굳을 정도였다. 그 많은 결혼 선물의 포장을 뜯고 정리하는 것도 일이었다. 일저는 드레스를 입기 전에 나와서 무감동한 얼굴로 그 선물들을 바라보았다.

"저 찻잔 세트는 누가 보낸 거지?" 그녀가 물었다.

"페리야." 에밀리가 대답했다. 그녀는 페리가 찻잔을 고르는 것을 도와주었던 것이다. 그것은 고풍스런 장미 문양의 우아한 찻잔 세트였다. 카드에는 페리의 힘찬 필체로 이렇게 씌어 있었다. "일저에게, 행복을 빈다, 옛 친구 페리로부터."

일저는 찻잔을 하나씩 들어서 마루에다 내던져 산산조각을 냈다. 놀란 에밀리가 미처 말릴 틈도 없었다.

"일저, 너 미쳤니?

"봐! 멋지게 해치웠지? 이것 좀 치워주렴, 에밀리. 벽에 머리를 부딪치며 소리를 지른 것만큼 시원하구나. 아니, 그보다 더 나아. 이제는 결혼식을 잘 치를 수 있을 것 같아."

에밀리가 깨어진 찻잔조각을 치우자마자 하늘색 모슬린 드레스에 분홍빛 스카프를 두른 클래린더 미첼 부인이 모습을 나타냈다. 통통하고 마음씨 좋고 잘 웃는 사촌이었다. 그녀는 모든 것에 관심이 많았고, 결혼 선물에 대해서도 일일이 누가 보낸 것인지 물어보았다.

"일저는 아주 아름다운 신부가 될 거야. 테디 켄트도 훌륭한 사람이고, 정말이지 책에서나 나올 법한 이상적인 결혼이야! 나는 이런 결혼식이 좋아. 나는 젊지 않지만 젊은 기분은 잊지 않고 있어. 감사한 일이지. 나는 아직도 감정이 풍부하고, 두려움 없이 그 감정을 드러낼 수 있어. 그런데 일저가 결혼식에 신을 양말이 14달러나 한다는 게 정말이야?" 클래린더 부인이 말했다.

처녀적 성이 미첼인 이사벨라 히슬롭 아주머니는 그녀가 선물한 값비싼 유리잔 세트가 애너벨이 코바늘로 뜬 우스꽝스러운 구식 레이스 테이블보 옆에 놓여 있는 것을 보고 언짢아했다. 그녀는 매사를 부정적으로 본다.

"모든 일이 순조롭게 진행되기를 바라지만, 어쩐지 불안한 느낌이 들어. 예감이라고나 할까? 너는 징조라는 것을 믿니? 이곳으로 오는 도중에 검은 고양이가 우리 앞을 지나갔어. 그리고 오솔길의 굽이진 곳에서 3인치나 되는 큰 글씨로 '멸망'이라고 씌어 있는 오래된 선거 포스터 조각을 보았지."

"그것은 아주머니의 불운을 나타내는 것이지, 일저와는 상관없는 일이에요."

이사벨라 아주머니는 고개를 저었다. 그녀는 좀처럼 기분이 좋아지지 않았다.

"소문에 의하면 웨딩드레스가 프린스에드워드 섬에서 본 적이 없을 만큼 고급품이라면서? 그런 사치를 허용해도 된다고 생각하니, 에밀리?"

"그중에서 값비싼 것은 스코틀랜드에 사시는 일저의 대고모님이 선물로 주신 거예요, 미첼 부인. 그리고 대부분의 경우 결혼식은 평생에 한 번뿐이니까요."

그렇게 말하고 난 뒤 에밀리는 이사벨라 아주머니가 결혼을 세 번 했다는 것을 기억해냈다. 그리고 아주머니의 결혼식 때에도 검은 고양이가 나타났을까 생각했다.

이사벨라 아주머니는 냉랭한 태도로 자리를 떴다. 나중에 들려오는 말에 의하면 그녀는 이렇게 말했다고 한다. "에밀리는 책을 낸 뒤로 아주 거만해졌어. 아무나 모욕해도 된다고 생각하는 모양이야."

에밀리는 잠깐의 자유를 즐길 여유도 없이 또 다른 미첼 집안의 친척들을 맞아야 했다. 한 아주머니는 다른 아주머니가 보낸 한 쌍의 화려한 보헤미아 꽃병을 못마땅해 했다.

"베시 제인은 생각이 없어. 어리석게도 아이들 장난에 깨질 물건을 골랐군."

"어떤 아이들이요?"

"물론 두 사람에게서 태어날 아이들이지."

그러자 그녀의 남편이 껄껄 웃으며 말했다. "마틸다, 스타 양이 그 말도 책에다 쓸 거요." 그는 다시 웃으며 에밀리에게 속삭였다. "에밀리, 오늘의 신부가 네가 아니라는 것은 어떻게 된 일이지? 어째서 일저에게 밀려난 거지, 응?"

7

에밀리는 일저가 웨딩드레스를 입는 것을 도와달라고 부른 것을 다행으로 여기며 2층으로 올라갔다. 비록 그곳에도 친척 아주머니들과 사촌들이 들락날락 하고는 있었지만.

"에밀리, 우리가 연극에서 서로 신부 역할을 맡겠다고 싸우던 때를 기억하니? 나는 지금 연극을 하고 있는 듯한 기분이야. 진짜 같지 않아."

에밀리 역시 실감이 나지 않았다. 그러나 곧, 이제 곧 모든 것이 끝나고 혼자 있을 수 있는 자유를 얻게 될 것이다. 웨딩드레스를 입은 일저는 결혼식을 위한 이 모든 법석을 정당화해줄 만큼 너무나 아름다웠다. 테디는 그녀를 사랑할 수밖에 없을 것이다.

"마치 여왕 같구나." 로라 이모가 감탄하여 속삭였다.

파란색 드레스를 꺼내 입은 에밀리는 진주와 장미로 치장한 면사포 속에서 얼굴을 붉게 물들이고 있는 일저의 뺨에 키스했다.

"사랑스러운 일저, 내가 너에게 '영원히' 행복하기를 바란다고 말하더라도 어쩔 수 없는 빅토리아 왕조식이라고는 생각지 말아줘."

일저가 에밀리의 손을 꽉 잡으며, 약간 지나치게 큰 웃음소리를 냈다.

"로라 이모가 나를 빅토리아 여왕 닮았다고 생각하지 않기를 바랄 뿐이야." 그녀는 속삭였다. "그리고 제이니 밀번 아주머니가 나를 위해 기도한다는 느낌을 떨쳐버릴 수가 없는데——아주머니가 내게 키스할 때 알 수 있었어——나는 누군가 나를 위해 기도한다고 생각하면 화가 나. 에밀리, 내 마지막 부탁을 들어줄래? 사람들을 이 방에서 내보내줘. 잠시 혼자 있고 싶어."

에밀리는 간신히 그녀의 청을 들어주는 데 성공했다. 친척 아주머니들과 사촌들은 아래층으로 내려갔다. 닥터 번리는 복도에서 초조하게 기다리고 있었다.

"준비가 아직 안 된 거니? 테디와 할시가 응접실로 내려오라는 신호만 기다리고 있어."

"일저는 잠시 혼자 있고 싶대요. 오, 아이다 아주머니, 마침 잘 오셨어요. 무슨 일이 있어서 못 오시는 건 아닌가 걱정했어요." 에밀리는 숨을 헐떡이며 계단을 올라오는 뚱뚱한 부인에게 말했다.

"사고가 생겼어." 아이다 아주머니가 숨을 몰아쉬며 말했다.

그녀는 숨차하면서도 뭔지모를 뿌듯한 눈빛을 하고 있었다. 그녀는 늘 소식을, 특히 안 좋은 소식을 전하는 첫 번째 사람이 되고자 했다. "남편은 오지 못했어…… 나는 택시를 타고 왔지. 그 불쌍한 페리 밀러 알지? 그 똑똑한 젊은이가 한 시간쯤 전에 차 사고로 죽어버렸어."

에밀리는 비명이 나오려는 것을 간신히 누르고 당황한 눈길로 일 저의 방문을 바라봤다. 문이 조금 열려 있었다.

"페리 밀러가 죽었다고? 하느님 맙소사, 어떻게 이런 일이!" 닥터 번리가 말했다.

"그래, 죽은 거나 마찬가지지. 지금쯤은 죽었을 거야. 부서진 차 밑에서 그를 끌어냈을 때 그는 이미 의식이 없었어. 사람들이 그를 샬럿타운의 병원으로 데리고 가서 빌에게 전화를 걸었어. 빌은 곧장 달려나갔지. 일저가 의사와 결혼하지 않아서 다행이야. 외투를 벗을 시간조차 없었을테니까."

에밀리는 슬픔을 감추고, 아이다 아주머니를 빈 방으로 안내한 후 닥터 번리 쪽으로 돌아왔다.

"이 일을 일저에게는 알리지 마라. 결혼식이 엉망이 될 거야. 페리는 오랜 친구였으니까. 그리고 조금 서둘러주지 않겠니? 시간이 지났어."

에밀리는 어느 때보다 더 악몽 같은 기분으로 복도를 걸어 일저가 있는 방의 문을 두드렸다. 대답이 없었다. 문을 열어 보니 면사포와 부케가 바닥에 떨어져 있었다. 테디가 엄청난 값을 치렀을 난초 부케였다. 머리 집안과 번리 집안의 신부들이 혼수품 일체를 장만하는데 들어가는 비용보다 더 비쌀 것이다. 일저는 없었다. 부엌 쪽으로 향한 창문이 열려 있었다.

"어떻게 된 거야, 일저는 어디 있지?" 참지 못하고 에밀리를 뒤따라온 닥터 번리가 소리쳤다.

"그녀는 가버렸어요." 에밀리는 넋이 나간 듯 말했다.

"가버렸다고? 어디로 말이야?"

"페리 밀러한테요." 에밀리는 그것을 알고 있었다. 일저는 아이다 아주머니의 말을 들은 것이다.

"빌어먹을!" 닥터 번리가 말했다.

8

몇 분 사이에 결혼식장은 경악의 소용돌이에 휩싸였다. 놀란 하객들은 모두들 큰 소리로 질문을 퍼부었으며, 닥터 번리는 흥분해서 부인들 앞에서까지 욕을 해댔다.

엘리자베스 이모조차 어찌할 바를 몰랐다. 이런 일은 선례가 없었다. 줄리엣 머리가 애인과 함께 달아난 적은 있었지만, 그녀는 결혼을 했던 것이다. 친척들 중 어느 누구도 이런 일을 벌인 사람은 없었다. 당황해서 모두 어찌할 줄을 모르고 있는 동안 에밀리 혼자만 이성적으로 사고하고 행동할 수 있었다. 그녀는 롭 미첼에게서 일저의 이야기를 들었다. 그는 농장의 안뜰에 차를 주차시키다가 그녀를 보았다고 한다.

"나는 일저가 창문을 빠져나오는 것을 보았어. 지붕을 미끄러져 내려와 고양이처럼 사뿐히 땅 위로 뛰어내렸지. 그러고는 오솔길을 달려 켄 미첼의 스포츠카에 뛰어올라서는 악마에게라도 쫓기는 것처럼 차를 몰았어. 제정신이 아니었어."

"어떤 면에서는 제정신이 아니라는 말이 맞아. 롭, 일저의 뒤를 쫓아가 주어야겠어. 닥터 번리를 모시고 올게. 나는 이곳에 남아 있어야 해. 오, 되도록 빨리 다녀와 줘. 샬럿타운까지는 14마일밖에 안 되니까 1시간이면 갔다올 수 있을 거야. 그녀를 꼭 데리고 와줘. 하객들에게는 기다리라고 말할 테니까."

"에밀리, 이 혼란을 수습하기는 쉽지 않을 거야." 롭이 예언했다.

9

그렇게 한 시간이 지났다. 그러나 일저는 오지 않았고, 닥터 번리와 롭 두 사람만 돌아왔다. 다행히 페리 밀러는 죽지 않았다. 중상을 입은 것도 아니었다. 하지만 일저는 돌아오려 하지 않았다. 그녀는 아버지에게 페리 밀러 아닌 어느 누구와도 결혼하지 않겠다고 말했다.

닥터 번리는 2층에서 어찌할 바를 모르며 울고 있는 여자들——엘리자베스 이모, 로라 이모, 루스 이모, 에밀리——에게 둘러싸여 있었다.

"그 애의 어머니만 살아 있었어도 이런 일은 없었을 거야." 닥터 번리가 멍하니 말했다. "그 애가 페리 밀러를 좋아하리라고는 생각지도 못 했어. 누군가 아이다 미첼의 목을 비틀어버리면 좋을 텐데. 오, 그래 울어라, 울어." 그는 울고 있는 로라 이모에게 사납게 쏘아붙였다. "운다고 무슨 뾰족한 수가 있어? 이게 다 뭐란 말이야. 누군가 켄트에게 이야기해 주어야 해. 내가 해야겠지. 그리고 아래층에서 우왕좌왕하고 있는 얼간이들을 먹여야 하고. 어쨌든 저 사람들 중 반은 그 이유 때문에 온 것이니까. 에밀리, 이 중에 제정신을 유지하고 있는 사람은 너뿐인 것 같구나. 네가 좀 일을 거들어다오."

에밀리는 히스테리를 일으키는 성질은 아니었다. 그러나 태어나서 두 번째로 아주 크고 길게 소리를 지르고 싶었다. 비명을 지르지 않고는 견딜 수가 없을 것 같았다. 그러나 그녀는 손님들을 식탁으로 안내했다. 그들의 기대가 배반당하지 않은 것을 알자 손님들의 흥분도 어느 만큼 가라앉았다. 그러나 만찬은 결코 성공적이라고 할 수 없었다.

이런 상황에서는 배가 고픈 사람도 양껏 먹을 수가 없었다. 순전히 음식에만 관심이 있고 결혼식에는 신경도 쓰지 않았던 톰 미첼을 제외하고는 아무도 흥이 나지 않았다. 신부는 왔다가 그냥 갈 수 있다. 그러나 맛있는 음식은 버릴 수 없다. 그래서 그는 꾸준히 음식을 먹으며 가끔 엄숙하게 고개를 흔들고는 "여자들이 뭐라고 하는 거지?"라고 대수롭지않게 물을 뿐이었다.
  이사벨라 아주머니는 예감에 관한 이야기를 했지만 아무도 귀를 기울이지 않았다. 대부분의 하객은 행여 말실수를 할까봐 입을 다물고 있었다. 올리버 삼촌은 이것보다 훌륭했던 장례식 만찬을 기억했다. 음식 시중을 드는 여자들은 바삐 왔다갔다 하면서 어처구니없는 실수를 저질렀다. 새로 부임한 목사의 젊고 예쁜 아내 더웬트 부인은 울 듯한 표정이었다. 아니, 실제로 눈에 눈물이 가득했다. 어쩌면 결혼식의 사례금을 예상하고 있었던 것인지도 모른다. 그것이 없으면 새 모자를 살 수 없게 된다. 그녀가 젤리를 접시에 덜지 않고 그냥 보내자 에밀리는 웃고 싶어졌다. 비명을 지르고 싶었을 때만큼이나 히스테릭한 충동이었다. 그러나 그녀의 차갑고 흰 얼굴에는 아무런 감정도 나타나지 않았다. 슈루즈베리 사람들은 늘 그렇듯 그녀가 오만하고 냉담했다고 말했다. 도대체 그녀의 마음을 움직일 수 있는 것이 있긴 있는 걸까?
  그러나 소란함 속에서 에밀리는 한 가지만을 아프도록 또렷하게 생각하고 있었다. '테디는 어디에 있을까? 지금 어떤 기분일까? 무슨 생각을 하며 무엇을 하고 있는 것일까?'
  에밀리는 테디에게 상처와 모욕을 준 일저가 미웠다. 이런 일이 있고 나서 다시 이전처럼 지낼 수 있는 사람은 아무도 없으리라. 시간은 여기서 멈춰야 했다.

10

  "어처구니없는 일이야. 그런 수치와 망신이 또 있을까!" 저녁때 집으로 돌아오면서 로라 이모가 말했다.
  "이 모든 것이 앨런 번리의 책임이야. 그가 일저를 그렇게 키운 거야. 그 애는 절제를 배우지 못했어. 자기 하고 싶은 대로만 하며 살아왔지. 도대체 책임감이라곤 없단 말이야." 엘리자베스 이모가 말했다.
"그러나 그 애가 진정으로 페리를 사랑하고 있다면……." 로라가 일저를 변호했다.
"그렇다면 왜 테디 켄트와 결혼을 약속했느냐 말이야? 왜 그에게 이런 잔인한 짓을 하느냐구? 일저의 행동에 대해서는 변론의 여지가 없어. 번리 집안 사람이 남편감을 구하러 스토브파이프타운에 가는 것을 상상을 해봐."
"누군가 결혼 선물들을 다시 돌려보내야 할 텐데." 로라가 한탄했다. "내가 선물이 있는 방의 문을 잠가 놓았어. 이런 때에는 무슨 일이 생길지도 모르니까."
마침내 에밀리는 자기 방에 혼자 있게 되었다. 너무도 놀라고 당황하고 피곤해 아무 생각도 할 수 없었다. 커다란 공 같은 얼룩 고양이가 그녀의 침대 위에 몸을 길게 뻗으며 입을 벌렸다. 분홍색 입 안이 보였다.
"대프, 변치 않는 건 너뿐이야." 에밀리가 지친 목소리로 말했다.
그녀는 거의 잠을 이루지 못하다가 새벽녘에야 잠깐 눈을 붙였다. 잠에서 깨어났을 때 세상은 전과 같지 않았다. 모든 것에 새롭게 적응해야 했지만 그녀로서는 너무 피곤했다.

잊혀진 사람들

1

그로부터 이틀 뒤 일저는 아무런 예고도 없이 에밀리의 방에 나타났다. 아무런 변명도 없이 그녀는 장밋빛 뺨에 의기양양한 얼굴을 하고 있었다. 에밀리는 일저를 빤히 쳐다보았다.

"지금쯤이면 지진도 지나갔겠지? 그 자리에 무엇이 남아 있는지 말해주지 않겠니?"

"일저! 너 어떻게 이럴 수가!"

일저는 핸드백에서 노트를 꺼내 들여다 보는 시늉을 했다.

"네가 할 말을 다 적어 놓았어. 첫 번째 것은 네가 방금 전에 한 말이고, 두 번째는 '부끄럽지도 않니?'라는 말이야. 내가 부끄럽지 않다는 것은 너도 알 거야." 일저는 여전히 뻔뻔스럽게 말했다.

"그건 나도 알고 있어. 그래서 물어보지 않은 거야."

"나는 창피하지도 않고 조금도 미안하지 않아. 내가 미안하지 않다는 사실이 조금 미안하게 여겨질 뿐이야. 나조차 내가 염치없다고 생각될 만큼 행복해. 하지만 나 때문에 파티가 엉망이 됐겠지.

틀림없이 늙은 암코양이들이 때를 만난 듯이 떠들어댔을 거야."
"테디가 어떤 기분이었을지 생각해 봤어?"
에밀리는 심하게 다그쳤다.
"딘만큼 힘들었겠지. 유리 집에 대한 옛날 속담이 있어."
에밀리의 얼굴이 새빨개졌다.
"나도 알아. 내가 딘에게 너무 심했다는 거. 하지만 나는……."
"결혼식장에서 퇴짜를 놓지는 않았다는 말이지? 맞아, 그러나 아이다 아주머니가 페리가 죽었다고 말하는 것을 듣는 순간 나는 테디를 생각할 겨를이 없었어. 제정신이 아니었지. 페리를 만나야 한다는 생각뿐이었어. 페리를 만나보지 않고는 견딜 수가 없었어. 그런데 그곳에 가보니 마크 트웨인이 말한 대로 죽었다는 소식은 과장이었어. 심지어 많이 다친 것도 아니었지. 그는 얼굴에 붕대를 감고 침대 위에 앉아 있었지. 무슨 일이 있었는지 궁금하지?"
일저는 에밀리의 발치께에 주저앉아 달래는 듯한 눈초리로 에밀리를 쳐다보았다.
"미리 예정되어 있는 일에 대해 화를 내봤자 무슨 소용이 있겠어? 그런다고 달라지는 것은 아무것도 없어. 2층으로 올라올 때 언뜻 로라 이모를 보았는데, 하루 사이에 많이 변한 모습이었어. 하지만 너에게는 머리 집안에 없는 기질이 있어. 너라면 이해해줄 거야. 테디를 지나치게 동정할 필요는 없어. 테디가 나를 사랑하지 않는다는 것은 나도 알고 있었어. 그는 자존심을 조금 다쳤을 뿐이야. 나를 대신해서 이 사파이어 반지를 그에게 돌려주지 않겠니?" 일저는 에밀리의 표정에 마음이 상해 "딘의 에메랄드 반지와 같은 운명인 거지?" 하고 덧붙였다.
"테디는 몬트리올로 떠났어. 그 일이 있은 뒤에."
"결혼식이 엉망이 된 후에 말이지? 테디를 보았니, 에밀리?"
"아니."

"뭐, 잠시 아프리카에 가서 사냥이라도 하다 오면 테디도 금방 잊겠지. 에밀리, 나 내년에 페리와 결혼하기로 했어. 모든 것이 결정됐어. 나는 페리를 보자마자 그의 목을 껴안고 키스했지.

간호사는 질질 끌리는 내 드레스 자락을 보고 내가 방금 전에 정신과 병동에서 뛰쳐나온 사람이라고 생각하는 것 같았지만, 나는 그녀를 방 밖으로 몰아냈지. 그리고 페리에게 사랑한다고, 어떤 일이 있어도 테디 켄트와는 결혼하지 않을 거라고 말했어. 그러자 그는 내게 결혼해줄 수 있겠느냐고 물었어. 아니면 내가 그에게 결혼해달라고 했는지도 모르지.

어쨌든 우리는 서로를 이해할 수 있었어. 솔직히 누가 먼저 청혼을 했는지는 잘 기억나지 않지만, 그런 것은 중요하지 않아. 에밀리, 만약 내가 죽은 다음이라도 페리가 와서 내 얼굴을 들여다본다면 나는 다시 살아날 거야. 물론 그가 항상 너를 쫓아다닌 것은 알고 있어. 하지만 그는 너를 사랑한 이상으로 나를 사랑하게 될 거야. 우리는 운명적으로 맺어진 사람들이야."

"페리가 나를 진정으로 사랑한 적은 한 번도 없었어. 날 많이 좋아하긴 했지만 그것이 전부였어. 아마 좋아하는 것과 사랑하는 것의 차이를 몰랐던 것 같아." 에밀리가 말했다. 그녀는 일저의 빛나는 얼굴을 물끄러미 내려다 보았다. 에밀리의 눈과 입에 이 사랑스러운 괴짜 친구에 대한 오랜 애정이 떠올랐다.

"사랑하는 일저, 네가 행복하기를 바라…… 언제까지나."

"정말 빅토리아 왕조풍이로군! 에밀리, 이제 나는 조용히 있을 수 있어. 지난 몇 주 동안은 잠시라도 조용히 있으면 터질 것만 같았거든. 이제는 제이니 아주머니가 나를 위해 기도해도 아무렇지도 않아. 사실은 기도해 주기를 바라고 있어." 일저가 만족스러운 듯이 말했다.

"아버지는 뭐라고 하셔?"

잊혀진 사람들 375

"아, 아버지." 일저는 어깨를 으쓱했다. "조상 대대로 전해내려 온 기질은 어쩔 수가 없나봐. 아직도 나에게 말씀을 안 하셔. 그렇지만 곧 풀리실 거야. 내 행동에는 아버지 책임도 크니까. 내가 자라면서 어떤 일을 할 때 누구의 허락을 받은 적이 없다는 것은 너도 알 거야. 그냥 내 마음이 시키는 대로 했을 뿐이지. 아버지는 내가 하는 일에 반대하신 적이 없어. 처음엔 나를 미워하셔서 그랬고 나중에는 나를 미워한 것에 대한 보상을 하시느라 그랬지."

"내 생각에는 앞으로는 종종 페리의 의견을 구해야 할 것 같은데?"

"물론 그럴 거야. 내가 얼마나 좋은 아내가 될지, 네가 보면 놀랄 거야. 나는 다시 공부하러 갔다가 1년쯤 지나서 사람들의 기억 속에서 이번 일이 잊혀질 즈음에 어딘가에서 페리와 조용한 결혼식을 올릴 생각이야. 그 결혼식에는 장미꽃이 수놓인 베일도, 동양 자수의 장식도, 친척들도 없겠지. 아, 정말 아슬아슬했어. 10분만 늦었어도 테디와 결혼했을 텐데. 결혼식이 끝난 뒤 아이다 아주머니가 도착했다면 엄청난 스캔들이 일었겠지. 왜냐하면 나는 결혼을 했든 하지 않았든 그대로 페리에게 달려갔을 테니까."

2

그해 여름에 에밀리는 힘든 시간을 보냈다. 극심한 고통이 사라지고 난 뒤의 공허를 견뎌내야 했다. 그리고 사람들이 결혼식에 대해 끊임없이 궁금해하며 물어오고 추측하고 있었기 때문에 바깥 출입을 하기도 어려웠다. 그러다가 마침내 일저의 어린애 같은 짓에 대한 소문도 가라앉고 사람들의 화제는 다른 것으로 옮겨갔다.

에밀리는 홀로 남겨졌다.

그랬다, 혼자였다. 늘 혼자이다. 사랑도 우정도 가버리고 없었다. 모든 것은 사라지고 남은 것은 야망뿐이었다. 에밀리는 결연한 태도로 다시 글쓰는 일에 몰입했다. 생활은 예전의 패턴으로 돌아갔다. 해마다 사계절이 그녀의 문 앞을 지났다.

봄에는 골짜기에 드문드문 바이올렛이 피어났고, 여름에는 온갖 꽃이 만발했으며, 가을에는 전나무가 노래를 했고, 겨울에는 은하수의 빛이 쓸쓸히 빛났다. 초승달이 뜬 부드러운 4월의 저녁 하늘, 달빛을 이고 있는 롬바르디 포플러의 요정 같은 아름다움, 바람결에 들려오는 깊은 바다의 파도소리, 10월 황혼녘에 떨어져 내리는 낙엽, 과수원의 달빛, 오, 인생은 아직도 아름다웠다. 아니, 늘 아름다울 것이다. 세상에는 유한한 인간의 여러 가지 감정을 뛰어넘는 영원불멸의 아름다움이 있다.

그녀는 때론 영감에 사로잡혀 글을 써내려갔다. 그러나 한때 그녀의 영혼을 충족시켜 주었던 아름다움은 이제 그 자체만으로는 그녀에게 완전한 만족을 가져다주지 않았다. 뉴문에는 아무런 변화가 없었다. 다른 곳에서 일어난 변화도 뉴문에는 별다른 영향을 끼치지 못했다.

켄트 부인은 테디와 함께 살기 위해 떠났다. 탠시패치는 핼리팩스 사람의 여름 별장이 되었다. 어느 해 가을 페리는 몬트리올로 가서 일저를 데리고 돌아왔다. 그들은 샬럿타운에 행복한 보금자리를 마련했고, 에밀리는 가끔 그들을 방문했다. 에밀리가 방문할 때마다 일저는 에밀리에게 결혼하고 싶은 생각이 들도록 유도했으나 에밀리는 별 반응이 없었다. 집안에서는 에밀리가 결혼하지 않을 거라고 생각하게 되었다.

"뉴문에 노처녀가 한 명 늘었군." 월리스 삼촌이 말했다.

"그 애가 결혼할 수 있었던 사람들을 생각해봐. 월리스, 에일머 빈센트, 앤드루······." 엘리자베스 이모가 안타까운 듯이 말했다.

"그렇지만 에밀리가 그들을 사랑하지 않았다면······." 로라 이모가 머뭇거렸다.

잊혀진 사람들 377

"로라, 꼭 그렇게 말해야겠니?"

지금도 행상을 하러 돌아다니고, 일저의 말에 의하면 '세상 끝날까지 돌아다닐' 켈리 할아버지도 더 이상은 결혼 문제로 에밀리를 놀려대지 않았다. 그는 진지한 어조로 에밀리에게 무슨 책을 쓰고 있느냐고 물었다. 그러고는 "도대체 남자들은 다들 뭘 하고 있는 거지? 자, 가자, 망아지야!" 하는 말과 함께 희끗희끗한 머리를 흔들며 멀어져갔다.

분명 몇몇 남자들은 아직도 에밀리를 생각하고 있는 듯했다. 젊고 씩씩한 홀아비 앤드루는 에밀리가 손가락 하나만 까딱해도 달려왔겠지만, 에밀리는 그러지 않았다. 슈루즈베리의 그레이엄 미첼도 에밀리의 관심을 끌고 싶어했지만, 에밀리는 그의 한쪽 눈이 이상하다고 싫어했다. 적어도 머리 집안 사람들의 생각에는 그랬다. 그들은 그것 말고는 그레이엄 미첼같이 좋은 신랑감을 마다하는 다른 이유를 생각할 수가 없었다. 슈루즈베리 사람들은 에밀리가 다음 소설에 그의 이야기를 쓸 목적에서 "소재를 얻기 위해 그를 유혹했다"고 말했다. 어느 해 겨울엔가는 클론다이크의 명망 있는 대부호가 그녀를 쫓아다녔으나 이듬해 봄이 되자 곧 떠나고 말았다.

"에밀리는 책을 내고 나서 콧대가 높아졌어. 자신에게 어울리는 상대가 없다고 생각하는 거야." 블레어워터 사람들은 말했다.

엘리자베스 이모는 클론다이크의 부호를 놓친 것을 안타깝게 여기지는 않았다. 그는 원래는 데리폰드의 버터워스 집안 사람에 지나지 않았고, 버터워스 집안이라면 보잘 것 없는 집안이었기 때문이다. 엘리자베스 이모는 늘 버터워스 집안이 별것 아니라고 생각했다. 그들은 자신들이 대단하다고 생각할지 모르지만, 머리 집안 사람들은 이미 알고 있는 것이다. 그렇지만 엘리자베스 이모는 에밀리가 왜 샬럿타운의 '무어스비&파커' 회사의 무어스비를 싫다고 하는지 이해가 안 되었다. 에밀리의 설명으로는 무어스비 씨가 옛날에

'퍼킨스 푸드 베이비'로 신문에 사진이 났던 것을 아직도 수치스럽게 생각하고 있기 때문이라고 했지만, 엘리자베스 이모로서는 납득할 수 없는 이유였다. 그러나 결국 엘리자베스 이모는 자신이 젊은 세대를 이해할 수 없다는 것을 인정해야 했다.

3

에밀리는 가끔 지면을 통해 접하는 것 말고는 테디의 소식을 들을 수 없었다. 신문에 실린 기사를 보면 테디는 꾸준히 경력을 쌓아가고 있는 것 같았다. 그는 초상화가로서 국제적인 명성을 얻고 있었다. 이제는 잡지사에 삽화를 그려주는 일은 하지 않기 때문에 에밀리가 잡지를 뒤적이다 자신의 얼굴이나 미소나 눈을 마주칠 일도 없었다.

어느 해 겨울, 켄트 부인이 세상을 떠났다. 그녀는 죽기 전에 에밀리에게 짧막한 편지를 썼다. 그것은 에밀리가 켄트 부인에게서 받은 유일한 편지였다.

"나는 죽어가고 있어. 에밀리, 내가 죽거든 테디에게 그 편지에 대한 이야기를 해주렴. 내가 말하려고 했지만, 결국 말할 수 없었어. 내 아들에게 내가 그런 일을 했다고 차마 말할 수 없었단다. 나 대신 네가 그 애에게 말해다오."

에밀리는 편지를 옆으로 치우면서 쓸쓸히 웃었다. 테디에게 그 얘기를 하기에는 너무 늦었다. 테디는 오래전에 잊어버렸을 것이다. 그러나 에밀리는…… 에밀리는 영원히 그를 사랑할 것이다. 비록 그가 알지 못하겠지만 그녀의 사랑은 평생 보이지 않는 축복이 되어 그의 주위를 맴돌 것이다. 그리고 모든 질병과 위험과 해악으로부터 그를 지켜줄 것이다.

4

　그해 겨울 데리폰드의 짐 버터워스가 '실망의 집'을 샀거나 사려고 한다는 소문이 떠돌았다. 그 소문에 의하면 그 집을 허물고 새집을 지은 뒤 '조디 브릿지의 메이블'로 통하는 데리폰드의 통통하고 살림 잘하는 부인을 맞아들일 거라고 했다. 그 이야기를 들은 에밀리는 몹시 슬펐다. 그녀는 그날 저녁 살짝 집을 빠져나와 땅거미 질 무렵의 싸늘한 봄 공기를 가르며 가문비나무 숲을 지나 '실망의 집' 정문에 도착했다. 딘이 이 집을 팔았다는 것은 사실이 아닐 것이다. 이 집은 이 언덕에 속해 있었다. 이 집이 없는 이 언덕은 상상할 수 없었다.
　에밀리는 전에 로라 이모에게 부탁해서 이 집에 있는 그녀의 물품 중 낸시 고모할머니가 남긴 은빛 구슬거울을 제외한 모든 것을 뉴문으로 날라왔었다. 은빛 구슬거울을 다시 보는 것은 견딜 수 없는 일이었다. 그 구슬거울이 아직도 이 집에 있을 것이다. 문틈으로 들어오는 빛을 받아 희미한 은빛을 반사하며 그녀와 딘이 두고 간 그대로 거실에 걸려 있을 것이다. 딘은 이 집에서 자기 물건을 아무것도 가지고 가지 않았다고 한다. 그가 두고 간 것은 모두 그대로 있었다.
　집안은 틀림없이 매우 추울 것이다. 집 안에 불을 피운 것은 오래 전의 일이었다. 집은 무척이나 황량하고 쓸쓸해 보였다. 창에는 불빛이 없었고, 길가에는 풀이 무성했으며 오랫동안 열린 적이 없는 문 주변에는 잡초가 자라고 있었다.
　에밀리는 집을 감싸 안기라도 할 듯이 두 팔을 벌렸다. 대프가 그녀의 발목에 몸을 부비며 호소하듯 목을 가르릉거렸다. 대프는 춥고 축축한 곳을 헤매다니는 것을 싫어했다. 이제 나이든 이 고양이는 뉴문의 난롯가를 더 좋아했다. 에밀리는 고양이를 안아다가 쓰러져 가는 문 기둥 위에 올려놓고 말했다.

"대프, 이 집에는 타다 남은 재가 들어 있는 오래된 벽난로가 있어. 그 앞에서 고양이가 몸을 녹이고 어린아이가 꿈을 꿀 수 있는 벽난로 말이야. 그러나 이제 그런 일은 없을 거야. 대프, 메이블이 지저분하고 먼지투성이인 이 벽난로를 싫어하기 때문이야. 퀘벡 히터가 훨씬 따뜻하고 경제적이래. 너는 우리가 보다 분별이 있어서 퀘벡 히터의 이점을 누릴 수 있기를 바라니?"

'내일의 길' 위에서

1

그 소리는 6월의 저녁 공기를 가르고 뚜렷하고도 갑작스럽게 들려왔다. 높게 두 번 낮고 부드럽게 한 번, 예전에 테디가 불던 휘파람 소리가 들려온 것이다. 창가에서 몽상에 잠겨 있던 에밀리 스타는 그 소리를 듣고 벌떡 일어섰다. 그녀의 얼굴에서 핏기가 사라졌다. 그녀는 꿈을 꾸고 있는 것이 틀림없었다. 테디 켄트는 수천 마일이나 떨어진 동양의 어느 나라에 있었다. 그 정도는 그녀도 신문을 통해 알고 있었다. 그렇다. 그녀는 꿈을 꾸고 있거나 상상 속에서 그 소리를 들은 것일 거다.

그런데 그 소리가 다시 들려왔다. 에밀리는 테디가 그곳에 있음을 알았다. 긴 세월을 넘어 테디가 '키다리 존의 숲'에서 그녀를 부르고 있는 것이다. 그녀는 천천히 계단을 내려가 밖으로 나가서 뜰을 가로질렀다. 물론 그곳 전나무 아래에는 테디가 있었다. 세 그루의 롬바르디 포플러가 지키고 있는 옛 세계의 뜰에서 그가 그녀를 기다리고 있는 것은 이 세상에서 가장 당연하고 자연스러운 일로 생각되었다. 그간의 세월을 메워줄 그 어떤 것도 필요치 않았다. 세월의 간극은 더이상 존재하지 않았다. 그는 의례적인 인사말 없이 팔을 내밀어 그녀를 끌어당겼다. 그러고는 지난 세월과 그동안의 일들을 아무것도 기억하지 못하는 것처럼 그녀에게 말했다.

"나를 사랑할 수 없다고는 말하지 말아줘. 너는 나를 사랑할 수 있고, 사랑해야만 해, 에밀리." 한순간 그의 눈이 달빛에 반짝이는 그녀의 눈을 응시했다. "너는 나를 사랑하기 때문이야."

2

몇 분, 아니 몇 시간일지도 모른다. 그 시간이 지난 뒤 에밀리가 말했다. "사소한 일로 서로를 오해하게 된 것은 끔찍한 일이야."

그러자 테디가 말했다. "나는 내가 살아온 평생 동안 너를 사랑한다고 말하려 했었어. 고등학교를 졸업한 뒤 어느 날 저녁 '내일의 길'에서 만났던 것 기억해? 용기를 내서 너에게 기다려 달라고 말하려던 그때에 너는 밤공기가 차다며 집 안으로 들어가 버렸지. 나는 네가 나를 피하려 한다고 생각했어. 네가 밤공기 따위를 겁낼 사람이 아니라는 것을 알고 있었기 때문이야. 그 일이 몇 년 동안 나를 너에게 다가가지 못하게 했어. 그러고는 너와 에일머 빈센트에 관한 소식이 들려왔어. 어머니가 너의 약혼 사실을 써보냈는데, 그것은 정말 충격이었어. 그때 생전 처음으로 네가 내 사람이 아닐지도 모른다는 생각이 들었어. 네가 아파서 누워 있던 그 겨울에는 나도 미칠 것 같았어. 멀리 떨어진 프랑스에서 너를 볼 수 없었으니까. 그런 뒤에 딘 프리스트에 대한 이야기를 들었지. 그가 늘 네 곁을 지키고 있고, 네가 병이 나으면 그와 바로 결혼할 거라는 소식이었어. 아, 그 이야기는 그만둘래. 그렇지만 네가, 네가 나를 플레비안호의 죽음에서 구해주었을 때, 너는 알고 있었는지 모르겠지만, 나는 곧 네가 내게 속해 있다는 것을 알았어. 그래서 블레어워터에서의 그날 아침에 다시 한 번 고백을 시도했는데, 너는 또다시 무자비하게 나를 내쳤지. 내 손이 뱀이라도 되는 것처럼 내 손길을 뿌리쳤어. 그리고 내가 보낸 편지에 답장도 하지 않았고, 에밀리, 왜 답장하지 않았지? 늘 나를 좋아한다고 말해왔으면서……."

"나는 편지를 받지 못했어."

"못 받았다고? 하지만 나는 편지를 보냈는데……."

"그래, 알아. 아무래도 너에게 말해야 할 것 같구나. 너의 어머니가 너에게 말해달라고……." 그녀는 지난 일을 간략하게 이야기했다.

"어머니가? 그러셨단 말이야?"

"어머니를 너무 나쁘게 생각하지 말아줘, 테디. 어머니가 다른 부인들과 같지 않다는 것은 너도 잘 알잖아. 너의 아버지와의 싸움…… 알고 있어?"

"응, 몬트리올에 오셨을 때 어머니가 다 말씀해 주셨어. 그렇지만 이것은…… 에밀리……."

"그냥 잊어버리자. 그리고 용서해드리자. 그분은 너무나 불행한 나머지 자신이 무슨 일을 하고 있는지조차 모르셨던 거야. 그리고 나는, 나는 자존심 때문에 네가 마지막으로 신호를 보냈던 그날 밤 나가지 않았어. 나는 네게로 가고 싶었지만, 네가 장난하는 거라고 생각하고……."

"그때 나는 모든 희망을 버렸어. 나는 창가에 앉아 있는 네 모습을 보았어. 너에게서는 겨울 하늘의 별처럼 차가운 빛이 나는 것 같았어. 나는 네가 내 휘파람 소리를 들었다는 것을 알았어. 네가 우리의 오래된 신호에 응답하지 않은 것은 그때가 처음이었어. 너를 잊는 수밖에 다른 도리가 없었지. 너를 잊을 수만 있다면 말이야. 나는 너를 잊는 일에 성공하지 못했지만, 성공했다고 생각했어. 리라자리의 베가를 바라볼 때만 빼놓고, 나는 몹시 외로웠어.

일저는 좋은 친구였지. 그리고 일저와는 네 이야기를 할 수 있을 거라고 생각했어. 네가 사랑하는 친구의 남편이 되어 마음 속에 네 자리 한켠을 남겨둘 수 있을 거라고 생각한 거야. 일저가 나를 사랑하지 않는 것은 알고 있었어. 나는 대용물이었어. 그렇지만 나는 우리가 함께 지내면서 세상의 외로움으로부터 서로를 지켜줄 수 있을 거라고 믿었어. 그런데 그녀가 버사 클레이의 소설에서처럼 결혼식장에서 나를 버린 거야. 나는 몹시 화가 났지. 나를 그런 웃음거리로 만들다니, 세상에서 이제 막 성공을 거두기 시작한 나를 말이야. 그 이후로 한동안은 여자들이 싫어졌어. 마음에 상처를 입었던 것 같아. 일저를 꽤 좋아했었거든. 사실 어떤 의미에서는 일저를 사랑했어.”

"어떤 의미에서는.”

에밀리의 말투에는 질투가 느껴지지 않았다.

3

"나라면 일저가 버린 사람과 결혼하지는 않을 것 같구나.” 엘리자베스 이모가 말했다.

에밀리는 별빛처럼 반짝이는 눈으로 엘리자베스 이모를 바라보았다.

"일저가 버린 사람이라구요? 그렇지 않아요. 항상 테디는 제게 속해 있었고 저는 테디에게 속해 있었는걸요, 마음과 영혼과 육체가 모두 다요.” 에밀리가 말했다.

엘리자베스 이모는 몸을 떨었다. 사람은 누구나 다 그런 기분을 느낄 수는 있지만, 그렇게 말하는 것은 점잖지 못하다.

이에 대해 루스 이모는 "늘 엉뚱하단 말이야”라고 말했고, 애디 숙모는 "에밀리가 또 마음을 바꾸기 전에 빨리 그와 결혼시키는 게 좋겠어요”라고 했다. 윌리스 삼촌은 "에밀리가 테디를 거절하지는 않을 거야"라고 말했다.

그렇지만 대체로 친척들은 이 결혼에 대해 만족스러워했다. 그들은 에밀리의 연애사건으로 걱정이 많았었는데, 드디어 에밀리가 그들이 잘 아는 청년과 결혼하게 되어 흡족해 했다. 그들이 아는 한 그 청년에게는 나쁜 습관이나 불명예스러운 조상이 없었다. 게다가 그는 초상화가로서 대단한 성공을 거두고 있었다. 그들은 직접적으로 그렇게 말한 적은 없었지만, 켈리 할아버지가 그들을 대신해서 그렇게 말해주었다.

켈리 할아버지는 만족스러워 하며 말했다.

"이제야 제대로 된 상대를 만났군."

4

뉴문의 조용한 결혼식이 치러지기 조금 전에, 딘이 편지를 보냈다. 두꺼운 봉투 안에는 '실망의 집'의 증여와 관련된 서류가 들어 있었다.

"결혼 축하 선물로 이것을 받아 주길 바란다, 스타. 그 집은 다시는 '실망의 집'이 되어서는 안 돼. 그곳에 살아 줘. 너희 부부의 여름 별장으로 사용해 줘. 언젠가 나도 그 집에 살고 있는 너를 보러 갈게. 그리고 때때로 그 집 한 귀퉁이에 나를 위한 우정의 자리를 마련해달라고 요구할 거야."

"딘은 얼마나 좋은 사람일까. 딘이 이제 더 이상 마음 아파하지 않는 것 같아서 기뻐."

에밀리는 블레어워터의 골짜기 쪽으로 향한 '내일의 길' 위에 서 있었다. 그녀의 뒤에서 그녀에게로 달려오는 테디의 발자국 소리가 들렸다. 그녀의 앞에는 어두운 언덕 위로 아담하고 사랑스러운 회색 집이 저무는 햇살을 등지고 서 있었다. 이제 더 이상 그 집이 실망하는 일은 없을 것이다.

에밀리, 길 끝에서 길을 찾다

《에밀리 초원의 빛(Emily of New Moon)》《에밀리 영혼에 뜨는 별(Emily Climes)》《에밀리 여자의 행복(Emily's Quest)》에밀리 3부작은 《그린게이블즈 빨강머리 앤》시리즈로 전 세계 독자들에게 사랑받는 몽고메리의 또 다른 걸작 시리즈(Anne's Books)이다.

이 3부작은 '앤 셜리'가 그랬던 것처럼 에밀리의 성장소설이다. 꿈 많은 소녀 에밀리는 어머니의 생가인 뉴문 농장에서 성장하며 그곳의 자연과 사랑하는 사람들 사이에 아름다운 관계를 맺으며 문학에 대한 열정을 키운다. 이 책은 에밀리의 끊임없는 창작활동의 과정과 사춘기를 거쳐 결혼에 이르기까지의 드라마틱한 인생을 생생하게 그려내고 있다. 3부《에밀리 여자의 행복》에는 에밀리가 자신에게 쓴 '14살의 에밀리가 24살의 에밀리에게'라는 편지를 10년 뒤 자기 생일날 개봉하는 장면이 나온다.

……조그맣고 천진스러운, 꿈 많고 행복한, 순진무구의 14살 소녀는 미래에 위대하고 멋지며 아름다운 것이 기다리고 있으리라

상상하고 있었다…….

에밀리는 이렇게 뒷날 제 마음의 성장과정을 뒤돌아 보는데, 이는 작가 몽고메리 자신의 내면 풍경을 상징적으로 표현한 것이리라. 앤 시리즈도 작가의 자전적 성장과정을 투영하고 있지만, 이 에밀리 시리즈는 특히 주인공이 사고하는 방법이나 사물에서 받는 느낌을 매우 사실적으로 탁월하게 그려내 보이고 있다. 결혼을 앞둔 에밀리의 마음은 매우 섬세하고 정교한 작가의 묘사력으로 인해 마치 몽고메리 자신의 생명력을 그 분신에게 불어넣은 듯 심장의 고동을 그대로 전하고 있다.

그런데 과연 에밀리가 '구하는 것'은 무엇이었을까? 그것은 달리 생각하면 몽고메리가 아름다운 프린스에드워드 섬의 풍광 속에서 작가로서 추구하는 삶의 모습이기도 한데, 보수적인 삶의 틀에 에밀리를 끼워넣으려 하는 주위 사람들의 의식에 대해 새로운 시대를 호흡하고자 하는 에밀리의 강렬한 저항 의지라 할 수 있을 것이다. 이러한 싸움과 갈등을 되풀이하는 과정에서 그녀는 비로소 애정도 찾게 되고, 스스로가 원하는 삶도 성취하게 된다. 즉, 인생의 진실을 찾고자 하는 에밀리의 삶의 모습은 작가의 꿈 많은 청춘시절을 그대로 비춘 투명한 거울이었던 것이다.

이 3부작에는 몽고메리의 내적 성장과정이 실로 생생하게 잘 그려져 있다. 애정어린 자연관도 깊이 있게 묘사돼 있고, 또한 미세한 감정의 움직임도 잘 포착돼 있다. 나무들에게 이름을 붙인다거나 별

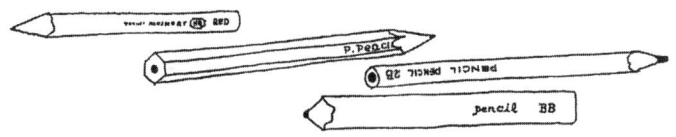

에 이름을 달아주고, 마치 자신의 육친이나 친구들처럼 모든 자연을 사랑하는 것은 작가의 풍부한 감성이기도 하고 또한 에밀리의 성격이기도 하다.

아버지와 단둘이 살아가던 소녀, 에밀리는 아버지가 세상을 떠나자 어머니의 가족이 살고 있는 뉴문 농장으로 가게 된다. 그곳에서 완고하게 전통을 고수하며 살아가는 이모들과 서로 관계를 맺으면서 에밀리는 즐거운 나날을 보내고, 그 아름다운 나날들을 일기에 빼곡히 기록해가며 마침내 '글 쓰는 보람'을 알게 된다. 여기서 그녀의 재능을 이끌어주는 카펜터 선생님은 특히 매력적인 성격의 소유자이다. 뛰어난 문학적 감식안과 비평력을 갖고 있으면서도 세상을 등지고 시골 학교의 교사를 선택했지만, 그의 문학관은 에밀리의 지성을 살찌우고 재능의 발육을 도와 진정한 스승으로서 그녀의 인생에 큰 영향을 미치게 된다. 시간이 흐른 뒤 성인이 된 에밀리는 작가로 입지를 굳혀가던 중 같은 시골 출신의 성공한 잡지 편집자로부터 뉴욕으로 올 것을 제의받는다. 비로소 세상에 이름을 알릴, 출세의 기회가 찾아온 것이다. 그러나 에밀리는 갈등과 고뇌 속에서도 끝내 자신의 고향 프린스에드워드 섬을 떠나지 않는다. 결국 그녀는 자기가 태어난 땅에 남아서 문학을 계속하리라는 굳은 결심을 한다.

앤이 꿈과 희망과 이상으로 가득 찬 소녀라고 한다면, 에밀리는 상처 받은 영혼으로 현실의 고뇌와 갈등을 껴안은 소녀이다. 에밀리의 시시각각 변하는 감정의 양상은 몽고메리의 섬세한 필치에 의해

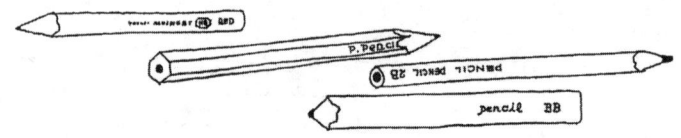

　실로 나무랄 데 없이 표현되고 있다. 또한 그녀를 둘러싼 주위 사람들이 지닌 숨겨진 매력까지도 작가는 유감없이 묘사하고 있다.
　《그린게이블즈 빨강머리 앤》과 비교해볼 때 이 에밀리 시리즈는 몽고메리의 인생이 그대로 함축돼 있다. 특히 1부에서는 순진무구한 어린아이의 감성으로만이 느낄 수 있는 어른들의 세계와, 꾸밈없는 아이들의 관계 등, 그들의 시선으로 바라본 일상이 그려져 있어서 '그래, 우리가 어렸을 때도 그랬지!' 하면서 먼 과거를 되돌아보게 하는 장면들이 많다. 아버지의 사랑을 모르고 자란 일저 번리, 피해망상에 시달리는 어머니로부터 과잉보호를 받는 테디 켄트 등 에밀리 말고도 개성 있는 여러 아이들이 등장하는데, 자유롭고 솔직한 그들의 대화는 우리를 절로 미소짓게 한다.
　어린 에밀리를 이해하지 못해 무조건 엄격하게만 교육시키려 한 엘리자베스 이모는 어딘가 '앤'의 머릴러를 떠올리게 하지만, 몽고메리의 작품에는 이처럼 정서적으로 메마른 어른들이 자주 등장해 어른들의 세계에 일침을 가한다. 그러한 인간관계의 미묘한 심리적 변화조차도 선명하게 그려내는 그녀의 인물 묘사력은 우리를 감동케 하기에 모자람이 없다. 이 에밀리 시리즈는 어딘가 모르게 미스터리적인 요소마저 있어서 이야기를 한층 더 흥미롭게 만든다.

　프린스에드워드 섬에 살고 있던 처녀시절의 몽고메리가 한 마을을 지나갈 때마다 그리움을 담아 바라보던 집이 있었다. 바다로 향한 황갈색의 아무도 살지 않는 작은 집. '에밀리'에 '실망의 집'으로

등장하는 집의 원형이 바로 그곳이었는지도 모른다. 또한 앤이 태어났다고 하는 집도 이 집과 어딘가 닮았다.

몽고메리는 결혼 직후 목사 부인으로 가족들과 함께 런던 주변의 목사관을 전전했다. 단신 부임이라고 하는 개념이 없어——있다 하더라도 의무감이 강한 그녀는 망설임 없이 동행했을 것이다——전근 때마다 가족들은 모두 이사하지 않으면 안 되었다. 《무지개 골짜기(Rainbow Valley)》에서 앤의 이웃이던 목사관의 딸 페이스도 정처 없는 방랑자의 쓸쓸함을 이야기한 적이 있다. 그러나 마침내 1936년(61세 여름), 남편이 병으로 퇴직하면서 몽고메리는 진정한 의미에서의 '내 집'을 가지게 되었다. 부모를 대신했던 조부모의 집을 뒤로 하고, 오랫동안 그토록 염원하던 '내 집'을.

'내 집', '나의 집'을 가지고 싶다는 몽고메리의 바람은 절실한 것이었다. 만년에 간신히 정착할 땅을 얻게 된 그 기쁨! 비로소 피곤한 다리를 펴고 뿌리를 내릴 수 있게 된 것이다. 그 집에 몽고메리는 '여로의 끝'이라는 이름을 붙였다. 여기서 산 것은 죽기 전까지 6년간에 지나지 않았지만 자신의 둥지를 가지게 된 기쁨은 그녀의 일기나 편지에서도 쉽게 찾아볼 수 있다.

그녀는 이 '여로의 끝'에서 새로운 '길'을 시작하게 된다. 그 길은 대부분 자연적인 것이어서 늘 자연의 품 안이거나 시간에 의해 시들어가는 것이었다. 햇빛이라고 하기보다는 달빛에 비유될 만한 조금 소극적인 감성을 띤 그런 길.

두 사람은 '내일의 길' 끝에 와 있다. 앞에는 파도치듯 펼쳐지는 국화가……

자서전 《험난한 길》과 마찬가지로 에밀리가 작가가 되는 고단한 여정이 알프스의 길로 비교되는 것처럼 '길'은 몽고메리의 작품 곳곳에 깔려 있다. 때로는 제목에다 '길'을 붙이기도 했다. 스토리 걸의 소녀시대를 그린 《황금의 길(The Golden Road)》, 앤의 마을을 무대로 한 단편집 《속(續) 앤 마을의 나날들(The Road to Yesterday)》, 자서전 《험난한 길(The Alpine Path)》 등이 그 예이다.

몽고메리의 분신이기도 한 에밀리는 어린시절부터 길이란 것에 철학적인 의미를 붙여 응시한다. 그녀는 뉴문 농장 이웃의 오솔길들을 '어제의 길', '오늘의 길', '내일의 길'로 이름 붙였다. '오늘의 길'은 '키다리 존의 숲'을 통과하여 작은 개울을 지나는 아름다운 오솔길이고, '어제의 길'은 그루터기를 지나는 길이고, '내일의 길'은 단풍나무를 심어놓은 길이다.

하지만 인생에는 걷기 쉬운 길만 있는 게 아니다. 더러는 구불구불한 길을 즐겨 가는 사람도 있는 법이다. 메인스트리트뿐이라면 사람이 어떻게 긴장을 풀 수 있겠는가? 구불구불한 시골길이 훨씬 좋다고 생각할 사람도 많을 것이다. 앤처럼, 길 건너편이 보이지 않는다 해도 희망과 구원을 기대하면서 몽고메리가 걸어간 길을 에밀리와 함께 걸어가보자.

여기 아름다운 길이 있습니다. 아름다운 풍경도. 그렇지만 이 길은 프린스에드워드 섬의 길이나 풍경과 자주 비교되곤 합니다. 그리고 사실 그 점이 정수입니다만, 이 아름다운 길에는 말로는 좀처럼 표현하기 어려운 어떤 매력이 있답니다.
── L.M. 몽고메리 〈서한집 1〉

그 표현하기 어려운 어떤 매력이란 바로 프린스에드워드 섬의 아름다운 흙에서 빚어진 것인지도 모르겠다. 그 붉은 길이 여기서 태어나고 자란 영혼에 선명히 각인되어서 생애를 두고 사라지지 않는 이정표가 되는지도.

1914년부터 1929년까지 몽고메리는 앤 시리즈 가운데 2권인 《첫사랑(Anne of the Island)》과 《웨딩드레스(Anne of House of Dreams)》를 포함하여 5권의 소설을 썼는데, 에밀리 시리즈 3권이 이 5권 안에 들어간다. 《에밀리 초원의 빛》, 《에밀리 영혼에 뜨는 별》, 《에밀리 여자의 행복》 3부작에서는, 마치 태어나면서부터 펜을 가지고 나온 것처럼 창작에 열중했던 몽고메리의 면모가 강하게 드러나고 있다.

'루이스 모드 몽고메리'는 매우 성실하고 건전한 작풍을 가지고 있다. 그녀의 소설은 기초가 튼튼해 흔들림이 없으며, 날카로운 관찰력과 인간성 그리고 절묘한 묘사력을 갖추고 있다.

21권의 소설과 한 권의 시집을 남기고 1942년 4월 24일에 세상을 떠난 그녀를 생전에 만날 수 있었다면, 독자들은 틀림없이 자신과

좋은 친구가 되었으리라 생각하리라. 그만큼 그녀의 펜이 낳은 인물들, 엘리스, 밸런시, 제인, 패트, 세라, 에밀리와 앤은 그야말로 살아서 언제나 우리를 향해 사뿐사뿐 걸어오고 있다.

KBS TV《그린게이블즈 빨강머리 앤 프린스에드워드 섬》특집 촬영팀 출발을 마음으로 환송하며.

서초 그린게이블즈에서
김유경

김유경
숙명여자대학교 미술대학〈서양화 전공〉졸업
창작미협전「정월」특선 목우회전「주왕산」입상
지은책「조선 세시 열두달 이야기」옮긴책「잉걸스·초원의 집」
「몽고메리·그린게이블즈 빨강머리 앤」 10권

ANNE'S BOOKS
3
에밀리 여자의 행복

루시 모드 몽고메리 지음/김유경 옮김
초판 발행/2004. 1. 1
발행인 고정일/발행처 동서문화사
창업 1956. 12. 12. 등록 16-345(윤)
서울강남구신사동540-22 ☎ 546-0331~6 (FAX) 545-0331
www.epascal.co.kr
＊잘못 만들어진 책은 바꾸어 드립니다.
전10권 각권 9,800원
＊

본 저작물의 한국어 번역 편집 그림 장정 꾸밈 출판권은 동서문화사(동판)가 소유합니다.
의장권 제호권 편집권 특허권 저작권 법에 의하여 보호를 받는 저작물이므로
무단전재와 무단복제를 금합니다.

「앤스북스」편찬·필름·제작 일체「동판」자본으로 이루어짐에 따라
한국어 번역 편집 그림 장정 꾸밈 출판권 소유권자「동판」에서 제조출판판매 세무일체 전담합니다.
사업자등록번호 211-90-02201
ISBN 89-497-0301-7 04840
ISBN 89-497-0289-3(세트)